넷플릭스처럼 쓴다

SF·판타지·공포·서스펜스

Now Write! Science Fiction, Fantasy and Horror

: Speculative Genre Exercises from Today's Best Writers and Teachers by Laurie Lamson

넷플릭스처럼 쓴다

SF·판타지·공포·서스펜스

낸시 크레스 외 지음 | 로리 램슨 엮음 | 지여울 옮김

다른

엮은이의 말

나는 다양한 분야의 책과 영화, 음악을 즐겨 읽고 보고 듣는다.
그러나 이 책을 엮는 작업을 시작하기 전까지만 해도 나는 내가 좋
아하는 작품 대다수가 SF · 판타지 · 공포 장르에 속한다는 사실을
알지 못했다. 심지어 내가 창작한 작품들 또한 장르를 구분하자면,
현실과 꿈의 경계가 모호하게 표현되는 마술적 사실주의에 속한
다고 볼 수 있다. 그동안 나의 상상력을 가장 강렬하게 사로잡았던
이야기, 내면의 깊은 곳까지 들여다보게 만들었던 이야기, 오랫동
안 기억 속에 각인되었던 이야기 대부분은 SF · 판타지 · 공포 장르
로 분류할 수 있다. 이 책을 이제 이 세상을 떠나 우리 곁에 없는,
내가 가장 좋아하는 작가들에게 바친다.

　　SF · 판타지 · 공포는 대중에게 인기를 끈다는 이유로 '저속한'

장르, 쉽게 무시해도 좋을 문화로 치부되기도 한다. 하지만 글쓰기 장르에서 SF·판타지·공포는 중요한 위치를 차지하며, 스토리텔링에서 이들 장르의 허구적 접근 방식은 이용 가치가 크다. SF·판타지·공포에 속하는 뛰어난 작품들은 쉽고 흥미로운 방식을 통해 경계심 가득한 우리의 의식 너머 무의식의 세계를 탐구하며, 그 안에 숨은 두려움과 진실을 찾아낸다.

여러 작가의 통찰력과 영감을 한데 모은 이 책을 소개하게 되어 말로 표현할 수 없을 만큼 기쁘다. 이 책에 글을 기고한 작가들은 모두 상상력의 한계와 이 세계의 경계를 과감하게 뛰어넘어 자신만의 언어를 통해 유일무이한 무언가를 창조하는 의미 있는 과업에 용기 있게 도전 하는 이들이다.

이 책에 참여한 소설가, 시인, 시나리오 작가, 드라마 작가, 글쓰기 교사들에게 감사의 마음을 전한다. 이들과 함께 일할 수 있어 참으로 즐거웠다.

로리 램슨

엮은이의 말   004

설득력 있는 세계관
넷플릭스에 팔리는 작품의 비밀1

· 장르는 '세계'를 다루어야 한다   013

· 세계를 어떻게 채울 것인가   024

· 디테일에 자신 없는 내용은 쓰지 마라   028

· 드러나지 않는 디테일도 파악해야 한다   031

· 현실 법칙이 적용되면 더 설득력 있다   036

· 등장인물의 시점에서 보아야 한다   041

· 등장인물의 감각까지 고려해야 한다   047

· 경제 체제가 치밀할수록 세계관이 강렬해진다   052

· 마법이 가능한 세계에서 주의할 8가지   059

· 인간과 다른 종족의 사랑이 가능한 세계   064

· 초자연적 존재와 대화가 가능한 세계   068

· 설명할수록 세계는 지루해진다   073

· 시작부터 세계에 긴장감을 부여하자   082

· 장르 시리즈물의 주제, 구성, 인물   088

독창적인 착상
넷플릭스에 팔리는 작품의 비밀 2

- 독창적인 착상을 떠올리는 법   097
- 클리셰를 피하는 법   102
- 비밀의 방에서 착상을 얻는 법   109
- 꿈에서 착상을 얻는 법   113
- 낱말 두 개로 착상을 얻는 법   117
- 여러 개의 착상을 뒤섞는 법   123
- 터무니없는 아이디어에서 착상을 얻는 법   128
- 황당한 질문에서 착상을 얻는 법   133
- 우주로 보내버려서 착상을 얻는 법   139
- 갈등을 일으키는 착상을 얻는 법   144
- 착상을 빛내는 흥미로운 제목   148

매력적인 인물
넷플릭스에 팔리는 작품의 비밀3

- 인물의 이름을 지을 때 고려할 3가지   161
- 다층적인 인물이 매력적이다   167
- 목적의식을 가진 인물이 매력적이다   172
- 실제처럼 대화하는 인물이 매력적이다   179
- 재미있게 노는 인물이 매력적이다   186
- 인물들 사이의 내밀한 관계를 드러내자   190

· 주인공은 장르에 맞는 인물이어야 한다　　195

· 주인공이 행동할 때 고려할 4가지　　204

· 주인공을 돋보이게 만드는 법　　211

· 주인공의 과거를 만드는 법　　216

· 디스토피아물의 주인공을 설정할 때 주의할 점　　220

· 독자들이 좋아하는 주인공의 9가지 특징　　228

· 작가가 악당을 이해해야 하는 이유　　235

· 악당은 강력할수록 좋다　　240

· 인상 깊은 악당을 만드는 법　　245

· 악당을 설정할 때 고려할 13가지　　254

긴장감 있는 이야기
넷플릭스에 팔리는 작품의 비밀4

· 공포스러운 배경을 만드는 법　　267

· 보이지 않는 공포를 활용하는 법　　273

· 으스스한 분위기를 만드는 법　　276

· 기절할 만큼 무서운 장면을 만드는 법　　282

· 나만의 '무서운 것들' 목록 활용법　　288

· 사람들을 겁에 질리게 만드는 11가지　　295

· 예상치 못한 전개를 쓰는 법　　303

· 놀라움의 요소를 찾는 법　　307

· 묘사를 통해 생생한 공간을 만드는 법　　313

· 치밀한 액션을 만드는 법　　318

- 글이 늘어지지 않게 하는 법   324
- 특정 요소를 제거해서 긴장감을 주는 법   328
- **결말**부터 쓰면 유리한 점   334
- 전형적인 결말을 피하는 법   339

성공한 작가들의 노하우
넷플릭스에 팔리는 작품의 비밀5

- 글이 막힐 때는 작업 환경에 변화를 주자   347
- 글이 막힐 때는 차례를 먼저 만들자   351
- 글이 막힐 때는 좋아하는 이미지를 떠올리자   355
- 글이 막힐 때는 대화 장면부터 쓰자   359
- 글이 막힐 때는 주인공의 외모를 바꾸자   364
- 글이 막힐 때는 일상에서 일어날 법한 사건을 상상하자   366
- 글이 막힐 때는 최신 과학기사를 읽자   369
- 글이 막힐 때는 초단편으로 점검하자   373
- 글이 막힐 때는 규칙적으로 목표량을 정해 쓰자   377
- 글이 막힐 때는 동시에 여러 작품을 쓰자   383
- 작가로서의 성공 가능성을 높이는 법   389

부록_ 지은이 소개   397

설득력 있는 세계관
넷플릭스에 팔리는 작품의 비밀1

장르는 '세계'를 다루어야 한다

· 줄 셀보

대부분의 관객은 장르에 따라 보고 싶은 영화를 선택한다. 독자역시 장르에 따라 읽고 싶은 책을 선택한다. 관객과 독자가 장르에 따라 특정한 경험을 하리라 기대하는 건 명백하다. 그리고 작품이 기대에 못 미치면 실망한 관객과 독자는 후회하고, 짜증스러워하며, 심지어 대놓고 분노를 표출하기도 한다. SF · 판타지 · 공포 장르에서 이러한 현상은 한층 뚜렷하게 나타난다. 왜 그럴까?

SF · 판타지 · 공포 장르를 찾는 관객층은 해당 장르에 대해 박식하며 그만큼 기대치가 높다. 기대치에 못 미칠 경우 화를 내지는 않는다 해도 꽤 까다롭게 구는 경우가 많다. '장르'가 감당해야 할 책임이 무거운 셈이다.

나는 연극 극본과 단편 소설을 쓰며 작가로서 일하기 시작해 영화 시나리오를 쓰기에 이르렀다. 수많은 영화사와 방송사를 위해 아주 다양한 '서사 장르narrative genre'에 속하는 작품을 집필했다. 월트디즈니를 위해서는 판타지를 썼고, 〈살아 있는 시체들의 밤〉의 감독 조지 로메로를 위해서는 공포와 SF, 조지 루카스를 위해서는 액션 어드벤처, 애런 스펠링을 위해서는 로맨스, 코미디네트워크를 위해서는 코미디를 썼다.

시나리오 작가로 첫발을 내딛을 무렵의 내가 장르를 얼마나 잘 이해하고 있었는지 돌이켜보면, 그때까지 장르에 관한 지식은 오직 영화 애호가로서 보낸 수십 년의 세월로부터 나왔다고 할 수 있다. 수많은 작가가 그러하듯, 나는 영화에 빠져 지낸 수천 시간 동안 자연스레 다양한 장르를 이루는 요소들을 직감적으로 이해했다. 혹은 이해했다고 생각했다. 실제로 2009년에 할리우드에서 현역으로 활동하고 있는 시나리오 작가 100명을 대상으로 조사를 했는데, 그중 무려 85퍼센트가 로맨틱 코미디나 SF, 공포 등등 영화를 구성하는 장르적 요소를 이해하는 데 오로지 '직감'에 의존하고 있다고 밝혔다. 또한 따로 시간을 내어 특정 장르를 이루는 고전적 요소를 조사하거나 특정 관객층이 특정 장르의 작품을 즐겨 보는 이유를 분석하지도 않는다고 고백했다.

시나리오 작법을 가르치면서 나는 이야기의 영감을 얻거나, 주제 혹은 시점 등 이야기의 토대를 다지는 데 어려움을 겪는 학생들을 자주 보았다. 그러면서 글을 쓰려는 사람들이 장르에 대해 전혀 신경을 쓰지 않는다는 사실에 놀랐다. 작가나 독자나 망망대해에서 헤매고 있었다. 나는 작가가 장르를 깊이 이해하면 글을 쓰는 데 얼마나 도움이 되는지, 작가의 도구 상자 안에서 플롯, 인물 설정과 더불어 장르가 얼마나 유용하게 활용될 수 있는지 깨달았다. 그래서 지난 몇 년 동안 영화의 장르(서부, 로맨틱코미디, 재난, 전쟁, 버디 등)와 각 장르에 따른 구성 요소, 주제, 구조를 분석하고 이를 작품의 구성 단계에서 어떻게 활용할 수 있는지 그 방법을 연구했다.

내 경험에 따르면 자신이 쓰려는 작품과 잘 맞는 적정 장르나 혼합hybrid 장르를 활용하면 글쓰기가 한결 쉬워진다. 알다시피 대부분의 이야기는 한 가지 장르에 갇히지 않으며, 자연히 혼합 장르에 속한다. 특히 SF·판타지·공포 장르에서는 보조 장르를 효과적으로 활용하는 일이 몹시 중요하다. 보조 장르가 이야기에서 중요한 역할을 수행하기 때문이다. 한편, 이야기의 중심 장르는 처음부터 확실하게 정하는 게 중요하다. 그리고 이 중심 장르가 서사의 틀을 만들고 이야기를 이끌도록 만들어야 한다.

이제부터 'SF'와 '판타지', '공포'의 기본 요소를 개략적으로 살펴보자. 이들은 '세계'를 다루는 장르다. 이들 장르에는 특유의 서사적 요소가 거의 없다. 반면 미스터리, 로맨스, 범죄 장르는 서사적 특징이 뚜렷하다. SF와 판타지, 공포는 독자나 관객을 작품 안의 특별한 세계로 초대한다. 그리고 이 특별한 세계에 매혹되는 독자와 관객은 아주 많다.

SF

SF는 과학에 근거한다. SF에서 작가의 상상력은 특정한 과학적 정보에 기반을 둔 채 확장되고 변주된다. SF의 재미는 과학적 진실 혹은 가설의 근접성에 있다. 다시 말해 자료조사가 아주 중요하다. 최초의 SF 영화이자 최초의 극영화인 1902년 작, 〈달나라 여행Le Voyage dans la Lune〉은 조르주 멜리에스George Méliès가 쥘 베른과 허버트 G. 웰스의 소설에 영감을 받아 각본을 쓰고 연출을 한 작품이다. 이 영화는 한 무리의 과학자들이 우주선을 만들어 달로 날아가 그곳의 생물과 조우하는 이야기를 다룬다. 이 영화 이후 SF는 독자와 관객의 사랑을 꾸준히 받아왔다.

〈스타워즈 에피소드 4: 새로운 희망〉은 우주 탐험과 로봇 과학에 초점을 맞춘 과학 지식을 선보인다. 이 영화에 나타나는 보조 장르는 다음과 같다.

- 모험: 최종 목표가 존재한다. 주인공 루크는 공동체 혹은 인류의 발전을 위한 목표를 달성하기 위해 온갖 악조건과 맞서 싸운다.
- 액션: 수많은 액션 장면이 등장한다.
- 버디(남자 간의 우정): 루크와 한은 이야기가 전개됨에 따라 서로에 대한 신뢰와 유대감을 쌓는다. 이는 로맨스와도 연결된다.
- 로맨스: 루크와 한은 레이아 공주에게 관심을 보이며 이 이야기 흐름 속에서 그 나름의 갈등을 빚는다.
- 성장: 어른이 된 루크는 힘의 근원인 포스를 신뢰하는 법을 배운다.

'모험'이 대부분의 플롯을 이끄는 한편 다른 보조 장르들은 인물의 정체성과 그들의 관계를 조명하는 역할을 수행한다.

〈이터널 선샤인〉은 기억 삭제가 가능하다는 과학적 전제를 중심으로 이야기가 구성된다. 가슴 아픈 이별을 겪은 두 연인은 서로에 대한 기억을 지우기로 결심한다. 이 영화에 나타나는 주요 보조 장르는 로맨스다. 즉 소년이 소녀를 만난다. 소년은 소녀를 원한다. 소년은 소녀를 얻기 위해 노력한다. 소년은 소녀를 얻는다. 소년이 소녀를 잃는다. 소년은 소녀 없는 삶이 무의미하다는 사실을 깨닫는다. 소년은 소녀를 되찾으려 노력한다. 소년이 소녀를 되찾는다(혹은 되찾지 못한다). 바로 이런 로맨스 특유의 이야기 흐름 덕분에 관객은 영화 속 등장인물에 공감할 수 있다.

판타지

판타지는 작가가 창조한 세계를 배경으로 하며, 초자연적 요소가 플롯과 인물 전개의 기본 착상으로 활용된다. 판타지 작품 속의 세계는 꿈처럼 느껴지는 경우도 있고 때로는 현실과 다름없어 보이는 경우도 있지만, 그 세계가 허구로 이루어진 가상의 세계라는 점은 변하지 않는다. '해리 포터' 시리즈나 '반지의 제왕' 시리즈를 떠올려보라.

판타지 세계는 실제 현실 세계와 전혀 달라도 좋지만 작품 속에서 명료하게 표현되어야 한다. 사회의 규칙이나 관습, 인물의 생각이 뚜렷하게 규정되어야 한다는 뜻이다. 그 사회에서 일어날 법한 일, 행동 양식, 힘의 제약 같은 제한 요소가 없다면 이야기에서 갈등을 일으키기가 아주 어렵다. 예를 들어 《해리 포터》에서 해리는 부모에게 물려받은 마법 능력 때문에 인간 세계에서 추방당한다. 마법사 세계의 정부에서는 서로 의견이 다른 파벌끼리 싸움이 벌어진다. 예언에 따르면 권력욕에 사로잡힌 볼드모트를 무찌를 인물은 해리뿐이다. 마법 지팡이와 투명 망토는 그 세계에서 능력을 한정하는 소재로 활용되며, 그 밖에도 작품 속 세계를 규정하는 여러 요소가 존재한다.

판타지에서 보조 장르는 인물을 묘사하고 플롯의 단계를 설정하는 데 유용하게 활용된다. 영화 〈오즈의 마법사〉에서 평범한 시골 소녀인 도로시가 어떻게 신비로운 세계인 오즈로 떨어져 모험을 시작하게 되는지 생각해 보라. '드라마' 장르의 기본 서사는 평범한 주인공 이 일상에서 벗어나 큰 임무를 떠맡거나 시험과 마주하는 것이다. 도로시는 처음에는 오즈를 찾아가기 위해, 그다음에는 사악한 서쪽 마녀의 빗자루를 찾기 위해 모험을 떠난다. 도로시에게 이루어야 할 목표가 있으므로 여기에 '모험'이라는 장르를 덧붙일 수 있다. 결말에 이르러 도로시는 마침내 "집만큼 좋은 곳은 없다"는 진실을 깨닫는다. 이 깨달음은 아이가 어른으로 성숙하는 과정에서 나타난다. 이는 바로 '성장' 장르의 구성 요소다.

영화 〈토이 스토리〉는 사람이 보지 않거나 만지지 않을 때 장난감들이 살아서 움직이는 판타지 세계를 배경으로 한다. 〈토이 스토리〉에 나타나는 보조 장르는 다음과 같다.

- 코미디: 모순을 전제로 한 유머가 있다.
- 버디: 우디와 버즈가 적수에서 친구가 된다.
- 모험: 우디의 목표는 이사가 끝나기 전까지 버즈를 되찾아 오는 것이다.
- 액션
- 로맨스: 〈토이 스토리 2〉에서는 로맨스가 더해진다.

지금까지 소개된 사례에서 판타지 장르는 작품의 배경이 되는 세계를 설정하는 역할을 하며, 모험 장르는 이야기를 이끄는 원동력을 담당 한다.

공포

공포는 악의 세력(사건 혹은 인물)이 일상적인 세계를 침범해 사회 질서를 전복시킨다는 플롯을 특징으로 한다. 공포 장르에는 실제로 서사적 규칙이 존재한다. 이 점에서 공포는 SF, 판타지와 차별된다. 공포 소설 이나 시나리오를 쓰는 작가는 작품 속에서 악의 존재가 모습을 드러내는 공간 혹은 상황을 만들어야 한다. 또한 가치 체계가 전복되거나, 무자비한 폭력이 가해지거나, 교묘한 악행으로 인해 작품 속 인물들이 고난을 겪게 만들어야 한다.

공포 장르는 독자나 관객에 따라 특별한 기대치가 존재하는 여러 변형 장르로 나뉜다. 즉 '슬래셔 공포', '심리 공포', 'SF 공포', '괴물 공포', '스릴러 공포'다. 어떤 변형 장르든 간에 작가는 독창적인 방식으로 무섭고 끔찍한 상황을 만들어 독자의 공포심을 극대화해야 한다는 도전 과제와 마주한다. 작가가 그리는 무서운 상황은 보통 작가가 상상할 수 있는 가장 극단적인 수준(과도한 피, 과도한 두려움, 과도한 시체, 과도한 편집증 등)으로 치닫기 마련이다. 공포 소설이나 영화에 등장하는 악당은 고전적으로 '이드(본능)'을 의미한다. 즉 자신이 욕망하는 것을 자신이 원할 때 가지려 하는, 자아(타인의 평가)나 초자아(양심) 따위는 개의치 않는 존재다.

이야기 속의 악당이 괴물(뱀파이어, 좀비, 늑대인간)이든 인간이든 외계에서 온 존재든 간에, 부도덕하며 비이성적이고 자기중심적인 악의 세력이 등장하면 서스펜스 장르는 공포 장르로 변한다.

공포는 소설과 영화 모두에서 크게 인기를 끌고 있는 장르다. 나는 이야기 속 인물에게 공감할 수 있는 공포 작품을 좋아한다. 〈악마의 씨Rosemary's Baby〉는 공포 영화의 고전으로, 영화 전체를 악의 세력인 악마가 장악한다. 악마는 악마 숭배자들의 도움을 받아 자신의 자손을 출산하기 위해 어느 여성의 몸을 이용하려 한다. 이 영화 속 보조 장르는 다음과 같다.

- 드라마
- 비극적 로맨스: 남자는 여자를 얻지 못하며 결국 삶과 영혼이 파멸에 이르고 만다.
- 미스터리: 단서의 의미를 하나하나 파악하면서 수수께끼가 서서히 풀리도록 플롯이 짜여 있다.

〈살아 있는 시체들의 밤〉에서는 살아 있는 사람을 먹이로 삼으려 하는 좀비들이 등장한다. 이 영화는 SF가 기본(지상에 추락한 인공위성에서 방사능이 퍼져 시체가 좀비로 되살아남)이며 액션을 활용한다. 로맨스나 버디 같은 장르가 부재하므로 이 영화는 인간적·정서적 교감을 이어주기보다는 공포를 조성하는 데에만 집중한다. 이와 같은 슬래셔 공포를 좋아하는(작품 속에 시체가 많을수록 좋아한다!) 독자층, 관객층은 상당히 두텁다.

SF와 판타지와 공포, 이 세 가지 장르를 하나로 합친다면 어떨까? 〈에이리언〉은 그러한 영화라고 볼 수 있지 않은가? 〈링컨: 뱀파이어 헌터Abraham Lincoln: Vampire Hunter〉는 또 어떤가?

자신의 작품에 적용할 중심 장르를 결정한 다음 여기에 하나 이상의 보조 장르를 덧붙여라. 각 보조 장르에서 플롯을 이끌고 이야기의 흐름을 결정할 착상을 얻을 수 있을 것이다. 각 장르별로 달라지는 독자와 관객의 기대치를 이해하고, 지적 경험이나 감동적 경험에 대한 그들의 요구를 파악하라. 이야기의 중심을 이루는 SF·판타지·공포 장르의 기본 요소를 파악하고, 그 장르만의 특정한 세계에 존재하는 디테일을 유념하는 한편, 인물과 플롯의 변화를 구체적으로 드러내기 위해 어떤 보조 장르를 활용하면 좋을지 고민하라. 그렇게 한다면 새로운 작품에 착수할 때 백지와 마주하는 두려움을 한결 손쉽게 이겨낼 수 있을 뿐만 아니라 구조적으로 한층 치밀하고 재미있는 작품을 완성할 수 있을 것이다.

1. 지금 집필하고 있는 작품의 중심 장르가 무엇인지 분명하게 결정하라. 이야기를 구성할 때 장르의 특수성을 활용할 수 있을 것이다. 작품이 과학에 기반을 두고 있는가?(SF) 오직 상상력에만 의존하고 있는가?(판타지) 작품 속에 사악한 악의 세력이 실제로 등장하는가?(공포) 실질적인 악의 세력이 나오지 않은 채 불안감만 증폭시키는 무서운 이야기인가?(서스펜스)

2. SF, 판타지, 공포 중 하나만 중심 장르로 삼아 작품을 집필할 때는 작품의 서두에서부터 독자가 '그들이 돈을 지불한 대가'를 얻게 되리라는 점을 확실하게 보여줘라. 즉, 중심 장르의 특색이 강하게 묻어나는 장면이나 상황으로 이야기의 첫머리를 열어라. 명심하라. 서두를 쓸 때의 목표는 장르의 특색이 뚜렷하게 나타나는 장면이나 상황을 제시하는 한편, 그와 동시에 독자가 주요 인물들과 친숙해질 수 있도록 인물을 이해하고 공감할 수 있는 요소를 넣는 것이다. 첫 번째 장면 속 사건에서 주요 인물이 등장하지 않는다면 그 장면을 가급적 짧게 줄이는 것이 최선이다. 독자는 '장르와 세계관을 설정'한 장면을 재빠르게 이해한 다음 인물과 '친해지기'만을 기다리고 있다. 독자의 인내심을 시험하지 마라.

3. 이야기에 포함할 수 있는 보조 장르의 목록을 작성하라. 작품에 독창성을 부여할 수 있는 장르를 선택하라. 그 장르를 통해 인물을 부각하고 인물 사이의 갈

등을 일으킬 수 있는가? 플롯을 한층 복잡하게 만들거나 위기감을 조성하는 데 도움이 될 만한 보조 장르에는 어떤 것들이 있는가?

4. 중심 장르의 틀 안에서 이야기를 구성하라. 이야기의 처음과 마지막에 중심 장르의 특색이 묻어나는 장면이나 상황을 삽입하라. 보조 장르의 요소를 지닌 시퀀스를 중심 장르의 특색이 강한 장면이나 상황 안에 끼워 넣어라. 이를 통해 독자는 자신이 체험하기로 선택한 장르의 분위기를 계속해서 느낄 수 있게 된다.

세계를 어떻게 채울 것인가

· 데이비드 앤서니 더럼

판타지 소설인 '아카시아Acacia' 3부작을 쓰기 전 나는 역사 소설을 세 편 썼다. 수많은 이가 묻는다. "왜 갑작스레 장르를 바꾸었나?" 판타지 소설 쓰기와 역사 소설 쓰기가 전혀 다른 일일까? 당시에도 그랬고 지금 역시 나는 이 두 가지가 다르다고 생각하지 않는다.

역사 소설을 쓰는 작가는 영영 사라져버린, 오직 상상 속에서만 존재하는 세계에 생명을 불어넣어야 한다. 이 세계는 현재 우리가 사는 세계와는 문화적 가치와 기술 수준, 종교적 신념, 과학 지식의 면면이 전부 달라서 독자에게 낯설게 느껴질 수 있다. 이 점은 정확히 그대로 SF · 판타지 · 공포 문학의 배경에도 적용된다.

역사 소설 작가들의 발목을 잡는 문제는 SF 소설이나 판타지 소설 작가들에게도 성가신 경우가 많다. 역사 소설을 쓸 때 작가는 어떻게 세계를 구성할지, 어떠한 디테일을 그릴지, 시대착오적 실수를 어떻게 피해갈지, 시대적 사건을 어떻게 연대순으로 전달할지를 두고 고민한다. 그리고 이 모든 고민은 SF · 판타지 · 공포 문학을 쓸 때에도 똑같이 적용된다. SF · 판타지 · 공포 장르의 경우 작가가 사실을 조사하는 대신 허구를 창작한다는 차이가 있을 뿐, 작품 속 세계의 디테일을 독자에게 효과적으로 전달할 수 있는 최선의 방법을 찾아야 하는 임무가 있는 건 다른 장르와 똑같다.

또한 역사 소설 속 세계를 구축하는 것은 단지 역사적 사실, 인물, 장소, 사물, 사례를 열거하는 데에 그치지 않는다. 역사책이라면 이러한 내용만으로 충분하겠지만, 역사적 배경을 지닌 소설은 이러한 사실에 생명을 불어넣어야 한다. 생생하고 현실감 있게 배경을 그리는 한편 일상의 소소함으로 구성한 디테일을 채워야 한다.

이 점을 염두에 두고 다음 연습법에 따라 네 차례에 걸쳐 시간 제한을 두고 글을 쓸 것을 권한다. 글을 수정하는 일은 나중에라도 할 수 있다. 처음 연습할 때는 각 부분마다 타이머를 3분으로 맞추고 시작과 동시에 글을 쓰기 시작한다. 타이머가 울릴 때까지 3분 동안 손을 멈추지 않는다. 전혀 말도 안 되는 문장밖에 떠오르지 않는다 해도 그것을 쓴다. 머릿속에서 가장 먼저 떠오르는 생각이 그대로 흘러나오게 하면서 주제에서 벗어나지 않도록 주의한다.

이제 연습을 해 보자. 나는 역사 소설을 처음 쓸 때 이 연습법을 개발했다. 여기에서는 SF · 판타지 · 공포 장르에 맞춰 수정된 연습법을 소개한다.

실전연습

1. 3분 동안 특정 시대와 장소의 건물이나 실내 모습을 묘사한다. 그곳은 익숙한 지구일 수도, 지구의 변주일 수도, 다른 행성일 수도, 환상의 세계일 수도 있다. 그 장소가 어디인지 직접적으로 언급하지 않는다. 그 대신 머릿속에 떠오르는 모습을 중요한 디테일이든, 사소한 디테일이든 가리지 않고 묘사한다. 상상을 통해 그 방 안에서 보고 느끼고 냄새 맡을 수 있는 모든 것을 쏟아내려고 노력하라. 그곳이 우주의 어디에 있는지는 상관 없다.

2. 다시 3분 동안 방금 묘사한 방 안의 인물을 묘사한다. 자신이 흥미롭게 느끼는 인물로 만든다. 특정한 배경에서 비롯된 특징을 지니면서도 그 자신만의 고유한 특색을 지니도록 한다.

3. 인물에게 말을 건다. 그 인물이 아는 사람에 대한 잡담에서 시작해 말을 늘어놓게 만든 다음 이야기가 어디로 흘러가는지 지켜보라.

4. 이제 대화의 핵심으로 들어갈 차례다. 인물이 늘어놓는 잡담 뒤에 도사리고 있는 문제를 소개하라. 그 특수한 배경에서 비롯될 법한 어떤 문제, 21세기의 삶

에서는 독자가 절대 접하지 못할 문제를 소개하라. 하지만 그 문제에는 어떤 식으로든 독자에게 공감을 불러일으키는 구석이 있어야만 한다. 이야기의 방향을 결정하게 될 그 골치 아픈 문제는 과연 무엇인가?

디테일에 자신 없는 내용은 쓰지 마라

· 빈센트 M. 웨일스

작품 그리고 작가에게 가장 중요한 것 중 하나는 바로 신뢰성이다. 신뢰성은 얻기 쉬운 편이지만 잃어버리기도 쉽다. 명백한 사실을 잘못 쓰는 것만큼 신뢰성을 무너뜨리는 일도 없다. 잘 알려져 있지 않은 분야에 속하는 정보라 해도 이 세상 누군가는 작가가 틀렸다는 사실을 알아차리고 말 것이며, 작가가 어떤 실수를 저질렀는지 서슴지 않고 지적할 것이다.

제임스 캐머런 감독의 영화 〈타이타닉〉이 개봉한 후, 유명한 천체물리학자인 닐 더그래스 타이슨은 영화에 나타난 너무나도 명백한 천문학적 실수를 지적하며 캐머런 감독을 질타했다. 배가 난파된 뒤 여주인공이 밤하늘을 올려다보는 장면에서 별자리가 그 시간과 장소에 들어맞지 않는다는 것이었다. 캐머런 감독은 이 영화를 3D 버전으로 재개봉할 때 이 장면을 올바르게 수정했다.

SF · 판타지 · 공포 작가는 작품에서 과학적 지식을 다룰 때가 많다. 대부분의 작가에게 과학적 배경지식이 없다는 점을 생각할 때 특히 이 분야에서는 실수가 일어나기 쉽다. 작가들은 그럴듯하게 내용을 꾸며낸 다음 독자들이 이를 사실이 아닌 것을 알면서도 기꺼이 속아주길, 있을 법한 이야기라고 생각해주길 바란다. 그러한 바람이 맞아떨어지는 경우도 있지만 언제나 그렇게 되지는 않는다.

〈쥬라기 공원〉을 처음 보았을 때 나는 한 가지 눈에 띄는 과학적 오류에 신경이 쓰여 영화의 나머지 부분을 제대로 즐기지 못했다. 이 영화에서 앨런 그랜트 박사는 티라노사우루스 티렉스의 시력이 움직임에 기반한다는 사실을 '알고' 있다. 즉 움직이지 않고 가만히 있으면 티렉스는 상대방을 보지 못한다는 것이다. 그랜트 박사가 제아무리 뛰어난 고생물학자일지라도 공룡의 시력은 화석만을 연구한 사람이 알아내거나 추측할 수 있는 성질의 것이 아니다. 그 사실을 알기란 절대로 불가능하다. 그런데 심지어 이 사실은 영화에서 없어서는 안 될 중요한 역할을 수행한다. 그랜트 박사와 렉스 머피는 이 사실을 알고 있는 덕분에 티렉스의 다음 먹잇감이 될 위기를 모면한다.

나는 첫 소설을 출간하면서 이러한 종류의 오류 검사가 중요하다는 사실을 절실히 깨달았다. 예술가 친구 하나가 책표지에 들어갈 삽화 작업을 하기 위해 초고를 읽고 오류를 지적해주었기 때문이다. 내가 쓴 초고에는 토끼를 요리하기 위해 털과 내장을 제거하는 장면이 명백히 잘못 묘사되어 있었다. 그 친구는 내게 이메일을 보내 토끼 내장을 제거하는 올바른 방식을 알려주었다.

내가 두 번째로 출간한 소설은 디스토피아적 미래를 다루는 이야기였는데 소설 안에서 특정 날짜가 중요한 역할을 했다. 그래서 2026년 5월 1일의 보름달을 언급하는 부분을 쓰기 위해 그날 실제로 보름달이 뜬다는 사실을 거듭 확인했다.

실전연습

성실하게 사실을 조사하는 습관을 들이기 위해서는 다른 작가의 작품에서부터 조사를 시작하는 것이 좋다. 다른 작가의 작품이라면 자신의 작품만큼 관대한 마음을 품기가 쉽지 않기 때문이다. 아무 책이나 꺼낸 다음 어느 한 부분을 고른다. 각 단락을 주의 깊게 읽으면서 이야기 속 세계뿐만 아니라 현실 세계에도 적용될 법한 의견이나 사실을 따로 기록한다. 기록한 사항을 모두 조사를 통해 확인한다. 판타지 소설에 등장하는 주인공이 말을 타고 4시간 동안 100킬로미터를 달린다. 가능한가, 불가능한가? 1850년대의 목장 주인이 울타리를 치기 위해 가시철조망을 구입한다. 가능한가, 불가능한가? 어떤 경찰이 달리는 자동차의 바퀴를 총으로 쏘아 차를 멈추게 만든다. 가능한가, 불가능한가? 이 문제에 대해서는 이러한 행동이 '허용'되는지, 안 되는지에 대해서도 생각해 보자.

간단하게 말해서 확실치 않은 건 쓰지 마라. 독자들이 허락하지 않을 것이다.

드러나지 않는 디테일도 파악해야 한다

· 멀리사 스콧

SF나 판타지 장르를 쓸 때 세계관을 어떻게 구축할 것인가를 두고, 공연계에 떠도는 오래된 농담이 하나 있다. 작가가 제아무리 훌륭하게 세계를 설계한다 해도 극장을 나서면서 무대에 대해 중얼거리는 관객은 없다는 것이다. 물론 이 말이 전적으로 맞아떨어지지는 않는다. 인물 못지않게 세계관 때문에 사랑받는 작품이 분명 존재하기 때문이다. 하지만 대부분의 경우 작가가 몇 달 동안 공들여 창조한 세계는 그저 무대 장치, 즉 인물과 이야기가 예쁘게 전시되는 배경으로만 남는다는 것 또한 분명한 사실이다. 공들여 정교하게 창조한 세계관으로 유명한《반지의 제왕》같은 작품조차 그 인물과 이야기가 아니었더라면 그토록 수많은 독자의 마음을 강렬하게 매혹하지 못했을 것이다.

물론 SF와 판타지는 기본적으로 배경 세계의 디테일이 절대적으로 중요하다. 이 장르에 해당하는 대부분의 작품은 사실주의 소설과 마찬가지로 사실주의적 법칙에 따라 쓰인다. 다만 작품 안에서 묘사되는 세계가 전적으로 허구이며 때로는 불가능의 영역에 속할 뿐이다. 이러한 식으로 SF, 판타지를 쓰는 까닭은 현실과는 확연히 다른 광대한 허구적 세계의 틀 안으로 독자가 발을 들일 수 있는 발판을 마련하기 위해서다. 그 허구적 세계가 얼마나 기묘하든, 과학적으로 얼마나 터무니없든 간에 작가는 독자가 이해하는 틀을 사용한다. 독자는 그 틀을 어떻게 해석해야 하는지 이미 알고 있다. 따라서 작가는 단지 그 틀 안에 낯선 정보를 채워 넣기만 하면 된다.

디테일을 구성하는 일은 기꺼이 속아달라며 독자를 설득하는 과정 중 하나다. 작가는 작품 안에서 지금까지 해온 선택과 논리적으로 어긋나지 않아 보이는, 치밀하면서도 일관성 있는 디테일을 쌓아 올려야 한다. 이 작업을 효과적으로 수행하기 위해 작가는 자신이 만든 세계를 속속들이 이해해야 한다. 중심을 이루는 세계관이 현실과 거리가 멀면 멀수록 이를 뒷받침하는 디테일은 한층 치밀해야 한다. 이야기의 핵심이 새로운 무언가를 발견하는 과정이나 미지의 세계를 탐험하는 과정을 따라 구성된다고 해도, 그래서 등장인물이 작품 속 세계를 탐험하는 과정에서 그곳에 대한 여러 가지 사실을 발견하게 된다고 해도 작가는 그보다 훨씬 더 많은 것을 알고 있어야 한다. 그래서 독자의 관심을 유도하거나 혹은 혼란을 일으킬 수 있는 적절한 디테일을 골라 보여줄 수 있어야 한다.

작가가 자신이 만든 세계를 속속들이 파악하고 있어야 하는 또 다른 이유는 그로 인해 독자가 인물에 대해 한층 더 잘 알 수 있기 때문이다. 인물은 세계에 의해 형성된다. 무슨 일을 하며 생계를 꾸리는가, 어떻게 살아가는가, 무엇을 상상할 수 있는가, 하물며 신체적 능력은 어떠한가 등 인물에게는 세계에 의해 규정된 한계가 존재한다. 작품 속 세계를 자세하게 파악할수록 작가는 풍경에 한층 정교한 디테일을 덧붙일 수 있다. 그리고 인물의 삶과 선택을 어떻게 형성하면 좋을지에 대해서도 더욱 잘 이해할 수 있다.

《꿈의 배Dreamships》를 쓰는 동안 나는 소설의 배경인 페르세포네의 주민들을 하급 노동을 하기 위해 끌려온 '노동자'와 관리 업무를 담당하는 어반 월드 출신의 '관리자'로 나눌 수 있다는 것을 알고 있었다. 이 두 집단에는 뚜렷하게 구별되는 언어적 차이가 존재하며, 노동자는 대다수가 청각장애인이라 수화를 주요 의사소통 수단으로 이용한다. 노동자들은 끌려오기 전의 고향에서도 상대적으로 수가 적고 빈곤 계급이다. 소설의 주인공인 리버디 지안은 이 두 집단에 발을 한쪽씩 담그고 있다. 노동자 세계에서 일을 하며 수화에도 능숙하지만, 중간 세계에서 태어나 그곳에서 교육을 받았다. 리버디는 층층이 계급으로 나뉜 페르세포네 사회의 어디에도 속하지 않는 인물이다. 세계의 디테일을 한층 자세히 알아보던 중 나는 이 사회에서는 '침묵'이 낮은 신분, 사회적 약자의 표식이라는 점을 알아차렸다. 이 말은 곧 리버디가 자신의 지위가 높지 않다는 사실을 스스로 인정하지 않기 때문에 결국에는 마음속의 생각을 말하게 되리라는 것을 의미한다. 이 점은 소설 전체에 걸쳐 등장하는 모든 대화 장면에 영향을 미쳤다.

한 가지 주의할 점이 있다. 작가는 자신이 발견한 세계의 디테일을 전부 사용하지 않는다. 이야기 속에 디테일을 몽땅 집어넣는 짓을 해서는 안 된다. 그럼에도 작가는 이야기가 펼쳐지는 중심지 밖의 세계가 어떤 모습인지, 길모퉁이를 돌면 무엇이 있는지, 인물이 들어가지 않은 방에 무엇이 있는지 전부 알고 있어야 한다. 인물이 어떤 사람이며 왜 그런 선택을 하는지에 대해서도 이야기에서 드러나는 것보다 한층 자세하게 알고 있어야 한다. 세계에 관해 은연중에 비치는 작가의 지식, 그리고 이로 인해 생겨나는 일관성으로부터 더 좋은 이야기가 탄생하기 마련이다.

실전연습

내가 작품을 쓸 때마다 하는 연습법을 소개한다. 이 연습법을 통해 세계와 인물을 동시에 생각하며 이 두 가지가 서로를 보완하도록 할 수 있다.

1. 평범한 날: 아무 사건도 없는 평범한 일상 속에서 인물은 무엇을 하는가? 생계를 꾸리기 위해 무슨 일을 하며 일터에서의 일과는 어떤 식으로 꾸려지는가?

별생각 없이 일상적으로 하는 행동들에는 무엇이 있는가? 인물이 어떤 사건에 휘말려 평범한 일상으로부터 벗어나게 되는 이야기의 경우, 이 연습은 인물의 배경을 채워 넣는 데 특히 유용하다.

2. 하루의 휴가: 단 하루만이라도 인물에게 자유가 주어진다면 그는 무엇을 할 것인가? 그는 어떤 식으로 재미와 휴식을 즐기는가? 일을 하지 않을 때, 아무도 그에게 의지하지 않을 때 인물은 무엇을 하는가? 그가 상상할 수 있는 가장 사치스러운 저녁의 여흥은 무엇이며, 그가 현실적으로 할 수 있는 일은 무엇인가? 인물이 용기 있게 도전할 법한 일은 무엇인가? 이 연습은 인물의 직업을 중심으로 전개되는 이야기에 특히 유용하다.

현실 법칙이 적용되면 더 설득력 있다

· 마크 시반크

사이에 놓인 공간 그리고 시간은 특별하고 불길하게 여겨지기도 한다. 이를테면 숲과 농경지 사이의 경계라든가, 새벽의 어스름과 저녁의 땅거미처럼 밤과 낮이 서로를 향해 어슬렁거리며 다가오는 시간 말이다.

시간과 장소의 '사이'는 형태가 변화하는 불확실성을 품고 있는 한편 신비와 가능성 또한 담고 있다. 이러한 경계는 위험과 모호함에 대한 은유로 사용된다. 인간이 경험하는 것들의 허무하기 그지없는 한계, 즉 탄생과 죽음, 병과 건강, 상실과 습득, 여행과 귀향 같은 것들 말이다.

이와 비슷한 관점에서 볼 때 판타지는 인간성을 신비로운 방식으로 비춘다는 점에서 이 불확실한 경계에 놓인 문학이라 할 수 있다. 이 경계는 낯설고 기묘한 곳으로 독자를 초대하는 '상상력'과 '인생의 진실' 사이에 놓여 있다. 언어의 기술을 연마하는 작가들에게 판타지 장르는 진정한 예술적 도전이 될 수 있다. 판타지는 위태롭기 그지없는 불확실성 위에 놓여 있기 때문이다.

SF · 판타지 · 공포 장르를 쓰기 위해서는 뛰어난 판단력을 발휘할 수 있어야 한다. 견고한 현실과 상상력이 불러낸 허구 사이를 가득 메운 수많은 위험과 함정을 헤치고 나가야 하기 때문이다. 작가의 목표는 독자를 납득시켜 '기꺼이 속아 주기willing suspension of disbelief'(19세기 영국의 시인인 새뮤얼 T. 콜리지Samuel T. Coleridge가 처음 사용한 용어)를 하게 만드는 것이다.

작가는 자신이 아는 것만 써야 한다는 관점이 있다. 이를테면 자신의 인생 경험 같은 것 말이다. 그러나 판타지 장르에서는 예외다. 예를 들자면 존 R. 톨킨이 《반지의 제왕》에 엘프와 오크를 창조한 것은 실제 지식에 따른 것이 아니었다. 그가 아는 것만 쓰는 데서 그치지 않고 풍부한 상상력을 통해 마음속에서 뚜렷하게 그릴 수 있는 것들을 표현했기 때문에 탄생한 산물이다. 자신의 상상을 글로 표현해내면서 톨킨은 엄청나게 많은 독자의 마음을 사로잡았다. 그러나 이는 비단 상상력만의 문제는 아니다. 결국은 균형의 문제였다.

톨킨의 작품이 엄청난 성공을 거둔 까닭은 일상에서 벌어지는 친근하고 편안한 현실의 모습을 완벽하게 그려낸 한편, 그 일상적인 풍경을 평범함과는 거리가 먼 매혹적인 상상의 세계 안에 가져다 놓았기 때문이다. 톨킨의 상상력에서 가장 중요한 특징은 한계를 모르는 자유로움도 아니며 현실에 매이지 않는 능력도 아니다. 환상적이면서도 비범하기 이를 데 없는 데다 모든 것을 아우르는 일관성과 현실성이 있다는 점이다.

톨킨의 상상이 독자에게 통하는 까닭은 두 가지 효과를 발휘하기 때문이다. 첫째, 톨킨의 이야기는 독자가 인간적이라고 인식하는 평범한 일상을 배경으로 한다. 이 점은 톨킨 자신이 알고 있으며 경험한 일을 썼다고 할 수 있다. 둘째, 톨킨은 영국의 역사와 중세 시대의 북유럽에 대한 방대한 학술적 지식을 토대로 한 독창적인 접근 방식으로 글을 쓰며, 이 해박한 지식으로 재능과 창의성의 날개를 화려하게 수놓는다. 이러한 점에서 톨킨의 상상력 넘치는 작품은 '허구보다 진실이 더욱 기묘하다'는 명제를 잘 드러내는 사례라고 할 수 있다.

모든 장르를 통틀어 판타지는 독자가 사실이 아님을 알면서도 기꺼이 속아주고 싶게 만드는 진실성이 가장 필요한 장르다. 전기 기기에 접지가 필요하듯 SF · 판타지 · 공포 장르에도 접지가 필요하다. 즉 현실과 연결되어 있어야 한다. 그렇지 않으면 판타지는 말 그대로 전혀 믿기지 않는, 신기한 일들을 보여주는 주마등에 그칠 위험이 있다.

나는 '돌 하프의 유산Legacy of the Stone Harp' 시리즈를 제임스 G. 앤더슨과 공동 집필하면서 우리가 만든 가상 세계가 필요한 부분에서는 현실 세계의 법과 규칙을 반영해야 한다는 점을 핵심 원칙으로 삼았다. 물론 이 원칙을 실제로 적용하는 방식과 범위는 작품마다 달라질 수밖에 없으며, 결국 작가의 예술적 판단과 취향에 달린 문제라고 할 수 있다. 그러나 앤더슨과 나는 불가사의에 의존하는 플롯 장치를 최대한 배제하려고 노력했기 때문에 배경 묘사에 설득력을 부여할 수 있었다. 그렇다고 해서 우리의 작품에 사람의 마음을 움직이고 깊은 인상을 남기는 기이하고 신비한 요소가 전혀 없다는 뜻은 아니다.

우리 작품에 등장하는 '노랫길songlines'이라는 주제는 이 점을 잘 보여주는 예다. 나는 여행 작가 브루스 채트윈의 책에서 이 개념이 호주 원주민에게 얼마나 중요한지에 대해 읽다가 착상을 떠올렸다. 노랫길은 참신하고 새롭고, 심지어 으스스한 시선으로 세계를 바라보는 방식을 보여준다는 점에서 '레이 라인ley lines'(초자연적인 힘이 깃들어 있다고 여겨지는 고대의 길)의 개념과 유사하다.

여행이나 역사를 다룬 논픽션 작품은 언제나 나의 상상력을 자극하는 중요한 수단이다. 특히 그레이엄 행콕Graham Hancock의 흥미로운 고고학 이론, 존 맨John Man의 고대 몽골 및 고대 중국 문명에 관한 매혹적인 작품이 그렇다. 이러한 작품은 모두 글쓰기를 위한 훌륭한 소재이며, 작품이 진실성의 한계를 벗어나지 않도록 돕는다.

콜리지가 쓴 낭만주의 시대의 가장 유명한 시 〈쿠블라 칸Kubla Khan〉을 보면 내가 여기서 말하고자 하는 바가 잘 드러난다. 콜리지는 문학에서 상상력이 얼마나 중요한지 보여주는 작가다. 그는 '제너두Xanadu'에 관한 기상천외하면서도 환상적인 묘사로 이 시의 포문을 연다. 제너두는 쿠빌라이, 즉 몽골 제국의 황제가 여름을 보내는 여름 별장이다. 그러나 콜리지의 시에서 제너두는 중국 북부의 한 지역보다는 콜리지의 고향인 서머싯을 떠오르게 한다. 여기서 우리는 콜리지가 엘리자베스 시대의 지리학자 새뮤얼 퍼처스 Samuel Purchas의 글에서 영감을 얻었다는 사실을 알 수 있다.

실전연습

평소 관심이 있던 세계의 한 지역, 혹은 흥미롭다고 생각하는 장소를 하나 고른다. 그다음 20~30분 동안 검색 사이트를 이용해 그곳에 대한 자료를 조사한다. 그곳에 대한 역사적 사실이나 여행 정보를 다룬 블로그를 찾아 읽는다. 눈을 크게 뜨고 허구보다는 기묘한 진실, 새로운 환상 세계의 바탕이 될 만한 토막 정보를 찾는다.

인터넷은 신기하고 방대한 세상이므로 상상력에 불을 붙일 만한 소재를 찾아낼 가능성은 충분하다. 그다음에는 15~20분 시간을 들여 소설의 토대로 사용할 수 있을 법한 이야기의 개요를 한두 단락 정도로 완성한다.

등장인물의 시점에서 보아야 한다

· 재니스 하디

나는 시점이 무엇인지 '깨달은' 그 순간을 생생하게 기억한다. 내가 처음 발표한 소설에 대한 비평을 읽던 중이었다. 주인공이 필사적으로 도망을 치다가 탈출할 수 있는 방도를 발견하는 장면이 있었다. 이 장면의 문장은 이렇다. "모퉁이를 돌아 들어간 그녀는 부두 말뚝에 매여 있던 그 배를 발견했다."

비평가는 이런 의문을 제기했다. "주인공은 배가 그곳에 있다는 사실을 이미 알고 있었는가? '그 배'라는 표현에는 주인공에게 배에 대한 사전 정보가 있었다는 의미가 내포되어 있는데, 글의 내용으로만 따지면 주인공이 딱히 배를 찾아 헤매거나 이미 배가 있는 것을 알고 있었다고 보기 어렵다."

당시 나는 비평가가 무슨 말을 하는지 전혀 감을 잡을 수 없었다. 사전 정보가 어떻다고? 비평가는 계속해서 '그 배', '그'라는 표현 속에 '주인공은 배가 있다는 것을 알고 있었다'는 의미가 내포되어 있다고 설명했다. 단순히 '아무 배'(주인공이 우연히 발견한 배)가 아니라 특정한 '그 배'(주인공이 이미 알고 있던 배)였다는 것이다. 여기서 '그'라는 단순한 지시어는 인물이 별것 아닌 배에 대해 얼마나 알고 있는지 나타내며, 그곳에 배가 있다는 사실을 알지 못했다면 인물은 '그' 배라고 지칭하지 못했을 것이라고 말이다.

그런데 사실 주인공에게는 배에 대한 사전 정보가 전혀 없었다. 배는 그저 주위 다른 사물과 전혀 다를 바 없는, 인물이나 독자에게 아무 의미가 없는 재미없는 디테일이었을 뿐이다. 불현듯 머릿속에 불이 환하게 켜진 듯했다.

인물이 '알고 있는 것', 다시 말해 시점은 소설 속 세계를 묘사하고 독자가 그 세계를 실감할 수 있도록 만드는 훌륭한 도구다. 작가는 이 도구를 통해 어떤 디테일을, 어떻게 자연스레 이야기에 엮어 넣을지 결정할 수 있다. 이 도구를 잘 활용하면 말하지 않고 보여줄 수 있으며, 정보와 배경을 독자 앞에 무더기로 쏟아붓는 일을 피할 수 있다.

작가는 '인물이 알고 있는 사실'을 도구로 삼아 독자를 소설 속 세계로 이끌고 그 세계의 모든 규칙을 설명할 수 있다. 주인공의 시선을 빌려 소설 속 세계에서 무엇이 일상적인지, 사회가 어떻게 돌아가는지, 어떤 문화적 규칙이 존재하는지 등 독자가 알아야 할 정보를 전부 펼쳐 놓을 수 있다. 작가는 인물이 살아가는 방식을 통해 독자에게 소설 속 세계를 설명한다.

다섯 살짜리 꼬마 소녀와 해군 부대에서 복무한 경력이 있는 마흔 살 아저씨가 어느 방에 들어간다고 상상해 보라. 그 두 사람은 방 안에서 발견할 무언가에 대해 완전히 다른 식으로 반응할 것이다. 이것은 특히 SF · 판타지 · 공포 소설에서 중요하다. SF · 판타지 · 공포 소설의 배경은 대개 허구로 창작된, 독자가 알지 못하는 세계이기 때문이다. 독자는 이야기가 펼쳐지는 세계를 이해하기 위해 기존의 지식에 기댈 수가 없다. 무엇이 중요하고 의미 있는지 알기 위해 오직 인물의 시선에 의존해야 한다.

소설 속 세계와 그 속에 사는 인물들을 창작할 때 명심할 점이 있다. 인물들은 자신의 세계를 있는 그대로 바라보며 당연하게 받아들이며 살아왔다. 따라서 우리에게 이상하게 보이는 무언가가 인물들에게는 그저 일상적이며 그럭저럭 참을 만한 일일 수도 있다. 또한 인물이 세계를 바꾸려 노력한다고 해도, 그가 생각하는 이상적인 세계의 모습은 우리가 생각하는 이상적인 세계의 모습과 일치하지 않을 가능성이 많다. 인물은 자신의 경험에 비춰 동의할 수 없는 부분을 변화시키려 할 것이기 때문이다.

예를 들어 소설 속 세계가 노예제를 용인하는 사회라면 인물은 노예를 불쌍히 여기지 않을 수 있다. 누군가는 노예를 마치 가구처럼 취급할 수도 있고, 또 다른 누군가는 좋아하는 애완동물을 대하듯 하면서 스스로 정이 많은 인간이라고 생각할 수도 있다. 소설 속 세계에 배신이 난무하며 인정사정 봐주지 않고 이득을 취하는 문화가 퍼져 있다면 그곳에서는 누구도 친구를 배신하기에 앞서 망설이지 않을 것이다. 설사 망설인다 해도 스스로 비겁하다고 생각하지 않을 것이며, 그저 성공을 위해 친구를 배신해야 한다는 사실에 혐오를 느낄 뿐일 것이다.

인물을 실제 그 세계에 살아가는 사람처럼 주위를 보며 행동하도록 만들어라. 배경이나 플롯에서 중요한 역할을 하는 디테일뿐만 아니라 인물이 중요하게 여기는 디테일도 이야기에 채워 넣어야 한다. 사람들은 세계를 자신의 관점에서 바라본다. 이 점을 십분 활용한다면 한층 풍부한 이야기를 쓸 수 있을 것이다.

실전연습

다음과 같은 몇 가지 기본적인 질문에 인물은 어떻게 대답할까? 인물은 작가가 창조한 세계를 어떻게 바라볼까?

1. 인물이 보내는 평범한 하루는 어떠한가?

소설 속 세계의 일상이 어떤 모습이며 어떤 식으로 사회가 돌아가는지 보여줄 수 있는 좋은 방법이다. 만약 우주여행이 평범한 여가활동이라면 주인공의 친구가 다른 행성으로 휴가를 다녀온 일에 대해 이야기할 수도 있다.

2. 인물은 어디에서 사는가?

주거 환경은 인물이 중요하게 여기는 것, 관심을 쏟는 일이 무엇인지 나타낼 수 있는 좋은 장치다. 또한 인물이 숨기고 있는 것을 드러낼 수 있는 기회이기도 하다. 만약 책의 존재가 불법인 세계에서 주인공이 귀중한 장서를 소유하고 있다면 주인공은 이를 숨기기 위해 수많은 문제에 봉착할 것이다.

3. 인물의 직장 혹은 학교는 어디인가?

이를 통해 소설 속 사회의 경제적·교육적 환경을 보여줄 수 있다. 인물이 가난하다면 길거리나 우주정거장의 지하에서 생활할지도 모른다.

4. 인물의 사회적·경제적 지위는 어떠한가?

인물을 주변 사람과 비교하면 그와 직접적으로 관계가 없는 중요한 디테일을 묘사할 수 있다.

5. 인물에게 어떤 친구들이 있는가?

인물이 자신의 친구들을 어떻게 생각하는지 묘사함으로써 소설 속 세계와 그곳에 사는 사람들에 대한 정보를 많이 전달할 수 있다. 친구들에게 공통의 문제가 있는가? 위협을 받는가? 야망이 있는가? 또한 친구끼리는 대화를 주고받기 마련이므로 세계에 관한 정보를 이들의 대화 속에 슬쩍 집어넣을 수도 있다.

6. 인물에게 적이 있는가? 또는 싫어하는 사람이 있는가?

7. 인물이 소속된 사회적·경제적 계층은 무엇인가?

이를 통해 인물이 다른 사람을 어떻게 인식하는지 보여주고, 또한 왜 그렇게 인식하는지 묘사하면서 계급의식을 드러낼 수 있다.

8. 인물이 겪는 어려움은 무엇인가? 무엇이 삶을 고달프게 만드는가?

이것은 플롯과 밀접하게 관련되어 있을 가능성이 크다. 이 질문을 통해 지나치게 긴 설명이나 과도한 정보 없이도 내재된 갈등을 드러낼 수 있으며, 이야기 전개의 핵심적인 토대를 마련할 수 있다. 주인공이 꺼리는 일들은 무엇인가? 지형적 요소나 날씨, 특정 집단일 수 있다. 혹은 굶주림이나 비밀 유지일 수도 있다.

9. 인물이 살아가며 마주하는 좋은 점에는 무엇이 있는가? 긍정적인 요소 또한 잊지 말자.

10. 이 세계에서 아름답다고 여겨지는 것은 무엇인가? 사람들은 무엇을 갈망하는가? 무엇이 있으면 인생이 편해지는가?

예를 들어 주인공이 남몰래 일을 수행할 수 있는 환경이나 힘든 과업을 완수하는 데 도움이 되는 비밀 능력 말이다.

등장인물의 감각까지 고려해야 한다

· 키즈 존슨

미래 사회, 외계 행성, 오즈, 사후 세계, 현실 세계와 언뜻 비슷하지만 좀비가 존재하는 세계, 말하는 동물이 사는 세계 등 SF와 판타지 소설은 장르 특성상 현실과는 다른 장소를 배경으로 한다.

배경을 2차원적인 게임판처럼 만들어놓고 인물을 마치 게임말처럼 그 위에서 돌아다니게 하는 일은 쉽다. 하지만 세계는 2차원적 게임판이 아니다. 적어도 소설 속 인물에게 그 세계는 현실이다. 인물은 우리가 보지 못하는 수백만 가지의 사물을 본다. 인물의 몸은 바로 우리의 몸이 그렇듯 공기 속에서, 연기 속에서, 물속에서 움직인다.

소설 속 세계를 보여줄 때는 마치 그곳에 '빠져들어간 듯'해야 한다. 인물이 무언가를 알아차릴 때, 그 알아차리는 방식을 통해 무언가를 보여주는 것이다. 인물은 방금 자신의 뒤를 따라 방으로 들어온 사람이 누구인지 어떻게 알아차리는가? 그 사람의 체취 때문인가, 발걸음 소리(혹은 미끄러지는 소리) 때문인가?

장면을 전개할 때 그 장면을 머릿속으로 그려보라고 흔히 말한다. 정확한 말이다. 나의 경우 장면을 머릿속에 그려보면서 대화가 귀에 적절하게 들릴 때까지 혼자서 대사를 중얼거리기도 한다. 주로 카페에서 글을 쓰므로 가능한 말소리를 낮추려고 노력하지만 항상 성공하는 건 아니다. 또한 나는 몸짓을 연기하기도 한다. 의식을 잃은 친구를 양팔로 안아 올린 인물이 문을 지날 때 어떻게 해야 친구의 머리가 문틀에 부딪치지 않을까? 어쩌면 몸을 살짝 숙여야 할지도 모른다. 하지만 몸을 숙이면 혹시 무릎이 아프지나 않을까? 나라면 분명 무릎이 아플 것이다! 혹시 균형을 잃고 비틀거리지는 않을까? 어쩌면 서두르느라 친구의 머리가 문틀에 부딪치든 말든 신경 쓸 여유가 없을지도 모른다. 이렇게 저렇게 조심할 여유가 없는 것이다! 어쩌면 친구가 피를 흘리고 있을지도 모르고, 혹은 문틀에 머리를 부딪히는 순간 친구가 의식을 되찾을지도 모른다. 어느 쪽이든 단순한 이동 상황에 지나지 않았을 장면에 이러한 고유한 요소가 더해지면 한층 현실감이 생긴다.

하지만 중요한 것이 더 있다. 어떤 장면 그리고 나아가 이야기 전체를 현실감 넘치게 만드는 과정 중에서 가장 중요한 것은 '인물이 무엇을 보고, 말하고, 행동하는가'가 아니라, '인물이 무엇을 느끼는가'이다. 감각 말이다. 인물은 외계인에게 쫓길 수도 있고 신들과 함께 진수성찬을 즐길 수도 있다. 하지만 그 어떤 일을 겪고 있든 간에 그 인물은 그 일을 체험하고, 의식하며, 느끼고 있을 게 분명하다. 그리고 그 감각은 단지 '장면에서 오감을 활용하라'는 수준에서 그치지 않는다.

실전연습

자, 다음의 연습을 해 보자. 지금 한창 쓰고 있는 장면 하나를 고른 다음, 인물이 아래의 감각적 체험 중 몇 가지를 겪고 있다고 가정한다. 인물은 자신에게 무슨 일이 일어나는지 알아차릴 수도 있다. 어쩌면 그 감각 때문에 행동하거나 말하거나 생각하는 데 방해를 받을지도 모른다. 정서적으로, 생리적으로 어떤 반응을 보일 수도 있다. 이러한 감각적 체험이 작가가 전달하려는 분위기를 반영할지도 모른다. 여기 소개하는 감각적 체험을 인물에게 적용해 보자.

1. 혈액 속 화학 반응

단 음식을 먹으면 갑자기 흥분되는 감각을 알고 있는가? 혈당이 떨어지면 기운이 없어지는 감각을 알고 있는가? 아드레날린이 분출되면 속이 불편해진다. 한 번 분출된 엔도르핀 수치가 떨어지기 시작하면 우울한 기분이 든다. 사람이라면 누구나 겪는 일이다.

2. 갈증

몸의 수분이 2퍼센트 감소하면 명확하게 사고할 수 있는 능력이 떨어진다. 나는 이 사실을 알지 못했는데 경험해 보니 정말 그랬다. 눈꺼풀이 달라붙는 듯한 기분이 들고 계속해서 부르튼 입술을 잘근거리게 된다. 손가락의 피부는 가죽처럼 뻣뻣해진다.

3. 근육 경련

만성 통증에 시달려온 사람은 통증이 일단 시작되고 나면 그 고통이 모든 것을 삼켜버린다는 사실을 잘 알고 있다. 몇 년 전 허리가 몹시 아팠는데 어찌나 힘들던지 내가 《반지의 제왕》 속 프로도였다면 욕을 하며 사우론이 이기게 뒀을 것이다.

4. 기온

날씨가 추우면 당연히 술래잡기를 하고 놀기가 어려우며, 더우면 옷을 가볍게 입어야 한다. 하지만 더위로 땀띠가 났다면 어떨까? 겨울에 두꺼운 옷을 껴입으면 몸을 움직이기 불편하다. 살을 에는 듯한 추운 날씨에는 인물이 눈을 제대로 뜨고 있기 힘겨울 것이다. 그러니 분명 무언가를 보지 못하고 놓쳐버릴지도 모른다.

5. 주변 소음

눈을 감아라. 60헤르츠로 진동하는 전기 소음이 들리는가? 전기 소음은 어디서도 피할 수 없는 우리 세계의 일부가 되어버렸다. 전자제품의 윙윙거리는 소리가 멈춘다면 무엇이 잘못되었는지 단번에 말할 수는 없더라도 무언가 이상하다는 사실을 이내 알아차릴 것이다. 단지 총성이나 비명, 배가 상륙하는 소리 같은 플롯과 연관된 소리에 대해 이야기하는 대신 인물의 삶에 존재하는 온갖 종류의 소리에 대해 생각해 보자.

6. 인물을 건드리는 것

지금 몸 어딘가가 뻐근하지 않은가? 가렵지 않은가? 근질근질하지 않은가? 옷이 몸에 꽉 끼는 부분이 있는가? 허리띠, 브래지어, 안경 같은 몸을 조이는 것이 있는가? 소설 속 인물에게도 그런 것이 있을 것이다.

이 밖에도 여러 가지가 있을 수 있다. 주변을 관찰해 보자. 음식을 먹을 때 맛뿐만 아니라 색감, 식감, 뜨겁거나 차갑거나 음식이 혀에 닿는 느낌에 대해서도 생각하자. 방으로 들어갈 때는 방에 놓인 물건이나 방에 있는 누군가뿐만 아니라, 빛이 어디에서 들어오는지에 대해서도 생각하자. 공기가 건조한가? 입술이 마르는가? 잠을 자려고 자리에 누웠을 때는 눈꺼풀을 통해 무엇이 보이고, 안 보이는지에 대해 생각하자. 베개는 어떻게 점점 따뜻해지는가? 이불이 몸에 돌돌 말리는가? 이불에서 무슨 냄새가 나는가?
이제 자신의 경험을 바탕으로 삼아 소설 속 세계로 감각적 체험을 확장하라. 인물은 우리와 똑같은 방식으로 소설 속 세계를 걷는다. (혹은 곰에게 쫓기며 허겁지겁 달린다.) 인물 또한 무수한 감각적 체험을 하며 크고 작은 것들을 온몸으로 느끼며 살아간다. 그 점을 표현하라.

설득력 있는 세계관

경제 체제가 치밀할수록
세계관이 강렬해진다

· 낸시 크레스

아직 작업이 끝나지 않은 작품에 대해 비평을 듣는 일은 도움이 될 법한 비평일수록 쓰디쓴 약을 삼키는 것처럼 고통스럽기 마련이다. 20년도 훨씬 전에 나는 시카모어 힐이라는 워크숍에 참여한 적이 있었다. 이곳에서 열일곱 명의 SF 작가들이 모여 각자 단편을 제출한 다음 동료 작가들의 비평을 들었다. 일주일 동안 열린 워크숍은 엄청난 양의 백포도주의 힘을 빌려 진행되었다. 나는 내 최고의 작품이라고는 할 수 없지만 통과는 할 수 있을 것이라 생각한 중편 소설 한 편을 들고 이 자리에 참석했다.

그러나 브루스 스털링Bruce Sterling의 생각은 달랐다. 최고의 SF 작가이자 날카로운 비평가였던 브루스는 문장도, 인물도, 더구나 사건도 아닌, 내가 만든 미래 사회에 대해 강하게 이의를 제기했다. "이 세계는 도무지 이치에 맞지 않아요." 브루스는 충격적일 정도로 상세하고 장황하게 비판을 늘어놓았다. "이치에 맞지 않는 세계를 도대체 어떻게 믿을 수 있단 말입니까? 이야기 전체가 허물어져 버렸어요. 이 우주식민지 사회는 도대체 어떤 식으로 운영되는 겁니까? 누가 규칙을 만듭니까? 누가 권력을 쥐고 있습니까? 돈은 어디로 가버렸죠?"

브루스의 말은 전적으로 옳았다. 식민지(지구에 있든 우주에 있든), 우주선, 과학 탐사, 전쟁, 도시, 심지어 가족에 이르기까지 모든 사업은 경제에 기반을 두고 움직인다. 어떤 사회의 경제 체제는 돈으로 묘사될 수도 있고, 물물교환이나 협동조합 혹은 그 밖에 새로이 만들어낸 무언가로도 묘사될 수 있다. 그러나 그 형태가 무엇이든 간에, 납득할 수 있는 미래 혹은 가상 사회를 창작하기 위해서는 납득할 수 있는 경제 체제가 존재해야 한다. 누군가 황야에서 홀로 길을 잃었다 해도 그가 신은 장화와 차고 있는 칼은 어딘가에서 구입한 것이 분명하다. 동굴인류의 원시 사회라 할지라도 그 안에는 자원을 모으고 나누는 구조가 존재한다.

그러나 이렇게 묻고 싶을 것이다. 쓰고 있는 소설이 경제와 전혀 상관 없는 이야기라면 어떠한가? 내 소설은 미래를 배경으로 할 뿐 사적인 인간관계를 다루는 이야기다. SF · 판타지 · 공포 문학에 이런 이야기가 있어도 좋지 않을까? 그러나 소설 속 인물이 인간관계를 맺는 그 미래 사회는 무無의 세계 속에 존재하지 않는다. 모든 인물에게는 살 집, 먹을 음식, 입을 옷, 타고 다닐 로켓의 연료,

강철 검, 수경 재배용 상자, 마법 물약을 담을 약병을 비롯해 그 사회에 있을 법한 여러 가지가 필요하다. 그 사회에서 이러한 것들이 어떻게 생겨나는지 작가가 잘 알고 있을수록 한층 풍부하고 충실한 이야기가 탄생한다.

여기에서 짚고 넘어갈 것은 이 모든 것에 두 가지 예외가 있다는 사실이다. 첫 번째 예외는 현대 혹은 가까운 미래를 배경으로 하는 이야기다. 이 경우에는 단순히 현존하는 경제 체제를 빌려 쓸 수 있다. 어쨌든 독자는 작가가 당연히 그렇게 할 것이라 기대할 것이다. 그러므로 여주인공이 휴대전화나 외제 자동차를 어디에서 구했는지 굳이 설명할 필요가 없다. 두 번째 예외는 이야기가 아주 짧은 경우로, 여기에서도 이야기 속 사회의 경제 체제에 대해 너무 고심할 필요는 없다. 이야기의 초점이 한두 장면에만 집중될 것이기 때문이다. 꽃의 접사 사진을 생각해 보라. 접사 사진의 경우 그 꽃이 어디 있는지, 언제 찍은 사진인지는 별로 중요하지 않다. 반면 광각 렌즈를 이용해 꽃이 핀 들판 전체를 찍을 때는 배경으로 사진의 형태를 잡는 일이 한층 중요하다.

브루스가 나의 소설을 낱낱이 해체해 비평한 일에서 기운을 차렸을 때 나는 경제 체제에 대해 오랫동안 곰곰이 생각해 보았다. "돈의 뒤를 캐라." 나는 브루스의 조언을 받아들였다. 그리고 내가 쓴 다음 작품인 《스페인의 거지들Beggars in Spain》은 휴고상과 네뷸러상을 받았다. 원칙적으로 SF · 판타지 · 공포 소설은 분량이 길

수록, 혹은 시간과 공간이 지금의 현실과 멀리 동떨어져 있을수록, 혹은 이 두 가지 다일수록 작가는 배경 사회를 지탱하는 경제 체제에 대해 더 많이 고민해야 한다. 그렇다면 어떻게 고민을 해야 하는가?

작가는 자신이 쓰는 이야기에 너무 깊이 들어가기 전에 다음에서 소개하는 질문에 대한 답을 알고 있어야 한다. 이 작업의 중요성은 아무리 강조해도 부족하다. 사회를 떠받치는 경제 체제에 대해 고민하다 보면 소설이 한층 설득력을 얻고 치밀해질 뿐만 아니라 전개하고 싶은 줄거리에 관한 착상이 떠오를 수도 있다. 일례로 행성 간의 전쟁으로 지구에서 멀리 떨어진 우주 식민지에 물품 공급이 중단되었다고 생각해 보자. 현재 등장인물들에게 무엇이 부족할 것인가? 로봇의 교체 부품인가? 지구화에 필요한 장비인가? 새 옷가지인가? 인물은 대용품을 개발하려 하는가, 물품을 손에 넣기 위해 다른 식민지를 침략하려 하는가, 혹은 적과 동맹을 맺으려 하는가? 그도 아니라면 다른 어떤 행동을 하려 하는가? 여기에 주인공이 어떤 식으로 관련되는가? 사건에 얽혀들면서 주인공은 한층 용감해지는가, 복수심에 불타게 되는가, 배신자가 되는가?

궁극적으로 모든 장르의 모든 이야기는 인물로 귀결된다. 그런데 인물은 주위 환경과 상호작용하기 마련이며 주위 환경은 경제 체제에 의해 그 모습이 결정된다. 이것이 바로 작가가 경제 체제를 치밀하게 창작할수록 한층 설득력 있고 강렬한 이야기가 탄생하는 이유다.

현재 작업하고 있는 단편이나 장편의 배경 사회를 검토하면서 다음 질문에 관한 답을 고민해 보자.

1. 이 사회에서 기술은 어느 수준까지 발전했는가? 대략 중세 판타지 사회라고 한다면 화약이 존재하는가? 쇠뇌가 있는가? 강철이 등장했던가, 혹은 그저 제련하지 않은 쇠뿐인가? 유리는 어떤가? 우주선이 배경이라고 한다면 이 우주선의 무기는 무엇인가? 우주선에 초광속 구동 장치가 있는가? 그렇지 않다면 태양계에서 멀리 떨어진 우주 공간으로 가기 위해서는 웜홀이나 세대 우주선(탑승자들이 세대를 이어 여행을 계속하는 우주선)이 필요할 것이다. 미래 사회, 지구가 아닌 우주 행성의 도시를 배경으로 하고 있다면 물품과 사람을 실어 나르기 위한 운송 수단이 어느 수준까지 발전했는가? 이 점을 알 수 있는가?

2. 이 정도 수준의 기술을 구현하기 위한 원자재는 어디에서 왔는가? 검을 만들기 위해서는 우선 광석을 캐내야 한다. 우주선은 광대하고 방어 설비가 잘 갖춰진 정교한 시설에서 건조되어야 한다. 심지어 옷조차 원자재를 직조하거나 가공해 만들어야 한다. 그리고 사람이라면 누구나 먹어야 산다. 이 사회에 농장이나 수경재배 탱크, 공

장이 필요한가? 이 시설들은 어디에 있는가? 이 시설에서 누가 일을 하는가? 노예인가, 농노인가, 소작농인가, 시민 신분의 노동자 계급인가, 로봇인가? 거주지(천막인가, 집인가, 대성당인가, 성인가, 마을인가)는 누가 건설하는가?

킴 S. 로빈슨 Kim S. Robinson의 소설 《붉은 화성 Red Mars》이 고전으로 여겨지는 이유는 화성에서 인류 문명을 세우는 과정의 흥미로운 디테일들을 타당성 있게 그려냈기 때문이다.

3. 이제 중요한 문제를 생각해볼 차례다. 검 제작, 우주선 내의 재정, 식민지 건설, 식량 조달, 탐사 착수를 통제하는 이는 누구인가? 정부인가? 정부라면 어떤 형태의 정부인가?(군주제인가, 과두 정부인가, 공화 정부인가, 전체주의 정권인가, 신권 정치인가?) 기업일 수도 있다. 그렇다면 기업은 한층 큰 규모의 경제 체제(국가적·세계적·태양계적·우주적 경제 체제)와 어떻게 상응하는가? 경제 체제는 자본주의를 따르는가, 사회주의인가, 자유주의인가, 이를 혼합한 형태인가, 혹은 이와는 전혀 다른 무엇인가? 이 모든 질문이 의미 하는 바는 이것이다. 이 사회에서 중대한 결정을 내리는 이는 누구인가? 다음 질문도 이와 마찬가지로 아주 중요하다.

4. 경제 통제가 어떻게 이루어지는가? 무력을 통해서인가?(군대인가, 무장 세력인가, 경찰인가?) 법을 통해서인가?(법은 흔히 무력으로 뒷받침된다.) 사회적 통제력인가?(충성심인가, 애국심인가, 지옥에 간다는 위협인

가, 가족을 부양해야 할 필요성인가, 자신의 전문 분야에서 성공하고 싶은 욕망인가?) 이런 요소가 어떤 식으로 뒤섞여 나타나는가?

5. 다른 모든 이를 손에 틀어쥐고 통제하려는 인물, 혹은 통제를 강화하려는 인물은 누구인가? 그 사람은 어떤 방식으로 그렇게 하는가?

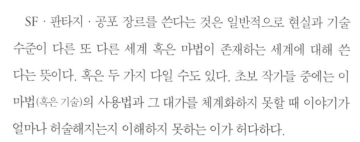

마법이 가능한 세계에서 주의할 8가지

· L. E. 모데싯 주니어

SF · 판타지 · 공포 장르를 쓴다는 것은 일반적으로 현실과 기술 수준이 다른 또 다른 세계 혹은 마법이 존재하는 세계에 대해 쓴다는 뜻이다. 혹은 두 가지 다일 수도 있다. 초보 작가들 중에는 이 마법(혹은 기술)의 사용법과 그 대가를 체계화하지 못할 때 이야기가 얼마나 허술해지는지 이해하지 못하는 이가 허다하다.

사실 내가 판타지 소설인 《은둔자의 마법The Magic of Recluce》을 쓴 이유는 오류투성이거나 실현 불가인 게 너무도 뻔한 마법 체계를 다루는 판타지 소설에 진력이 났기 때문이다. 충분한 고민도 없이 전설이나 게임 속 세계관을 뭉텅이로 그대로 가져다 쓴 데다, 작가의 생각과도 제대로 맞아떨어지지 않는 작품이 너무 많았다. 직접 판타지 작품을 쓰기 시작하면서 나는 다음과 같은 아주 실질적인 문제에 봉착했다. 논리적이며 이치에 맞고 운용 가능한 마법 체계를 창작해야 한다는 것이다. 또한 이 마법 체계는 너무 이국적이지 않아야 하고, 서유럽의 역사를 그대로 가져다 베낀 것도 아니어야 하며, 현실적으로 있을 법한 경제적·정치적·기술적 체제 안에 존재해야 했다.

요즘 작가들은 한층 나은 솜씨로 마법 체계를 창작하고 있지만, 그럼에도 자신이 창조한 마법의 영향력에 대해서는 신중하게 검토하지 않는 경우가 부지기수다. 지금부터 마법의 영향력을 제대로 검토할 수 있는 연습법을 소개하겠다. 이 질문들은 마법의 영향력을 검토하기 위해 구성한 것이지만, 대부분은 과학 기술의 영향력을 검토하는 데에도 적용할 수 있다.

실전연습

다음 질문을 통해 자신이 만든 마법 체계가 어떤 식으로 작용하는지 검토해 보자.

1. 마법 체계가 논리적이며 실현 가능한가, 혹은 비논리적이며 임의적인가?

너무 뻔한 질문처럼 들릴지도 모르며 실제로 뻔한 질문이 맞지만, 이 질문에 대한 답이 미치는 영향은 결코 뻔하지 않다. 논리적이고 실현 가능한 마법 체계 안에서는 대부분의 인물이 희망을 품을 수 있으며, 최소한 세계와 타협할 기회를 잡을 수 있다. 반면 제멋대로이며 규칙을 따르지 않는 마법 체계 안에서는 인물의 운명을 전혀 예측할 수 없다. 세계의 변덕 혹은 자비에 맡겨진 셈이다. 이를 꼭 나쁜 일이라고 할 수는 없지만 이 경우 전혀 다른 종류의 이야기가 탄생할 것이다.

2. 마법의 근원은 무엇인가?

마법은 신 혹은 여신이 내려준 능력인가, 세계의 구조 혹은 운용 방식을 이용하는 능력에서 비롯된 것인가? 신이 부여한 능력이라면 마법의 힘은 당연히 신의 힘보다 약해야 하며, 그에 따른 한계를 지니고 있을 가능성이 높다. 또한 세계의 구조에서 마법 능력이 비롯된다면 그 힘은 세계라는 틀 안에 한정될 수밖에 없으며, 세계의 영향에서 자유로울 수 없을 뿐만 아니라 세계에 영향을 미칠 수도 있다.

3. 마법의 힘은 얼마나 강하며 이 힘의 한계는 무엇인가?

마법의 힘에는 마땅히 한계가 있어야 한다. 한계가 없다면 마법이 작품 속 세계를 파괴할 수 있기 때문이다. 더구나 마법은 작가가 만든 세계의 일부이므로 일부가 전체보다 클 수는 없다.

4. 마법을 쓸 수 있는 이는 누구이며 그 이유는 무엇인가?

일반적으로 마법은 선천적으로 타고난 능력이거나, 훈련으로 갈고닦아 습득한 기술이거나, '은총' 즉 높은 존재가 수여한 힘이거나, 이 조건들이 여러 방식으로 혼합되어 나타난다. 인간 사회 혹은 지적 존재들이 모인 사회에서는 이토록 큰 힘이나 가치를 지닌 기술은 오직 소수의 사람만이 익힐 수 있다.

5. 마법을 쓰는 사람에게 필요한 자질은 무엇인가?

그 어떤 것이라도 높은 수준의 기술을 사용하려면 마땅한 대가를 치러야 한다. 기술을 익히기 위해 오랫동안 훈련을 한다든가, 홀로 떨어져 살아야 한다든가, 힘을 유지하기 위해 끊임없이 기술을 써야 한다든가, 남보다 한층 빨리 노화를 겪는다든가 등등. 능력을 얻으려면 대가가 필요하며, 이 대가는 그 능력을 쓰는 모든 이에게 동일하게 적용되어야 한다. 여러 가지 방식으로 대가를 '치를' 수 있다 해도 더 큰 힘을 사용하기 위해서는 더 큰 대가를 치러야 한다는 원칙이 유지되어야 한다.

6. 마법은 어떻게 쓰이는가?

인간은 도구를 사용하는 동물이다. 어떤 종족이라도 지적 능력을 갖추고 있다면 인간과 마찬가지로 도구를 사용할 가능성이 아주 높다. 이 말은 곧 마법 능력이 예측할 수 없거나, 비현실적이거나, 효율적이지 못할 경우 그 세계에서 중요한 역할을 할 가능성이 낮다는 뜻이다. 마법이 앞의 조건을 얼마나 충족하는지에 따라 마법을 쓰는 자가 가난하며 위험 부담을 안고 있는지, 혹은 강력한 권력을 쥐고 있는 귀족인지, 아니면 그 사이의 어딘가에 속하는지가 결정된다.

유용한 마법은 또한 경제적 가치를 창출하는 데 이용될 가능성이 높다. 이 문제는 마법으로 어떤 일을 할 수 있는지, 같은 기술을 지닌 마법사가 얼마나 많은지에 따라 달라진다. 덧붙여 어떤 세계에서든 마법은 그 세계의 사회 구조에 영향을 미칠 수밖에 없다. 마법을 사용하는 사람들과 그렇지 않은 사람들을 구분 짓는 선이 존재할 것이기 때문이다.

7. 마법과 과학 기술 사이에 어떤 상호 관계가 존재하는가?

마법이 기술의 발달에 기여하는가, 기술이 마법의 힘을 강화하는가? 혹은 마법과 기술은 상호 양립할 수 없는가? 그렇다면 그 이유는 무엇이며 어떤 조건이 필요한가?

8. 이야기의 결말 혹은 해결책이 마법에 얼마나 의존하고 있는가?

전적으로 마법에 의해 결말이 결정되는 이야기는 '데우스 엑스 마키나deus ex machina'식의 마무리로 여겨지기 쉽다. 반면 마법이 아무런 역할을 하지 못하는 결말은 주류 문학이나 걸치레로 마법을 이용한 다른 장르로 보일 위험이 있다. 훌륭한 SF·판타지·공포 장르는 마법(혹은 기술)을 인간적인 요소와 통합해 이 두 가지 중 하나라도 빠지면 가능하지 않을 결말을 이끌어낸다.

인간과 다른 종족의 사랑이 가능한 세계

· 마리오 아세베도

인간들의 사랑은 너무도 까다롭다. 그렇다면 인간과 인간이 아닌, 인간과 다른 종족 사이의 사랑은 어떨까?

시작하기에 앞서 우선 인간이 아닌 종족은 두 가지 부류로 나뉜다는 사실부터 알아야 한다. 첫 번째 집단에는 모습이 인간과 크게 다르지 않은 종족들이 포함된다. 뱀파이어, 천사, 악마, 벌컨Vulcan, 클링온Klingon 등이다. 기본적으로 팔이 두 개, 다리가 두 개, 인간과 아주 비슷하게 위치한 생식기가 달려 있다. 현대의 흔한 의류 매장에서 옷을 사 입어도 전혀 문제가 없을 법한 종족들이다. 이러한 종족과의 섹스 장면을 상상한다고 해서 "으악, 징그러워!" 같은 반응을 보이는 사람은 없을 것이다. 엘프와 사랑에 빠지지 않을 인간이 어디 있겠는가?

두 번째 집단에는 한층 다채롭고 문제가 많은 종족들이 속한다. 여기에는 온갖 종류의 생물이 포함된다. 곤충형 외계인, 유니콘, 용, 물방울처럼 생긴 생물, 좀비 등. 좀비는 시체지만 어쨌든 사람이었으니까 첫 번째 집단에 속해야 한다고 생각할지도 모른다. 하지만 군데군데 부패하고 있는 몸이라든가 섹스 도중 떨어져 나갈지도 모를 신체 부위는 역겹기 짝이 없는 요소다. 쓰레기 썩는 냄새 또한 낭만적인 분위기를 조성하는 데 전혀 보탬이 되지 않는다.

　두 번째 집단에 속하는 종족과의 섹스는 구역질 나는 장면을 연상케 할 뿐 아니라, 심지어 어느 별에서는 법으로 금지되어 있을 수도 있다. 불쾌한 느낌을 주고 싶지 않다면 성행위 자체보다 감각적 체험에 초점을 맞춰 표현하는 것이 방법이다. 정신적 합방인 셈이다. 어쨌든 정신과 의사들은 두뇌가 가장 넓은 영역의 성감대라고 이야기한다. 그러므로 성관계를 정신적 영역으로 한정하면서 특정 신체의 일부를 불쾌한 방식으로 문질러대는 일을 피하는 것이다. 예를 들어 인간 남성 우주비행사가 통에 담긴 진득한 액체 형태의 외계인 여성과 사랑에 빠졌다고 하자. 처음 액체가 튄 순간 사랑에 빠진 것이다. 외계인 여성은 이런 식으로 말할 수 있다. "어머나 세상에, 당신은 나를 이해해 준 사람이에요!" 인간 남성은 이런 식으로 말할 수 있다. "오, 자기는 너무 뜨거워." 말 그대로다. 액체 외계인 여성이 들어 있는 통은 섭씨 43도에 이른다. 남자는 통 안으로 몸을 흔들고 여자는 참방거린다. 남자는 흔들고 여자는 참방거린다. 다음 순간 남자는 여운을 느끼며 여자의 품속으로 안긴다. 여자가 액체이기 때문에 누가 젖은 자리에서 자는지를 두고 다툴 일도 없다.

연애 장면을 쓰는 일은 한층 쉬울 수 있다. 연애는 연인들이 정서적 차원에서 서로에 대해 어떤 감정을 느끼는가의 문제이기 때문이다. 말하자면 닿긴 닿는데 몸이 아니라 마음이 닿는 것이다. 사랑이다.

소설 쓰기란 독자의 감정을 교묘하게 조종하는 일이다. 독자는 대리 만족을 바란다. 독자를 실망시키지 마라. 독자 앞에 관심을 쏟을 수 있는 인물, 감정을 이입할 수 있는 인물을 대령하라. 독자가 웃음을 터트리게 만들어라. 눈물을 흘리게 만들어라. 공포에 사로잡히게 만들어라. 희망에 부풀게 만들어라. 열렬한 욕망을 느끼게 만들어라. 승리의 기쁨을 만끽하고, 상실의 슬픔에 젖고, 회한에 빠지게 만들어라.

온통 섹스에 대한 이야기뿐이라면 소설은 그저 인간 해부학 책에 나올 법한 도해나 마찬가지다. 좋다, 여기 남자의 튀어나온 부분이 있다. 여기에 여자의 들어간 부분이 있다. 하품이 나올 지경이다.

그러나 내 말만 듣고 인간과 외계 종족 간의 에로틱 문학 분야를 탐험할 용기를 꺾지는 마라. 이러한 각본을 상상해 보자. 우주탐사선의 여선장이 지적인 오징어 교수와 함께 어딘가에 고립된다. 여선장에게는 욕구가 있다. 오징어 남성도 마찬가지다. 두 사람 사이에 화학 작용이 일어난다. 여선장은 호기심을 억누를 수 없으며 성적으로 흥분해 있다. 오징어 남성도 마찬가지이며 또한 그에게는 수많은 촉수가 있다. 두 사람 모두 법적으로 성인이다. 이 이야기를 소설로 쓴다면 포르노 분야의 베스트셀러가 탄생할지도 모른다.

실전연습

1. 주인공이 미래의 연인에게 처음으로 호감을 느끼는 단락을 써라. 내면화 기법을 사용하라.

2. 서로 다른 두 종족 간의 성적 접촉을 오직 감정만 표현해 묘사하라.

3. 슬프게도 모든 것에는 끝이 있기 마련이다. 종족이 다른 연인이 이별을 고하는 장면을 써라.

초자연적 존재와 대화가 가능한 세계

· 개브리엘 모스

　빙의 이야기는 왜 호응을 얻지 힘든가? 유령 이야기는 왜 하품이 나올 만큼 지루한가? 이 의문은 어쩌면 인간과 초자연적 존재 사이의 소통 같은 단순한 문제로 설명할 수 있을지도 모른다. 물론 어떤 초자연적 존재는 한 번도 입을 열지 않거나 가끔 때를 잘 맞춰 으르렁거리기만 할 뿐인데도 여전히 무시무시하다.

　하지만 플롯이 인간이 초자연적 존재와 만나게 된다는 착상(유럽을 떠도는 뱀파이어, 악령에 사로잡힌 어린 소녀, 억울한 죽음에 복수를 하고 싶어하는 귀신)에 의존하고 있다면 인간과 초자연적 존재 사이의 소통을 어떻게 표현하는가의 문제가 작품 전체의 분위기를 살릴 수도 있고 죽일 수도 있다.

　예를 들어 귀신이 언어적 소통을 전혀 못한다면 복수심에 불타는 귀신을 다루는 이야기의 흐름은 처질 수밖에 없다. 반면 유령이 마치 식료품점에서 줄 서 있는 주부처럼 쉴 새 없이 떠드는 수다스러운 존재라면 공포 이야기의 긴장감은 느슨해질 수밖에 없다.

그렇다면 지나치게 과도한 소통과 지나치게 부족한 소통 사이에서 어떻게 적절히 균형을 잡을 수 있을까? 그리고 초자연적 존재에게 어울리는 그만의 고유하고 독특한 소통 방식은 어떻게 창작하는가? 이 소통 방식은 초자연적 존재의 목적을 독자에게 뚜렷하게 전달하는 동시에 그 존재가 절대 이 세계에 속하지 않는다는 사실을 확실하게 보여 줄 수 있는 것이어야 한다.

스티븐 킹의 《그것It》에 등장하는 광대 페니와이스가 희생자들과 나누는 대화는 아주 무시무시하다. 이 책에서 페니와이스는 다른 인물에게 직접 말을 걸 때가 많은데, 그 대화를 통해 그가 덜 무서워지기는 커녕 한층 더 무시무시한 존재로 자리 잡는다. 그 이유는 무엇인가? 페니와이스가 평범한 사람처럼 말을 하지 않기 때문이다. 페니와이스는 은유와 시적 표현, 사람들이 반쯤은 잊어버린 어린 시절의 말씨를 사용한다. 킹은 이러한 요소를 뒤섞어 사용하며 페니와이스가 우리의 세계에 들어맞지 않은 존재임을 효과적으로 보여준다. 《그것》에서 가장 유명한 한 장면에서 페니와이스는 한 소년에게 이렇게 말한다. "조지, 걔네는 떠다녀. 여기 밑에 나랑 같이 있으면 너도 같이 떠다니게 될 거야." '떠다니다'라는 표현을 사용한 덕분에 독자의 머릿속에는 이와 연관된 온갖 이미지가 떠오르고 연상 작용이 일어난다. 물속을 떠다니는 시체, 어린 시절에 하늘을 둥둥 떠다니던 풍선(페니와이스가 자주 사용하는 도구이기도 하다), 천국을 떠다니는 영혼, 산들바람에 떠다니는 민들레 홀씨 같은 것들이다. 페니와이스의 표현은 "여기 밑에 나랑 같이 있으면 너도 죽을 거야"라는 말에서는 독자가 전혀 느끼지 못할 법한, 전혀 다른 반응을 불러일으킨다. 이 두 가지 말이 전달하는 의미가 크게 다르지 않은데도 그렇다.

페니와이스는 은유적 언어를 사용해서 자신이 평범한 사람들과는 전혀 다른 존재라는 사실을 분명하게 나타낼 뿐 아니라, 어른들이 사용하는 단어와 구절의 진정한 의미를 제대로 이해할 수 없었던 어린 시절의 공포를 독자가 다시금 느끼게 만든다. 페니와이스 특유의 기이한 소통 방식은 그를 현대 공포 장르에서 손꼽히는 악당으로 만든 핵심 요소 중 하나다.

하지만 당신은 자신이 그저 평범한 인간일 뿐이라고 말할지도 모른다. 나 또한 평생 당신처럼 평범한 인간답게 말하며 살아왔다. 그렇다면 나는 초자연적 존재만의 유일무이한 소통 방식에 대한 창작 비법을 어떻게 터득했는가?

실전연습

1. 스스로 무섭다고 생각하는 것들을 머릿속에서 목록으로 작성한다. 꿈은 이에

대한 정보를 얻을 수 있는 아주 훌륭한 공급원이다. 꿈에 대한 일기를 꾸준히 쓰면서 꿈속의 인물이 자신에게 어떻게 말하는지 기억해두면 초자연적 존재가 의사소통하는 방식을 창작하는 데 큰 도움이 된다. 또한 꿈은 의식의 논리가 완전히 사라지는 곳이기 때문에 초자연적 이야기를 구상할 때 이야기의 착상을 얻을 수 있는 훌륭한 장소이기도 하다.

2. 10분 동안 자신이 무서워하는 것들에 대해서 자유롭게 쓴다. 다만 종이와 펜을 이용한다. 자체 검열이나 비판을 하지 않고 종이에서 펜을 떼지 않은 채 계속해서 글을 써라. 머릿속에 떠오른 것을 모조리 글로 옮기면서 특히 어린 시절 무서워했던 기이한 것들에 주의를 기울인다. 광고 음악일 수도 있고, 집에 있던 어느 방이었을 수도 있다. 10분이 다 되면 쓴 글을 처음부터 쭉 읽어본다. 논리적이기보다는 무언가를 연상시키는 듯한, 눈에 띄는 단어나 구절이 있는가?

3. 시를 읽어라. 재미있게 들리거나 무언가를 떠올리게 만드는 은유적인 표현을 공책에 기록해 수집한다. 작품 속 괴물이 화려하고 시적인 언어로 말해야 하는 건 아니지만 시의 강렬하고 튀는 표현, 구문을 읽다 보면 괴물의 기묘한 말투나 관점에 대한 착상이 떠오를 수 있다.

4. 어린이들과 이야기를 나누어라. 이제 막 입말을 익히기 시작한 어린아이들은 뜻하지 않게 기묘한 은유의 달인이 될 수 있다. 또한 참신하고 독특한 방법으로 정보를 전달하고자 고심하는 작가라면 아이들이 자신의 언어로 엮어내는 세계 속에서 영감을 찾을 수 있을 것이다.

일주일 동안 기묘한 문구나 시구를 수집하라. 단어 하나도 놓치지 마라. 너무 깊이 고민하지 마라. 직감에만 의존해 무언가를 연상시키는 듯 기묘한 느낌을 주는 구절과 단어를 적는다.

이제 이야기로 돌아간다. 사람들이 이야기 속 초자연적 존재에게 기대하는 특정한 감정에 대해 생각하라. 사람들은 고대부터 내려온 고귀하고 강한 존재라는 이유로 그를 두려워하는가? 자신들은 알지 못하는 신비를 알고 있으므로 경계하는가? 초자연적 존재와 소통할 때 인간들이 느낄 법한 정확한 심리 상태에 초점을 맞춰라.

이제 그 심리 상태에 대한 정보를 염두에 둔 채로 수집한 목록을 다시 읽는다. 읽으면서 직감에 의존해 초자연적 존재에 대한 사람들의 정서적 반응과 관련 있어 보이는 단어, 구절을 고른다.

이제 초자연적 존재와 인간이 대화하는 짧은 장면을 두 가지 형태로 쓴다. 하나는 초자연적 존재가 단순하고 의미가 분명한 언어로 말하게 만든다.("내가 널 따라다니는 이유는 네가 내 무덤 위에 차고를 지었기 때문이야.") 나머지 하나는 초자연적 존재가 목록에서 고른 인상적인 단어와 구절로만 말하게 만든다.("눈물 맛이 나는 자줏빛 가고일이 바다를 부숴버렸어!") 두 장면을 나란히 두고 비교해 보라. 초자연적 존재가 어떻게 자신만의 특정 방식으로 소통해야 하는지 확실히 감을 잡을 수 있을 것이다.

설명할수록 세계는 지루해진다

· 크리스 하워드

당신이 SF, 판타지, 공포, 스릴러 등 장르적 특징을 지닌 이야기를 쓰고 있다면 아마도 지금 한창 세계를 구성하는 중일 것이다. 그리고 이 과정 중에 '여행안내서', '수다스러운 교수', '박식한 작가' 문제 같은 위험에 부딪혔을 것이다. 나 또한 작품을 쓰다가 이 모든 문제와 마주한 적이 있다. 이 글에서 나는 독자를 지루하게 만들지 않으면서 이야기 흐름에 걸림돌이 되지 않도록, 작가가 만들어낸 세계의 훌륭한 디테일을 독자에게 전달할 수 있는 방법들을 차례차례 설명하려 한다.

이 글에서는 창작된 허구 세계, 이 허구 세계를 변형 혹은 조합한 세계, 현실 세계와 비슷해 보이지만 몇몇 부분이 크게 다른 가상 세계를 모두 아울러 '신세계'라고 부를 것이다.

신세계는 그곳이 얼마나 아름답고 위험한지, 진짜 현실 세계와 얼마나 비슷하고 또 얼마나 다른지와 상관없이 어쨌든 새로운 세계다. 이 말은 곧 신세계와 친숙해지기 위해서는 어느 정도 시간이 필요하다는 뜻이다. 다행히도 장르 문학의 독자는 일정 수준 이상의 불확실성을 기대하고 있다. 또한 작가가 결말에서 대부분의 의문을 해소해주리라 믿고 대개는 그때까지 기꺼이 기다리려고 한다. 장르 문학의 독자가 책을 읽으며 기대하는 것은 한 번도 가보지 못한 곳으로 가게 되거나, 잘 알고 있다고 생각한 장소에 대해 무언가 전혀 뜻밖의 사실을 알게 되는 것이다. 반면 작가가 이 모든 정보를 폭탄이 터지듯 한꺼번에 쏟아붓는 것은 원치 않는다.

핵심은 독자를 기다리게 만드는 것이다.

신세계에서 일어나는 이야기를 쓸 때 작가는 흥미로운 요소를 숨기는 데 애를 먹는다. 작가인 탓에 독자를 자신의 세계로 끌어들여 이것저것 자랑스럽게 내보이고 싶은 마음이 들기 때문이다. 지리적 요건, 배경, 문화적 디테일을 구성하는 데 창의적 노력과 시간을 아낌없이 투자했으므로 그냥 지나치기가 어렵다. 가끔씩 잠깐 발을 멈춘 채 풍경을 감상하고 우주선 기지를 가리키고 기묘하게 생긴 꽃의 향기를 맡아서는 안 된다는 법이 어디 있단 말인가?

그래도 된다. 다만 약간의 인내심과 피곤함이 요구될 뿐이다. 작가가 공들여 구축한 세계를 제대로 자랑하는 한편 이야기를 이끌기 위해 입을 다물어야 할 때를 알 수 있는 몇 가지 요령이 있다.

우선 흔히 볼 수 있는 몇 가지 문제를 살펴보도록 하자.

'여행안내서' 문제

SF와 판타지에 등장하는 수많은 세계에 대한 상세한 여행안내서가 나왔으면 하고 바라는 사람들이 있다(내가 그렇다). 그러나 소설을 처음 접하는 독자는 이러한 안내서가 필요하다고 생각하지 않는다. 아직 소설 속 세계를 경험하지 않았기 때문이다. 처음 책을 펼치는 독자는 아직 300~400쪽에 달하는 소설 속 세계에서 살아보지 않은 상태다. 그러나 작가는 자신이 만든 세계가 얼마나 훌륭한지 잘 알고 있으며, 유목민의 전통춤이 얼마나 볼 만한지 이야기하고 싶어서 안달복달한다.

그러면 안 된다. 그러나 어떤 경우에도 절대로 안 된다는 뜻은 아니다. 다행히도 이 점은 여행안내서의 함정이 아니다. 이는 여행안내서의 '문제'다. 함정은 안전하게 제거해야 할 대상인 반면, 문제는 해결하거나 다음 장으로 슬쩍 떠넘기거나 혹은 문제가 아닌 것처럼 교묘하게 눈가림해도 되는 것이다. 즉 주인공이 독자를 이야기에 몰입하게 만든 후에 4장이나 5장 즈음 유목민을 만나 전통춤을 춘다면 독자는 즐거운 마음으로 계속 책을 읽어나갈 것이다.

'점들을 배치한 후 독자가 이 점 사이를 채우게 하라'는 말을 들어 본 적이 있을 것이다. 이 방법을 한층 명쾌하게 표현하자면 이렇다. 독자가 소설 속 세계의 멋진 도시와 해안 리조트에 대한 《미슐랭 그린 가이드Michelin Green Guide》를 가지고 있다고 생각하고 글을 써라. 여기에서 조금, 저기에서 조금, 독자에게 디테일을 알려 줄 필요가 있을지도 모르지만 줄거리를 이해하는 데 첨단기술로 만든 건물의 소재나 어느 장치의 분자 구조에 대해 독자가 알아야 할 필요가 없는 이상, 작가만큼 독자도 소설 속 세계를 잘 알고 있다는 가정하에 글을 써야 한다.

여행안내서 문제를 해결하는 방법은 이렇게 요약할 수 있다. '무언가의 냄새를 맡기 위해 발걸음을 멈추지 마라.' 그대로 달리면서 (냄새를 굳이 맡아야 한다면) 코만 킁킁거려라. 그것만으로도 충분하다.

'수다스러운 교수' 문제

이 문제는 기술이나 과학, 혹은 복잡한 사회적·마법적·기술적 설정이 중요한 역할을 하는 작품에서 흔하게 찾아볼 수 있다. 이 문제는 교수가 세계의 토대가 되는 중요한 정보에 대해 어떤 식으로든 이야기를 해줘야 한다는 것이다. 이 정보는 플롯이 전개되거나 인물이 중대한 선택을 할 때 커다란 영향을 미치는 요소로 작용한다. 또한 제대로 설명하기 까다롭거나 권위 있는 인물의 입을 통해서만 전달되어야 하는 경우가 많다. 여행안내서 문제는 절제를 함으로써 해결할 수 있는 반면 수다스러운 교수 문제는 많은 정보를 세세하게 쪼개 이야기 전체에 얇게 깔아두는 방식으로 해결할 수 있다. 이러한 정보를 여러 쪽에 걸친 독백으로 독자 앞에 쏟아부어서는 안 된다. 독자는 잠수함이라든가, 어느 신이 퍼트린 질병 그리고 어떤 식물들을 섞어 써야 이 질병에 면역이 생길 수 있는지에 대해 전혀 아는 바가 없다. 그러니 작가는 독자가 이야기를 제대로 이해할 수 있도록 그 디테일을 기억하게 만들어야 한다.

그러기 위해서는 정보를 이야기에 이리저리 엮어 넣어야 한다. 독자의 머릿속에 정보를 전달하는 가장 효과적인 방법은 그 정보가 이야기 안에서 실제 적용되는 사례를 보여주는 것이다. 그리고 어떤 인물이 다른 인물에게 상황에 대해 설명하면서 동시에 독자에게 정보를 전달하게 만들어도 좋다. 다만 그런 경우가 너무 많아서는 안 되며 그 장면은 주의 깊게 집필해야 한다.

이야기 안에서 독자에게 많은 정보를 전달해야 할 때마다 원예에 필요한 인내심을 되새겨라. 디테일의 씨앗을 이야기 위에 얇게 뿌려놓고 싹이 트게 만든 다음, 이야기 전체에 걸쳐 디테일을 조금씩 언급한다면 세계 구성에서 아주 중요한 점을 선물로 받게 될 것이다. 바로 이야기의 타당성이다.

이야기의 여기저기에 조금씩 실마리를 심어둔 후 이야기를 풀어나가는 과정에서 그것들을 언급하면, 마침내 실마리가 풀릴 때 독자가 전혀 당황하지 않는다. 독자는 이 모든 것을 계속 그 세계 속에 있었던 것으로 받아들인다. 왜냐면 실제로 그러하기 때문이다. 디테일이 이야기 전체에 자연스럽게 녹아들면, 이를 중심으로 변화하는 플롯이 한층 견고해진다. 그 디테일이 무엇이든 상관없다. 이야기의 타당성은 이야기에 자연스레 녹아든 디테일에서 탄생한다. 자연스러움이 곧 타당성인 것이다.

'박식한 작가' 문제

이야기의 아귀를 맞추기 위해 반드시 이야기 안에 엮어 넣어야 하는 디테일이 있는가 하면, 꼭 등장할 필요가 없는, 플롯 전개나 인물의 행동과 거의 혹은 아무런 상관이 없는 디테일이 있다. 여기에서 바로 박식한 작가 문제가 탄생한다. 이 문제는 역사 소설 분야에서 흔히 찾아볼 수 있다. 역사 소설을 읽는 독자는 로마시대 갑옷을 입을 때 대갈못이 필요했다거나, 7세기 아프리카 서부 해안 지대를 따라 농업이 발달했다는 사실을 작가가 알고 있을 거라 생각한다. 혹은 독자가 작품을 통해 이러한 사실을 배우고 싶어 하기도 한다. 다만 이 모든 방대한 지식을 한입에 삼키라며 덥석 던져주는 걸 좋아하지 않을 뿐이다.

박식한 작가 문제의 해결책은 용어 사전을 수록하거나 주석을 달아 독자가 정보를 직접 찾아보게 만드는 것이다. 또 다른 방법으로는 등장 인물 중 한 명의 이름으로 블로그나 이메일 계정을 만들어 그 인물의 시점으로 글을 올리거나 답장을 씀으로써 작가가 알고 있는 놀라운 정보를 과시하는 것이다. 다만 소설 안에 이 모든 지식을 쑤셔 넣는 것만은 안 된다.

연습을 시작하기 전에 주의사항을 몇 가지만 이야기하겠다. 전달하려는 정보는 해당 장면 혹은 해당 장에서 플롯상 중요해야 하지만, 이야기 전반에 걸쳐 중요한 의미를 지닐 필요는 없다. 예를 들어 근방에 서식하는 미생물이 돛을 먹어치우지 못하도록 반드시 특수 물질을 칠한 천으로 돛을 만들어야 한다는 정보가 있다고 치자. 이 정보는 이야기 전체에서는 그리 중요하지 않을 수 있지만 앞으로 펼쳐 질 두세 장의 이야기에서는 플롯을 전개하고 긴장감을 조성하는 데 아주 중요한 역할을 할 수도 있다. 지금 소설 속 주인공이 배에 올라 장어가 들끓는 바다를 건너려 하고 있기 때문이다.

소설 속 세계를 창조하는 목적은 스토리텔러의 목적과 일치해야 한다. 작가는 독자가 다음에 무슨 일이 벌어질지 궁금해하며 책장을 넘기길 바란다. 또한 독자가 인물에게 감정을 이입하거나 최소한 그를 이해하길 바라며, 소설 속에서 인물들이 헤쳐 나갈 여정에 대해 깊이 생각하길 바란다. 그리고 사건이 예상한 대로 전개되지 않을 경우 확실하게 깜짝 놀라기를 바란다. 스토리텔러로서 작가의 최고 관심사는 '인물이 무엇을 하는가'이며, 세계 창조자로서 작가의 최고 관심사는 '인물이 어디에서 그 일을 하는가, 그곳은 인물에게 어떠한 영향을 미치며 어떻게 그의 능력을 제한하는가'이다. 이 두 가지 관심사를 적절하게 균형을 이루어 통합한다면 독자는 더 많은 이야기를 듣기 위해 기꺼이 장르 문학의 세계를 다시 찾을 것이다.

실전연습

'말하지 말고 보여줘라' 이 일반적인 글쓰기 원칙을 모르는 사람은 없다. 배경 묘사에 이 원칙을 적용하면 '설명하지 말고 행동하라'가 된다. 특히 책을 여는 첫머리에서 이 원칙은 특히 중요하다.

새로 쓰는 이야기의 1장부터 3장에 이르기까지 소설 속 세계에 대한 설명을 모두 배제하라. 이미 써두었다면 새로 써라. 이 말은 곧 디테일을 설명하기 위해 이야기의 속도를 늦추는 일 없이 계속 사건이 이어지는 세 개의 장이 있다는 뜻이다. 인물이 소설 속 세계를 마음대로 누비고 다니게 만드는 한편, 두세 단어 이상의 설명이 필요한 어떤 사실 혹은 특이한 점이 등장하면 (반드시 해야 하는 경우에는) 그 명칭만 언급한 다음 이야기를 계속 풀어가 보자.

다음의 지침을 반드시 명심하라. 독자가 이미 이 세계를 방문한 적이 있다는 가정 하에 글을 써야 한다. 지나치게 설명하려 들지 말아야 한다. 모든 것을 독자가 알고 있다고 생각하라. 도입부의 3개 장이 끝날 때까지 내면의 교수님을 저 뒤편에 잘 모셔둬라. 물론 인물들은 설명이 필요한 이런저런 일들을 마주하게 될 것이다. 하지만 독자가 이야기 속으로 푹 빠져들 때까지 자세한 설명은 아껴둬야 한다.

유독가스로 가득한 대기나 저주의 장벽 등 인물의 행동을 제한하는 요인이 등장하면 인물이 당면한 문제를 전적으로 이해하고 있는 것처럼 행동하게 만들어야 한다. 인물의 행동을 일일이 독자에게 설명하기에는 아직 너무 이르다. 인물이 그저 행동하게 만들어라.

도입부의 1장에서 3장까지 작가의 목표는 독자가 느낄 불확실성을 적당한 수준으로 유지하는 것이다. 있는 힘을 다해 설명을 자제하라. 무엇이든 독자에게 설명을 해야만 하는 상황이라면 설명을 아주 간략하게 줄이거나 명칭만 언급하라. 명칭 안에 설명을 함축해 독자에게 그 사물이나 현상의 의미를 전달해야만 하는 경우도 있다. 하지만 그 이상은 안 된다.

이를테면 광장에 인간, 인간형 로봇, '멜라리스'가 북적이고 있다. 이때 독자가 멜라리스가 무엇인지 알고 있다고 생각하고 이야기를 계속 진행시켜라. 명칭 안에 얼마나 많은 정보를 함축해 넣을지는 작가의 선택에 달려 있다. 어떤 독자는 '-리스-lith'(돌로 만들어진 것)이라는 접미사를 보고 이것이 '돌'로 되어 있다는 사실을 유추할 수도 있다. 혹은 그렇지 못할 수도 있다. 이 연습의 핵심은 적어도 도입부 3개 장 동안에 그 어떤 것도 자세하게 설명하지 않는 것이다.

독자가 소설 속 세계에 어느 정도 시간을 투자할 때까지 참고 기다려라. 무대 뒤에서 일어나는 온갖 흥미로운 일에 대해 설명하기 전에 독자가 소설 속 인물과 같은 공기로 숨 쉬게 될 때까지 기다려라. 어느 정도 시간이 지나면 그 공기가 필요하게 된 독자 스스로 계속 책장을 넘길 것이다.

시작부터 세계에 긴장감을 부여하자

· 토드 클릭

    5년 전 할리우드를 어슬렁거리다가 어느 영화사의 시나리오 검토가와 이야기를 나눈 적이 있다. 평소 어떤 식으로 일을 하는지 이야기해달라고 부탁하자 그녀는 이렇게 대답했다. "글쎄요. 들어온 시나리오의 앞부분을 읽어요. 다섯 쪽이 넘어갈 때까지 마음이 동하지 않으면 쓰레기통에 던져 버리고 다음 시나리오로 넘어가죠."

    그녀의 솔직한 고백에 나는 등골이 오싹했다. 몇 달 동안, 때로는 몇 년 동안 작품 하나에 매달려 힘겹게 시나리오를 써내는 작가 입장에서 나의 작품이 가볍게 쓰레기통으로 던져졌을 것을 생각하니 지나치게 불공평하다고 여겨졌다. 이 쓰디쓴 현실을 힘겹게 삼키면서 나는 스토리텔링의 거장들이 어떻게 독자의 마음을 사로잡는지 그 방법을 깊이 연구하기 시작했다. 그리고 이러한 탐구를 통해 윌리엄 셰익스피어로부터 시작된, 오늘날의 위대한 작가와 영화감독들이 여전히 애용하고 있는 기법들을 배울 수 있었다. 이 거장들의 '비법'을 작품에 적용하자 그 즉시 나의 이야기들은 쓰레기통 신세에서 벗어나 온갖 종류의 계약서를 끌어들이기 시작했다.

성공을 거둔 영화나 연극을 보면 초반의 몇 분 안에 작가가 의식적 혹은 무의식적으로 넣은 특정한 이야기 흐름이 등장한다. 나는 여기에서 한 걸음 더 나아가 다섯 가지 이야기 흐름을 규명하고 이름을 붙였다. 각 이야기 흐름은 다음 순서에 따라 등장한다. '긴장', '고조', '상승', '재상승', '충격'이다. 여기에서는 셰익스피어의 《햄릿》과 스티븐 스필버그 감독의 〈레이더스Raiders of the Lost Ark〉를 예로 들어 설명하도록 하겠다.

1단계: 긴장

〈레이더스〉에서 인디아나 존스와 발굴단은 위험이 가득한 정글 속으로 향한다. 《햄릿》에서 베르나르도는 근처의 어둠 속에 누가 숨어 있는지 궁금해한다.

드라마, 스릴러, 코미디, 공포, SF, 로맨틱 코미디, 서부 등 장르를 막론하고 성공을 거둔 작품은 모두 긴장감과 함께 이야기가 시작된다. 최고의 작가들은 다음 다섯 가지 요소 중 한 가지를 택해 이야기의 긴장감을 높이며 관객의 마음을 사로잡는다. 위험, 걱정, 대립, 불안, 섹스다. 셰익스피어와 스필버그는 이 두 작품에서 위험을 살짝 곁들인 불안을 선택해 이야기를 시작했다.

2단계: 고조

이미 존재하는 긴장감을 '겹겹이 쌓아 올릴' 때 관객의 기대감은 높아진다. 솜씨 좋은 작가라면 누구나 알고 있다. 도입부에 긴장감을 조성해 관객을 꾈 수 있어도 그 긴장감을 계속해서 높이지 못하면 관객의 관심이 금세 식어버린다는 사실을 말이다. 긴장감을 고조하는 좋은 방법은 '게다가'라는 표현을 사용하는 것이다.

〈레이더스〉에서 인디아나 존스는 위험이 가득한 정글의 깊숙한 곳 으로 향하고 있으며(1단계) '게다가 독화살을 발견'한다(2단계). 《햄릿》에서 베르나르도는 어둠 속에 누가 숨어 있는지 궁금해하며 (1단계) '게다가 마르첼루스마저도' 무서운 유령의 모습을 목격했다고 주장한다(2 단계).

3단계: 상승

그다음은 상승이다. 십대 시절 나는 아버지에게 래칫 렌치를 사용하는 법을 배웠다. 낡은 자동차의 엔진 내부에 있는 볼트를 조이는 데는 래칫 렌치만 한 것이 없다. 래칫 렌치로 볼트를 조일 때면 손목까지 그 압박이 전해진다. 훌륭한 작가는 볼트를 조일 때와 똑같은 원리를 3단계와 4단계에 적용한다. 방금 전보다 한층 더 긴장감을 높이려면 '또한' 같은 표현이 도움이 된다.

〈레이더스〉에서는 사티포가 말한다. "또한 이 독은 그리 오래된

게 아닌데요."《햄릿》에서는 '또한 무시무시한 유령'이 무대 위에 나타난다.

4단계: 재상승

긴장감을 또다시 한 단계 높이는 데 좋은 표현은 바로 '설상가상'이다.

〈레이더스〉에서 인디아나 존스의 동료는 '설상가상 그에게 총을 겨눈다.'《햄릿》에서 공포에 사로잡힌 호레이쇼는 '설상가상 새파랗게 질려 덜덜 떤다.'

5단계: 충격

앞의 네 단계에서 긴장감을 겹겹이 쌓았다면 여기에서는 관객의 허를 찌를 반전이 필요하다. 거장은 이 순간에 관객을 깜짝 놀라게 해 입을 떡 벌리게 만든다. 등장인물을 놀라게 하는 무언가, 전혀 뜻밖의 것, 한 번도 보지 못한 것을 보여주는 방법을 통해서 말이다. 이러한 점에서 5단계는 앞의 1~4단계와 미묘하게 다르다.

《햄릿》에서 호레이쇼는 그 유령이 바로 승하한 덴마크 왕, 즉 자신의 친구 햄릿의 아버지와 닮았다고 말한다. 호레이쇼에게는 깜짝 놀랄 만한 일일 수밖에 없다. 〈레이더스〉에서는 그야말로 입이 떡 벌어질 만큼 많은 검은 독거미 떼가 등장인물들의 등을 타고 기어오른다! 스필버그는 5단계의 '충격'을 애용하는 감독이다. 〈죠스〉에서는 나체로 수영하던 여자를 수면 아래 숨어 있던 상어가 잡아채어 삼킨다.

어떤 분야의 작품이든 상관없다. 연극 대본이든, 영화 시나리오든, 소설이든, 그래픽노블이든. 연극과 영화의 흐름을 익히고 이를 자신의 이야기에 적용하라. 이 기법은 앞으로도 계속 효과를 발휘할 것이다.

실전연습

1. 관객을 사로잡는 1단계 '긴장'을 다섯 가지 요소 즉 위험, 걱정, 대립, 불안, 섹스를 각각 이용해 써본다. 그중 이야기에 가장 잘 들어맞는 요소는 무엇인가?

2. 1단계에서 어떤 요소를 이용해서 긴장감을 조성할지 결정한 다음 '게다가'라는 표현을 사용해 긴장감을 고조한다.

3. 2단계에서 조성된 긴장감을 '또한'이라는 표현을 이용해 더 높이 끌어올린다.

4. 3단계까지 긴장감을 겹겹이 쌓아 올렸다면 '설상가상'이라는 표현을 이용해 긴장감을 마지막으로 한 단계 더 끌어올린다.

앞의 네 단계를 통해 긴장감을 적절하게 쌓아 올렸다면 관객이 방심하지 못하도록 깜짝 놀랄 반전을 선사한다. 5단계에서 주인공 앞에 펼쳐질 수 있는 뜻밖의 일들은 무엇일까? 인물이나 관객이 이전에는 한 번도 보지 못한 일들은 무엇일까?

장르 시리즈물의 주제, 구성, 인물

· 샤론 스콧

이야기를 창작하는 데 작가가 사용하는 도구는 대부분 시리즈물 창작에도 그대로 적용할 수 있다. 다만 장르 시리즈 기획에만 적용되는 규칙이 세 부분에 존재한다. 시리즈물의 주제, 구성, 인물이다.

먼저 '주제'에 대해 이야기해 보자.

한 편으로 끝나는 이야기는 뚜렷한 결말이 존재하는 한 가지 착상으로 구성된다('의사는 아내가 걸린, 정체를 알 수 없는 병을 치료할 방도를 찾아야만 한다'). 그러나 시리즈물에서 시리즈 주제란 매주 혹은 에피소드마다 되풀이해 등장하는 착상이다. 이 착상은 예측할 수 있는 공식에 따라 등장하지만 예측하지 못한 방식으로 해결된다('매주 의

사는 정체를 알 수 없는 병을 앓는 환자를 만나고, 환자가 사망하기 전에 서둘러 병을 치료할 방도를 찾아야만 한다'). 장르 시리즈물의 주제 또한 비슷한 규칙을 따르지만 여기에 '장르적' 특색이 더해진다. 장르적 특색이란 현대적 정의에 따르면 초자연, 공포, SF, 판타지, 미스터리, 추리 요소를 말한다('늑대인간인 의사는 매주 정체를 알 수 없는 병을 앓는 환자를 만나고, 환자가 사망하기 전에 서 둘러 병을 치료할 방도를 찾는 한편 자신의 야수적 본성을 비밀로 숨겨야만 한다').

다음은 '구성'이다.

시리즈물 집필은 연재 횟수(소설의 권수, 만화와 TV 드라마의 횟수)에 따라 줄거리를 길게 늘이는 일만큼 단순하지 않다. 어떤 구성 원칙을 적용하든 모든 이야기에는 발단, 전개, 결말이 뚜렷하게 존재해야 한다. 이와 같은 원칙이 시리즈물에도 적용되는데 여기에 한 가지 중요한 사항이 덧붙는다. 각각의 이야기 즉 회별로 구성 원칙이 적용되는 한편, 시리즈 전체를 관통하는 커다란 이야기에도 마찬가지로 구성 원칙이 적용되어야 한다는 점이다. 〈X파일〉에서 멀더가 그 오랜 시간 동안 자신의 여동생을 찾지 않았다면 이 작품은 어떻게 되었을까? 〈스타트렉: 보이저〉에서 승무원들이 그토록 절박하게 지구로 돌아가기 위해 애쓰지 않았다면 이 이야기가 사람들의 마음을 사로잡을 수 있었을까?

시리즈물은 각 에피소드에는 물론 시리즈 전체를 아우르는 이야기에도 목표가 반드시 존재해야 한다. 장르 시리즈의 이야기가 목표하는 바는 아주 분명하다. 장르 작가의 주요 목표는 독자를 즐겁게 하는 것이며, 이는 곧 대중의 흥미를 얻어야 한다는 뜻이다. 순문학의 이야기가 더욱 지적이며 내적 동기에 의한 목표를 추구하는 반면(자아 찾기, 성장, 사랑하는 법 배우기 등) 장르 시리즈는 더욱 능동적이며 외적 동기에 의해 위험한 목표를 추구한다는 것이다(위기를 모면하고 살아남기, 마을 구하기, 살인범 찾기 등).

마지막으로 '인물'에 대해 이야기하자.

어느 시리즈물이든 작가는 놀라운 면이 있고 독특한 개성을 지니며 독자의 환심을 사는 인물, 계속해서 그의 활약을 지켜보고 싶은 인물을 창조하고자 한다. 인물에게 장르적 특징을 부여하기 위해 참고할 수 있는 목록은 끝도 없다. 초능력, 영적 능력, 외계 종족 등. 다만 대부분의 시리즈물에서 중심인물은 변하지 않으며, 변한다 해도 크게 변하지 않는다는 점을 주목할 필요가 있다. 물론 힘이 더 세지거나, 더욱 똑똑해지거나, 무기를 추가로 획득할 수 있다(여기서 '무기'는 실제의 의미와 비유적 의미 모두를 뜻한다). 또는 누군가를 만나 사랑에 빠질 수도 있다. 그럼에도 정서적 차원에서 중심인물은 변하지 않는다. 만일 중심인물이 정서적으로 변화해버리면 그는 독자나 관객이 매주 만나면서 친숙해진 인물이 아니게 된다. 또한 조연에게도 특별하게 신경을 써야 한다. 조연은 이야기 안에서 중심인물을 규정하고 이끌고 보조하는 역할로 활용할 수 있다.

길게 이어지는 시리즈물에서는 인물들이 오랜 시간에 걸쳐 여러 가지 복잡한 인간관계를 맺는다. 이 과정을 통해 독자는 인물에게 정서적으로 애착을 느끼게 되고 이들에 대한 더 많은 이야기를 듣기 위해 다시 시리즈물을 찾게 된다. 《어메이징 스파이더맨》은 슈퍼히어로 만화 시리즈의 걸작이다. 이 만화의 애독자들이 푼돈을 모아 신간을 사는 이유는 스파이더맨이 거미줄을 쏘아대고 건물 옆면에 매달리거나 날아다니는 모습을 보고 싶어서가 아니다. 독자들이 이 만화를 다시 찾는 이유는 온순한 성품의 피터 파커가 여주인공과 연인이 될 수 있을지 궁금하기 때문이다. 또한 자신의 가장 친한 친구가 불구대천의 원수라는 사실을 발견하는 순간을 보고 싶기 때문이다.

장르 시리즈물에 특별하게 적용되는 주제와 구성, 인물에 대한 원칙을 유의하라. 그것만으로도 글을 쓰기 위한 탄탄한 기반을 마련하게 될 것이다.

실전연습

1. 장르 시리즈물의 주제를 설정한다. 이 주제는 매 회, 에피소드마다 반복적으로 등장하는 착상인가? 이 착상은 각 회마다 관객이 전혀 예상치 못한 방식으로 해결되는가? 이 작품을 장르 시리즈물로 구분하는 요소는 무엇인가? 간결하게 설명하라. 머릿속에 뚜렷한 이미지를 그릴 수 있을 정도면 충분하다.

2. 이 장르 시리즈물에서 이야기 전체를 아우르는 목표는 무엇인가? 명심하라, 모든 이야기의 목표는 능동적이며 외적 동기에 따라야 한다.

3. 시리즈물 전체 이야기의 목표를 이루기 위한 방법에는 무엇이 있는가? 이 질문의 대답은 시리즈물의 각 에피소드에 필요한 작은 목표의 씨앗이 된다.

4. 중심인물은 누구인가? 어떻게 하면 중심인물을 개성 있고 매력적으로 만들어 독자가 그들을 계속 보고 싶게 할 수 있는가? 주인공의 매력을 더하기 위해 덧붙일 수 있는 장르적 요소가 있는가?

5. 시리즈를 시작할 무렵 등장하는 조연의 목록을 작성한다. 만만치 않은 적수를 포함한다. 인물들의 관계를 복잡하면서도 설득력 있게 만들 방도를 생각하라.

6. 결말을 미리 생각해둔다. 우리는 좋아하는 시리즈물이 영원히 이어졌으면 하고 바라지만 아무리 위대한 걸작 중의 걸작이라도 어느 순간에는 끝을 맺어야만 한다. 당신의 장르 시리즈는 어떠한 결말을 맺게 될 것인가? 영웅이 승리하는가? 영웅이 가까스로 승리를 거두지만 목숨을 잃게 되는가? 시리즈를 관통하는 목표를 이루는 과정에서 악당이 되고 마는가?

7. 시리즈의 진행 속도는 어떠한가? 어떤 형식을 염두에 두고 있는가? 만화 시리즈에는 TV 드라마나 소설과는 다른 조건이 필요하다. 조사를 하라. 어떠한 형식을 선택하는가에 따라 이야기가 어디에서 끊어지게 될지, 회별 플롯을 어떻

게 구성해야 할지 답이 나올 것이다.

과제를 마치면 장르 시리즈물에 대한 훌륭한 지침을 마련한 셈이다. 행운을 빈다. 즐겁게 글을 쓰길!

독창적인 착상
넷플릭스에 팔리는 작품의 비밀 2

독창적인 착상을 떠올리는 법

· 스티븐 사우스

　장르를 구분하던 명확하고 분명한 선은 지난 10년 동안 희미해졌다. SF와 판타지, 공포를 가르던 경계는 이리저리 옮겨지고 희미해져 오늘날에는 더 이상 그 경계가 어디에 있는지 말하기 어려워졌다. 마거릿 E. 애투드는 자신의 작품《시녀 이야기The Handmaid's Tale》에 SF라는 특정 꼬리표를 달길 거부하면서 그 대신 이 소설을 '사변 문학speculative fiction'이라고 규정했다. 그렇다면 〈판의 미로〉는 판타지 영화인가, 공포 영화인가, 마술적 사실주의 영화인가?

　과거 평면적 인물이 활개를 치던 SF 장르는 이제 현실적이며 개성 넘치는 인물로 가득하다. 판타지 요소가 뚜렷한 작품이 간결한 신문체로 쓰이기도 하고, 공포 장르는 단순히 좀비와의 사투를 다루는 데 그치지 않고 좀비가 탄생하게 된 배경을 설득력 있게 설명하려 한다. 《다크 타워Dark Tower》나 《이미지카Imajica》 같은 작품을 설명하기 위해 '다크 판타지dark fantasy'라는 용어가 필요하다는 사실은, 장르를 가르는 경계가 서로의 영역을 침범해 뒤섞였다는 것을 보여준다.

이처럼 장르의 경계가 무너지자 독자들은 이전에 본 적 없는 무언가를 기대하기 시작했다. 하지만 걱정할 필요는 없다. 이야기의 '토대가 되는' 플롯이 두 가지(혹은 일곱 가지나 서른여섯 가지)뿐이라 해도, 모든 인물에 적용되는 감정의 핵을 만들고 새로운 방식으로 착상하면 독자의 기대를 충족할 수 있다.

이야기 안에 감정의 핵을 심는 일은 중요하다. 인물의 고난에 독자가 공감할 수 있도록 인물을 제대로 묘사해야 한다는 뜻이다. 굉장한 착상 하나로 이야기를 끌어가던 시대는 이미 끝났다. 하지만 인물 묘사는 비단 SF · 판타지 · 공포에서만 중요한 게 아니다. 설사 그 인물이 다리가 열두 개 달린 벌레라고 해도 인물 묘사는 다른 장르와 다를 바가 없다.

하지만 착상은 다르다. 착상이야말로 SF · 판타지 · 공포를 '장르적'으로 만드는 주역이다. '광선총이 등장하는 햄릿' 같은 이야기를 말하는 게 아니다. 정말 뛰어난 장르 이야기는 장르의 특색과 착상을 단지 겉치레하기 위한 껍데기로 이용하지 않고 없어서는 안 되는 요소로 품는다.

착상, 특히 이전까지 아무도 생각지 못한 착상을 떠올리기란 힘들다. 기존의 착상을 가져다 쓰는 경우에도 기본적으로 참신하게 다루어야 한다. 일단 핵심적인 착상을 떠올리기만 하면 이를 시작점으로 삼아 이야기를 써나갈 수 있다. 내 경우에는 보통 초고를 쓸 때 플롯의 뼈대만 완성하고 이후 원고를 수정할 때 감정의 핵을 두텁게 만들어나가며 이야기를 발전시킨다.

여기에서는 소설의 중심을 이루는 기발한 착상을 떠올리는 방법과 그 착상을 토대로 소설 속 세계를 창조하는 방법을 소개하겠다. 이 방법들은 단편 소설을 쓸 때 특히 유용하다. 여러 번 반복한다면 장편 소설을 쓸 수 있을 만큼의 착상을 얻을 수도 있다.

실전연습

1. 가장 먼저 시작점이 될 주제를 정한다. 아직 주제를 정하기 전이라면 먼저 이야기의 착상을 키워낼 '씨앗'을 만들어야 한다. 이를 위해 단어를 이용해도 좋고 사진을 이용해도 좋은데, 내게는 사진이 더 유용하다. 이때 두 가지 주의사항이 있다. 첫째, 가장 먼저 찾은 사진을 이용한다. 사진을 보며 까다롭게 고르면 안 된다. 둘째, 특정 주제어로 사진을 검색하지 않는다. SF 소설을 쓰기 위해 우주 탐사선 사진을 찾거나 판타지 소설을 쓰기 위해 요정 사진을 찾으면 안 된다.

2. 사진 하나에서 한 가지 요소, 한 가지 착상만을 고른다(이를테면 결혼식 사진에서 신부가 쓴 면사포만 선택해 여기에 집중하는 것이다).

독창적인 착상

3. 1과 2의 과정을 한 번 더 반복해 첫 번째 착상과 교차할 착상을 찾는다(두 번째 사진이 꽃밭에 나비가 날아다니는 사진이라면 나비의 날개를 고르는 식이다).

4. 이제 두 가지 착상을 합친다. 염두에 두고 있는 특정 장르가 있다면 이 합쳐진 착상에 그 장르의 색을 입힌다.

   a. 사진에서 떠올린 특정 요소를 고수한다(여기에서는 면사포와 나비의 날개다).

   b. 이 과정에 이르면 추상적인 개념 혹은 이미지 중 하나가 떠오를 것이다(둘 다 떠오를 수도 있다. 예를 들어 여성이 나비를 피하기 위해 면사포를 써야 했다는 설정(추상적인 개념)과 나비로 만든 면사포를 쓴 여성의 얼굴(이미지) 말이다.

   c. 이제 내키는 대로 설정을 비틀어라(여자 대신 남자에게 면사포를 씌워보자. 동성 간의 결혼이라면 누가 면사포를 써야 할까? 이 문제가 이야기에서 중요한 역할을 할까?).

   d. 최종적으로 나온 설정 혹은 이미지를 두고 마치 두 살짜리 어린아이로 돌아간 듯한 마음으로 "왜?"라는 질문을 던져라 (그 여성은 왜 나비를 피하는가? 여기서 나비는 우리가 익히 알고 있는 나비가 맞는가, 혹여 나비처럼 생긴 미지의 생물체인가? 면사포를 쓰는 관습은 어디에서 유래했는가? 그 배경은 무엇인가?).

5. 설정 혹은 이미지를 단순히 겉치레로 보여주는 데 그치지 말고 한 걸음 더 나아가게 만드는 질문을 던진다. 이러한 설정 혹은 이미지가 어떻게 작품 속 인물에게 주요 문제로 작용하는가? 설정 혹은 이미지가 중심 문제인가, 문제의 일부분인가, 해결책인가?

지구처럼 생긴 새로운 식민지 행성에 나비처럼 생긴 동물이 있는데 이 동물은 사랑에 빠진 인간의 페로몬에 이끌린다고 설정해 보자. 인간의 페로몬에서 그

동물들이 먹는 먹이와 비슷한 냄새가 풍기기 때문이다. 이 행성의 원주민에게는 그 동물들로부터 스스로를 보호하는 물질이 분비되지만 어떤 이유에서인지 인간은 그 물질에 관심이 없다(왜? 다시 성가신 질문이 등장한다). 이 이야기의 갈등은 식민지 행성에서 결혼식을 올리는 첫 번째 부부가 나비를 닮은 동물에게 잡아먹힐까 봐 걱정하는 데에서 시작될 수 있다.

이로써 이야기를 풀어나갈 착상과 더불어 인물이 사는 세계의 일부를 만들어냈다. 그보다 중요한 건 SF·판타지·공포 장르를 '장르적'으로 만드는 무언가를 손에 넣었다는 점이다. 그러나 착상만으로 저절로 책이 쓰이는 것은 아니다. 이제 작업에 착수해 쓰고, 쓰고, 써라.

독창적인 착상

클리셰를 피하는 법

· 브루스 매컬리스터

성공을 거둔 SF · 판타지 · 공포 작가들의 공통적인 특징 한 가지는 기존의 작품에 대해 잘 알고 있다는 것이다. 이 말은 곧 클리셰가 되어버린 설정을 잘 안다는 뜻이다. 클리셰의 어디가 그토록 나쁘단 말인가? 사람들은 친숙한 것을 보고 싶어 하지 않는가? 자신이 잘 알고 있고 좋아하는 것을 보고 싶어 하지 않는가? 그 말도 맞다. 그러나 사람들은 그 친숙한 것이 진부하지 않고 참신하길 바란다. 진부함은 곧 죽음이다. 진부함은 독자가 지루해하고 실망한다는 뜻이며, 작가가 독자의 마음을 훔치는 이야기를 하는 데 실패했다는 뜻이다.

나는 어떻게 클리셰를 참신하게 표현하는 법을 익혔는가? 글을 처음 쓰기 시작했을 무렵, 나는 열네 살짜리 아이이자 냉전 시대에 여기저기를 떠돌며 사는 해군의 자녀였다. 그때 나는 순진한 독자에서 그치지 않고 내가 좋아하는 작가들이 내게 부린 마법을 책장 위에 똑같이 펼치는 사람이 되겠다고 굳게 마음먹었다. 나는 '애착'의 힘으로 이 일을 해냈다. 다시 말해 내가 좋아하는 단편과 장편 작품에 푹 빠져들었다는 뜻이다. 나는 SF · 판타지 · 공포 장르에 완전히 중독되어 있었다. 그 덕분에 작품을 되풀이해 읽고 문장을 하나하나 베껴 쓰고 작품의 개요를 일일이 정리할 수 있었다. (작가들은 항상 이러한 일을 한다. 다만 우리에게 말하지 않을 뿐이다.) 또한 운 좋게도 대학에서 훌륭한 스승을 만났다. 그는 내가 배우고 싶었던 그 수많은 마법의 비결을 내가 태어나기도 전에 이미 모두 터득한 현명하고 나이 많은 작가였다. 나의 요다이자 오비완이었던 스승은 SF · 판타지 장르를 쓰는 작가는 아니었지만 삶의 '환상적'인 것들에 마음을 연 인간이었다. 스스로 그러한 환상적인 삶을 살고 있었기 때문이다.

지금부터 그 스승에게 배운 연습법을 소개하겠다. 이 연습은 나의 소설 양식을 영원히 바꾸어 놓았다.

창작에서 클리셰는 치명적이다. 글쓰기에서 클리셰란 표현일 수도 있고, 인물이나 신화적 생물, 배경, 상황, 심지어 착상일 수도 있다. 우리에게 너무 친숙해진 나머지 우리의 마음을 움직일 힘을 이미 잃어버린 것들, 독자가 느끼고 생각했으면 하는 점을 전달할 힘을 잃어버린 것들 모두가 클리셰다. 뱀파이어가 나오는 소설을 읽는데 지루하다는 생각이 든다면, 소설 속 뱀파이어의 존재나 이야기의 전개가 클리셰이기 때문이다. 클리셰는 너무 친숙하고 예측이 가능하기 때문에 우리는 지루함밖에 아무것도 느낄 수가 없다. 할리우드 영화의 전형적인 해피엔드를 참을 수 없다면 그건 그 해피엔드 혹은 대부분의 할리우드 영화에서 해피엔드를 다루는 방식이 클리셰이기 때문이다. 클리셰는 영화마다 마치 공식처럼 적용된다. 너무도 뻔해서 쉽게 예측할 수 있다. 관객들은 지루한 나머지 클리셰가 나타날 때마다 소리를 지르고 싶어 한다. 오페라를 좋아하는 마피아 살인청부업자가 등장할 때마다 괴성을 지르고 싶어진다면 이 인물이 더 이상 참신하거나 흥미롭지 않은 클리셰이기 때문이다. 클리셰란 참으로 실망스럽기 짝이 없는 것이다.

장편 소설가, 단편 소설가, 영화 시나리오 작가를 비롯해 모든 작가는 지난 200여 년 동안 독자의 마음을 움직이고 사로잡는 이야기를 하기 위해 클리셰를 참신하게 표현하는 작업을 해왔다. 오늘날의 SF 작가가 1950년대 영화에서 볼 법한 UFO가 등장하는 소설을 쓴다면 독자는 지루해할 것이다. 판타지 작가가 과거의 작품들과 한 치도 다르지 않은 하얀 유니콘에 대해 쓴다면 독자는 잠이 들어버리거나 지루한 나머지 그 가엾은 짐승을 공격해 상처를 입히고 싶은 마음을 품을지도 모른다. 범죄 소설 작가가 〈대부〉에서 튀어나온 듯한 인물을 사용한다면 독자는 따분해 죽을지도 모른다. 작가들은 독자를 잃는 것을 가장 두려워하기 때문에 클리셰를 참신하고 흥미로운 이야기로 변모시키는 연습을 고안했다. 작가들은 이 연습을 '검은 유니콘 연습'이라 부른다.

소설이나 영화에서 흔히 등장하는 클리셰 중 가장 싫어하는 것을 하나 고른다. 여기에서는 연습의 편의를 위해 인물의 클리셰와 신화적 생물의 클리셰로 한정 지어 설명하겠다. 엘프, 트롤, 픽시, 유니콘, 켄타우로스, 마녀, 늑대인간, 용, 건장한 영웅, 아름답고 가냘픈 공주, 천사, 악마, 사악한 계모, 마피아 살인청부업자, 타락한 CIA 첩보원, 무식하고 편협한 보안관 등이 있다. 선택은 당신의 몫이다.

가장 싫어하는 클리셰를 하나 골랐다면 그것을 클리셰로 만드는 특징을 목록으로 작성한다. 다음의 세 가지 범주를 이용하라.

1. **신체 구조/외모 특징**(옷차림과 소지품을 포함한다.)
2. **생리적 구조**(살아가기 위해 무엇을 먹고 마시는가?)
3. **어떤 식으로 행동하는가? 무엇을 하는가?**(다른 사람에게 도움을 부탁해도 좋다. 혼자서 클리셰의 요소를 전부 기억할 수는 없는 법이다!)

예를 들어 유니콘은 털이 하얗고 마법의 속성을 지닌 긴 뿔이 하나 돋아 있다. (그래서 모두가 유니콘의 뿔을 손에 넣기 위해 혈안이 되어 있다.) 유니콘은 오직 처녀하고만 어울린다. (처녀만이 유니콘을 만질 수 있다.) 유니콘은 달빛이 비치는 연못에서 물을 마시며, 내성적이며, 여린 성격의 말과 비슷하다. 어찌된 일인지 몸이 더러워지지 않는다.

용은 덩치가 커다란 파충류다. 불을 내뿜는다. 주인공만이 용을 죽일 수 있다. 그렇지 않을 경우 불사의 존재에 가깝다. 비늘이 있다. 용이 무엇을 먹고 사는지에 대해서는 확신할 수 없다. (무언가를 먹기나 하는지 알 수 없다.) 용은 착할 수도 있고 착하지 않을 수도 있다. 어느 쪽이든 용을 좋아하지 않는 사람에게는 상당히 지루한 존재다.

뱀파이어는 다 자란 성인의 모습을 하고 있다. 불사의 존재이지만 행복하지는 않다. 뱀파이어는 스스로 신에게 버림받았다고 생각하는데 여기에는 그럴 만한 이유가 있다. 나쁜 짓을 저지르고 다니기 때문이다. 피, 특히 인간의 피가 필요하기 때문에 이리저리 돌아다니며 남녀를 공격한다. 뱀파이어에게 물려 피를 빨린 사람들은 똑같이 뱀파이어로 변한다. 뱀파이어는 항상 옷을 차려입고 다닌다. 망토를 걸치고 다니기도 한다. 햇볕을 쬐면 피부가 타버리거나 다른 불쾌한 현상이 일어나기 때문에 햇볕을 싫어한다. 뱀파이어를 죽이는 유일한 방법은 그의 심장에 말뚝을 박는 것이다. (은으로 만든 총알은 뱀파이어가 아니라 늑대인간을 퇴치하는 방법이다.) 그리고 뱀파이어는 관 속에서 잠을 잔다.

마피아 살인청부업자는 목이 짧고 덩치가 큰 남자로, 쉰 듯한 목소리로 말한다. 이탈리아 사람이다. 그것도 남부 이탈리아 출신이다. 제대로 된 이탈리아 음식과 오페라를 좋아한다. (이탈리아 사람이든 아니든 현실에서 이토록 지루한 살인청부업자는 존재한 적이 없을 것이다.)

인물과 신화적 생물을 클리셰로 만드는 특징을 모두 적었다면 이제 그 특징을 마음대로 고쳐 쓴다. 참신하고 새로운 존재로 재탄생시키기 위해 가장 중요한 특징

중 하나를 '정반대'로, 혹은 어떤 식으로든 대비되게 바꾼다. 하얀 유니콘을 검은 유니콘으로 만든다. 살인청부업자를 아일랜드 출신으로 만든다. 용이 불을 뿜지 못하도록 만든다.

여기에서 멈추지 말고 더 많은 특징을 고쳐 써라. 이 작업을 통해 몇 세기 동안 전문가 들이 알아낸 진실을 발견할 수 있다. 인물 혹은 신화적 생물의 클리셰를 한두 가지 만 바꾸어도 놀랄 만큼 새로운 이야기가 될 수 있는 가능성이 열린다는 것이다.

만약 유니콘이 하얀색이 아니라 검은색이라면, 게다가 뿔을 잃어버렸다면 어떤 일이 벌어질까? 자신의 뿔을 찾으러 나설까? 검은 털 때문에 무리에서 추방당할 까? 원칙적으로 이 생물을 유니콘이라 부를 수 있기는 할까? 뿔이 없는 검은 털 의 유니콘은 어떤 일을 할까? 아마도 처녀와 어울려 다니지는 않을 것이다. 실제 로 (낮은 자존감을 고려할 때) 빈민가 사람들과 어울려 다니길 더 좋아할지도 모른 다. 그리고 아마도 뿔을 되찾기 위한 여정에 나설 것이다. 뿔을 다시 붙일지 안 붙 일지의 문제는 나중에 결정하게 되겠지만 말이다.

유니콘이 일반적으로 수컷이거나 중성이라면, 나만의 유니콘은 암컷으로 만든다. 이 암유니콘은 누구와 어울릴까? 총각 딱지를 떼지 못한 공부벌레인가, 수도사인 가? 누가 좋을까? 이 암유니콘은 지금까지 한 번도 태어난 적이 없는 유일한 암유 니콘인가? 암유니콘이 하늘을 날 수 있는 말인 페가수스를 만나 사랑에 빠진다면 어떤 일이 벌어질까? 이 둘은 어디에서 살게 될까? 하늘인가, 땅인가? 페가수스 는 유니콘을 위해 자신의 날개를 기꺼이 포기할까? 암유니콘은 사랑의 힘으로 하 늘과 땅을 하나로 화합시키는 존재가 될까?

용이 모두 불을 뿜는다면 나만의 용은 단지 _____할 경우에만 불을 뿜는다. (빈 칸을 채워보자.) 이 용은 날지 못하며 날 수 있기를 꿈꾼다. 용을 퇴치하러 찾아온 주인공은 나는 법을 가르쳐줄 수 있는 마법사에게 용을 데려다준다. 여기에서 용은 자신의 종족을 구하기 위해, 혹은 마법사의 일족을 구하기 위해 반드시 나는 법을 익혀야만 한다.

뱀파이어가 모두 성인의 모습이라면, 나만의 뱀파이어는 아직 어린아이다. 뱀파이어 소년은 인간 소녀를 만나게 되고 다시 인간이 되고 싶어 한다. 나이가 많은 뱀파이어들은 소년의 소망을 불쾌하게 생각한다. 가장 나이가 많은 뱀파이어가 소년을 찾아온다. 이 뱀파이어는 누구나 다 아는 인물의 아들로 역시 인간이 되고 싶어 한다.

마피아 살인청부업자의 특징을 바꾸어보자. 마피아 살인청부업자가 오페라를 좋아하는 게 클리셰라면, 나만의 살인청부업자는 오페라를 질색한다. 왜일까? 오페라를 보면 어린 시절의 불쾌한 경험이 떠오르기 때문이다. 그래서 힙합 음악을 주로 듣는다. 분홍색 스마트폰을 가지고 있다. 다시 어린 시절로 돌아가 온종일 트위터를 하며 놀고 싶어 한다. 어린 시절 그리 즐겁게 놀지 못했기 때문이다. 실제로 SNS에 너무 심취한 나머지 살인청부업자로서의 평판이 떨어지고 있다. 계약이 취소되는 경우도 있다. 죽여야만 하는 누구를 죽이지 않았기 때문이다. 그가 구원받을 수 있는 유일한 방법은 SNS에서 만난 친구들이나 주운 나무로 가구를 만드는 지인의 도움을 받는 것뿐이다. 한편 쉰 듯한 목소리는 그동안 가짜로 속인 것이다. 살인청부업자로 충분히 대접을 받기 위해서는 그런 목소리가 필요하다고 생각했던 것뿐이다. 아버지는 이탈리아 사람이지만 어머니는 아일랜드 사람이다. 이제 무슨 말인지 감이 잡힐 것이다. 이야기 안으로 뛰어들어 마음껏 즐겨라. 낡고 퀴퀴한 냄새를 풍기는 것들은 새롭고 경이로운 것들로 변화시켜라. 자신의 이야기가 활짝 피어나는 모습을 지켜봐라.

비밀의 방에서 착상을 얻는 법

· 에이미 벤더

지금부터 소개하는 연습법은 적어도 네 명 이상의 글쓰기 모임에 가장 적합하다. 혼자서도 할 수 있지만 내가 시험해본 바에 따르면 외부에서 이미지를 얻는 것이 가장 좋다. 여기에서는 먼저 글쓰기 모임에서 할 수 있는 방법을 소개한 후, 혼자서 연습할 수 있는 수정된 방법을 설명하겠다.

나는 이 연습법을 항상 이용한다. 혼자서 하기도 하고 창작 수업 시간에 학생들과 함께하기도 한다. 뛰어난 걸작이 어디에서 나올지 도대체 누가 안단 말인가? 우리는 단지 더듬더듬 모색할 뿐이며 이런 과정은 말로 다 표현할 수 없을 만큼 중요하다. 특정 착상을 지나치게 좇으면 어느 순간 숨이 막힐 듯한 압박감이 덮쳐올 수 있으며, 뜻밖의 장소에서 찾아낸 이야기 속에서 의외의 자유와 독창성을 발견할 수도 있다. 지금부터 소개하는 글쓰기 연습법은 미지의 세계로 발을 내딛기 위한 노력의 일환이다.

- 종이와 타이머를 준비한다.
- 네 명이서 각각 종잇조각을 세 개씩 나누어 갖는다.
- 각자 첫 번째 종이에 집에 있을 법한 방의 종류 한 가지를 적는다. 커다란 저택에 있을 만한 방도 좋고, 일반 가정집에 있는 방도 좋다.

  (예: 주방, 세탁실 등등)
- 종이를 반으로 접은 다음 겉에 '1'이라고 적는다.
- 두 번째 종이에 호화스러운 물건을 적는다. 옷이나 보석, 귀금속 등 호화찬란하고 사치스러운 것이라면 무엇이든 좋다.
- 종이를 반으로 접은 다음 겉에 '2'라고 적는다.
- 세 번째 종이에 유기적 성질을 지닌 무언가, 말하자면 부패하는 것을 적는다. 방에 오랫동안 내버려 두면 변하는 것이다. 살아 있는 생물도 좋고 이미 죽은 생물도 좋다.
- 종이를 반으로 접은 다음 겉에 '3'이라고 적는다.
- 이제 종이를 서로 교환해 각기 다른 세 명에게 종이를 한 장씩 받는다.
- 타이머를 10분 후로 맞춘다. 시간제한을 두면 한층 깊게 집중하는 데 도움이 된다.
- '1' 종이를 펼친다. 그다음 '2' 종이를 펼친다.
- '1' 종이에 적힌 방은 거의 대부분 '2' 종이에 적힌 재료로 만들어 졌다.

- 얼마나 신기한가! 이제 이 방을 묘사하라. 이 방은 어떻게 만들어 졌는가? 어떤 모습을 하고 있는가? 건축가는 어떻게 이토록 이례 적인 재료로 방을 만들 생각을 떠올렸는가? 그 이유는 무엇인가? 이곳에 독특한 재료로 만든 평범한 물건은 무엇이 있는가?(예를 들어 루비로 만든 개수대라면 어떤 식으로 작동하는가?)
- 10분이 지나면 타이머가 울릴 것이다. 이 신비로운 방 안에는 '3' 종이에 적힌 무언가가 있다. 어쩌면 벌써 썩기 시작했는지도 모른 다. '3' 종이를 펼친다. '3' 종이에 적힌 것이 어떻게 하다가 이 방 에 들어오게 되었는지는 비밀에 싸여 있다.
- 다시 타이머를 10분 후로 맞춘다. '1' 종이에 적힌 방, '2' 종이에 적힌 재료와 더불어 새로 밝혀진 '3' 종이에 적힌 존재에 대해 쓴 다. 이것은 어떻게 이 방에 들어왔는가? 그 이유는 무엇인가? 이것 과 함께 누가 이 방에 있는가? 아니면 먼 과거의 일인가? 여기에서 글의 분위기를 어둡게 만들어도 좋다.
- 자신의 글을 읽고 다른 사람과 의견을 나누어라.

실전연습

혼자서 이 연습을 하고 싶다면 여러 가지 다른 방식을 시도할 수 있다. 미리 종잇 조각 여러 장에 다양한 항목을 써서 종류별로 쌓아둔 다음 한 장씩 골라 전혀 뜻 밖의 조합을 찾아낼 수도 있다. 평소 사용하던 어휘에서 살짝 벗어난 단어를 찾기 위해 인터넷 검색을 할 수도 있다. 일반적으로 자신이 선택할 법한 어휘 범위에서 벗어나는 것이 좋다. 새로운 단어는 일상적인 단어보다 훨씬 더 많은 가능성의 문을 열어준다. 새로운 단어에서 완전히 새로운 이미지가 떠오르며, 여기에서 새로운 감각과 착상이 탄생하기 때문이다.

친구에게 작은 종잇조각에 각각 다섯 가지 종류의 방, 재료, 유기물을 적어달라고 부탁한 다음, 집으로 가지고 와 다섯 차례에 걸쳐 이 연습을 할 수도 있다.

꿈에서 착상을 얻는 법

· 킴 다우어

미국의 위대한 시인인 존 베리먼John Berryman은 "시는 두려움과 위안을 주기 위해 존재한다"고 말했다. 나는 글을 쓸 때면 종종 이 말을 떠올린다. 어쩌면 그래서 훌륭한 시에는 마치 딴 세상의 것 같은, 환상적이면서도 무시무시한 것이 깃들어 있는 경우가 많은 지도 모른다. 작가는 경험을 바탕으로 글을 쓰라는 의미에서 "자신이 아는 것을 쓰라."는 충고를 듣는다. 그러나 나는 시인으로서 내가 알지 못하는 것에 대해 쓸 때, 즉 거짓을 지어내고 다른 무엇인양 가장하며 최악 또는 최선의 상황을 상상하고 만약을 가정했을 때 전혀 예상치 못한 흥미로운 사실이 밝혀질 수도 있다는 것을 깨달았다. 나는 경험한 것을 글로 쓸 때 있는 그대로 쓰지 않는다. 이야기를 비틀고, 무언가를 덧붙이며, 재미있게 윤색해서 그 경험을 가능한 한 독특하게 만들기 위해 노력한다. 진정성과 진실성을 담아 시를 쓰고 싶은 한편 이렇게 자문하기를 멈출 수가 없다. "더 놀랍게, 더 환상적으로 쓸 수 없을까?"

상상력을 발휘해 착상을 떠올리면서도 정서적으로 이어지는 느낌을 놓치지 않기 위해서는 자신의 꿈과 친숙해지는 것이 가장 좋은 방법이다. 꿈은 분명 우리의 경험으로부터 나온다. 다만 마음과 정신, 집착을 거쳐 뒤틀리고 뒤집힌 형태로 우리 앞에 나타난다. 평범한 일상, 무작위로 선택된 기억, 마음속 가장 깊은 곳에 숨겨진 공포가 반전되고 왜곡되고 모호하게 흐릿해져서 또 다른 모습, 그날과 다른 형태로 돌아오는 것이다. 우리의 잠재의식 속에는 글쓰기를 위한 굉장한 소재들이 숨어 있다.

여기서 중요한 건 이 훌륭한 소재들이 아직 따끈따끈할 때 재빨리 포착해 기록하는 것이다. 지금부터 내가 제안하는 연습법은 꿈 기록과 자동기술법(흐름이 끊기지 않도록 멈추거나 수정하지 않고 글을 쓰는 기법)을 합친 것이다. 자동기술법을 통해 꿈을 기록하는 연습을 하면 상상력을 일깨울 수 있을 뿐만 아니라 스스로도 깜짝 놀랄 만한 착상을 발견할 수 있다. 우리의 정신은 의식적 각성 상태를 넘나들며 수면 중일 때의 기억을 탐사하고, 잠재의식이 잠들어 있는 상태에서든 깨어 있는 상태에서든 그 안에서 풍부한 이미지를 발굴할 수 있기 때문이다.

이 연습을 할 때 필요한 준비물은 공책과 필기구, 시계 혹은 타이머뿐이다. 가장 중요한 점은 잠에서 막 깨어났을 때, 즉 꿈꾸는 상태에서 빠져나온 즉시 이 연습을 해야 한다는 것이다. 이 연습을 하면 재미있고 기발한, 완전히 새로운 단어 조합이나 이전에 한 번도 생각하지 못한 이미지와 착상을 떠올릴 수 있다. 어쩌면 자신이 생각해낸 착상에 스스로 무서워질 수도 있다. 그러면 독자 역시 무서워하게 만들 수 있을 것이다.

　이 연습을 통해 자신의 머릿속에 현실과 전혀 딴판인 세계가 존재한다는 사실을 알게 될 것이다. 머리맡에 공책과 필기구를 준비하고 할 수만 있다면 매일 아침 이 연습을 반복하라. 무언가 환상적인 일이 벌어질지도 모른다!

실전연습

잠에서 깨어나라. 생각하지 않는다. 공책과 필기구를 집어 들어라. 필기구는 매끄럽고 손에 익어 글씨를 빨리 쓸 수 있는 것이 좋다. 타이머를 12분 후로 맞추거나 시계를 보고 12분의 시간을 염두에 둔다. 여기에서 당신이 할 일은 12분 동안 손을 멈추지 않고, 내용을 편집하거나 수정하지 않고, 종이에서 필기구를 떼지 않은 채 쭉 글을 써나가는 것이다. 끊이지 않고 이어지는 생각의 흐름을 하나로 기록하는 것이다.

기억나는 대로 꿈의 내용을 기록한다. 기억나지 않는다면 꿈꾸었을지도 모르는 것에 대해 글을 써나간다. 가능한 한 시각적으로 표현하라. 나를 뒤쫓던 사팔뜨기 사자에 대해서, 빙산 꼭대기에서 뛰어내린 일에 대해서, 코앞에서 날개를 퍼덕이던 거대한 새에 대해서, 나를 집어삼킨 구름에 대해서 써라.

공원에서 만난 동물을 타고 다니다 함께 살려고 집으로 데려온 과정, 하늘에서 떨어질 때 느껴지던 바람, 미지의 행성에서 자동차를 타고 달린 일에 대해서 써라. 기분이 어땠는가? 그 자동차를 타고 어디까지 갔는가? 타이머가 울릴 때까지, 12분을 꽉 채울 때까지 손을 멈추지 않고 글을 쓴다. 그다음 자신이 쓴 글을 읽어본다.

이 연습은 언제든지 해도 좋다! 커피를 마신 후라도 상관없다. 저녁을 먹고 난 다음에도 상관없다. 계속해서 공책을 채워라. 자신을 다른 사람이라고 상상하면서, 성별과 연령이 다른 사람이라고 상상하면서 글을 써라. 그 사람이라면 어떤 꿈을 꾸었을까?

다시 강조하지만 글을 쓰는 12분 동안은 손을 멈추지 않는다. 꿈의 파편을 조각조각 기록하라. 일주일이 지난 후 공책에 빼곡하게 채운 글을 모두 읽는다. 그곳에서 당신을 기다리고 있는 시나 이야기를 발견하게 될 것이다.

낱말 두 개로 착상을 얻는 법

· 본다 N. 매킨타이어

"작품의 착상은 어디에서 얻으셨나요?" 작가라면 모두 이 질문을 두려워한다. 어리석은 질문이라서가 아니다. 오히려 상당히 뜻깊은 의미를 지닌 질문이라 할 수 있다. 다만 대답하는 일이 쉽지 않으며 어떤 경우는 아예 불가능할 뿐이다. 이 질문에 대한 불안감 때문에 작가는 다양한 형태의 냉소적 대답, 빈정대는 대답, 농담으로 둘러대는 대답을 생각해낸다.

그러나 나의 작품인 《드림스네이크Dreamsnake》는 예외다. 나는 이 소설의 착상이 어디에서 떠올랐는지 정확하게 기억하고 있다. 바로 1972년 클라리온 작가 워크숍Clarion Writers' Workshop에서 에이브럼 데이비슨이 내준 과제에서다. 당시 에이브럼은 목가적 낱말과 기술적 낱말을 각각 나열한 두 가지 목록을 만들었다. 워크숍 참가자들은 각 목록에서 무작위로 낱말을 하나씩 뽑았다. 에이브럼이 내준 과제는 이 두 낱말을 조합해 단편 소설을 하나 쓰는 것이었다. 나와 동료들은 점심을 먹으며 이 엉뚱한 과제에 대해 애처롭게 불평을 늘어놓았다. 도대체 어떻게 '켄타우루스자리 알파별'과 '웃음소리', '정신분석'과 '도마뱀', '뱀'과 '소' 같은 낱말을 조합해 이야기를 쓴단 말인가?

그런데 나는 어떻게 '뱀'과 '소'라는 낱말을 뽑게 되었을까? 낱말을 적은 종잇조각이 어디선가 뒤섞인 모양이었다. 어쩌면 에이브럼은 '뱀'을 목가적 낱말이라고 생각하지 않았을지도 모른다. 아니면 말장난이었을지도 모른다. 어쨌거나 나는 인생이 참 고달프다고 생각했다.

"그냥 주인공 이름을 스네이크라고 지어!" 한 여성 참가자가 말했다. 그리고 웃음을 터트렸다. 그녀는 자신이 뽑은 낱말로 좋은 이야기를 만들 수 있다는 자신에 찬, 몇 안 되는 참가자 중 하나였다. (그녀가 무슨 낱말을 뽑았는지는 기억나지 않지만 재미있는 이야기를 썼다는 사실만은 확실히 기억한다.) "그게 좋겠다, 꼭 그렇게 할게." 나는 약이 올라 쏘아붙였다. 그날 밤 숙소의 복도는 텅 비어 있었다. 복도를 어슬렁거리며 잡담을 하는 사람도 없었고 벽을 기어오르는 사람도 없었다. 실제로 워크숍 기간 중 벽을 기어올랐던 학생은 단 한 사람밖에 없었다. 그는 천장의 들보에 몸을 숨기고, 방심한 채 복도를 지나는 다른 사람을 덮쳐 깜짝 놀라게 하는 장난을 쳤다. 그러고 보니 괴물 석상을 훔칠 방법을 궁리하기 위해 지붕 위를 즐겨

오르던 녀석도 하나 있기는 했다. 그러나 그날 밤은 모든 참가자가 자판을 두드리고 있었다. 거의 모든 참가자가 그랬다는 말이다. 나는 도무지 갈피를 잡지 못하고 있었다. 이 한심하기 짝이 없는 '소'를 데리고 도대체 무슨 글을 쓴단 말인가?

한밤중이 되었을 무렵에야 '소'라는 단어가 동사로서 다른 뜻('겁을 주다')을 지니고 있다는 생각이 머릿속 어딘가에서 불쑥 떠올랐다. 나는 글을 쓰기 시작했다. "그 작은 소년은 겁에 질렸다. ……"

열두 쪽을 쓴 다음 나는 다시 수렁으로 빠져들었다. 내 이야기에는 스네이크라는 이름의 치료사와 그의 환자인 스타빈이라는 소년, 그리고 유전공학으로 인해 특정 효과가 있는 독을 분비하는 뱀세 마리가 등장했다. 미스트mist는 백색증에 걸린 보아뱀의 이름이었고, 샌드sand는 방울뱀의 이름이었다. 그래스grass는 어느 종의 뱀이고 어떤 독을 분비하는지 아직 알 수 없었다. 피곤한 나머지더 이상 이야기를 쓰지 못했다고 말하고 싶지만, 사실 나는 그래스라고 이름 붙인 뱀에게 무슨 일을 시켜야 할지 도무지 감을 잡지 못하고 있었다.

다음 날 나는 열두 쪽짜리 미완성된 단편을 제출했다. 내가 기억하는 바로는 대부분의 참가자가 완성된 단편을 제출했다. (또한 괜찮은 단편이기도 했다. 그중 적어도 여섯 편이 출간되었으니까.) 하지만 나에게는 핑곗거리가 있었다. 나는 워크숍의 참가자가 아니었다. 주최자였다. 주최자로서 워크숍 진행을 위해 준비해야 할 일이 많았다. 현지 참가자가 파티를 열면서 나를 초대하지 않으면 부루퉁해 있어야 했고, 에이브럼이 수프를 만들 수 있도록 닭발을 공수해야 했다. 나의 단편은 열두 쪽에서 막힌 채 완성될 희망도 없이 그대로 내버려져 있었다. 사람들이 그 단편이 어떻게 되었냐고 물으면 나는 대답도 않고 그저 노려보기만 했다.

글쓰기 강사가 테리 카로 바뀐 후에야 나는 마침내 그래스가 환각 작용을 일으키는 독을 분비하도록 만들어야겠다고 불쑥 생각해냈다. 이 생각을 좀더 일찍 떠올리지 못한 것에 대한 핑계를 대자면, 나는 1960년대 당시 과학만 아는 공부벌레였다. 빌 클린턴이 대마초를 흡입할 기회가 없었다고 말했을 때 그를 이해할 수 있던 몇 안 되는 사람 중 하나였다. "1960년대에 대마초 좀 피워보셨나요?"라는 질문에 대한 나의 대답은 소수에 속한다. 겁쟁이였기 때문이다. (다수의 대답은 "물론이죠. 누군들 안 해봤겠어요?"이다.)

나는 밤을 꼬박 새워 스네이크와 그래스를 비롯한 뱀 이야기를 썼다. 아침이 되자 나는 비틀거리며 수업에 들어가 단편을 제출한 다음 수업 중에 눈을 뜨고 있으려고 안간힘을 썼다. 그날 제출된 단편들의 복사본이 배포되었고 참가자들 모두 각자의 몫을 집어 들었다. 그 후 나는 역시 비틀거리는 걸음으로 방에 돌아와 즉시 잠에 빠져들었다. (내 방에는 어슐러 K. 르 귄의 포스터가 붙어 있었다. 형광분홍빛의 대머리독수리 두 마리가 "인내심은 개뿔! 당장 뭐든 죽여야겠어!"라고 외치고 있는 포스터 말이다.)

얼마 후 방문이 거세게 열리더니 벽에 쾅 소리를 내며 부딪쳤다. 누군가 쿵쿵거리며 방 안으로 걸어 들어왔다. 나는 무슨 일인지 영문도 모른 채 일어나 앉았다. 그녀가 원고를 난폭하게 내던졌다. 주인공 이름을 스네이크라 붙이면 어떻겠냐고 제안했던 바로 그 친구였다. 그녀는 크게 외쳤다 "어떻게 그럴 수가 있어! 내가 '뱀'을 '불쌍하게' 생각하게 만들다니!" 그다음 그녀는 쿵쿵 발소리를 내며 방에서 나갔고 방문을 쾅 하고 닫았다. "어……?" 나는 다시 잠에 빠져들었다.

다음 날, 내가 쓴 단편은 상당히 좋은 평을 들었다. 다만 같은 수업을 듣고 있던, 보아뱀을 키우는 뱀 전문가 한 명이 아무리 유전공학이 발전한다 해도 보아뱀이 독을 분비하게 만들지는 못할 거라며 지적했을 뿐이다. 나는 상관없다고 대답했다. "안 그래도 보아뱀은 데리고 다니기에 너무 무거워. 코브라로 바꾸면 되지." 강사인 테리는 자신이 펴내는 '우주Universe' 시리즈에 내 작품을 넣을지 생각해 보고 싶다며 단편을 한층 다듬어 보여달라고 부탁했다. 수업이 끝날 무렵 나는 기분이 우쭐해져 있었다.

일주일 후 이야기를 한창 손질하고 있을 무렵 테리에게서 굳이 작품을 제출하지 않아도 된다는 편지가 왔다. 생각해 보니 별로 읽고 싶지 않았던 모양이다. 나는 테리에게 원작을 팔지 못했다. 그 대신 완성된 〈안개와 풀과 모래의 이야기〉Of Mist, and Grass, and Sand를 《아날로그Analog》에 보냈다. 〈안개와 풀과 모래의 이야기〉는 휴고상 후보에 올랐고 네뷸러상을 수상했다. (다만 이 이야기가 《아날로그》에 어울리는 이야기가 아니라서 별로 좋은 작품이 아니라는 비평이 있었다.) 시상식에서 초청 연사였던 우주비행사 에드거 미첼이 직접 상을 시상했다. 수상 소식 자체만큼이나 가슴이 두근거리는 순간이었다. 그리고 테리는 '올해의 작품' 선집에 나의 단편을 실었다.

나는 이 단편을 확장해 쓸 계획이 없었지만 이야기 속 인물들은 그 자리에 방치된 채 남겨지길 원하지 않았다. 인물들은 계속해서 내게 항의했다. 이는 수많은 작가가 고백하는 사실 중 하나다. 작가들은 착상이 어디에서 떠오르는지 전혀 알지 못하며, 자신이 만들어낸 인물들이 머릿속으로 들어와 이야기한다고 한다. 조금이라도 생각이 있는 작가는 이러한 일이 벌어지면 그 착상이 어디에서 떠올랐는지 고민하기보다 잠자코 인물들이 들려주는 이야기를 받아 적는다.

실전연습

1. 목가적인 속성을 지닌 낱말을 10여 개 준비한다.

2. 기술적인 속성을 지닌 낱말을 10여 개 준비한다.

3. 각 목록에서 무작위로 낱말을 하나씩 뽑는다.

4. 그 두 낱말을 토대로 단편을 쓴다.

5. 변형 과제: 낱말 목록의 주제를 여러 가지로 바꾼다. 정치, 의학, 종교, 고고학, 희극, 법학 등등.

여러 개의 착상을 뒤섞는 법

· 엘리엇 로런스

소설 쓰기란 재미있고 그럴듯한 전제를 생각한 다음 이를 한두 번 정도 적절하게 비트는 일이다. 아울러 이야기를 전후 사정에 어긋나지 않도록 개연성 있게 마무리하는 일이다. 이 원칙은 코미디, 드라마, 미스터리는 물론 SF에도 적용된다.

소설 쓰기의 첫 번째 단계는 훌륭한 전제 혹은 착상을 떠올리는 것이다. 영감은 이따금 불현듯 머릿속에 떠오르기도 한다. 그러면 그런대로 굉장한 일이긴 하지만 이렇게 문득 떠오르는 영감은 길에서 우연히 주운 돈과 같다. 주울 수 있다면야 좋지만 여기에만 의존하고 있을 수는 없는 노릇이다. 작가는 영감이 저절로 떠오를 때나 그렇지 않을 때나 언제든지 믿고 이용할 수 있는 방법을 개발해야 한다. 나는 언제 어디서든지 무궁무진한 착상을 얻을 수 있는 몇 가지 방법을 알고 있다. 이미 떠오른 착상들을 연결할 수 있을 뿐만 아니라, 더욱 자주 착상을 떠올릴 수 있는 방법들이다.

우선 심각하게 생각하지 않고 즉흥적으로 창작해야 한다. "뛰어난 착상으로 가는 길은 어리석은 착상들로 포장되어 있다." 왜 그럴까? 어떤 착상에 대해 진지하게 생각하기 시작하면 생각이 외곬으로 흘러 그 착상 하나에만 고집스레 얽매이기가 쉽기 때문이다. 결국 백지 공포writer's block에 빠지거나 자신이 하고 있는 작업을 객관적으로 보지 못한 채 어떤 비평도 건설적으로 받아들일 수 없게 된다. 반면 가벼운 마음을 가지고 즉흥적으로 착상을 떠올리면 어느 정도 머릿속으로 그리다 관둘 수도 있고 좀더 발전시킬 수도 있다. 또한 한 걸음 물러나 자신의 착상을 한층 객관적으로 바라보며 다듬을 수도, 조합할 수도, 밀고 나갈 수도 있다.

진지하게 고민하며 착상하지 않으면 글에 깊이가 없게 된다고 생각하는 사람이 허다하다. 하지만 사실 착상을 깊이 있게 만들려는 노력과 상관없이 어느 시점이 되면 이야기에 자연스레 깊이가 생기게 되어 있다. 자아의 수준을 뛰어넘는 깊이를 억지로 더할 수 없는 것처럼 글 안에 자아의 깊이가 녹아드는 일 또한 막을 방도는 없다. (설사 코미디 작품이라 할지라도 말이다.)

이런 식으로 생각해 보자. 우리 은하계에는 수천억 개의 별이 있다고 추정된다. 그리고 현재까지 알려진 은하의 개수는 적어도 1,000억 개에 이른다. 크기는 말할 것도 없고 그 어둠까지, 우주는 점점 더 빠르게 팽창하고 있다. 이 사실을 염두에 두고 생각해 보

자. 우리가 상상할 수 있는 무언가가 우주 어딘가에 실존할 가능성이 있지 않을까? 어쩌면 우리가 상상하는 것들이 단지 우리가 그것을 상상한다는 '이유로' 우주 어딘가에 실제로 존재하게 될지도 모른다.

실전연습

서로 전혀 어울릴 것 같지 않은 두 가지 이상의 요소를 섞어 이야기를 만드는 연습을 한다. 난이도를 한층 높이고 싶다면 다른 사람에게 요소들을 정해달라고 부탁해도 좋다. 지나치게 말이 안 되는 게 아니라면 착상을 섞는 작업이 어려울수록 이야기는 더욱 흥미로워지기 마련이다. 도대체 어떻게 그런 착상이 한데 합쳐지게 되었는지 독자는 궁금해할 것이다.

한 가지 예를 소개한다. '참치, 트롬본, 소파, 타르 갱'이다. 전혀 상관없어 보이는 단어들 아닌가? 여기에서 바로 이야기를 지어내도록 하겠다.

이 이야기는 정체를 알 수 없는 질병에 대한 것이다. 이 병에 걸리면 입안에서 참치 맛이 느껴지고, 고막을 찢을 듯한 트롬본 소리가 울리다가 견딜 수 없을 만큼 고통스러운 두통이 찾아오며, 몸속의 혈액이 서서히 타르로 변한다. 병의 원인을 조사하던 사람들은 마침내 치명적인 발포성 물질을 이용해 소파를 생산하는 공장을 추적해낸다. 이 물질과의 접촉으로 인해 사람들이 병에 걸렸던 것이다. 사실이 공장의 사장과 일꾼들은 외계인이다. 겉으로는 공장을 운영하는 척하면서 지구를 정복하려는 비밀 계획을 추진하고 있다. 이 외계인의 고향 행성은 특정 종류의 타르로 이루어져 있으며 지표 곳곳에는 타르가 고인 거대한 갱이 널려 있다. 이 타르는 마치 참치 기름을 농축한 듯한 물질로 만들어지며, 이 행성에서는 물보다 더 흔하다. 외계인들이 병의 매개체로 소파를 사용한 이유는 지구인들이 점점 더 게을러지고 있으므로 전 지구인을 병에 걸리게 하는 데 이만한 수단이 없다고 생각했기 때문이다.

보다시피 이 작업은 그리 어렵지 않다. 당장이라도 이 같은 착상 10여 가지를 카드에 적어 탁자 위에 늘어놓거나 벽에 꽂아둔 다음 이리저리 엮어 이야기를 만들 수 있고, 이야기의 연속성을 해친다고 생각되는 카드를 빼버릴 수도 있다.

몇 가지 질문을 하겠다. 고민하지 말고 머릿속에서 가장 먼저 떠오르는 생각을 답하라. 아무리 엉터리 같은 답이라 해도 상관없다.

어떤 상상의 장소에 서 있다. 어디인가?

무언가 독특한 옷을 입고 있다. 무엇인가?

갑자기 눈앞에 누군가가 서 있다. 누구인가? 그가 뭐라고 말하는가? 그에게 뭐라고 대답하는가?

바닥에 떨어진 종잇조각을 줍는다. 종이에는 마법의 단어가 적혀 있다. 그 단어는 무엇인가?

이제 그만! 여기서 핵심은 내가 질문을 하면 당신의 정신은 어떤 식으로든 답을 찾아낸다는 사실이다. 이 점을 명심하라. 우리가 새로운 생각, 새로운 해결책을 떠올리지 못하는 이유는 대답이 충분치 않기 때문이 아니라 질문이 충분치 않기 때문이다.

그렇다면 이제 다시 '참치, 트롬본, 소파, 타르 갱' 이야기로 돌아가자. 검열하지 않고 비판하지 않고 즉흥적으로 상상의 나래를 펼쳐 전혀 상관없어 보이는 단어들을 생각했더니, 나의 정신은 무의적으로 단어들을 연결해 답을 찾아냈다. 당신 또한 방금 전에 지어낸 이야기로 돌아가 되풀이해 읽다 보면 새로운 이미지와 플롯을 자연스럽게 떠올릴 것이다.

여기에서 중요한 점은 착상을 '억지로 끌어내지' 않는 것이다. 착상들이 터무니없다면 터무니없는 방식으로 마음껏 연결되도록 내버려 둬라. 착상에 고삐를 채우고 이야기에 연속성을 만드는 일은 나중에라도 얼마든지 할 수 있다.

마지막으로 착상을 재통합하라. 앞서 만든 이야기에서 나는 병의 증상이 환자의 입에서 참치 맛이 나고 혈액이 타르로 변하는 것이라고 했다. 그리고 나중에 가서 이 부분을 외계인의 행성이 농축된 참치 기름처럼 보이는 타르로 이루어져 있다는 점과 연결시켰다.

이 방법을 따르면 절대 실패할 일이 없다. 또한 중심인물, 인물을 이끄는 동기, 인물의 목표를 생각해낼 수도 있다. 문제가 있다면 선택지가 너무 많아 어떤 이야기를 먼저 써야 할지 결정하기 어렵다는 점뿐이다.

터무니없는 아이디어에서 착상을 얻는 법

· 스티븐 반스

30년 동안 스물다섯 편의 작품을 발표하면서 깨달은 사실이 있다. 기차를 계속 달리게 하려면 체계적인 사고와 비체계적 사고 사이를 넘나들어야 한다는 것이다. 매일 새로운 글을 창작하는 능력, 그 글을 고치고 다듬는 능력은 내가 '기계'라 부르는 창작의 원동력 중 가장 핵심적인 요소다. 여기에서는 이 창작 과정에 존재하는, 예측하기 어려운 부분에 대해 도움이 될 만한 몇 가지를 이야기하려 한다.

글을 쓰는 매 순간 우리는 이야기가 어디로 향해야 할지, 어떤 인물이 무슨 말을 하게 될지, 어떤 인물이 어떤 행동을 하게 될지에 대해 선택하고 결정해야 한다. 이야기가 궁지에 빠지는 순간 우리를 구하는 것은 바로 우리 자신의 유연하고도 창조적인 정신이다. 이미 수많은 작가가 "이 궁지에서 어떻게 벗어날 것인가?" 하는 도전 과제를 즐기며 탁월한 솜씨를 발휘해왔다. 이러한 도전 과제를 한 번도 해 보지 않은 사람을 위해 기본 규칙을 설명하자면, 소설 속 인물을 오도 가도 못할 궁지에 몰아넣은 다음 자신이 어떻게 인물을 구할지 지켜보는 것이다. 한 가지 분명한 사실은 이 도전 과제를 하는 동안에 절대 방심할 수 없다는 점이다! 어쨌든 집중력과 유연성이라는 자질을 지니고 있기만 하면 당신은 한층 큰 창작력을 발휘할 수 있으며 훨씬 더 훌륭한 작품을 쓸 수 있다.

기본적으로 창조적 사고 과정은 다음 단계를 거친다.

1. 문제를 분명하게 규명한다. 난제의 정체를 가능한 한 명료하게 밝힌다.

2. 대대적으로 조사한다. 문제 해결에 도움이 될 법한 정보를 될 수 있는대로 많이 머릿속에 채워 넣는다. 이 단계는 곱씹어 볼 만한 날것의 자료를 수집하고 의식을 바쁘게 만들기 위해 필요하다.

3. 머릿속에서 떠오르는 해결책을 모조리 제시한다.

4. 한계에 도달하면 철저하게 휴식을 취한다. 운동을 하거나 낮잠을 자거나 데이트를 하거나 영화를 보러 가는 등 자신이 하고 싶은 일을 한다. 의식이 완전히 다른 일에 몰두해 있을 때 깨달음의 순간이 다

가을 것이다.

이 창조적 사고 과정의 핵심은 그야말로 터무니없는 해답을 생각해도 좋다고 스스로에게 '허락'하는 데 있다. 그렇지 않으면 한 방향으로만 사고하려 하다가 비약적으로 사고를 도약할 기회를 잃고 만다. 예를 들어 어떤 인물이 죽을 위기에 처한 장면을 쓰고 있다고 치자. 이 인물은 주방에서 열 자루 남짓의 총을 든 악질 은행 강도 탈옥수들에게 둘러싸여 있다. 이 궁지에서 어떻게 벗어날 것인가? 창조적 사고를 시작하라.

이 인물이 혹시 가라테 유단자가 될 수는 없는가? 안 된다. 이 인물은 나이가 예순일곱인 할머니로 다리가 하나밖에 없는데, 이 설정은 바꾸고 싶지 않다. 할머니가 악당들의 인간성에 호소할 수 있는가? 그럴 수 없다. 이미 설정해둔 바에 따르면 악당 중 한 사람은 껌 한 조각을 위해 자신의 어머니를 살해한 사람이다. 좋다, 그렇다면 어떻게 해야 할까? 신이 지상으로 내려와 이 빌어먹을 상황에서 할머니를 구하는 것은 어떨까? 아마 안 될 것이다. 하지만 '다른 무언가'가 지붕을 들어 올린다면 어떨까? 티렉스는 어떤가? 안 될 말이다. 스티븐 스필버그 감독이 이미 쥐라기의 육식 동물에 대한 시장을 선점했다. 그렇다면 회오리바람은 어떨까? 혹은 폭풍이 불어닥친다면? 이 장면이 벌어지는 때의 날씨가 정확히 어떤가? 이에 대해서는 한 번도 생각해 보지 않았는가? 비바람이 심하게 몰아쳐 도로가 침수되고 범죄자들은 집 안에 갇힐 수 있다. 혹은 정전이 일어날 수도 있다. 흠……, 전기가 끊어진다? 이 부분을 잘 포장해 내놓는다면 독자들이 믿어줄까?

아마도 아닐 것이다. 하지만 정전이 일어나 위기가 조성된다면 어떨까? 그리고 다시 전기가 들어오면서 상황이 바뀐다면? 어둠에 익숙해져 있는데 갑자기 빛에 노출되면 눈이 부시기 마련이다. 어쩌면 총이 열 자루가 안 될지도 모른다. 총을 두 자루로 줄이자. 불이 다시 들어온 순간 악당들은 무심코 눈을 가리고 그 틈을 타 할머니는 재빨리 주방을 빠져나와 비바람 속으로 뛰어든다. 마당에는 끊어진 전깃줄이 휘날리면서 불꽃을 튀기고 있다.

창조적 사고는 바로 이러한 과정을 거쳐 이루어진다. 터무니없는 방식으로 사고해도 좋다고 스스로에게 허락한 다음, 불가능한 일에서 시작해 있을 법하지 않은 일을 거쳐 가능한 일을 그려라. 그리고 '그래, 이렇게 하면 되는구나!' 하는 깨달음의 순간에 도달하라.

실전연습

내가 추천하고 싶은 창조적 사고 연습법은 신문을 펼친 다음 1분 안에 착상의 토대가 될 만한 기사 하나를 찾아내는 것이다. 이야기를 완성할 필요는 없지만 반드시 간략하게나마 이야기의 틀을 짜야 한다.

이 연습을 통해 말로 표현할 수 없을 만큼 유용한 기술들을 익힐 수 있다. 특히 중요한 점은 어떤 궁지에 빠지더라도 스스로 나올 수 있다는 자신감, 며칠에 한 번 한 시간만 투자해도 100여 가지의 착상을 떠올릴 수 있다는 자신감을 손에 넣는 것이다.

이러한 자신감을 얻으려면 언제든지 원하는 순간에 창작력을 발휘할 수 있도록 훈련을 해야만 한다. 앞서 소개한 연습은 효과가 있다. 스스로 해본 후 자신만의 연습법을 고안하라. 나는 약 40년간 작가 생활을 하면서 이 연습법의 도움을 많이 받았다. 당신 또한 도움을 받을 수 있을 것이다.

황당한 질문에서 착상을 얻는 법

· 제크 그루버

몇 년 전 로스앤젤레스 TV 제작사에서 일할 때 나는 사무실에 유리 상자를 두고 암컷 생쥐 두 마리를 키웠다. 이 생쥐들은 사무실의 귀염둥이였다. 나는 생쥐들이 먹고 자고 놀면서 다른 덩치 큰 포유동물처럼 서로를 깨끗하게 핥아주는 모습을 습관처럼 지켜보았다.

사무실 동료 중에 세 자녀를 둔 젊은 엄마 태린이 있었다. 사무실에서 태린과 잡담을 하다 보면 화제가 대개 자녀 양육이나 모성, 출산 이야기로 흘러가기 일쑤였다. 그럴 때마다 나의 눈길은 유리 상자 안에 사는 두 마리의 작은 애완동물들에게 쏠렸다. 내가 관찰한 바에 따르면 생쥐는 사람들이 흔히 생각하는 것보다 훨씬 더 진화한 생물로, 다른 포유동물만큼 예민할 뿐만 아니라 심지어 감정을 표현할 줄도 알았다.

사무실의 애완동물들에게 시선을 고정한 채 모성에 대한 이야기를 하면서, 생쥐가 그 작은 '손'(태아의 손처럼 보이기도 한다)으로 씨앗을 움켜쥐고 갉아먹는 모습을 지켜보고 있노라니 무의식 속에서 무엇이 연결된 모양이었다. 나는 불쑥 태린에게 물었다. "사람 말고 다른 동물을 낳을 수 있다고 한다면 어떤 동물이 좋겠어요?" 태린은 나를 빤히 쳐다보더니 대답했다. "내 평생 그런 황당한 질문은 처음 듣네요."

나는 태린의 말을 대단한 칭찬으로 들었다. 평생 들었던 가장 황당한 질문이라고? 와우! 태린은 서른에 가까웠다. 그러니까 가지각색의 질문을 받았던 30년을 통틀어 나의 질문이 최고로 황당하다는 영예를 얻은 것이었다. 여기에서 무언가를 건질 수도 있겠다는 생각이 들었다.

머릿속에서는 이미 내가 쓰고 싶은 인물에 대한 생각이 분주하게 떠올랐다. 인간이 아닌 동물을 출산하게 된 여자가 있다. 그 여자는 왜 인간이 아닌 동물을 출산하게 된 것인가? 어떻게 그리된 것인가? 이 여자는 누구인가? 나는 그 무렵 뉴스에서 여성이 폐경기에 접어들 무렵 갑자기 임신 가능성이 월등히 높아진다는 기사를 보았다. 흠…… 어쩌면 내 인물은 아무도 임신하리라 예상치 못할 만큼 나이가 든 여성일 수도 있다.

머릿속에서 원고의 형태가 잡히기 시작했다. 나이가 예순에 가까운 여자가 인간이 아닌 동물을 임신하는 것이다. 이 이야기를 《칠드런 오브 맨Children of Men》이나《시녀 이야기》같은 부류의 어둡고 미래적인 드라마로 만들면 어떨까 하고 잠시 생각해 보았다. 지구의 다양한 종을 보존하기 위해서 생명과학 기술을 이용해 인간 여성이 다른 동물을 임신할 수 있도록 만드는 것이다. 그러나 이러한 식으로 이야기를 전개하기란 결코 쉽지 않았다. 글 분위기가 지나치게 무거워졌고, 이야기가 마치 장편 영화 시나리오나 장편 소설처럼 지나치게 확장되었기 때문이다. 그 생각만으로도 지칠 지경이었다.

나는 유머를 좋아한다. 기묘하고 부조리하고 터무니없이 황당한 상황에 마음이 끌린다. 루이스 캐럴의 소설이나 영국의 코미디 집단인 몬티 파이튼Monty Python의 영화 같은 이야기 말이다. 내가 떠올린 이야기는 나의 취향에 따른 전제('인간 여성이 다른 동물을 출산한다')에서 시작했지만 어둡고 진지한 방향으로 전개되는 통에 내가 좋아하는 이야기의 묘미가 모조리 사라질 처지에 놓여 있었다.

당시 나는 BBC에서 방영 중인 〈다운튼 애비Downton Abbey〉에 푹 빠져 있었다. 그 이야기와 인물, 대화가 어찌나 좋았든지 1914년으로 돌아가 하루만이라도 다운튼 같은 저택의 하인으로 일했으면 좋겠다는 상상을 할 정도였다. 그럴 수만 있다면 정말로 신나는 하루가 될 것 같았다. 나는 한 달 동안 이 드라마를 세 차례나 되풀이해 보았다. 그리고 '유레카!' 깨달음의 순간이 다가왔다. 착상을 훔치려거든 최고의 작품에서 훔쳐라. 〈다운튼 애비〉는 〈매드맨Mad

Men〉을 제외하고 내가 TV에서 본 최고의 작품이었다. 수년 동안 나는 관객이 시대물을 외면하고 있다는 말을 들었다. 그러나 〈매드 맨〉과 〈다운튼 애비〉의 성공은 실상이 정확히 그 반대라는 사실을 증명하고 있었다.

나의 이야기 속 주인공은 제2차 세계대전이 막을 내린 1950년 대, TV 방송이 갓 시작된 무렵에 다운튼 애비 같은 사유지에 살던 하녀였다. 그리고 이 하녀는 경악스럽게도 저택에서 동물을 낳는 다. 〈다운튼 애비〉의 백작 부인이 동양에서 수입한 카펫 위에서 하 녀가 거위 알을 낳는 모습을 지켜본다고 상상해 보라. 나의 독창적 인 전제에서(기본적으로는 같지만) 이야기가 전혀 다른 방식으로 다시 태어난 것이다. 나는 1950년대 영국의 특색을 입히기 위해 당시의 사전을 참고했고, 온갖 종류의 재미있는 영국식 속어로 대화에 양 념을 쳤다. 이 원고에 대한 피로감은 어느새 성취감으로 바뀌었고, 다른 무엇보다도 어서 이 이야기를 쓰고 싶었다!

단편 작품에는 이토록 터무니없이 황당한 전제가 가장 적합하다 고 생각한다. 단편의 형식은 그 멋진 가치에 비해 과소평가되고 있 다. 나는 글이 막혀 낙담하고 있는 시나리오 작가나 TV 드라마 작 가에게 단편 작품에 도전해 보라고 권한다. 단편을 쓰면 맑은 호수 에서 수영을 하는 듯한 상쾌한 기분이 든다. 다시 한번 살아 있다 는 느낌을 실감할 수 있다. 짧은 원고 안에 발단, 전개, 결말을 모 두 담을 수 있으며 그 사이사이 맛깔스러운 내용 또한 듬뿍 넣을 수 있다. 이 이야기가 실제 작품으로 제작될 수 있을지에 대해서는 염려하지 마라. 그냥 써라.

나는 주인공에게 윌린 손비(십대 시절 나는 〈오멘〉에 나오는 데미안 손이
라는 인물에 매료되어 있었다)라는 이름을 붙였고, 〈윌린이 부르는 소리
Call of the Wylleen〉라는 제목의 단편을 완성했다. 잭 런던의 고전 《야
성의 부름The Call of the Wild》은 이 우스꽝스러운 제목을 짓는 데 큰
영향을 미쳤다. 〈윌린이 부르는 소리〉를 읽은 사람들은 대부분 크
게 웃음을 터트렸고 이 기이한 이야기를 끝까지 재미있게 읽었다.
어느 유명한 시트콤 작가는 "이 이야기를 읽기 전까지는 동물과 인
간의 짝짓기가 이토록 우습고 매력적으로 표현될 수 있는지 전혀
몰랐다."고 말했다.

그런데 폐경기 무렵에 윌린의 임신 가능성이 갑자기 높아진 현
상이 어떻게 해서 야생 동물들과 새들이 윌린과 짝짓기하고 싶어
하는 결과로 이어진 걸까? 글쎄, 어쩌다 보니 그렇게 된 것이다. 단
편 작품에서는 그런 부분을 은근슬쩍 넘어갈 수 있다. 이야기의 초
점이 사건의 원인이 아니라 인물이 문제를 헤쳐나가는 여정과 그
의 감정에 맞춰지기 때문이다. 나는 이 작품에 공포 영화에나 나올
법한 어두운 요소와 더불어 진심이 느껴지는 감동적인 장면도 넣
었다. 이 작품 덕분에 나는 작가로서 수많은 가능성의 문을 열 수
있었다.

이 모든 일이 일어나게 된 계기는, 우연히 모성에 대한 이야기를
나누면서 놀랄 만큼 수준 높은 생쥐들의 놀이를 지켜보다 문득 이
두 가지를 연결시킨 것이었다. 그건 그렇고 나의 황당한 질문에 태

독창적인 착상

린은 이렇게 대답했다. "몸에 별로 부담이 되지 않을 테니 생쥐를 낳고 싶어."

집이나 사무실, 기차 등지에서 우연히 나눌 법한 대화 내용을 하나 고른다. 실제 사람들이 이야기하듯 대화 장면을 쓴다. 이 대화 내용을 주제로 삼은 다음 눈앞에 있는 전혀 상관없는 무언가와 결합한다. 이 이야기를 발단, 전개, 결말이 있는 단편 소설 혹은 단편 시나리오로 완성하라.

최근 뉴스에서 본 이야기, 좋아하는 TV 드라마, 영화에서 얻은 영감을 통해 작품의 분위기를 결정한다. 현재와 다른 시대를 배경으로 삼아 모험을 감행하기를 두려워하지 마라. 지금 당장 써라!

우주로 보내버려서 착상을 얻는 법

· 대니카 딘스모어

교사이자 작가로서 여행을 다니는 동안 나는 SF · 판타지 · 공포를 쓰는 일을 어렵게 생각하는 사람을 숱하게 만났다. 이들은 작가가 어떻게 하나의 세계와 그 세계의 언어, 문화를 만들어내는지 그 능력에 감탄하며 도대체 이 지구 어디에서(혹은 우주 어디에서) 그러한 이야기를 찾아내는지 궁금해한다. 내가 가르치는 창작 수업에서 이야기는 착상 탐구에서 시작된다.

내가 가장 좋아하는 착상 떠올리기 연습은 학생들과의 농담에서 시작되었다. 밴쿠버영화학교에서 창작 수업을 가르칠 때였다. 한 학생이 내게 말하길, 자신이 쓴 시나리오가 〈본 아이덴티티〉와 너무 비슷한 것 같다고 했다. 나는 농담 삼아 이렇게 말했다. "그럼 그 이야기를 아예 우주로 보내버리든가." 우리는 모두 말을 멈추고 생각에 잠겼다. 이 이야기가 우주를 배경으로 펼쳐진다면 어떤 식으로 전개될까? 한번 탐구해볼 가치가 있었다.

그 이후 남은 학기 동안 "우주로 보내버려"는 어디에나 갖다 붙일 수 있는 조언이 되었다. 학기 내내 학생들은 내게 계속 이런 식으로 착상을 던져주었다. "《앵무새 죽이기》를 우주로 보내버려요!"

그리고 지금으로부터 몇 년 전, 나는 작가학회에 참석해 에이전트와 편집자 들의 토론에 귀를 기울이며 거의 의무적으로 토론 내용을 받아적고 있었다. 그때 어느 에이전트가 이렇게 말했다. "제가 찾고 싶은 건 문학계의 레이디 가가입니다." 나는 별다른 생각 없이 공책에 이렇게 적었다. "레이디 가가를 우주에 보내버린다면?" 그 순간 내 안에서 무언가가 번뜩였다.

나는 인물에 대한 영감을 먼저 떠올린 후에야 그를 둘러싼 상황에 대한 영감을 떠올린다. 레이디 가가가 우주 공간에서 행성을 오가는 여행을 떠난다는 발상은 지나쳐버리기에 너무 매력적이었다. 이 이야기는 재미있지만 불손하고, 우스꽝스럽지만 거만한 내용이 될 게 분명했다. 이 영감에 완전히 사로잡혀 착상을 끝까지 파고든 결과 나는 〈은하우주: 팝 스페이스 오페라Intergalatic: A Pop Space Opera〉를 완성할 수 있었다.

이 착상을 떠올린 이후 나는 워크숍에서도 이와 비슷한 연습을 하며 '용이 등장하는', '시간여행을 하는', '평행 우주에서 벌어지는' 같은 여러 가지 구절을 시험해 보았다. 수업 시간마다 우리는 이런 착상을 하며 크게 웃음을 터트렸다. 하지만 그 과정 속에서 마치 포도주를 맛보듯 모두 잠시 말을 멈추고 생각에 잠겨 곱씹어 볼 만한 착상이 반드시 하나씩은 떠올랐다.

한번은 워크숍 참가자 중 자신이 좋아하는 법정 영화를 이용해 글쓰기 과제를 제출한 사람이 있었다. 자신의 착상을 발표할 차례가 되었을 때 그는 말했다. "제 이야기는 시간여행을 하는 ○○ 영화입니다." 그 순간 교실은 정적에 휩싸였고, 번뜩이는 소리가 실제로 귀에 들리는 것 같았다. 그는 앉은 자리에서 허리를 쭉 폈다. 우리는 모두 그 착상이 훌륭하다고 생각했다. 나는 그에게 말했다. "그 이야기는 꼭 써야 해요." 현재 그는 그 이야기를 한창 쓰고 있는 중이다. 하지만 누군가는 이렇게 묻고 싶을지도 모른다. 그 이야기가 어디서 왔는지 남들이 알아채지 않겠는가? 그것은 표절이 아닌가?

이 질문에는 몇 가지 대답을 할 수 있다.

첫째, 작가는 아무것도 없는 무의 세계 속에서 무언가를 끄집어 내지 않는다. 착상은 관찰과 경험, 과거에 스쳐 지나간 이야기, 인간을 이어주는 공통분모의 집합체다. 실로 핵심이 되는 이야기들은 한정되어 있다. 인물과 배경만 계속 바뀌어 나타날 뿐이다. 원한다면 특정 이야기(예를 들어, 거지가 '달나라에서' 부자가 되는 이야기)가 아닌, 이야기의 원형(예를 들어, 거지가 부자가 되는 이야기)을 쓰는 연습을 할 수도 있다.

둘째, 작가는 이야기를 자신만의 것으로 만들 의무가 있다. 자신만의 독창적인 인물에 생명을 불어넣고, 자신만의 고유한 언어와 문체를 사용하고, 억지로 틀에 끼워 맞추는 대신 자신만의 방식으로 자연스레 풀려나가도록 플롯을 짠다면, 그 결과 완성된 이야기는 처음 영감을 주었던 이야기와는 전혀 다른 것이 되어 있을 가능성이 높다. 어떤 이야기를 자신의 것으로 만들 때(혹은 나의 경우처럼 이야기가 작가를 자신의 것으로 만들 때) 이야기는 전혀 새로운 이야기로 다시 태어난다.

　지금부터 내가 소개할 연습법의 목적은《오만과 편견 그리고 좀비Pride and Prejudice and Zombies》같은 작품을 쓰는 게 아니다. (그것도 괜찮은 일이긴 하지만.) 이 연습법은 SF · 판타지 · 공포 소설을 쓰는 일이 두려운 사람들, 혹은 그렇지 않은 사람들에게 영감을 통해 착상을 떠올리는 법과 착상을 탐구하는 법을 알리기 위한 것이다. 실제로 워크숍에 참석한 작가들에게《먹고 기도하고 사랑하라Eat, Pray, Love》를 우주로 보내버리라고 말했더라면, 이 이야기를 다양하게 변주한 이야기들이 탄생했을 것이다. 잠깐만,《먹고 기도하고 사랑하라》를 우주로 보내버리라고? 번뜩!

실전연습

다음 세 항목으로 목록을 작성한다.

- 자신의 개인적 경험, 가족이나 친구의 경험

- 역사적 인물이나 역사적 순간
- 현실을 배경으로 하는 책이나 영화, TV 드라마(예:《앵무새 죽이기》,〈해리가 샐리를 만났을 때When Harry Met Sally〉,〈CSI〉)

이제 '우주를 배경으로', '용이 등장하는', '시간여행을 하는' 등의 구절을 가져다가 목록의 각 항목에 연결한다. (예: 용이 등장하는 CSI) 좀비나 마법사, 요정, 외계인, 디스토피아적 미래, 마법에 걸린 숲 같은 단어를 이용해 자신만의 구절을 만들어도 좋다. 그다음 각 항목마다 이야기의 한 줄 요약문을 쓴다. 한 줄 요약문은 "어떤 나쁜 일이 벌어지기 전에 누군가가 무슨 일을 해야만 한다"는 식이다. (예: 범죄 수사대는 새끼 용이 사냥을 당해 죽기 전에 이 용이 왕을 시해하지 않았다는 사실을 증명해야만 한다.)

세 항목 중 가장 마음에 드는 것을 고른다. 타이머를 15분에서 20분 사이로 맞춘다음 "이는 ○○에 대한 이야기다"라는 문장으로 시작하는 이야기를 쓴다. 타이머의 시간이 다 될 때까지 손을 멈추지 않는다. 절대로 줄을 그어 지우거나 고쳐 쓰지 않는다. 그저 종이 위에서 마음껏 창조적으로 생각을 펼친다. 하고 싶은 만큼 연습을 반복한다!

갈등을 일으키는 착상을 얻는 법

· 제프리 A. 카버

작가로서 나의 경력은 무수히 많은 워크숍을 구불구불 헤치며 쌓여왔다고 말할 수 있다. 나는 워크숍에서 다양한 연령의 작가 지망생들과 함께 작업을 했다. 그곳에서 내가 깨달은 점은 누구나 다 같은 난제를 마주하고 있다는 것이다. 고등학생이든, 대학생이든, 새로운 일에 도전하려는 성인이든 모두 마찬가지다. 가장 어려운 난제는 바로 '나의 이야기는 무엇에 대한 이야기인가?'이며, 그다음로 어려운 난제는 '이 재미있는 착상을 어떻게 이야기로 옮기는가?'이다.

그중 두 번째 난제는 핵심을 찌르고 있지만, 신인 작가의 경우 그 해답이 분명하게 보이지 않을 때가 많다. 나 또한 처음 글을 쓰기 시작했을 무렵 무척 헤맸다. 무수히 많은 괜찮은 착상을 허투루 날려버렸다. 오랜 시간이 흐른 뒤에야, 그리고 수없이 많이 거절을 당한 뒤에야 나는 어떤 착상이 좋은 착상이 되기 위해서는 그것이 소설 속 인물의 인생에 크게 영향을 미쳐야 한다는 사실을 깨달았다. 달리 설명하자면 어떤 착상이 생명을 얻기 위해서는 이야기 안에서 갈등을 불러일으켜야만 한다는 뜻이다. 갈등이야말로 이야기의 심장이자 영혼이기 때문이다.

착상을 그저 시작을 위한 발판이라고 생각하는 편이 도움이 될지도 모른다. 혹은 언제고 튀어 오르기만을 기다리는 용수철이라고 생각해도 좋다. 이야기는 그 용수철이 마침내 튀어 오르는 순간 무슨 일이 벌어지는가, 즉 착상이 인물의 인생에 어떤 원인과 결과를 일으키는가에 대한 것이다. 작가가 실제로 이야기를 창작하기 시작하는 순간은 착상이 일으키게 될 사건의 결과에 대해 생각하는 때다.

이야기를 발견하는 방법은 주방에서 개에게 발이 걸려 넘어지는 방법만큼이나 수없이 많다. 그중에는 계획한 대로 밀고 나가는 방법도 있다. 하지만 이따금 연습이 도움이 될 때도 있다. 수많은 워크숍을 거치는 동안 한 번도 실패하지 않았던 연습법이 하나 있다. '힘' 연습이라 부르는 암시 연습이다. 누가 이 연습법을 고안했는지는 모른다. 어느 누구의 발상이든 간에 이 연습법은 그 어떤 방법보다도 이야기를 시작하고 완성하도록 추진력을 불어넣는 데 가장 큰 도움이 되었다.

어떤 힘, 능력이 있는 인물을 상상한다. 어떤 종류의 힘이라도 좋다. 평범한 사람과 구분 지을 수만 있으면 된다. 슈퍼맨처럼 초능력을 타고날 수도 있고 배트맨처럼 비범한 훈련을 통해 힘을 손에 넣을 수도 있다. 외계인이나 천사가 준 재능일 수도 있다. 과학적인 힘, 초자연적인 힘, 초감각적인 힘, 정신적인 힘, 감정적인 힘, 기술적인 힘, 그 어떤 것이라도 좋다.

이제 자신에게 질문을 하자.

1. 이 힘에서 얻을 수 있는 가장 중요한 이득은 무엇인가? 몇 가지가 있을 수 있지만 아마도 눈에 확 들어오는 한두 가지가 있을 것이다. 이 질문의 답을 할 수 있는 한 많이 생각해 목록으로 만든 다음 그중에서 가장 으뜸인 것을 한 가지 고른다.

2. 힘에 따르는 부정적인 대가는 무엇인가? 슈퍼맨의 경우 크립토나이트와 사회적 소외일 수 있다. 배트맨이 힘을 얻기 위해 지불하는 대가가 무엇인가? 당신의 인물이 감당해야 하는 대가가 무엇인가? 긍정적인 측면을 생각할 때보다 한층 더 열심히 고민하라. 바로 여기에서 가장 흥미로운 갈등이 탄생할 가능성이 높기 때문이다. 생각해낼 수 있는 모든 요소를 목록으로 작성하라. 자, 이제 장면을 쓸 차례다. 이 장면에서 인물이 지닌 힘의 유리한 측면이 밝혀지고 불리한 측면 또한 밝혀져야 한다. 한 측면에서 다른 측면으로 흐름이 어떻게 이어지는

가? 정보를 무더기로 쏟아부어서는 안 된다. 사건 속에서 자연스럽게 나타나도록 만들어라. 다른 사람과의 관계 속에서 보여줘라. 그에 대한 감정적인 귀결을 보여줘라.

열심히 글을 쓰고 약간의 행운이 따른다면 단지 하나의 장면이 아니라 전체 이야기를 이끌 핵심을 발견하게 될지도 모른다. 이야기가 이제 막 시작된 것이다!

독창적인 착상

착상을 빛내는 흥미로운 제목

· 할란 엘리슨

편안하고 친숙한 대부분의 클리셰와 마찬가지로 '사람들은 대개 책 표지만 보고 그 내용을 판단한다'는 말에는 중요하면서도 반박할 수 없는 진실의 핵심이 들어 있다. 물론 그런 짓을 하는 사람은 바보일지도 모른다. 그러나 나 또한 가끔은 그런 짓을 한다. 나는 단지 표지 때문에 《유인원 나라Apeland》의 문고본을 구입했다. 8,000원 주고 산 미스터리 소설 양장본도 있다. 표지 디자인 솜씨가 좋았기 때문이다. 이 책의 제목은 《죽은 피아노Dead Piano》였다. 그리 뛰어난 소설이라 할 수는 없었지만 그때는 이미 작가도 출판사도 알게 뭐냐는 기분이었다. 이미 나를 낚아 8,000원을 가로챘으니 말이다.

표지 다음으로 독자는 제목으로 책 내용을 판단한다. 책등에 적힌 제목을 먼저 읽고, 단편집일 경우 목차에 적힌 각각의 제목을 읽는다. 그러므로 제목은 어쩌면 표지보다 '먼저' 독자의 판단 기준이 된다고 할 수 있다. 이야기에 어떤 이름을 '지어주는가'는 중요하다.

여기에서는 그 이유를 설명하겠다. 그리고 제목을 잘 짓는 방법에 대해서도 알려주겠다. 우선 제목 몇 개를 보기로 제시하겠다. 내가 지금 즉석에서 지어낸 것들이다. 단편집의 목차에 이 제목들이 늘어서 있다고 생각해 보자. 그 제목 밑에 적힌 작가는 전부 모르는 이름이다. 그러므로 어떤 작가의 전작을 읽고 그 작가를 알기 때문에 작품을 선택할 여지는 전혀 없는 셈이다. 그렇다면 가장 먼저 어떤 작품부터 읽고 싶은가?

〈상자〉

〈뜨거운 번개〉

〈선불입니다〉

〈세계의 속삭임을 들어라〉

〈여행〉

〈죽은 채 눈을 뜨다〉

〈매일매일 최후의 심판 날〉

〈그걸 하는 중〉

당신이 내가 이 목차를 보여준 다른 사람들과 취향이 상반되지 않는다면 아마도 〈세계의 속삭임을 들어라〉를 가장 먼저 골랐을 테고, 두 번째로는 아마도 〈그걸 하는 중〉을, 세 번째로는 〈죽은 채 눈을 뜨다〉를 골랐을 것이다. 정말로 지루한 인생을 보내고 있지 않은 다음에야 마지막에서 두 번째로 〈상자〉를 골랐을 테고, 그다음 가장 마지막으로 〈여행〉을 골랐을 것이다. 만약 가장 먼저 〈여행〉을 읽고 싶다고 생각했다면 벽돌공이 되는 길을 찾아보는 편이 좋을 것이다. 작가가 될 가능성이 전혀 보이지 않기 때문이다. 〈여행〉은 내가 생각해낼 수 있는 가장 무미건조한 제목이다. 정말이다. 무미건조하게 만들려고 일부러 애를 쓴 것이다.

〈세계의 속삭임을 들어라〉라는 제목이 가장 흥미롭게 여겨지는 이유는 이 제목이 길거나 복잡하기 때문이 아니다. 나도 이 제목이 이 중에서 가장 흥미로운 제목이 아닐 수 있다는 사실에 동의한다. 하지만 이 제목에는 흥미를 유발하고 저자를 신뢰해도 좋다고 생각하게 만드는 몇 가지 요소가 존재한다. 적어도 이 작가는 글을 어떻게 써야 하는지 안다. 작가는 제목에 자신의 의도를 담으면서 이야기의 주제와 그 안에 감춰진 핵심을 은연중에 암시하려 한다. 잠재적 독자들은 제목만 보고도 무의식적으로 이 모든 요소를 판단한다.

그리고 신뢰는 작가가 독자에게서 얻어낼 수 있는 가장 최초이자 가장 최고의 가치다. 독자가 작가를 신뢰한다면 기꺼이 속아주려고 할 것이다. '기꺼이 속아주기'란 모든 장르의 소설에서 필요한 것이지만 특히 판타지와 SF 장르의 소설에서는 절대적이다.

〈세계의 속삭임을 들어라〉라는 제목의 두 번째 특징은 말을 너무 아끼지도 않고 그렇다고 너무 많이 늘어놓지도 않는, 나름의 균형을 유지하고 있다는 점이다. 잡지 편집자가 제목을 마음대로 바꾸어버린 탓에 이야기의 결정적인 대목이 지나치게 빨리 폭로되어 짜증이 치밀었던 경우가 얼마나 많았는지 생각해 보라. 작품을 처음부터 찬찬히 읽어나가며, 플롯 지점을 한 단계씩 밟아나가며, 복잡한 이야기가 논리적으로 풀리는 과정을 즐기면서 작가의 의도를 한발 앞서 읽어내기 위해 애쓰고 있는데 갑자기 지나치게 이른 시점에 제목의 의미를 깨닫고 마는 것이다. '젠장, 그러니까 그 말이 그 뜻이었구나!' 그렇게 되면 이야기의 나머지가 어떻게 흘러갈지 빤히 짐작할 수 있다. 제목이 독서의 즐거움을 훔쳐간 것이다.

그러므로 제목은 독자를 교묘하게 구슬리는 한편 상상력을 자극하고 약을 올리며 마음을 사로잡는 것이어야 한다. 하지만 독자를 헷갈리게 만들거나 이야기의 내용을 누설해서는 안 된다. 〈여행〉과 같은 부류의 제목은 독자의 흥미를 끌지 못하고 독자에게 어떤 정보를 제공하지도 않는다.

'무엇'의 '무엇'이라는 제목은 윈스턴 처칠이 말했을 법한 구문론적 표현에 따르면, 간직해야 할 것들로부터 멀리 벗어난 부류의 제목이다. 내가 무슨 제목들을 말하려 하는지 이미 알고 있을 것이다. 《코라먼드의 운명 여행자The Doomfarers of Coramonde》, 《노요의 댄서들The Dancers of Noyo》, 《역경의 영웅The Hero of Downways》, 《두

로스토룸의 배The Ships of Durostorum》, 《이라즈의 시계The Clocks of Iraz》 같은 바로크 시대의 유물 말이다.

내가 예시로 제시한 이 제목들에는 또 다른 결점이 숨어 있다. 낯설게 들리는 단어를 사용한다는 점이다. 이러한 단어는 쉽사리 발음하기 어려울 뿐만 아니라, 더 중요하게는 이 책을 사려고 하거나 다른 사람에게 추천하려 할 때 잘 기억이 나지 않는다. "있지, 어제 정말 재미있는 책을 읽었거든. 제목이 '스쿠스의 릴러'였던가 '시스의 레이버'였던가, 잘 모르겠다. 한번 찾아봐. 표지가 초록색인데⋯⋯."

아이작 아시모프는 짧은 제목을 신봉했다. 짧은 제목은 서점의 판매원이나 연재물을 찾는 구매자, 자신이 읽은 책의 제목을 기억하지 못할 뿐 아니라 작가가 누구인지 알지 못하는 독자들에게 쉽게 기억될 수 있기 때문이다. 반면 나는 빈틈없이 짜인 기다란 제목이 독자의 머릿속에 핵심 단어를 전달하는 데 적합하다고 생각한다. 제목 전체를 정확하게 기억하지 못한다 해도 그 나머지 부분만으로도 충분히 의미가 전달되기 때문이다. 이러한 제목의 예를 몇 가지 소개한다. 〈보석 같은 돌의 나선 같은 시간Time Considered as a Helix of Semi-Precious Stones〉, 《세상의 중심에서 사랑을 외친 야수 The Beast That Shouted Love at the Heart of the World》, 《'어릿광대여, 참회하라!' 똑딱남자가 말했다Repent, Harlequine!' Said the Ticktockman》. 짧은 제목에도 강력한 사례들이 있다. 〈해질녘Nightfall〉, 《슬랜Slan》, 《모래언덕Dune》, 〈살인 불도저Killdozer〉 같은 제목은 무시하고 넘어가기 어렵다. 그러나 《안드로이드는 전기 양의 꿈을 꾸는가?Do Andorids Dream of Electric Sheep?》라는 제목 또한 무시하고 넘어갈 수 없기는 마찬가지다.

물론 경험에 따른 원칙은 단순하다. 기발하고 귀에 쏙 들어오는 제목이라면 길든 짧든 별다른 차이가 없다. 하지만 '지나치게' 재치를 부리지 않도록 주의하라. 억지스러운 말장난을 부리다가는 제 꾀에 제가 넘어가 독자가 책을 펼쳐 들기도 전에 짜증을 낼 수도 있다. 《나는 당신에게 장미 정원을 약속한 적이 없어I Never Promised you a Rose Garden》는 괜찮지만 《당신의 잘못된 구역Your Erroneous Zones》은 형편없다. 로저 젤라즈니의 단편집 《드림 마스터 The Dream Master》에 수록된 〈형체를 갖추는 자He Who Shapes〉는 원래 제목이 〈10월 15일The Ides of Octember〉이었다. 나에게는 지나치게 격식을 차리는 제목처럼 들린다. 한편 조 홀드먼Joe Haldeman은 처음에 스타트렉을 소설화한 책의 제목을 '스팍, 메슈지나!'라고 붙이고 싶어 했다. 이 제목은 재치가 있는 정도를 뛰어넘어 우스운 지경이다. 하지만 재미는 있다.

토머스 디시Thomas Disch는 이 미묘한 균형을 잡는 일에 뛰어난 솜씨를 발휘한다. 《죽음으로 들어서다Getting into Death》는 대가의 품위가 물씬 풍기며, 《새로운 머리랑 잘 놀아봐Fun with Your New Head》 또한 그렇다.

아서 B. 커버Arthur B. Cover는 실제로 제정신이 아닌 것처럼 아예 엉터리 같은 제목을 짓는 데 재능이 있다. 독자는 커버가 정말 그 제목에 걸맞은 이야기를 써냈는지 확인하기 위해 책을 사서 읽는 수밖에 없다. 바로《운명의 오리너구리The Platypus of Doom》같은 제목이다.

출간 직전 급히 제목을 바꾸기 전까지만 해도 마거릿 미첼의《바람과 함께 사라지다》는 원래 '마구를 맨 노새Mules in Horses' Harness' 였다. 나는 F. 스콧 피츠제럴드가 쓴 '웨스트 에그의 트리말키오 Trimalchio in West Egg'라는 제목이 정말로 좋아서 이 소설이 출간된 지 반세기가 지난 후 내가 쓴 수필에 같은 제목을 붙였다. 하지만 출판사가 피츠제럴드에게 이 작품의 제목을《위대한 개츠비》로 바꾸자고 압박을 가한 일은 참 잘한 일이라고 생각한다.

인물의 이름이 흥미롭다면 제목 짓기가 난항에 빠졌을 때 탈출구로 삼을 수 있다. 하지만 SF 소설에서는 이렇게 제목을 지은 경우가 보기 드물다. 이는 기존 SF 작가들이 인물 설정을 얼마나 가벼이 여겨왔는지 보여주는 증거다. 기존 SF 작가들은 그보다 '아날로그'적인 기술용어를 선호한다. '시험대'라든가, '인화점'이라든가, '파괴 실험'이라든가 '무접속' 같은 단어 말이다. SF 장르에서는《위대한 개츠비》나《배빗Babbit》,《허클베리 핀의 모험》,《로드 짐》같은 제목을 지닌 작품을 찾아보기 어렵다.

이상적인 관점에서 소설의 제목이란 책을 다 읽고 난 다음에도 추가로 자극을 주어야 한다. 제목은 이야기를 하나로 묶어 정리하고, 주제를 분명히 하면서, 터치다운이 끝난 순간에도 점수를 따내야만 한다. 가능하다면 제목은 책 속에서 직접적으로 나오는 내용 그 이상을 설명할 수 있어야 한다.

주디스 메릴Judith Merril의 〈그저 엄마일 뿐That Only a Mother〉은 이 점을 완벽히 보여준다. 이중적인 의미를 담고 있는 〈죽은 중심 Dead Center〉도 마찬가지다. 이러한 제목은 독자를 일깨우고 독자와 작가를 가깝게 이어주는 특별한 선물 같은 존재다.

마찬가지로 작가는 이야기가 감당하지 못할, 재치만 넘치는 제목으로 감히 독자를 속이려 들면 안 된다. 이러한 예로 가장 먼저 떠오르는 제목은 〈소리 없는 총성The Gun Without a Bang〉이다. 제목을 잘 짓는 편인 로버트 셰클리Robert Sheckley의 작품 중 가장 뛰어난 제목이다. 정말 훌륭한 제목이 아닐 수 없다. 단 한 가지 흠이 있다면, 소리가 나지 않는 총 한 자루를 발견한 사람들에 대한 이야기를 다룬 이 작품이 제목에서 약속한, 상징적 · 형이상학적 · 해석적이며 다채로운 암시가 가득하리라는 기대를 전혀 충족하지 못한다는 것이다.

현재 알려진 이들 중 제목 창작에 가장 뛰어난 솜씨를 보이는 SF 작가로는 잭 초커Jack Chalker가 있다. 소설 내용과 관계없이 제목만 고려했을 때 그렇다는 말이다. 《영혼의 우물에서 맞는 한밤중 Midnight at the Well of Soul》이나 《악마가 너를 지옥으로 끌고 갈 거야 The Devil Will Drag You Under》, 《천둥의 해적Pirates of the Thunder》, 〈야생에서 맞는 40번의 밤낮Forty Days and Nights in the Wilderness〉 같은 제목들은 정말로 빼어나다.

그러나 1978년에 잭이 〈타이타닉 호의 밴드Dance Band on the Titanic〉라는 치명적인 제목의 단편을 발표했을 때 사람들은 모두 그를 죽이고 싶어 했다. 첫째, 이 제목은 그야말로 불만 붙지 않았을 뿐인 화약 같은 것이었다. 둘째, 이 엉터리 같은 이야기는 정말로 '타이타닉 호'의 밴드에 대한 것이었다!

나로 말할 것 같으면, 제목을 생각해내기 전까지 집필을 시작하지 못한다. 이따금 그에 걸맞은 이야기를 생각하기도 전에 미리 〈죽음 새The Deathbird〉라든가 〈검은 옷을 입은 메피스토Mefisto in Onyx〉 같은 제목을 지어두기도 한다. 제목을 일단 머릿속에 떠올리면 그 제목이 이야기를 이끄는 원동력이 된다. 하지만 이야기를 완성했는데 제목이 더 이상 작품과 공명하지 않는 경우도 흔하다. 애초에 생각했던 제목이 이야기의 한층 중요한 요소들을 따라잡지 못하거나, 잘못된 곳에 초점을 맞추고 있거나, 한층 진지해진 이야기에 비해 경망스럽게 들리는 경우다.

작품을 탄생시킨 영감의 번득임을 무시해버리는 고통스러운 처사이기는 하지만, 작가는 마음을 다잡고 인정사정없이 그 제목을 내버려야 한다. 혹시 나중에 쓸 기회가 있을 수도 있으니 어딘가에 적어두는 건 괜찮다. 작가라면 이런 식의 빈틈없는 검열 작업을 소설 속 단어 하나하나에 적용해야 한다. 완전히 개인적인 차원에서 생각할 때 자기 검열은 글쓰기의 모든 것이라 해도 과언이 아니다.

'그'라는 지시어를 사용하지 않기로 결정하는 건 단지 '그'라는 단어를 지울 뿐만 아니라, 그 단어에서 파생되는 모든 이야기의 가능성을 배제한다는 뜻이다. 단어 하나를 선택할 때마다 우주 하나가 없어지는 것이다. 이 과정은 작가적 검열이라고도 할 수 있으며, 프로와 아마추어를 영원히 가르는 카섹시스(대상에 대한 관심이 끊임없이 지속되는 일)적 선택이라고도 할 수 있다.

흥미롭고 독창적인 제목의 중요성은 아무리 강조해도 부족하다. 편집자는 가장 먼저 제목을 본다. 영향력 있는 사람의 흥미를 이끌어 작품의 첫 장을 읽게 만드는 일 또한 제목이 지닌 힘이다. 이 점에 대해 곰곰이 생각해 보길 바란다.

실전연습

1. 이야기의 제목이 될 만한 문구를 수집한다. 이 중에서 새로운 이야기를 쓸 수 있을 법한 착상이 떠오르는가?

2. 지금 작업하고 있는 작품에 각기 다른 제목을 세 가지 정도 생각한다. 그중에 짧은 제목 하나와 긴 제목 하나를 포함한다. 이야기의 정신과 영혼에 가장 가까이 닿아 있는 제목은 무엇인가? 주제를 암시하면서도 내용을 누설하지 않는 제목은 무엇인가? 지나치게 재치를 부리려 하지 않으면서도 귀에 쏙 들어오는 제목은 무엇인가? 주위 사람 대여섯 명에게 세 가지 중 가장 흥미롭게 들리는 제목이 무엇인지 솔직한 의견을 묻는다. 작품을 읽어본 사람 두 명 이상에게 물어보고 읽지 않은 다른 사람에게도 물어본다.

매력적인 인물
넷플릭스에 팔리는 작품의 비밀 3

인물의 이름을 지을 때 고려할 3가지

· 다이애나 피터프로인드

나는 꽤나 이름에 집착하는 편이다. 소설을 쓸 때도 완벽한 이름을 고르기 전까지는 인물에 대해 제대로 이해하지 못할 정도다. 내가 첫아이의 이름을 두고 얼마나 난리를 피웠는지 남편에게 묻지 말기를 바란다.

인물의 이름은 작가의 도구 상자 안에 들어 있는 아주 유용한 도구 중 하나다. 이 도구는 장르 문학을 쓰는 위대한 작가들의 손에서 오랫동안 활용되어왔다. 어떤 인물의 성격에 대한 정확한 설명을 원하는가? 찰스 디킨스(《크리스마스 캐럴》의 '스크루지'에 대적할 이름은 없다)나 조앤 K. 롤링(개인적으로 《해리 포터》에서 '드레이코 말포이'라는 이름을 가장 좋아한다) 같은 이름 짓기 고수들의 작품을 살펴보라. 독자의 편견과 기대치를 가지고 놀고 싶은가? 조스 웨던Joss Whedon

이 치어리더에서 뱀파이어 슬레이어가 된 소녀의 이름을 전형적인 밸리 걸valley girl(부유한 가정 출신의 버릇없는 소녀를 일컫는 말)처럼 버피 서머스라고 지은 데에는 다 이유가 있다. 이야기가 현실과 동떨어진 세계에서 벌어지고 있다는 것을 소설의 도입부에서 알리고 싶은가? 그렇다면 닐 스티븐슨Neal Stephenson이 쓴 《스노 크래시Snow Crash》의 히로 프로타고니스트(발음대로 번역하면 '영웅 주인공'이라는 뜻)처럼 의도가 담긴 이름이 효과적이다.

이름은 무엇을 담는가?

개성

이름 하나만으로도 알 수 있다. 《해리 포터》에서 덤블도어라는 이름만으로도 우리는 이 남자가 도무지 종잡을 수 없는 괴짜라는 사실을 짐작할 수 있다. 《데이비드 코퍼필드》에서 유라이어 힙이라는 이름만 보고도 이 남자가 불쾌한 인물이라는 생각이 든다. 이름에 개성을 부여하는 전략은 특히 주변 인물이나 잠깐 나왔다 사라지는 배역에 한층 유용하게 적용할 수 있다.

배경

원칙적으로 인물의 이름은 부모의 뜻에 따라 지어지기 마련이다. 나는 이 전략을 《램펀트Rampant》에서 적용했다. 마지못해 유니콘 사냥꾼이 된 십대 소녀 아스트리드 르웰린은 전통을 중시하는 어머니가 지어준 발키리 전사의 이름(아스트리드는 북유럽 신화에 등장하는 여전사인 발키리 중 한 명)을 불쾌하게 생각한다.

세계 구성

빌보 배긴스라는 인물과 소린 오큰실드라는 인물이 완전히 다른 사회에서 다른 기대, 다른 가치를 배우며 성장했다는 것은 소설 도입부에서부터 한눈에 짐작할 수 있다. 그리고 낯선 이름에 친숙한 이름을 더하면 판타지 소설 속에 등장하는 인물이 인간이라는 사실을 암시할 수 있다.

이름에는 힘이 있으며 적절하게 사용하면 몇 글자만으로도 독자의 마음에 중요한 디테일을 다양하게 전할 수 있다. "말하지 말고 보여주라"는 작가의 원칙은 잘 고른 이름 하나로 성공적으로 지켜 낼 수 있다.

작품 속 인물이 스스로 정한 이름에서 비롯되는 부가적인 힘을 얕봐서는 안 된다. 오슨 S. 카드Orson S. Card의 《엔더의 게임Ender's Game》에서 주인공 앤드류 위긴이 '엔더'라는 이름을 선택한 것은 어린 시절의 잘못된 발음 탓이지만, 이 이름은 군사 전략에서 압도적 재능을 발휘해 외계 종족을 몰살하는 그에게 어울리는 음울한 호칭이다. 그리고 이 책의 제목인 《엔더의 게임》은 엔드게임, 즉 대단원이라는 단어를 연상시킨다.

《모래언덕》에서 추방당한 귀족인 폴 아트레이디스가 자신의 부족 이름을 지을 때, 그는 그가 하는 일을 잘 이해하고 있다. 부족

의 이름인 무아드딥Muad'Dib은 프랑스어로 사막에서 소리 없이 번
식하는, 적응력이 뛰어나고 강인한 쥐를 뜻한다. 또한 달을 뒤덮은
쥐 모양의 그림자를 가리키는 명칭이기도 하다. 무아드딥으로서
폴은 비밀리에 사막의 세력을 하나로 통합하고, 이 세력을 이용해
행성 전체의 지배권을 탈취할 뿐만 아니라 우주의 지배권을 손에
넣으려 한다.

나는 《어둠은 별을 드러낸다For Darkness Shows the Stars》에서 같은
전략을 활용했다. 이 소설 안에서 노예 계급은 성이 없으며 오직
단음절의 이름밖에 가질 수 없다. 여러 음절로 된 이름과 성을 지
니고 있다면 노예가 아닌 지배 계급이라는 뜻이다. 자유를 얻은 노
예는 자신의 과거와 가족, 자신이 포용하고 싶은 가치를 담아 이름
을 길게 짓는다. '말'이라는 이름의 아버지에게 '카이'라는 이름을
받은 탐험가는 스스로 이름을 지을 수 있는 자유를 얻자 자신에게
말라카이 웬트포스라는 이름을 선사한다.

판타지는 장식적이고 수사적인 이름을 짓는 관습으로 유명한 장
르이지만(이를테면 Z와 K와 문장 부호가 난무하는 문자의 조합 같은) 그렇다
고 무언가를 표현하기 위해 반드시 길고 기묘한 이름을 지어야 하
는 건 아니다. 《크리스마스 캐럴》의 타이니 팀, 《조나단 스트레인
지와 마법사 노렐Jonathan Strange & Mr. Norrell》의 조나단 스트레인지,
그리고 앞서 언급된 엔더의 예를 생각해 보라.

또한 평범하기 짝이 없는 이름을 지어줌으로써, 그가 평범한 사
람이었다가 갑자기 그 자신도 상상하지 못한 세계로 내던져졌다는

것을 암시할 수도 있다. 해리 포터라든가 〈터미네이터〉의 사라 코너 같은 경우다.

나는 아직 인물의 모습이 구체적으로 잡히지 않았을 때 그의 이름을 이리저리 바꾸어보면서 상황을 뒤흔드는 일을 좋아한다. '빅터'는 몇 장을 쓰는 내내 갈피를 잡을 수 없던 인물이었는데 중반에 '빈센트'로 둔갑한 다음 내가 애초부터 바랐던 한층 침착하고 카리스마 넘치는 지도자의 모습과 맞아떨어졌다. 이 방법을 한번 시도해 보길 바란다.

골라둔 이름(혹은 고르려던 이름)을 살펴보자. 그 이름은 당신이 바라는 역할을 수행하고 있는가?

중심인물의 이름을 목록으로 만든 후 이름 옆에 다음 질문의 답을 적는다. 이 이름은 인물이 사는 사회에 대해 어떤 사실을 알려주는가? 이 이름을 지어준 사람들에 대해(그리고 인물의 성장 과정에 영향을 끼친 사람들에 대해) 어떤 사실을 알려주는가? 인물은 자신의 이름을 좋아하는가? 그럭저럭 참고 있는가? 질색하는가? 그 인물은 본명을 버리고 자신이 지은 별명을 사용하려 하는가?(혹은 별명이 싫어서 본명으로 불리기 위해 애쓰는가?)

소설 안에서 그 인물이 실제 어떤 호칭으로 불리는지 주의를 기울인다. 이름인가, 성인가, 별명인가, 직함인가? 인물에게 노빌리티 본 트루하트 스미스('고귀하고 충

매력적인 인물

직한'이라는 뜻)라는 이름을 붙여줘도 좋지만 소설 속에서 다들 그 인물을 스미스 씨 혹은 레드라고 부른다면 이름에 담은 의미가 제대로 전달되지 않을 것이다.

한편 이름의 속뜻을 너무 의식할 필요는 없다. 레슬리라는 이름에 '호랑가시나무 정원'이라는 의미가 담겨 있다는 사실을 아는 독자는 별로 없다. 또한 이름 자체의 의미만큼 언어 외적인 의미도 중요하다. 아돌프라는 이름에는 '고귀한 늑대'라는 뜻이 담겨 있지만 영웅적인 늑대인간 왕자에게 아돌프라는 이름을 지어주기 전에는 다시 숙고해야 한다. 독자들의 머릿속에 이 이름은 악하다는 이미지가 각인되어 있기 때문이다.

이제 주변 인물의 이름으로 눈을 돌리자. 이들의 이름으로 지루한 인물 소개를 어느 정도 줄일 수 있나? 이름이 인물 소개를 어느 정도 대신하고 있는가? 잠시 등장하는 단역이 거액을 물려받은, 버릇없이 자란 부잣집 도련님이라는 점을 일일이 설명하는 대신 그의 이름을 알리스테어 윈스턴 찰라일 4세라고 붙이면 어떠한가? 남부 지역의 농부에게 마이크라는 이름 대신 버디 레이라는 이름을 붙이면 어떨까?

단 몇 장이라도 인물의 이름을 달리 바꾸어보자. 그리고 인물이 어떻게 바뀌는지 살펴보자. 마음에 들지 않으면 언제라도 문서 프로그램의 '찾기, 바꾸기' 기능으로 원래대로 되돌려놓을 수 있다. 이 과정에서 어쩌면 새롭고 비밀스러운 이름이 그 나름의 힘을 지니고 있다는 사실을 발견하게 될지도 모른다.

다층적인 인물이 매력적이다

· 캐런 매코이

소설의 등장인물은 주인공이든 적대자든 주변 인물이든 간에 가능한 한 다양한 모습을 보여야 한다. 이 원칙은 특히 SF · 판타지 · 공포 장르에 엄격하게 적용된다.

조앤 K. 롤링의 《해리 포터》 시리즈는 복잡하게 얽힌 플롯에 정교하게 구성한 세계를 갖추고 여기에 재미있는 유머 감각까지 더한 작품이다. 이 모든 것이 걸작이 갖춰야 할 뛰어난 요소다. 그러나 《해리 포터》 시리즈를 가장 인상 깊게 만드는 요소는 바로 복합적이고 다층적인 인물이다. 해리가 밋밋하고 1차원적인 인물이었다면 아무리 사진이 움직이고 부엉이가 편지를 배달하는 세계가 배경이라 한들 별로 중요하지 않았을 것이다.

그야말로 다층적 인물인 스네이프 교수를 살펴보자. 시리즈의 마지막 책에 이르기까지 스네이프의 진짜 동기가 밝혀지지 않기 때문에 독자는 계속해서 그의 행동을 두고 이런저런 추측을 할 수밖에 없다. 스네이프는 적대적인 성격과 애매모호한 윤리관 때문에 다른 인물 사이에서 유독 눈에 들어오며 플롯과 상관없이 그 자체로 흥미롭고 독립적인 인물로 남는다.

에이전트인 비키 모터는 자신의 블로그에 이런 글을 남겼다. "나는 학회에서 작가들에게 주인공에 대해 설명해달라고 요청한다. 그러면 작가들은 플롯 속에서 주인공에게 무슨 일이 일어나는지에 대해 말한다. 아니다, 그게 아니다. 내가 알고 싶은 건 인물에 대해서다. 그 인물은 어떤 사람인가? 왜 우리가 그 인물에게 관심을 가져야 하는가? 그 인물을 움직이는 힘은 무엇인가? 그 인물은 어떤 점으로 독자의 마음을 사로잡게 될 것인가?" 비키가 던진 질문은 작가가 다층적인 인물을 창조하기 위해 반드시 자문해야 하는 것이다. 지금부터 그 밖에 고려해야 할 사항들을 소개하겠다.

첫째, 인물은 반드시 그 나름의 목소리를 지녀야 한다. 억지로 말을 시키지 말고 그 인물이 무슨 말을 하는지 귀를 기울여라.

처음 글을 쓰기 시작했을 무렵 내가 쓴 대화는 그야말로 형편없었다. 그 이유 중 하나는 문어체를 놓지 않으려는 고집 때문이었고, 또 다른 이유는 인물이 하는 말에 귀를 기울이는 대신 억지로 말을 시키려고 했기 때문이다. 지금은 글을 퇴고할 때 대화 부분을 검토하면서 스스로 질문을 던진다. '이 인물들은 정말 이런 식으로 말할까?'

그렇지 않다는 생각이 들면 나는 그 인물에게 마음대로 말을 해 보라고 한 다음 그 말에 귀를 기울인다. 한편 인물이 하는 말에 그 나름대로 고유한 특색이 나타나도록 하는 일도 중요하다. 다중 시점으로 진행되는 1인칭 소설인 경우 특히 그렇다. 인물들의 목소리가 비슷비슷해서 누가 누군지 구별할 수 없다면 개성이 결핍된 인물의 말에 독자는 관심을 기울이지 않을 것이다. 그렇다고 사투리를 남용해서는 안 된다. 인물을 개성 있게 만들려고 문장 전체를 사투리로 쓰는 건 작가들이 흔히 빠지는 함정이다. 그것보다는 여기에서 한 단어, 저기에서 한 단어만 사투리로 바꾸어도 효과가 충분하다.

둘째, 인물에게는 (그 동기가 항상 뚜렷하게 드러나지 않는다 해도) 반드시 동기가 있어야 한다. 어떤 인물이 끝까지 플롯을 따라가는 데에는 충분히 그럴 만한, 독자가 납득할 수 있는 이유가 있어야 한다. 도망을 쳐야 마땅한, 목숨을 위협받는 위험한 상황에서도 인물이 도망치지 않을 것이라는 점을 보장하기 위해서다. 롤링은 어느 인터뷰에서 인물에게 물어보면 좋은, 뛰어난 질문 한 가지를 제안했다. 바로 "왜 싸우는가?"이다. (해리는 왜 볼드모트를 죽여야만 하는가? 해리가 달성해야 할 목표는 무엇인가?) 이 질문은 상당히 훌륭하다. 이 질문은 인물의 동기를 명확하게 규명하는 도구로 사용할 수 있을 뿐만 아니라 작품 소개란에서도 활용할 수 있다. 여기에서 싸움은 반드시 실제의 싸움이 아니어도 된다. 인물은 사랑하는 마음에 이끌려 다른 사람을 도울 수밖에 없는 처지에 빠질 수도 있다.

인물의 동기에 대한 훌륭한 사례는 재니스 하디Janice Hardy의《중

개인The Shifter》에서 찾아볼 수 있다. 이 소설의 1장에서 나야는 배가 고파 위험한 상황에 내몰린다. 그리고 경비원과 싸움을 벌이던 중 자신만의 고유한 마법 능력을 드러낸다. 나야에게 음식을 훔쳐야 하는 동기가 없었다면 위험한 상황에서 벗어나기 위해 자신의 능력을 발휘할 일도 없었을 테고 플롯은 소설의 도입부에서부터 정체에 빠졌을 것이다. 바로 이러한 식으로 인물의 동기는 플롯을 이끈다. (그 반대가 아니다) 그런데 이미 플롯을 다 짜두었다면 어떨까? 그래도 괜찮다. 단지 인물이 어느 곳에 가는 이유, 자신에게 일어나는 사건에 대응하는 방식, 인물을 이끄는 동기에 대해서 고민을 멈추지 마라.

셋째, 인물에게는 자신을 자신답게 만드는 고유한 버릇이나 습관이 있어야 한다. 인물을 구성할 때는 전형적인 인물이 되지 않게 하는 게 좋다. 인물 묘사를 탐정처럼 하면 인물의 생명이 죽어버린다. (장담하건대 독자는 주인공이 키가 1미터 73센티미터인지 신발 사이즈가 250밀리미터인지 전혀 관심이 없다. 이러한 특징이 플롯 전개에 반드시 필요하다면 모를까) 장면을 쓸 때는 인물이 신발 끈을 매고 있든, 케이크를 굽고 있든 그의 움직임을 유심히 살펴야 한다. 그가 다른 인물과는 다른 방식으로 그 일을 하는가?

'디스크월드Discworld' 시리즈의 작가인 테리 프래챗Terry Pratchett은 이 부분에서 인물 묘사를 최고로 잘하는 작가다. 《운명의 자매들Wyrd Sisters》에서 프래챗은 독특한 설명으로 평범하기 이를 데 없는 공작에게 고유한 개성을 부여한다. "공작의 정신은 마치 시계처럼 똑딱거렸고 정말 시계처럼 가끔 고장이 나기도 했다."

마지막으로 인상 깊은 인물을 창작하기 위한 주의사항을 한 가지 당부하겠다. 이야기 안에 인물의 배경 설명을 너무 과도하게 넣지 않도록 주의하라. 인물의 개요를 만드는 동안에는 배후 사정을 얼마든지 자세하게 써도 좋지만, 최종 원고가 완성될 무렵에는 인물의 어린 시절이나 버릇, 개성에 대한 설명을 늘어놓기에 바쁜 나머지 이야기가 교착 상태에 빠지면 안 된다.

실전연습

완성된 소설 혹은 현재 작업하고 있는 소설에서 인물 하나를 고른 다음 그 인물이 지금 바로 앞에 앉아 인터뷰를 하고 있다고 상상한다. 인물에게 다음의 질문을 묻는다.

어떤 일을 할 때 행복한가?

자신의 가장 큰 결점은 무엇이라고 생각하는가? 그 이유는 무엇인가?

무엇과 맞서 싸우고 있는가? 그 이유는 무엇인가?

가장 짜증스러운 일은 무엇인가?

아주 질색인 사람은 누구인가? 그 이유는 무엇인가?

사랑하는 사람은 누구인가? 그 이유는 무엇인가?

어떤 꿈, 어떤 희망을 품고 있는가? 그 꿈과 희망을 이루지 못한다면 어떻게 할 생각인가?

매력적인 인물

목적의식을 가진 인물이 매력적이다

· 데보라 커틀러루벤스타인

어린 시절 우리는 어른들에게 '만약에'라는 질문을 끝도 없이 던졌다. "만약에 하늘이 무너지면 어떻게 해?" "만약에 바다가 말라버리면 어떻게 해?" "만약에 오렌지 과수원에 묻은 잉꼬가 좀비가 돼서 다시 살아오면 어떻게 해?" 아홉 살 무렵 내가 처음으로 지은 시 〈보랏빛 꼬리를 한 분홍빛 고양이Pink Cats With Purple Tails〉는 전형적인 '만약에'라는 상상을 담은 시였다. 나는 이 시를 열성적인 관객 두 명, 즉 부모님 앞에서 낭송했다. 하지만 열한 살 때 부모님이 이혼하면서 내 인생은 점차 어두워지기 시작했다. 불우하고 반항심이 가득한 소년이 자신의 엄격한 부모를 나비로 만들어버리는 내 단편 시는 시 공모전에서 어른들의 작품을 물리치고 우승을 차지했다.

우리 모두의 내면에는 어디에도 매이지 않은 어린 천재가 '만약에'라는 질문을 던지며 상상을 펼치고 있다. 만약에 우리가 매일매일 자신의 상상력을 마음껏 펼칠 수 있다면 어떻게 될까?

'상상을 펼쳐 그 안에서 착상을 이끌어내는' 최고의 방법은 '만약에' 놀이를 살짝 변형해 중심인물의 감춰진 목적을 살피는 것이다. 이때 중심인물이 반드시 사람일 필요는 없다. 어떻게 하면 평범한 인물이나 장소, 사물에 그럴듯해 보이는 초능력, 무시무시한 힘, 초자연적 속성을 부여할 수 있을까?

성공한 이야기에는 강한 목적의식을 지닌 주인공이 등장한다. SF·판타지·공포 장르에서 이 목적의식은 상당히 단순하기 마련이다. 적대세력이 세계의 지배권을 두고 치고받고 싸우는 것이다. 당연하게도 이 거대한 권력 다툼의 이면에는 더욱 큰 뜻, 숭고할 정도의 대의가 존재한다. 대의는 뛰어난 이야기에 반드시 존재하기 마련이며, 이야기를 앞으로 이끌어 나가는 숨은 연료다. 이 목적의식을 밝혀내고 착상 안에 담을 수 있다면 작가는 다리와 눈만이 아니라 날카로운 이빨까지 갖춘 이야기를 창작할 수 있다.

내가 소개할 연습법은 평범한 존재에 의식을 부여하고, 지각을 하게 된 존재의 내면 속 목적을 밝히는 법이다. 그 존재가 원하는 것은 무엇인가? 그가 바라는 일들 중 가장 흥미로운 것은 무엇인가? 우리를 깜짝 놀라게 하고 재미있게 해줄 법한 일은 무엇인가? 우리가 책이나 무대, 영화관에서 한 번도 보지 못한 일은 무엇인가?

어떤 존재에 SF나 판타지, 공포 장르다운 특별한 속성을 부여하려면 그 존재에 대한 작가만의 애착이나 호기심을 끌어내야 한다. 그 존재가 모래밭에서 주운 것이거나 먼지 덮인 서랍에서 집은 것이라 해도 상관없다. 어디에서 왔든 그 존재에는 무언가 '끌리는 구석'이 있어야 한다.

그렇다고 그 존재에 집착할 필요는 없다. 단순한 호기심만으로도 충분하다. 나 자신을 예로 들자면, 나는 미시적 세계 혹은 보이지 않는 세계를 좋아한다. 평범한 물건을 볼 때도 그 속의 내가 보지 못하는 것들에 대해 상상을 한다. 몇 년 전 나는 수족관용으로 판매되는 특별한 돌에 대해 들은 적이 있다. 일명 X돌이다. 기포성 포장재로 포장해 배달되는 이 X돌에는 특이수중생물협회Unique Aquatic Creatures Association에서 발급한 인증서가 딸려 온다. 이 인증서는 X돌의 구석구석에 수많은 수중 생물이 숨어 잠을 자고 있다는 사실을 보증한다. 구매자는 단지 이 돌에 물을 부은 후 신기하고 요상한 생김새의 새우와 해조류가 모습을 나타내는 광경을 지켜보기만 하면 된다. 장담하건대 당신의 상상력은 벌써 발동이 걸리기 시작했을 것이다.

'만약에'에 '목적'을 결합하는 상상 연습은 SF · 판타지 · 공포 장르에서 특히 중요한 역할을 한다. 이 연습은 상상력을 폭발하는 수준까지 끌어올리기 위해 필수적이다. 작가의 정신은 이 연습을 통해 논리와 비논리의 극단을 오간다. 그리고 내면의 깊숙한 곳으로 들어가 그 존재의 끝없는 욕망이 존재하는 새로운 세계로 발을 들여놓을 수 있다.

'만약에'와 '목적'을 결합한 데에 '의식'을 더하자. 만일 X돌에 어떤 생물체, 외계인 혹은 또 다른 종류의 의식이 들어간다면 어떻게 될까? 이 의식은 구매자(인간)의 의식을 좀먹고 파고들 수 있다. 이 존재의 의식과 구매자의 정신적 공생관계는 점차 구매자의 인생을 지배하기 시작할 것이다. 마치 오늘날 바이러스에 대한 무서운 이야기에서처럼 말이다. X돌에 깃든 의식의 목적은 구매자의 정신을 미치게 만들어 자유롭게 해방되는 것인가? 아니면 그저 돌에게는 없는 인간의 팔다리가 필요한 것인가?

어떤 사람은 특정 인물을 그리기로 선택하고, 또 다른 어떤 이는 풍경을 그리기로 선택하는 건 왜인가? 그 이유는 중요하지 않다. 그것은 상상력의 충동 때문이다. 이 연습을 통해 새로운 이야기를 지어내든, 단지 상상력을 펼치는 훈련을 하는 상관없다. 지금 프랑스 파리의 커피숍에 앉아 있다면 '만약에'라는 말을 기억하라. 만약에 에펠탑이 외계인을 위한 안내 표지판으로 세운 것이라면? 주인공이 지구 멸망 전에 에펠탑에 숨겨진 GPS를 찾아야만 한다면? 너무 상투적인가? 그럴 수도 있다. 계속 상상을 펼쳐보자. 그리고 상상한 내용을 정리해두는 것도 잊지 말아야 한다.

실전연습

1. 집이나 학교, 사무실, 동네 골동품 가게, 집 근처의 쓰레기 하치장, 연못 등지에서 평범하고 일상적인 사물 하나를 고른다. 눈에 잘 띄지 않고 무해한 듯 보이는 사물. 하지만 어떤 이유에서든 호기심이 느껴지고 관심이 가는 사물을 고른다.

2. 그다음 종이 한 장을 가져다가 시간제한을 두고 글을 쓰는 연습을 한다. 적어도 10분 정도 시간을 들여 그 사물의 모습을 간략하게 묘사한다. 이 사물은 어떤 재료로 만들어졌는가? 모서리가 날카로운가, 무딘가? 둥근가, 네모난가? 색이 화려한가, 무채색인가? 질감은 어떤가, 부드러운가? 냄새, 무게, 크기 등 구체적으로 묘사하라. 보통 어떤 식으로 사용되는가?

이 글을 잠시 옆으로 치워둬라. 지금 우리의 상상력은 내면에 존재하는 어린아이의 천재적인 두뇌라는 멋진 팔레트에 물감을 수집하고 있는 중이기 때문이다. 이 중 어느 물감이 쓰이게 될지는 알 수 없다.

3. 어딘가 편안한 곳에 멍하니 앉아 생각이 이리저리 떠돌도록 내버려 둔다. 1번에서 고른 사물에 원래의 용도 외 다른 용도가 있다면 어떤 일이 일어날지 상상한다. 이를테면 평범한 포크가 실제로는 보이지 않는 사악한 힘을 부르는 피뢰침이라면 어떤 일이 벌어질까? 그 반대의 경우라면 어떻게 될까? 포크를 한 입 물기만 해도 그 포크를 문 사람의 병이 치료가 된다면? 만약에 이 골동품 포크가 의식을 위한 도구라면 어떻게 될까? 이 포크에 배경과 미래의 이야기를 덧붙여 이 세상에 하나밖에 없는 포크로 만들어라. 몇 세기 전으로 거슬러 올라가 이 포크가 사실 매사추세츠 주 살렘의 대장간에서 사탄의 침을 이용해 만들어졌다는 사실을 알아낼 수도 있다. 혹은 이 포크에 닿은 음식은 오염되고 검게

그을리며 연기가 피어오를 수도 있다.

자신이 생각한 '만약에'의 가정을 비틀어 스스로도 깜짝 놀랄 만한 것으로 바꾸자. 숭고한(혹은 사악한) 목적을 이리저리 바꾸어보기만 해도 여러 가지 다양한 변화를 이끌어낼 수 있다. 이제 어떻게 사건을 해결할 수 있는가? 포크의 저주는 어떻게 풀어야 하는가? 만약에 치유의 포크라면 일이 어떻게 잘못될 수 있는가? 누가 포크를 처음 발견했으며, 어떠한 빚을 갚고 저주를 풀어야 하며, 무슨 교훈을 배웠는가?

주의사항이 있다. 상투적인 선택을 하지 않기 위해서는 그 사물이 자신의 마음을 끈 이유에 대해 계속 생각해야 한다. 그 사물의 어떤 점에 마음이 끌리는가? 그리고 좋은 쪽이든 나쁜 쪽이든 상황을 더 복잡하게 만들기 위해서 다음의 질문을 하자. 사물에 있을 법한 문제, 한층 전개되고 발전할 수 있는 문제들은 무엇인가? 사물의 목적 또한 성장하고 변화할 수 있다.

4. 앞에서 생각한 착상 중 마음에 드는 몇 가지를 골라 글로 옮긴다. 어쩌면 이미 이야기의 서두를 생각해냈을 수도 있다.

5. 서둘러 착상을 뒤쫓기 전에 장르에 대해 고민할 시간을 가져야 한다. 장르적 특징 또한 이야기에 포함시키자. 이를테면 공포 장르를 쓴다면 공포 장르다운 특색이 있어야 한다. 공포 코미디 같은 혼합 장르를 쓴다면 다른 방식으로 적용되어야 한다. 똑같은 사물의 목적이라도 장르가 달라지면 분위기가 달라지고 그 해석 방식 또한 달라질 수밖에 없다.

여기에 방정식을 소개한다.

매력적인 인물

"사물+만약에+목적=이야기의 제곱!"

예1) 돌+생각할 수 있다+주인을 지배하고 싶어 한다

예2) 돌(운석)+진실을 들려준다(돌을 만지면)+사람들이 두려워하는 일을 할 수

있도록 해준다

변형 연습: 다른 사람에게 부탁해 사물 하나를 고른 다음, 그것을 종이봉투에

넣어달라고 부탁하자. 그것이 뭔지 볼 수는 없지만 만질 수 있는 종이봉투가 좋

다. 5분에서 10분 사이로 타이머를 맞춘다. 그것을 만지면서 정체를 추측하는

한편 손에 느껴지는 감촉을 묘사한다. 그리고 그것이 무엇인지 파악한 다음 그

것이 우리에게 할지도 모를 일들에 대해 상상한다.

실제처럼 대화하는 인물이 매력적이다

· 제임스 G. 앤더슨

작가로 일을 시작한 지 얼마 되지 않았을 무렵 동료 작가 하나가 현명한 조언을 한 가지 해주었다. 근본적으로 독자의 흥미를 사로잡고 그 흥미를 유지시키는 것은 바로 이야기 속의 인물이며 그렇기 때문에 작가는 독자가 좋아할 만한 인물을 창작해야 한다는 것이었다.

분명 독자로서의 나의 경험에 비춰 봐도 그의 말이 맞았다. 나는 "다음에 어떤 사건이 벌어질까?" 하는 의문보다 "그에게 다음에 어떤 일이 벌어질까?" 하는 의문에 훨씬 더 관심이 쏠렸다. 그렇다면 작가는 어떻게 설득력이 있으면서도 독자들의 호감을 살 수 있는 인물을 만들어내는가? 나는 그 해답은 소통을 통해 긍정적이든, 부정적이든지 간에 정서적 반응을 유발하는 인간의 능력에 달려 있다고 본다.

심리학자인 앨버트 머레이비언은 인간의 언어를 연구하던 중 구두로 이루어지는 소통에서 의미를 전달하는 데 상대적으로 중요한 세 가지 측면을 밝혀냈다. 머레이비언의 결론은 다음과 같다.

1. 의미의 7퍼센트는 언어적 측면, 즉 실제로 입 밖에 내는 말의 내용을 통해 표현된다.
2. 의미의 38퍼센트는 발성적 측면, 즉 말을 할 때의 말씨와 말의 속도, 억양을 통해 표현된다.
3. 의미의 55퍼센트는 생리적·시각적 측면을 통해 표현된다. 즉 말을 할 때의 얼굴 표정이나 눈동자의 움직임, 손놀림, 몸의 자세 같은 것들이다.

구두 소통에서 언어적 요소의 상대적인 중요성을 한층 크게 보아 50퍼센트 정도까지 인정한다 해도, 여전히 말하고자 하는 바의 의미는 최소 절반 이상이 비언어적 요소를 통해 전달된다. 언어를 장사 도구로 삼는 작가들에게 이 연구는 다시없을 도전을 의미한다.

모든 종류의 글은 본질적으로 소통일 수밖에 없으며, 여기에서 소통의 수단은 100퍼센트 언어에 기반을 두고 있다. 그러나 작품 속에는 그 안에서 서로 교류하는 인물들이 있으며 그들의 교류 안에는 또 다른 차원의 소통이 존재한다. 바로 대화다.

머레이비언의 7-38-55 법칙은 인간의 상호작용 중 수많은 사례에서 잘못 해석되고 있으며 잘못 적용되고 있다. 그러나 감각 표현과 감정 표현, 개인적 의견 표현이 수반되는 구두 소통의 경우에는 적절하게 적용할 수 있다. 그리고 그 어떤 이야기일지라도 대화 장면에서 인물의 감정과 의견 표현이 차지하는 비중은 크다. 그러므로 그 교류 과정을 설득력 있고 현실감 있게 제대로 전개하기 위해서 작가는 대화를 창작할 때 반드시 구두 소통에 쓰이는 모든 표현 수단을 활용해야만 한다. (이야기에 현실감을 부여하는 일은 소설을 쓰는 목표이며, SF · 판타지 · 공포 장르 또한 예외가 아니다.)

한층 어려운 문제가 작가를 기다리고 있다. 독자에게 대화는 인물의 마음을 가까이에서 몰래 훔쳐 들을 수 있는 친밀한 엿듣기가 되어야 한다. 대화 장면에서 작가의 임무는 독자와 인물을 직접적으로 대면시키는 것이다. 화자의 목소리는 배경으로 사라지고 인물의 목소리가 전면으로 등장해야 한다. 여기에서 목소리는 직접 말이 되어 나오는 목소리, 어투에서 묻어나는 목소리, 몸짓에서 드러나는 목소리를 아우른다. 그러므로 대화 장면을 쓸 때 작가가 가장 염두에 둬야 하는 부분은 다음 세 가지 요소에 주의를 기울이는 일이다. 머레이비언의 연구에서 제안하는 구두 소통의 세 가지 요소, 즉 언어적 · 발성적 · 시각적 요소다.

언어적 요소의 관점에서 작가는 단순히 인물이 말하는 단어 자체의 명료한 의미만을 고려하지 말고 인물의 어법과 특유한 말버릇까지 염두에 둬야 한다. 인물은 현실 속의 인물이며, 현실 속의 인물처럼 말해야 한다. 따라서 작가는 인물이 쓰는 단어를 주의 깊게 선택해 인물이 하는 말과 말하는 태도를 자연스럽게 만들어야 한다.

말은 억양과 속도, 흐름에 따라 그 의미가 표현된다. 어투를 느낄 수 없다면 말의 의미 대부분을 놓치기 쉽다. 작가는 대화 속 문장 부호를 활용해 발성적 요소의 미묘한 차이를 나타낼 수 있다. 느낌표로 높아진 말투를 표현할 수 있고, 말줄임표로 말끝을 흐리거나 말끝을 잇지 못하는 모습을 표현할 수 있고, 줄표로 중간에 끼어드는 말을 표시할 수 있다.

대화 속도 또한 발성적 요소에서 중요한 부분을 차지한다. 행동이나 몸짓 등 장면을 그리는 묘사적 표현을 사용해 대화에 틈을 주고 장면의 속도를 늦출 수 있다. 반대로 짧은 문장과 끼어드는 말을 활용하고 인용('○○가 말했다' 같은 요소)를 제한해서 사용하면 대화 속도를 높일 수 있다.

'○○가 말했다'에 내재된 위험은 작가가 이를 이용하고픈 유혹을 느낀다는 점이다. 어느 인물이 어떤 말을 '어떻게' 했는지 표현을 달리하거나, 부사구나 형용사구로 꾸며 설명하고픈 유혹 말이다. 실제로 '○○가 말했다'는 보이지 않는 표현으로, 독자의 눈은 자동적으로 이 구절을 무시하고 넘어간다. 그러므로 작가는 이 구절을 일관되게 사용해야 한다. 표현을 다양하게 하고 싶은 욕심에 이리저리 바꾸고 싶은 유혹이 강렬하다 해도 말이다. 이 구절은 누가 '무슨' 말을 했는지 독자가 파악할 수 있게 도울 때만 필요하다. 누가 무슨 말을 '어떻게' 했는지 이 구절을 통해 알려줄 필요는 없다. 명심하라. 보여주되, 말하지 마라. 소설 쓰기의 기본 원칙이다. 보여주지 않고 말하는 것은 그 장면에서 화자의 목소리를 강요하는 일이며, 독자와 인물 사이의 직접적인 접촉을 간섭하는 일이다. 이 직접적인 접촉, 즉 친밀한 엿듣기는 인물에 대한 독자의 공감을 얻는 데 필수불가결한 요소다. 작가는 독자들이 이야기 속 등장인물에게 감정을 이입하고 마음을 쏟을 수 있도록 길을 닦아주면서 독자의 마음을 사야 한다. 화자의 목소리가 개입되면 공감이 형성되는 과정을 방해받는다. 그러므로 누가 어떻게 말했는지를 직접 표현하는 대신 작가는 인물이 하는 말 자체를 활용하거나, 발성적·비언어적 요소를 활용해 인물이 하는 말의 의미를 전달하는 편이 더욱 좋다. '○○가 말했다' 대신 묘사를 한다면 인물의 비언어적 요소, 즉 시각적 소통 요소를 아주 효과적으로 표현할 수 있다.

　시각적 요소는 인물에게 생명을 불어넣는다는 점에서 대화의 가장 중요한 측면일 수 있다. 작가는 반드시 인물 특유의 '몸짓 언어'를 파악해야 한다. 인물에게 버릇이나 습관적인 몸짓, 자주 보이는 자세나 얼굴 표정, 혹은 눈에 띄는 특이한 점이 있는가? 초조하거나 만족스럽거나 화가 나거나 흥분되거나 우울할 때 어떤 식으로 행동하는가? 몸짓 언어는 문화적·환경적 요소의 산물이기도 하므로 인물의 배경과 관련된 문화적·사회적 관습, 규범을 조사하는 일도 중요하다. 물론 SF·판타지·공포 문학에서는 이 부분을 한층 자유롭게 풀어갈 수 있다. 이들 장르 속 문화와 사회는 흔히 작가의 상상력이 만들어낸 산물인 경우가 많기 때문이다. 그러나 SF · 판타지 · 공포 장르라도 인물 묘사는 반드시 일관성이 있어야 한다. 합리적이고 개연성 있는 이유 없이 인물의 목소리가 갑작스레 바뀌어서는 안 된다.

글을 쓰면서 인물을 발견하고 그 인물에게 생명을 불어넣는 일은 작가로서 내가 누릴 수 있는 가장 큰 즐거움 중 하나다. 독자가 정서적으로 내가 창작한 인물과 교감할 때마다 그 즐거움은 최고조에 이른다. 이러한 즐거움을 누리기 위한 핵심은 설득력 있는 대화를 통해 설득력 있는 인물을 창조하는 것이다. 그리고 설득력 있는 대화를 창작하기 위해서는 인간의 소통에 존재하는 모든 표현수단에 꼼꼼하게 주의를 기울여야 한다. 바로 언어적 · 발성적 · 시각적 요소다.

실전연습

몸짓 언어를 조사하고 연구해온 사람은 수없이 많다. 특히 인간관계나 비즈니스 관련 업종에 종사하는 사람들은 이 분야에 아낌없이 자원을 투자했다.

인터넷을 통해 이에 대한 자료를 조사하고 어떻게 몸짓 언어를 해독하는지 이에 대한 기본적인 사항을 습득하라.

몸짓 언어에 대한 지식으로 무장을 했다면 이제 커피숍이나 그 밖의 공

공장소에 찾아가 창조적 엿듣기를 하라. 언어적 측면보다 소통의 발성적·시각적 측면에 한층 주의를 기울여 관찰하라. 목소리가 들리지 않을 만큼 멀리 있는 사람들이 하는 이야기를 오직 몸짓 언어를 통해 엿듣기 위해 노력하라.

눈에 들어오는 그 어떤 것이라도 대화 창작에 유용할 법하다고 생각되면 모두 적어놓는다. 그럴 용기가 있다면 친한 친구에게 자신의 몸짓 언어를 그대로 흉내내어 달라고 부탁하자. 대화를 할 때 나에게는 어떤 특유한 몸짓과 표정, 신체적 버릇이 있는가?

재미있게 노는 인물이 매력적이다

· 데릭 테일러 켄트

나는 로스앤젤레스의 라이팅 패드Writing Pad에서 어린이 소설과 청소년 소설, 성인 소설 창작을 가르치고 있다. 라이팅 패드의 학생들은 10분에서 15분 사이의 제한된 시간 동안 의식의 흐름에 따라 글을 쓰는 연습을 한다. 수업 때마다 이 글쓰기 연습을 한두 차례씩 진행하는데 그중 90퍼센트는 나중에 책으로 완성될 훌륭한 원석이 된다.

그러므로 여기 소개하는 연습을 할 때는 최대 15분의 시간제한을 두고 글을 쓸 것을 권한다. 이 연습의 주제는 '재미'다. 재미는 특히 어린이와 중학생 독자를 위해 글을 쓸 때의 핵심이다. 재미있게 읽을 수 있는 책은 계약으로 이어질 가능성이 높다. 그리고 그 책을 아이들이 재미있게 읽어준다면 성공작이 될 수 있다. 스스로 글을 쓸 때 재미가 있었다면 독자가 읽기에도 재미있는 작품이 될 가능성이 높다.

내가 가장 자주 듣는 질문은 이것이다. "어떻게 하면 더 재미있게 만들 수 있을까요?" 이 질문에 대한 아주 단순한 답이 있다. 소설 속 인물들이 재미를 느끼고 있는지 확인하라!

플롯을 전개할 때 인물들은 일련의 갈등과 문제에 휘말리고 극복해야 할 장애물과 마주한다. 수없이 많은 시험과 역경을 헤치고 나가야 하는데 재미를 느낄 시간 따위가 어떻게 있을 수 있을까? 불가능하지 않은가? 결코 그렇지 않다! 인물이 재미를 느끼는 모습을 보지 못하면 독자는 인물이 무엇을 재미있어 하는지 알지 못하게 되고, 결국 작가는 인물의 다양한 모습을 보여주는 데 실패하고 만다.

예로 《해리 포터》를 보자. 주인공 해리는 재미를 위해 무엇을 하는가? 퀴디치 경기다. 조앤 K. 롤링은 해리가 흉포한 어둠의 마왕에게 쫓기는 일에서 숨을 돌릴 구석이 필요하다는 사실을 잘 알고 있었다. 그래서 해리는 시리즈의 모든 책에서 아주 재미있는 게임인 퀴디치 경기를 하며 자신의 무시무시한 임무에서 한숨 돌린다. 퀴디치 경기는 대개 플롯과는 전혀 상관없이 등장한다. 물론 이따금 경기 중에 인물 전개나 플롯 전환으로 이어지는 불운한 사건이 벌어지기도 한다. 그러나 해리가 골든 스니치를 찾으며 하늘을 날아다니는 동안만큼은 온전히 재미를 느끼는 시간이다.

영화 〈반지의 제왕〉에도 기막힌 장면이 나온다. 골룸이 연못에서 헤엄을 치며 노래를 흥얼거리고 물고기를 잡아서 뜯어먹는 장면이다. 이 장면은 영화 전체를 통틀어 골룸이 무언가 재미있는 일을 하는 유일한 순간이자 가장 행복해 보이는 순간을 그린다. 참으로 멋진 장면이 아닐 수 없다. 이 장면을 제외하고는 영화 속에서 골룸은 내내 두들겨 맞거나 자신의 불행한 처지에 대해 골을 내고 있기 때문이다. 하지만 연못에서 즐겁게 헤엄을 치는 골룸의 모습을 봤기 때문에 관객은 골룸의 마음 깊은 곳에 재미있게 살고자 하는 영혼이 존재한다는 사실을 알게 되고 그 결과 골룸을 한층 가엾게 여긴다.

독자는 인물이 재미있게 노는 장면을 읽으면서 소설 속 인물만큼이나 재미를 느낀다. 바로 그렇다! 인물이 재미있게 노는 장면을 읽는 것은 그야말로 재미있는 일이다. 여기에는 또 다른 좋은 점이 하나 더 있다. 바로 이 장면이 플롯과 전혀 상관이 없어도 된다는 것이다! 잠시나마 플롯에 대해 완전히 잊어버려도 좋다. 플롯은 지루하다. 그 자신답게 행동하는 인물은 흥미롭다. 변화하는 인물은 흥미롭다. 인물 전개를 읽는 일은 재미있다.

실전연습

1. 현재 작업하고 있는 작품에서 중심인물 한 명을 고른다. 그다음 그 인물이 재미

있게 할 수 있는 일의 목록을 작성한다. 가장 재미있을 법한 일을 한 가지 골라 표시한다.

2. 15분 혹은 그보다 짧은 시간제한을 두고 그 인물이 할 수 있는 한 가장 재미있게 노는 장면을 쓴다. 그 어떤 플롯 요소도 집어넣지 않는다. 작가가 창조한 세계 속에서 그 인물이 그 누구도 아닌 바로 자신다운 모습으로 즐겁게 지내게 한다. 다 쓴 장면을 다른 사람에게 읽어달라고 부탁한다. 읽으면서 그가 미소를 짓는다면 제대로 일을 해낸 것이다.

인물들 사이의 내밀한 관계를 드러내자

· 버네사 본

섹스만큼 인물의 핵심에 가까이 다가설 수 있는 방법도 드물다. 여러 가지 면에서 섹스는 이야기에서 없어서는 안 될 도구다. 작가는 섹스 장면을 통해 인물의 자신감 결핍이나 자만심, 마음 깊은 곳에 자리 잡은 자기혐오, 믿을 수 없을 만큼 부풀어 오른 허영심을 묘사할 수 있다. 또한 섹스 장면은 전쟁으로 인한 소름 끼치는 흉터, 조심스럽게 바른 립스틱, 육체노동으로 딱딱해진 손가락 같은 인물의 신체적 특징을 파악하는 데도 도움이 된다.

두 인물이 내밀한 관계를 맺는 장면을 상상하며 우리는 인물의 몸을 그 자체로 바라볼 뿐만 아니라, 그들이 가장 근원적인 방식으로 서로에게 마음을 여는 모습을 지켜본다. 섹스 장면에서는 설사 두 인물이 전혀 입을 열지 않는다 해도 가장 개인적인 차원의 대화가 이루어지는 셈이다. 함께 보내는 하룻밤을 통해 그가 마음속 가장 깊은 곳에서 상대에게 진정으로 바라는 것이 무엇인지, 혹은 그가 가장 두려워하는 것이 무엇인지 밝힐 수 있다.

섹스 장면을 처음부터 끝까지 사실적으로 생생하게 묘사하는 작가가 있는 반면, 단지 성관계를 맺었을 가능성만 암시하고 넘어가는 작가도 있다. 두 가지 모두 효과가 있다. 최종 원고에 섹스 장면을 상세히 묘사해 넣을지 말지 아직 결정을 내리지 못했다 해도 두 인물 사이의 섹스 장면(혹은 그저 데이트 장면)을 머릿속에 그려보는 일은 그 자체로 인물을 구상하고 인물의 동기와 꿈, 욕망, 두려움을 상상하는 데 아주 유익한 글쓰기 연습이 될 수 있다.

일례로 셜록 홈스와 왓슨 박사를 생각해 보라. 베이커 가 22번지에서 지내는 동안 두 사람은 옷가지 하나 벗는 법이 없으며, 오랜 세월 동안 범죄와 맞서 싸우면서 입맞춤 한 번 한 적이 없다. 원작에는 두 인물 사이를 성적인 관계로 만들 의도가 전혀 없을 뿐더러 실제로 성적인 관계가 존재하지도 않는다. 하지만 두 인물을 다루는 글을 쓸 때 그들 사이에 무언가 더 깊은 관계가 존재할 거라고 상상하는 일은 그들을 이해하고 머릿속에서 인물을 구체적으로 구현하는 데 아주 유용한 방법이다.

이를테면 홈스의 그 유명한 자기중심적인 성향은 친밀한 순간에도 유지될까? 홈스는 왓슨이 만난 수많은 여성에게 미묘한 질투심을 품을까? 오랜 세월 함께 살아왔기 때문에 두 사람은 결혼 생활을 오래한 부부처럼 서로 티격태격하며 말다툼을 할까?

신체적인 측면에서의 특징은 어떤가? 왓슨의 몸에는 군인으로 복무하던 시절에 얻은 상흔이 남아 있을까? 홈스의 몸에는 최근 모르핀을 가지고 한 실험에서 생긴 주삿바늘 자국이 남아 있을까? 밤 늦은 시간까지 바이올린을 연주하느라 눈 밑에 다크서클이 생기고 손가락에는 굳은살이 박이지 않을까?

두 인물 사이의 내밀한 장면을 글로 쓰면서 그들을 이해하려고 노력하는 동안, 작가는 그들이 결국 잠자리를 하는 관계까지는 이르지 못하리라는 사실을 깨달을 수도 있다. 예를 들어 제임스 본드와 머니페니 사이의 그 유명한 연애 놀이를 생각해 보라. '007' 시리즈의 책과 영화를 통틀어 두 사람의 관계는 성적인 긴장감으로 가득 차 있다. 둘 사이에서는 성적인 말장난과 은밀한 말, 암시가 끊임없이 오간다. 그러나 실제로 성관계를 맺을 수 있는 상황이 주어지면 두 사람은 아마 끝까지 가지 못할 것이다. 작가는 이들의 섹스 장면을 상상하는 연습을 통해 이들이 겉으로는 희룽대고 장난을 치지만 속으로는 더욱 진지한 관계를 맺고 있음을 깨달을 수 있다. 혹은 두 사람이 결국 성관계를 맺지 못하는 장면을 상상하면서 이들이 가볍게 시시덕거리는 관계보다는 모자 관계에 가깝다는 사실을 깨달을 수도 있다. 또는 머니페니가 가볍게 만났다가 헤어질 성적 대상이 아니라 본드가 언제라도 다시 돌아올 수 있는 친밀한 집 같은 존재라고 결론을 내릴 수도 있다.

한 가지 덧붙이자면 이 연습의 대상은 비단 동료 사이에 한정되지 않는다. 적수 사이의 친밀한 관계를 상상하는 일 또한 유용한 방법이 될 수 있다. 영웅과 악당이 서로를 증오하는 까닭은 서로 크게 다르기 때문인가, 혹은 스스로 인정하기 어려울 만큼 서로 비슷하게 닮았기 때문인가? 영웅과 악당이 서로에게 두려워하는 점은 무엇인가? 상대를 처벌하기 위해 혹은 보복하기 위해 어떤 일을 하고 싶어 하는가? 이 모든 의문의 답은 두 적수 사이의 내밀한 관계를 상상하는 과정에서 밝혀질 수 있다.

실전연습

서로의 관계를 한층 잘 이해하고 싶은 두 인물을 고른 다음 이 인물들이 내밀한 관계를 맺는 장면을 쓴다. 완성 원고에서 두 인물이 성적 관계를 맺게 될지 어떨지는 상관없다. 단지 인물들의 성관계 장면을 상상하는 연습을 통해 인물을 한층 풍성하게 만들 수 있다. 이 연습을 통해 인물들의 몸을 완벽하든 결함이 있든 있는 그대로 머릿속에 그릴 수 있으며, 또한 두 인물의 관계를 세세한 부분까지 구체적으로 파악할 수 있다. (성적 관계인지 무성적 관계인지, 가벼운 관계인지 진지한 관계인지, 서로 티격태격하는 관계인지 다정한 관계인지, 애정이 있는 관계인지 서로 증오심만 가득한 관계인지.)

자, 이제 펜을 들고 지금부터 한 시간 동안 두 인물이 서로 가까워지는 순간에 대해 묘사하라. 단순한 데이트든 한층 육체적인 관계든 상관없다. 즐기면서 써라. 두 인물의 마음 깊은 곳으로 파고들어가 그들이 서로에게 마음을 터놓는 모습을 지켜보라. 이 장면을 쓰면서 다음의 질문을 던진다.

매력적인 인물

1. 두 인물이 서로에 대해 가장 좋아하는 점은 무엇인가?

2. 두 인물이 서로에 대해 가장 싫어하는 점은 무엇인가?

3. 두 인물은 서로에게 무엇을 바라는가?

4. 두 인물이 서로 비슷한 점은 무엇인가?

5. 두 인물이 서로 다른 점은 무엇인가?

6. 두 인물에게 매력적인 신체적 특징이 있는가? 혐오스러운 신체적 특징이 있는가? 특이한 신체적 특징이 있는가?

7. 두 인물은 서로에 대해 강렬한 감정(좋은 쪽이든 나쁜 쪽이든)을 느끼는가? 아니면 대체로 무관심한 편인가?

8. 두 인물은 내밀한 관계를 맺는 중 편안함을 느끼는가, 불편함을 느끼는가?

9. 두 인물에게 서로 대화할 만한 이야깃거리가 많은가?

10. 두 인물 중 어느 한쪽이 적극적인가, 수동적인가?

11. 두 인물 사이에 경쟁심이 있는가? 질투심은? 애정은?

편안하게 앉아 마음껏 상상을 펼쳐라. 즐겁게 장면을 써라. 그 인물들에 대해 많은 점을 깨닫게 될 것이다.

주인공은 장르에 맞는 인물이어야 한다

· 리사 러네이 존스

영웅을 창작하는 것은 작가가 하는 일 중에서도 가장 중요하다. 영웅은 단지 영웅답게 '보이는' 것 이상의 역할을 수행해야 한다. 영웅은 영웅답게 행동해야 한다. 작가는 영웅의 행동을 통해 그의 성격을 보여줘야 하며, 독자에게 그가 어떤 사람인지 파악하고 그가 영웅에 걸맞은 인물인지 판단할 수 있는 기회를 줘야 한다. 작가가 영웅을 영웅답게 만들기 위해 이야기의 내적 사건과 외적 사건을 활용하는 것은 독자가 그에게 공감하고 감정을 이입하는 데지대한 영향을 미친다. 이때 독자가 인물과 교감하게 만드는 방식은 극히 중요하다. 그러므로 각 장르에 따라 이 방식이 어떻게 달라지는지 제대로 이해하고 있어야 한다.

파라노말 장르와 이야기 속 갈등

파라노말 장르에서 영웅은 대개 멸망할지도 모를 위험에서 세상을 구하려 한다. 이 덕분에 영웅은 처음부터 독자에게 점수를 얻고 들어갈 수밖에 없다. 영웅에게는 누구든 제압할 수 있는 능력이 있다. 하지만 영웅은 당연히 악당만 노린다. 그의 현재 마음가짐이 어떠하든 그는 사람들이 특별한 존재라 여기는 운명을 타고난다. 그 운명을 어떻게 받아들이는가, 어떻게 그 운명을 자신의 일부로 포용하는가 하는 문제는 소설 속 인물로서 그의 정체성을 결정하는 중요한 요소다.

파라노말에는 수없이 많은 외적 갈등이 존재한다. 즉 악마나 괴물 혹은 단순히 끔찍한 범죄를 일으키려 하는 사악한 인간이나 존재가 등장한다. 시간마저 자기편이 아닌 상황에서 착한 사람들은 제한된 시간 안에 악당의 승리를 막아내야 한다. 파라노말에서 흔히 찾아볼 수 있는 이야기는 영웅이 그의 연인과 만날 수 없는 상황에서 괴물이 그 연인을 죽이려 하고, 이에 영웅이 연인을 구해야만 한다는 것이다.

'세상과 연인을 구하는 일'에는 온갖 종류의 싸움과 추격, 수색 등이 난무하기 마련이다. 이 과정에서 영웅은 길을 잃을 수 있다. 강력한 무기 또는 훌륭한 신체를 가지고 있거나 이성적 매력이 아주 뛰어나다고 해서 인물이 영웅으로 완성되는 것은 아니다. 외적 갈등이 난무할 때는 내적 갈등에 대해 잊기 쉽다. 영웅은 어떤 사람인가? 어린 시절에 어떤 아이였는가? 어떤 사람이 되고 싶어 하는가? 이러한 요소들이 그가 말하고, 행동하고, 욕망하고, 경멸하고, 사랑하는 모든 것에 어떤 영향을 미치는가? 이러한 요소는 로맨스에서 남녀 주인공 사이에 피어나는 사랑을 한층 뜨겁게 만드는 데 어떠한 영향을 미치는가?

예를 들어 영웅이 갑자기 피를 마셔야 하는 뱀파이어가 되었다고 치자. 영웅은 생존을 위해 자신이 마실 피를 구할 방도를 찾아야 한다. 이러한 상황에 대해 영웅은 정서적으로 어떻게 반응하는가? 아무런 반응을 보이지 않는다면 그 이유는 무엇인가? 피를 마셔야 하는 상황은 영웅의 사랑과 믿음, 인생의 선택, 이야기 전체에 어떤 영향을 미치는가? 영웅은 피를 증오하는가? 피를 보면 예전에 목격한 끔찍한 사건과 잃어버린 누군가에 대한 기억이 떠오르는가?

영웅은 짐을 짊어지고 있어야 한다. 우리 모두 짐을 짊어진 채 살아가고 있기 때문이다. 다만 우리를 정의하는 건 이 짐 자체가 아니라 우리가 이 짐을 다루는 방식이다.

초자연적인 세계 구축과 액션 장면에 마음을 빼앗긴 나머지 주인공의 내면에 대해 잊어서는 안 된다. 이야기는 로맨스가 될 수도 있고 공포나 서스펜스가 될 수도 있다. 인물을 움직이는 내적 동기에 대해 고민하라. 인물을 움직이는 동기가 뚜렷하다면 영웅이 영웅답지 않은 영역으로 발을 들인다 해도 독자는 그를 용서할 것이다. 그가 왜 그런 행동을 하는지, 어떤 동기에 따라 움직이는지 이해할 수 있기 때문이다.

로맨스에는 중심인물이 두 명 등장한다. 이들 두 주인공을 만나게 하거나 갈라놓게 하는, 그들의 내적 갈등에 대해서도 생각하라. 외적 갈등도 중요하지만 그에 따른 인물의 내적 갈등과 성장도 동반되어야 한다. 외적 갈등은 어떻게 내적 갈등을 일으키거나 그에 영향을 미치는가? 여기서 중요한 건 외적 갈등이 내적 갈등을 부추겨야 한다는 사실이다.

서스펜스 장르와 이야기 속 갈등

서스펜스 장르에는 대개 군인이나 경찰 같은, 흔히 남자답다고 여겨지는 영웅이 등장할 때가 많다. 이 장르에서도 영웅은 영웅다운 면모를 띤다. 영웅은 자신이 속한 세상을 구하기 위해 자진해서 무언가 행동에 나서려 한다. 대단한 일이다. 그러나 이러한 행동으로 영웅 역할을 떠맡는다고 해서 인물이 영웅다워지는 건 아니다. 누군가 판사거나 의사거나 경찰이라고 해서 반드시 그가 명예와 자부심으로 일한다고 말할 수 없는 것과 마찬가지다.

서스펜스에는 영웅과 그의 연인의 뒤를 쫓는 살인마가 있기 마련이다. 혹은 영웅 자신이 살인마의 뒤를 쫓을 수도 있다. 악당과의 쫓고 쫓기는 추격과 싸움, 수색은 이야기를 지배하는 갈등으로 자리한다. 명심하라. '외적 갈등은 내적 갈등을 부추겨야 한다.'

영웅은 왜 그런 행동을 하는가? 영웅이 그런 행동을 하는 동안 그의 머릿속에 어떠한 것들이 얽혀 들어가 그의 사상을 형성하고 변화시키는가? 영웅의 인생, 그가 삶에서 선택하거나 선택하지 않은 것들이 이야기와 인물 관계에 어떤 영향을 미치는가? 영웅은 마지못해 영웅 행세를 하는 인물인가, 아니면 영웅이 되고 싶어 하는 인물인가? 어느 쪽이든 그 이유는 무엇인가? 내면에 그를 뒤흔드는 복수심이 비밀스럽게 자리 잡고 있어 영웅을 서서히 파멸로 몰아넣고 있는가?

현대 장르와 이야기 속 갈등

현대 장르에는 악마나 총 같은, 우리가 실제 삶 속에서 절대로 마주치고 싶어 하지 않는 위험한 존재가 등장하지 않는다. 그렇다고 위험이 전혀 없는 건 아니다. 우리의 삶 속에는 총, 뱀파이어, 도망자, 살인마와 전혀 상관없으면서도 생활에 크게 영향을 미치는 위험이 존재한다. 바로 실생활의 악마다. 끔찍한 사건으로 직장에서 해고될 수도 있고, 꿈을 저버릴 수도 있으며, 사랑하는 자녀 혹은 배우자를 잃을 수도 있고, 자존심을 버려야만 할 수도 있다.

이 모든 건 현실 속에서 실제로 일어날 수 있는 이야기다. 이 이야기들을 이끄는 동력은 인물의 내적 갈등으로, 이를 지루하지 않게 전달하기 위해 창의적인 방법을 찾는 게 중요하다. 작가는 누구나 공감할 수 있는 사건과 정서를 통해 독자의 마음을 건드려야 하지만 그 과정이 결코 지루해서는 안 된다. 독자는 바로 그 지루한 현실에서 탈출하기 위해 책을 읽기 때문이다. 일상적인 장면은 작가의 글솜씨를 통해 감정에 호소하는 장면으로 둔갑할 수 있다. 그러기 위해서 중심인물들은 책 속에서 튀어나올 것만 같이 현실감 넘치게 그려져야 한다.

현대물을 쓰려면 인물이 영웅이 될 수 있는 무대를 마련해야 한다. 다만 이 무대가 너무 한정적이거나 꾸며낸 듯 부자연스러워서는 안 된다. 로맨스에서는 남주인공이 여주인공의 마음속 영웅이 될 방법을 찾아야 한다. 로맨스가 아닐 경우에는 자신에게 그러한 힘이 있는지 알지 못한 채 스스로 영웅이 되기 위한 방법을 찾아야 할 수도 있다. 작가가 이야기 속으로 깊이 파고들거나 이야기를 높이 쌓아 올리지 못한다면, 평온해 보이는 겉모습과 달리 우여곡절이 많은 인생의 면면을 제대로 보여주지 못한다면 독자는 크게 실망할 것이다. 이를테면 단지 대화로 쉽게 해결되는 문제를 두고 인물들이 그저 침묵하는 상황이 벌어져서는 안 된다는 말이다. 독자가 책을 벽에 집어던지면서 "그냥 말을 하라고!" 하며 고함을 지르길 바라지 않는다면.

현대물 같은 이야기 속에서는 영웅이 영웅다운 행동을 할 만한 상황이 벌어지지 않는다. 그러므로 작가는 영웅을 진정한 영웅으로 만들기 위해 솜씨를 부려 주인공이 영웅답게 빛날 수 있는 기회를 마련해야 한다.

실전연습

인물 구상하기

1. 이야기의 개요를 짠다.

시작, 중간, 끝으로 나누어 이야기의 개요를 짜는데, 이때 각 부분마다 인물의 감정 흐름이 있어야 한다. 여기서 개요란 무슨 사건이 벌어지는지에 대한 줄거리가 아닌, 사건에 따라 중심인물이 '어떤 감정을 느끼는지'에 대한 목록을 뜻한다. 무슨 사건이 벌어지는지 전부 파악하지 못해도 좋다. 다만 흐름은 알고 있어야 한다. A는 B로 이어지고 B는 C로 이어진다. 이렇게 A에서 C로 이어지는 흐름을 파악할 수 있는 줄거리를 짜는 게 중요하다. 일부 작가들은 개요를 구성할 때 인물의 정서적 변화(성장)를 포함시키는 것을 자주 간과한다. 그리고 그 결과 이야기에 반드시 감정적 흐름이 존재해야 한다는 사실까지 잊고 만다.

2. 인물의 개요를 짠다.

영웅은 어떤 사람인가? 그의 연인은 어떤 사람인가? 연인이 영웅과 어울리는 짝인 이유는 무엇이며, 영웅이 더 나은 사람이 되도록 돕는 이유는 무엇인가? 영웅이 그의 연인에게 어울리는 상대인 이유는 무엇인가? 현대물에서 영웅은 대개 연인이 역경을 이겨내도록 돕는다. 그 결과 영웅은 연인의 영웅이 된다. 자신이 만든 인물을 제대로 파악하면 외적 갈등을 형성하고 갈등에 대한 인물의 반응을 창작하는 데 크게 도움이 된다.

다음은 인물 개요의 보기다.

- 기본 사항: 이름, 나이, 머리카락 색, 눈동자 색……
- 형제자매: 나이, 이름, 관계
- 부모: 부모는 어떤 사람인가? 무슨 일을 하는가? 과거에 어떤 부모였으며 현

재는 어떤 부모인가? 부모와의 경험이 인물의 인생에 어떤 영향을 미쳤는가? 현재 생존해 있는가, 이미 세상을 떠났는가, 부자인가, 가난한가, 알코올 의존자인가? 인물은 유명한 운동선수인 아버지처럼 되어야 한다고 생각하며 자랐는가, 혹은 아버지처럼 될 수 있으리라는 생각조차 하지 못했는가? 이러한 상황이 형제자매와의 관계에 어떤 영향을 미쳤는가?

- 가정환경: 성장과정 그리고 성장과정이 인물에게 미친 영향
- 좋아하는 것: 음식, 스포츠, 패션 등 인물의 개성을 살리는 사소한 것들. 오래된 자동차 애호가, 역사광, 만화책 수집광 등
- 인물에게 내적 고통을 안겨준 사건
- 과거의 사랑: 과거의 연인과 헤어지게 된 상황과 이유, 과거의 연인이 주인공에게 미치는 영향
- 직업: 과거와 현재의 직업, 현재의 일을 하게 된 계기
- 교육: 대학을 졸업했는가? 대학에 가고 싶었지만 학비를 댈 수 없었는가? 아픈 가족을 돌보느라 학교에 가지 못했는가?
- 인생의 비극적 사건(비극적인 사건 없이 행복한 인생을 보냈다는 사실 또한 힘겨운 시간을 보낸 것과 마찬가지로 중요할 수 있다. 현재의 행동은 과거의 경험을 반영하기 때문이다.)

이 인물 개요는 내가 사용하는 기본 목록이다. 실제로 글을 쓸 때는 목록을 이리저리 바꾸어 쓸 때가 많으며 대부분 추가 사항을 덧붙인다. 또한 앞으로 집필할 시리즈 작품에서 주인공이 갑자기 변하지 않도록 목록을 계속 곁에 두고 참고한다. 현재 집필 중인 작품에 등장하는 여주인공과 악당에 대해서도 마찬가지로 인

물 개요를 작성한다. 이 인물들 또한 앞으로 나올 시리즈에서 재등장하거나 혹은 주인공이 되어 돌아올지 모르기 때문이다. 어떤 인물에게 독자가 애착을 갖게 만들어놓고 나중에 가서 그 인물을 아무 생각 없이 바꿔서는 안 된다.

주인공이 행동할 때 고려할 4가지

· 데릭 D. 피트

인물은 판타지에서 필름 누아르(암흑가를 다룬 영화)에 이르기까지 장르를 불문하고 모든 시나리오에서 기본 중의 기본이 되는 요소다. 하지만 과연 어떤 방향, 어떤 관점으로 이야기를 풀어가야 인물 설정에 도움이 될까? 여기에는 여러 가지 다양한 원칙이 있다.

예를 들어 "인상 깊은 인물은 시대를 초월한다. 인상 깊은 페르소나는 시대를 정의한다"라는 말은 그 자체로 분명 진리다. 하지만 작품 속에 인상 깊은 인물을 설정하기 위해 고군분투하는 작가들에게 이 진리를 실용적으로 전달하기란 어려운 일이다. "남자는 주인공과 자신을 동일시하고, 여자는 주변 인물과 자신을 동일시한다"라는 말 역시 흥미롭고 지적인 담론이 될 수 있다. 하지만 앞서 원칙과 마찬가지로 실용성은 떨어진다. (더구나 이 원칙은 영화 안의 인물을 다루기보다 인물로서의 관객을 다룬다.)

영혼의 탐구 끝에 나는 마침내 보편적인 원칙을 깨달았다. 이 원칙은 바로 이렇다. "인상 깊은 인물은 깊은 인상을 남기는 선택을 한다." 즉, 관객의 기억에 오랫동안 남을 인상적이고 입체적인 인물을 창작하기 위해서 작가는 '선택의 구조'에 통달할 필요가 있다. 바로 '위기', '원인', '시련', '결과(귀결)' 말이다. 여기에서 명심해야 할 점은 인물이 행한 선택에 반드시 이 네 가지 요소가 포함되어야 한다는 것이다. 이 네 가지 요소를 솜씨 좋게 다루면 인물의 현실감과 생동감을 한층 끌어올릴 수 있다.

위기

위기의 결정적인 핵심은 다급하게 선택해야 하는 상황으로 인물을 몰아넣는 것이다. 대부분의 영화에서는 양자택일의 상황이 가장 적합하다. (어떠한 행동을 할지 말지, 좋다고 대답할지 싫다고 대답할지, 죽기를 택할지 살기를 택할지 등.) 위기는 인물이 '지금 당장' 결정을 내리지 않으면 안 되는 중대한 상황이어야 한다. 또한 위기 상황이 추가되면 촉박하게 내려야 할 선택도 추가로 발생한다. 엑슬리가 밀고를 하는가, 하지 않는가?(《LA 컨피덴셜》) 셀리가 미스터의 집을 떠나는가, 떠나지 않는가?(《컬러 퍼플》) 네 번째 부인이 임신한 척 남편을 속이는가, 속이지 않는가?(《홍등》) 빈센트가 미아와 잠자리를 하는가, 하지 않는가?(《펄프 픽션》)

영화 속 인물은 줄곧 선택을 한다. 그러나 위기의 한가운데에서 인물이 하는 선택이야말로 관객이 인물을 가장 잘 이해할 수 있는 기회가 된다. 인물이 아침에 이를 닦기로 한 선택에는 그다지 많은 의미가 담겨 있지 않다. 그러나 그가 사는 건물이 불길에 휩싸였을 때조차 이를 닦기로 선택한다면 이는 그 인물만이 가진 고유한 무언가를 드러낸다.

원인

인물이 하는 모든 선택에는 이야기 속 일련의 상황에 따른 동기가 있기 마련이다. 작가는 인물의 선택 뒤에 감춰진 이유를 이해해야 한다. 하지만 그렇다고 해서 인물의 선택에 반드시 동의해야 할 필요는 없다.

위기에 처한 인물이 어떠한 선택을 하는 '영화적 이유'에는 여섯 가지 원인이 있다.

1. 특정 임무, 열정, 목표에 대한 집착

2. 도덕심, 윤리 의식

3. 원초적 감정(두려움, 사랑, 질투, 분노 등)

4. 의무감

5. 정신적 상처(유기, 학대 등으로 인한)

6. 복수심(자녀와 배우자, 연인, 부모, 형제를 살해하거나 학대한 인물에 대한)

여기에서 이 여섯 가지 원인이 지니는 무게 혹은 가치가 관객마다 다르다는 점을 명심해야 한다. 영화 속에서 인물이 어떤 선택을 하는 이유는 이야기의 영역 안에서 분명히 제시되어야만 한다. 〈샤인〉에서 헬프갓이 아버지의 기대를 거스르고 일류 음악학교에 진학하기로 선택할 때, 관객은 그가 가진 음악에 대한 열정을 이해하기 때문에 그의 선택 또한 이해할 수 있다. 〈달콤한 후세The Sweet Hereafter〉에서 니콜이 버스 사고에 대해 거짓말을 하기로 선택할 때, 관객은 근친상간으로 인한 니콜의 정신적 상처를 알기 때문에 그 선택을 이해할 수 있다. 〈타이타닉〉에서 잭이 로즈를 위해 자신의 목숨을 희생할 때, 관객은 두 사람의 사랑을 지켜보았기 때문에 그 선택을 이해할 수 있다.

시련

위기와 원인을 조합하면 인물에게 피할 수 없는 시련을 안겨줄 수 있다. 인물의 선택이 최대의 효과를 내기 위해서는 선택의 폭을 제한하는 한계가 분명하게 정의되어야 한다. 선택의 폭을 제한하는 조건 혹은 상황이 무엇인가? 인물이 할 수 있는 선택의 폭을 좁히고 인물의 주변을 압박해 그가 빠져나올 수 있는 가능성을 제한하면 할수록 긴장감은 상승하며 다양한 차원에서 인물의 모습을 그릴 수 있다. 예를 들어 어떤 인물이 살인 혐의로 경찰에 쫓기고 있다면 이는 분명 위기라 할 수 있다. 하지만 이 위기의 원인이 특정 정신질환 때문이라면 인물의 시련은 독자에게 그리 큰 의미로 다가서지 않을 것이다. 반면 살인을 저지른 이유가 자녀의 죽음에 대한 복수라면 이 시련은 관객의 마음속에 특별한 형태로 자리를 잡는다. 이를 잘 보여주는 영화의 예로는 〈델마와 루이스〉(델마와 루이스는 경찰에 잡히느니 차라리 자동차로 절벽에서 뛰어내리기를 선택한다)와 〈멋진 인생It's a Wonderful Life〉(조지는 베드포드 폴스 마을에 머무르기로 선택한다), 그리고 〈세븐Seven〉(데이비드는 존 도를 죽이기로 선택한다)이 있다.

결과

인물의 선택에는 반드시 결과가 뒤따르기 마련이다. 눈에 띄는 무언가(위기, 원인, 시련)가 없이 일련의 사건들이 그저 이어질 뿐이라면 관객은 혼란에 빠져 이야기의 흐름을 놓치기 십상이다. 반면 영화 속 사건들이 인물의 선택으로 인한 결과와 직결되어 있다면 이야기는 자연스레 사건 해결을 위해 흘러간다. 연속적으로 이어지는 사건들을 플롯이라고 한다면, 플롯은 인물의 선택과 그로 인한 결과 그리고 그 결과로 또 다른 사건이 발생하는 과정에서 자연스럽게 드러난다. 〈뻐꾸기 둥지 위로 날아간 새〉에서 맥버피가 기회를 틈타 정신병원을 나갔다면 무슨 일이 벌어졌을까? 〈풀 몬티〉에서 가즈가 무대에서 옷을 다 벗지 않았다면 무슨 일이 벌어졌을까? 〈록키〉에서 무명의 권투선수가 아폴로 크리드와의 차이를 좁히지 않기로 마음먹었다면 무슨 일이 벌어졌을까? 만약 그랬다면 이 영화들은 전혀 다르게 완성되었을 것이며, 영화 속 인물들은 이미 오래전에 우리의 기억 속에서 사라지고 말았을 것이다. 이것 한

가지는 확실하다. 훌륭한 영화 속의 인상 깊은 인물은 깊은 인상을 남기는 선택을 한다.

실전연습

전에 쓴 작품을 고쳐 쓰고 있거나 새로운 작품을 한창 쓰고 있는 중이라면 다음의 질문에 대답할 수 있는지 검토해 보자.

1. 주인공은 어떤 선택을 하는가? 그 선택은 '영화적'인가? 주인공이 하는 선택의 일부 혹은 전부를 '선택의 구조' 즉 위기, 원인, 시련, 결과로 분석해 한층 인상 깊게 만들 수 있는가?

2. 인물의 선택은 대개 궁극적으로 인물의 결점에 근거한다. 인물의 가장 인간적인 특징(즉 결점)은 무엇인가? 정신이 없는 사람인가, 남을 괴롭히는 사람인가, 알코올 의존자인가, 목표가 없는 사람인가, 불안감에 시달리는 사람인가, 오만한 사람인가? 인물의 결점을 밝혀내라. 결점은 인물의 선택에 직접적으로 영향을 미칠 것이다.

3. 인물의 선택이 이야기 속에서 타당한 '영화적 결과'를 이끌어내고 있는가? 인물의 선택에 따라 벌어진 일련의 사건을 도식화해 살펴본다. 논리적인 흐름에 따라 사건이 점점 커지고 있는가?

매력적인 인물

4. 인물이 처음으로 하는 선택은 무엇인가? 그 선택을 통해 인물이 어떤 사람인지 파악할 수 있는가? 인물의 첫인상은 관객에게 인물을 설득하는 역할뿐만 아니라 작품 전체를 설득하는 역할을 한다. 인물의 선택을 인상 깊게 만들어라. 모든 선택이 중요한 의미를 지니도록 만들어라.

주인공을 돋보이게 만드는 법

· 피어스 앤서니

콕 집어 말해서 SF는 '가능성의 문학'이라 정의할 수 있다. SF는 사실이 아닐 수도 있는 가설을 하나 세운 후, 그 가설이 거짓이라면 어떻게 될까 하는 의문을 중심으로 이야기를 전개한다. 이를 알면서도 기꺼이 속아주려 한다면 우리는 가슴 뛰는 모험을 떠날 수 있다. 이러한 의미에서 SF는 진정한 장르 문학이라 할 수 있다. 나는 첫 단편을 발표한 이후 50년 가까이 수없이 많은 SF 소설을 발표했다.

판타지는 '불가능의 문학'이라 정의할 수 있다. 판타지 소설의 모든 것은 사실에 반하며 또한 상식에도 반한다. 사람들은 판타지 소설 안에서 벌어지는 일들이 과거에 일어나지 않았고, 현재에도 일어나지 않으며, 미래에도 일어나지 않을 거라는 사실을 잘 알면서도 훌륭하게 완성된 작품이라면 기꺼이 재미있게 읽는다. 우리 모두 판타지에 현실성이 결여되어 있다는 사실을 잘 알고 있다는 점에서 판타지는 어쩌면 가장 순수한 형태의 현실도피 수단일지도 모른다. 나는 수많은 판타지 소설을 발표했고 이를 통해 명성을 얻었다.

내 작품 중 가장 유명한 것은 '잰스Xanth' 시리즈다. 이 시리즈는 문학의 일반적인 규칙을 대부분 적용할 수 없을 만큼 틀에서 멀리 벗어난 작품이다. 문학에는 평범하지 않은 상황에 평범한 인물을 두거나 평범한 상황에 평범하지 않은 인물을 두어야 한다고 말한다. 나로 말할 것 같으면 있을 법하지 않은 상황에 있을 법하지 않은 인물을 두는 것을 좋아하며, 나의 작품 안에는 중요한 작법 원칙을 모조리 무시하는 익살스러운 말장난이 넘친다.

이를테면 《밤의 바다Night Mare》의 주인공은 마레 임브리움(Night Mare는 띄어서 읽으면 '밤의 암말'이며, 합쳐서 Nightmare로 읽으면 '악몽'이라는 뜻이 된다. 또한 Mare는 라틴어로 '바다'를 뜻하기도 한다. 주인공의 이름인 마레 임브리움 Mare Imbrium은 '비의 바다'라는 뜻이다)이라는 이름의 암컷 말로, 이 이름은 실제 달의 특정 지역명이기도 하다. 마레는 악몽을 꾸어 마땅한 사람들에게 악몽을 실어 나르는 존재다. 마레가 누군가에게 무슨 말을 하려 할 때마다 마레의 머리 위로 작은 꿈방울이 나타나고, 그 꿈방울 안에는 인간의 말을 할 줄 아는 인간 여자가 나타난다. 소설 속에서 나쁜 사람이 마레를 잡아 마레의 입에 고삐를 물린 채 그 등을 타고 다닐 때면 꿈방울 속의 여자 또한 입에 고

뼈를 문 모습으로 나타나 말을 웅얼거린다. 독자들이 이런 부분을 불쾌하게 여기지 않을까? 전혀 그렇지 않다. 지금 이 순간에도 독자들은 내게 수많은 말장난을 보내고 있다. 그래서 착상을 어디에서 얻느냐는 질문을 받을 때면 나는 독자라고 대답한다.

그렇다면 이런 내가 실제적인 글쓰기에 대해 과연 무엇을 가르칠 수 있단 말인가? 글쎄, 일단 들어보라. 글쓰기의 기본 규칙은 독자가 납득할 수 있도록 쓰는 것이다. 나의 경우에 납득이 가는 이야기를 만들기란 말뚝버섯을 밟는 일과 마찬가지다. 참고로 말뚝버섯을 밟으면 이상한 소리와 역겨운 냄새가 난다. 하지만 올바른 접근 방식을 이용한다면 이러한 말도 안 되는 황당한 이야기 또한 납득시킬 수 있다. 독자를 자신의 편으로 끌어들이면 된다. 독자가 단순히 속아주는 게 아니라 적극적으로 속아주고 싶게 만들어야 한다. 초반에 독자의 웃음을 터트릴 수 있다면 낙승을 기대해도 좋다. 지금 이 글을 읽으면서 웃고 있다면 나는 당신을 내 편으로 끌어들인 셈이다. 그러면 이제 진지한 이야기를 시작할 수 있다.

장르 글쓰기를 잘하기 위한 첫 번째 비결은, 자신이 만든 틀 안에서 최대한 일관성을 유지해 이야기의 아귀가 들어맞도록 만드는 것이다. 나는 '어리석게도 일관성을 고집하는 편협한 사람'이란 출판사의 편집자들을 두고 한 말이라고 생각한다. 하지만 분별 있는 일관성이 필요한 경우는 분명 존재한다.

두 번째 비결은 인간이 아닌 생물이 주인공인 판타지일 경우 인간다운 디테일을 집어넣는 것이다. 이를테면 무시무시한 오거(식인 거인)가 상처가 덧난 발가락 때문에 고생한다든지, 불을 내뿜는 용이 날개 밑이 간지러워 괴로워하는 것이다. 이런 요소가 더해지면 생물에게 인간다운 면모가 돋보인다. 사람들은 몸집은 코끼리만 한 데다 칠칠치 못한 얼간이가 춤을 추다 자신의 발가락을 밟았을 때의 고통, 비행기 안의 좁은 좌석에 몸을 욱여넣은 상황에서 갑자기 팔이 닿지 않는 등 한복판이 가려워 몸을 이리저리 들썩일 때 주변 사람들이 자신을 빤히 바라보던 시선에 난감했던 기분을 기억한다. 어떤 인물에게 감정을 이입하면, 그와 나의 다른 점을 인정할 수 있고 그 다름에도 불구하고 그를 응원할 수 있다.

그리고 다르다는 것은 중요하다. 자신이 쓴 소설 속 주인공이 다른 소설에 나오는 흔한 주인공들과 비슷하길 바라는 작가는 없을 것이다. 힘이 세고, 외모가 출중하며, 머리가 똑똑하고 유능하지만 묘하게 나약한 존재들 말이다. 이러한 특징도 나쁘지 않지만 이것만으로는 충분치 않다. 작가는 자신의 주인공이 어느 주인공과도 구분될 만큼 개성을 지니길 바라는 한편 지나치게 두드러져 튀어 보이길 원치 않는다. 이는 어려운 문제다. 작품의 성공은 이 문제를 어떻게 해결하는가에 달려 있다.

그렇다면 나는 어떻게 이 문제를 해결했을까? '잰스' 시리즈 중 최근작인 《친절하지 않아Knot Gneiss》를 예로 들어보자. 이 작품의 주인공인 웬다는 독특한 사투리를 쓰는 인물로 등장한다. 웬다는 판타지 소설에 흔히 등장하는, 아이들을 사랑하는 평범한 공주이지만 독특한 사투리 덕분에 기존의 공주들과는 전혀 다른 특별한 존재가 된다. 백마 탄 왕자님과 결혼할 때 "맹세합니다.(I do.)"라고 말하는 대신 사투리로 "이슬합니다.(I dew.)"라고 말하는 식이다. 여기서 사투리는 작품 속에서 웬다를 둘러싼 상황들을 방해하지 않으면서도 웬다를 돋보이게 만드는 고유한 특징이다.

실전연습

주인공을 과거와 현재에 존재하는 인물, 미래에 존재할 법한 인물과 구별할 수 있는 사소하면서도 특별한 방법이 무엇인지 생각하라. 필요할 때마다 쓸 만한 착상을 꺼내 사용할 수 있도록 모두 기록해야 한다. 나는 그러기 위해 큼직한 '착상 공책'을 만들어 사용하고 있다. 훌륭한 착상은 대개 필요할 때는 도무지 생각나지 않다가 의외의 순간, 여의치 않은 순간에 떠오르기 마련이다. 착상이 떠오르면 나는 연필로 적어두었다가 컴퓨터 앞에 앉았을 때 한꺼번에 입력해 파일로 정리한다. 착상은 일할 때, 놀 때, 먹을 때, 연애를 할 때, 책을 읽을 때 등등 어느 순간에라도 떠오를 수 있다.

주인공의 과거를 만드는 법

· 브라이언 제임스 프리먼

SF · 판타지 · 공포 작가들에게 들려줄 조언으로 인물의 어린 시절에 대해 쓰는 방법을 이야기하다니, 이상하게 들릴지도 모르겠다. 하지만 인물의 어린 시절을 묘사하는 장면이 수많은 단편 소설과 장편 소설에 등장하는 데에는 합당한 이유가 있다. 간략히 말해 그 인물이 어디에서 왔는지 보여주기 위해서다.

《채색된 어둠The Painted Darkness》이나 《검은 불꽃Black Fire》 같은 나의 몇몇 작품은 과거와 현재를 오가는 구조로 이야기가 펼쳐진다. 인물의 과거('그때')와 현재('지금')를 이야기하는 장이 번갈아 등장하면서 그 인물이 과거에 겪었던 사건들이 현재 그의 삶에 어떤 영향을 미치는지, 심지어 미래에 어떤 그림자를 드리우고 있는지 보여준다.

《검은 불꽃》을 집필할 당시 나는 '그때'의 장들을 먼저 쓴 다음 '지금'의 장들을 썼다. 그 결과 과거의 사건과 현재의 사건은 서로를 거울처럼 비추며 반향을 일으킬 수 있었다. '그때'의 장에서 어떤 인물에게 무언가 극적인 사건이 벌어졌다면, '지금'의 장에서 그 사건이 그에게 미친 영향이 나타난다는 식이다. 나는 그 영향을 노골적으로 드러내기보다는 단지 이 인물이 어디에서 왔는지 보여주기 위한 방편으로 은밀하게 풀어내는 한편, 기이한 이야기 속에서 일어나는 이상한 사건들 뒤에 숨은 수수께끼를 층층이 쌓아 올렸다.

그렇다고 해서 내 방법을 그대로 흉내 내어 모든 소설을 '지금'의 장과 '그때'의 장으로 나누어 써야 한다는 것은 아니다. 도리어 인기 소설을 쓰고 싶다면 이러한 회상 구조는 피하는 게 좋다. 출판 시장에서 잘 팔릴 법한 구조가 아니기 때문이다.

그렇다면 훌륭한 SF · 판타지 · 공포 장르를 쓰기 위해 이 기법을 어떻게 활용할 수 있는가? 과거로 돌아가는 회상 구조는 일반적으로 그리 좋지 않은 형식이라 평가받는다. 하지만 작가는 인물의 과거에 일어났던 사건을 언급함으로써 그가 그 이후 어떻게 성장하고 변화했는지 암시할 수 있다.

한편 독자가 어떤 인물의 과거사를 알고 있다면 현재 일어나는 사건을 한층 강렬하고 무시무시하게 받아들일 수 있다. 이를테면 어떤 인물이 어린 시절 뱀과 연관된 무서운 사건을 경험했다는 사실을 알고 있는 독자는 그 인물이 뱀이 우글우글한 방에 던져질 때 한층 강렬한 인상을 받을 것이다.

이야기 안에 인물의 과거에 대한 핵심 정보를 넣는 일은 비단 SF · 판타지 · 공포뿐만 아니라 어떤 장르의 작품에서도 효과를 발휘한다. 그러므로 어떤 장르의 글을 쓰든 이 효과적인 기법을 활용할 수 있다.

실전연습

1. 눈을 감고 어린 시절에 대한 최초의 기억을 떠올린다. 가능한 한 머릿속에서 그 사건을 세세하게 재현한다. 어디에 있었는가? 누구와 함께 있었는가?

이제 눈을 뜨고 방금 떠올린 기억을 이야기 속 한 장면인 것처럼 글로 옮긴다. 그때의 풍경과 소리, 냄새와 감정을 기억나는 대로 세세하게 묘사하면서 그 장면을 최대한 실감 나게 그린다. 기억이 나지 않는 부분이 있다면 마음대로 지어내라! 어쨌든 당신은 지금 소설을 쓰고 있다.

2. 돌이켜 생각할 때 인생의 초반에 일어난 어떤 사건이 그 이후의 결정이나 선택에 영향을 미쳤던 적이 있는가? 그 사건을 이야기 속 한 장면처럼 쓴다. 그리고 그 사건을 겪은 인물에게 사건의 영향력이 여전히 남아 있다는 사실을 암시하는 장면을 쓴다.

3. 현재 작품을 쓰고 있는 중이라면 등장인물(영웅이나 악당)의 과거 장면을 통해

인물에게 깊이를 더할 여지가 있는지 고민해 보라. 과거 장면을 넣어서 그가 왜 지금 그런 사람이 되어버렸는지 독자를 좀더 납득시킬 수 있는가? 그저 어떤 인물이 '불행한 어린 시절'을 보냈다고 말하는 데서 그치지 마라. 그 사실을 독자에게 보여줘라.

디스토피아물의 주인공을
설정할 때 주의할 점

· 레이먼드 옵스트펠드

디스토피아를 다룬 소설이 큰 인기를 끌고 있다. 소설 《헝거 게임》과 《배틀 로얄》, 《워킹 데드》, 《스탠드》를 비롯해 영화 〈월드 워 Z〉에 이르기까지 '세계의 종말'에 대한 인류의 아찔한 공포심 혹은 비밀스러운 욕망을 이용하는 듯한 작품이 수두룩하다.

이러한 작품은 특히 청소년 대상의 시장에서 인기를 끌고 있다. 어린이와 청소년은 현존하는 세계에 감정적으로 매여 있지 않기 때문이다. 현존하는 세계는 그들에게 이렇게 하라, 저렇게 생각하라, 이런 사람이 되라 잔소리하는 곳이다. 십대 청소년들에게 그들을 억압하는 사회를 옹호하고 나설 이유가 있겠는가? 차라리 세상이 뒤집혀 학교 성적이 아닌 활쏘기 실력에 따라 평가받는 세상이 오기를 바라는 것도 무리는 아니다.

나는 '워로드Warlord' 시리즈에서 그러한 세상을 창조했다. 이 소설에서는 지진이 일어나면서 캘리포니아가 미국 본토에서 분리되고 원자력 발전소가 파괴된다. 그로 인해 생긴 방사성을 띤 반구형 막 때문에 사람들은 캘리포니아 땅에서 벗어날 수도, 들어올 수도 없다. 문명사회가 모두 파괴된 탓에 사람들은 그저 어떻게 해서든 살아남기 위해 버티기 바쁘다. 여기에 더해 주인공은 근사한 석궁을 가지고 다닌다.

왜 이러한 세계를 창작하는지에 대해서는 나보다 훌륭한 작가들이 이야기할 것이다. 여기서 나는 독자가 이러한 세계 속 인물에게 공감하도록 만들기 위해 어떻게 해야 하는지 그 방법에 대해 이야기할 것이다. 이해를 돕기 위해 질문지를 통해 디스토피아적 세계와 그곳에서 벌어지는 모험이 인물에 미치는 영향을 분석할 것이다. 이 부분을 제대로 숙지한다면 다른 이야기에서 훔쳐온 듯한 비슷비슷한 액션 장면만 나열되는 소설을 쓰지 않을 수 있다. 그러한 소설에서 이야기는 사본을 다시 복사하고 또 복사한 것처럼 흐리멍덩해지기 마련이다.

디스토피아 이야기를 쓸 때에는 그 세계의 세세한 부분을 창작하는 데 몰두한 나머지 그 안에 살고 있는 인물들은 간과할 우려가 있다. 세계는 주인공의 이야기를 강조하기 위한 배경일 뿐 소설의 목적이 아니라는 사실을 항상 명심하라.

대부분의 이야기는 플롯 전개에 따라 주인공이 겪는 변화를 중심으로 펼쳐진다. 이러한 인물 변화를 '캐릭터 아크character arc'라고

한다. 단순한 액션 소설을 한층 인상 깊은 이야기로 격상시키는 것
은 독자가 주인공에게 얼마나 감정을 이입하는가에 달렸다. 독자
가 주인공에게 한층 더 몰입하도록 만들려면 주인공의 목표를 단
순한 생존에 한정짓지 않고 더 나은 인간, 더 행복한 인간이 되는
것으로 잡아야 한다.

실전연습

인물 변화 설정

가장 먼저 주인공이 어떤 부류의 인물인지 파악해야 한다. 주인공은 호감이 가는

인물인가, 호감이 가지 않는 인물인가? 주인공은 유능하고 총명한 인물로 서두에

서부터 이러한 재능을 이용해 지도자로서의 두각을 나타내는가? 아니면 처음에

는 나약하고 총명하지 못한 인물이지만 이야기가 진행되면서 강해지고 지혜로워

지는가?

인물 변화는 다음 질문에 대한 답에 따라 달라진다.

1. 디스토피아적 세계라는 배경을 떠나 생각할 때 주인공은 어떤 인물인가?

초보 작가들이 흔히 범하기 쉬운 중대한 실수 중 하나는 주인공의 심리 상태를

결정적인 결점 하나만으로 정의하는 것이다. 이 말은 곧 작가들이 한 가지 결점

을 선택한 다음 주인공이 등장하는 거의 모든 장면마다 그 점을 부각한다는 뜻

이다. 주인공은 아버지가 세상을 떠났거나 가족을 버렸기 때문에 슬픔에 잠겨

있을 수 있다. 어린 시절에 받은 정신적인 충격 탓에 스스로 괴로울 만큼 내성적인 성격일 수도 있다. 그 결점이 무엇이든 간에 이는 독자에게 공감을 불러일으키고(그 결과 독자가 주인공에게 호감을 느끼게 만들고) 주인공이 극복해야 할 장애물을 부여하는 역할을 한다. 여기까지는 좋다.

하지만 인물은 그보다 한층 더 복잡하기 마련이다. 청소년 소설에서는 피상적인 인물 설정만으로도 충분할 때가 많다. 그러나 지적인 십대 혹은 성인 독자를 대상으로 한 소설을 쓴다면 그보다 한층 미묘한 인물을 창조해야 한다. 그렇다면 어떻게 해야 하는가? 디스토피아가 도래하기 전 그 인물이 어떤 사람이었는지를 상상해 보면 된다. 주인공은 어떤 식으로 일상생활을 꾸려나갔는가? 어떤 책을 읽고, 어떤 음식을 먹고, 어떤 음악을 듣고, 어떤 TV 프로그램을 보았는가? 잠자리에 들기 직전에 무엇을 했는가? 아이스크림을 먹었는가, 시를 읽었는가, 친구에게 문자를 보냈는가? 이러한 요소에 대해 이야기하면서 작가는 주인공의 과거 모습과 현재 모습을 대비할 수 있다. 주인공이 겪은 상실을 목격한 독자는 주인공에게 한층 관심을 쏟으며 애착을 느끼게 될 것이다.

디스토피아적 사건(세계를 디스토피아로 만든 재난)이 이미 일어난 후라면, 사물이나 기억에 관한 회상 장면 등을 통해 이전의 세계가 어떤 모습이었는지 보여줄 수 있다. 아직 재난이 일어나기 전이며 앞으로 재난이 일어나는 과정을 그릴 예정이라면, 재난 이전의 모습을 통해 원래 주인공이 어떤 인물이었으며 앞으로 어떤 인물이 되어야 하는지를 보여줄 수 있다.

2. 주인공의 가장 큰 강점은 무엇인가?

여기에서 인물의 강점이란 인물이 지닌 정신적 자질을 말한다. 작가는 인물의 가장 큰 강점이 무엇인지 결정해야 한다. 따뜻한 마음, 지적인 능력, 지도자로서의 자질 등등. 이 강점은 플롯을 엮는 데 핵심 요소가 된다. 작가는 이야기 안에서 인물의 강점이 시험에 드는 장면, 인물이 장애물을 극복하기 위해 자신의 강점을 한층 깊이 파고드는 장면을 구성해야 한다.

3. 주인공의 가장 큰 결점은 무엇인가?

인물의 가장 큰 결점을 선택한다. 여기서 결점이란 말이 너무 많다든가, 재미없는 농담만 한다든가 하는 피상적이고 하찮은 점을 의미하지 않는다. 이 결점은 인물이 목표를 달성하거나 행복을 얻지 못하는 방해 요소로 작용해야 한다. 즉 자제심이 없다거나, 타인의 진정한 모습을 꿰뚫어 보지 못한다거나, 모든 이가 자신을 좋아해야 직성이 풀린다든가 하는 결점 말이다.

결점 또한 강점과 마찬가지로 플롯을 엮어나가는 데 중요한 역할을 한다. 이야기에는 주인공이 자신의 결점으로 인해 실패를 겪는 역동적인 장면이 필요하기 때문이다. 주인공이 결점에 발목을 잡혀 실패하는 모습을 보면서 독자는 이야기의 대단원에서 주인공이 강점으로 결점을 극복하고 승리할 수 있을지 의심을 품게 되며, 바로 여기에서 긴장감이 생긴다.

4. 주인공이 지닌 실질적인 능력은 무엇인가?

대부분의 경우 주인공은 능숙하게 할 수 있는 일이 무엇이든 한 가지쯤은 있어야 한다. 그래야 하는 데에는 몇 가지 이유가 있다.

a. 주인공이 어떤 일을 열정적으로 하는 인물이라는 점을 보여줄 수 있다. 무언가에 열정을 지닌 인물은 독자의 호감을 사기가 한층 쉽다.

b. 인물에게 깊이를 부여할 수 있다. 주인공이 어떻게 이 분야에 관심을 두고 능력을 키우게 되었는지는 인물의 배경에 관한 이야기를 전달하는 계기가 된다. 주인공의 능력을 선보인다는 핑계로 주인공의 인간관계와 정신적 상처, 역경을 이겨낸 경험 등을 흥미로운 방식으로 전달할 수 있다. 불필요한 '정보 폭탄'(작가가 배경 정보를 잔뜩 쏟아내느라 이야기의 속도감을 떨어뜨리는 것)을 피하면서 독자에게 정보를 전달하는 효과적인 장면을 쓸 수 있다.

c. 주인공이 열정을 쏟는 능력이 무엇이든 여기에서 이야기의 긴장감이 피어오른다. 독자는 이 능력이 작품에서 핵심적인 역할을 하리라 기대하기 때문이다. 이 능력이 겉보기에 전혀 쓸모없어 보일수록 한층 흥미롭고 교묘한 방식으로 활용할 수 있다.

주인공이 열정을 쏟는 능력은 무엇이든 전혀 상관없다. 작가가 흥미로워 보이게 만들 수 있기만 하면 된다. 만화책 수집이어도, 기타 연주여도, 두꺼비 경주여도 된다. 무엇이든 가능하다. 〈여름휴가 중에 일어난 일How I Spent My Summer Vacation〉이라는 영화에서 로버트 와그너는 버릇없이 자라 아무런 재능도, 특별한 직업도 없는 한량을 연기한다. 그가 할 줄 아는 건 단 한 가지, 오랫동안 숨을 참을 수 있는 것이다. 이 능력은 영화 속에서 파티에 온 친구들을 재미있게 해주려고 그가 수영장에서 숨을 참는 장면을 통해 농담처럼 소개된다. 그러나 나중에 엘리베이터 안에 유독 가스가 가득 찬, 위험천만한 상황에 처했을 때 그는 이 능력 덕분에 목숨을 부지한다.

5. 주인공의 신체적인 약점은 무엇인가?

때때로 주인공의 중대한 신체적 약점이 성공을 방해하는 요소가 되기도 한다.

체력이 약하거나, 무릎이 아프거나, 시력이 나쁘거나 하는 등의 약점이다. 이러한 신체적 약점은 심리적 약점으로 이어지기도 한다. 이를테면 인물이 자신의 신체적 약점을 핑계 삼아 더 열심히 노력하지 않는 것이다. 〈영 어덜트Young Adult〉에서 샬리즈 시어런은 한때 인기 많은 소녀였지만 성인이 된 이후 지독하게 우울한 인생을 살아가는 인물을 연기한다.

고향 마을로 돌아간 그녀는 그녀가 학교에 다닐 때 무시했던 한 땅딸막한 남자와 마주친다. 그는 그를 동성애자로 오해한 소년 일당에게 얻어맞은 후 평생 다리를 절게 되었다. 고등학교를 졸업한 이후 남자는 형편없는 일자리를 전전하며 차고에서 불법으로 위스키를 주조하는가 하면 피규어 부품을 이것저것 이어 붙인 괴상한 장난감을 만들며 살고 있다. 남자는 다리의 장애를, 그리고 장애를 갖게 된 부당한 상황을 핑계 삼아 불합리한 세상에 등을 돌리고 소외된 채 살아가는 자신의 삶을 정당화한다.

6. 주인공은 호감을 살 만한 인물인가? 그렇지 않다면 이를 만회할 만한 '매력'이 무엇인가?

이따금 주인공은 사람의 미움을 살 법한 인물로 등장하기도 한다. 이때 이야기의 긴장감은 주인공이 과연 사람들의 호감을 사는 인물로 변할 것인가 하는 의문에서 시작한다. 여기서 작가는 어떻게 해야 독자가 이 밉살스러운 인물에게 관심을 쏟게 만들 수 있는가 하는 난제에 부딪힌다. 독자가 그 인물에게 무슨 일이 일어날지 적어도 궁금해해야 책을 계속 읽어나갈 것이기 때문이다.

이 난제는 밉살스러운 인물에게 매력을 부여하면 해결할 수 있다. 이 특징은 인물에게 무언가 좋은 점이 있으며, 적절한 상황이 오기만 하면 그 점이 발현되어 인물이 밉살스러움에서 탈피할 것이라는 암시를 담고 있어야 한다.

원작소설을 영화로 만든 〈시계태엽 오렌지Clockwork Orange〉의 주인공 알렉스는 폭력적이고 무자비한 인물로 도둑, 강간범, 살인자다. 우리는 왜 이 인물의 뒤를 따라 그의 이야기를 듣고 싶어 하는가? 첫째, 알렉스는 눈길을 끄는 예측 불허의 인물로 강렬한 목소리를 지니고 있다. 둘째, 알렉스에게는 매력이 있다. 바로 베토벤 음악에 대한 사랑이다. 독자는 이 사랑이 알렉스 안에 숨은 선한 인간성의 작은 불씨를 보여주고 있다고, 언젠가 이 불씨가 큰 불로 피어나 비참한 알렉스의 모습을 모조리 태워버리고 그 재 안에서 선한 알렉스가 탄생할 것이라고 생각한다.

인물을 이야기 속에서 창조하기

지금까지 주인공에 대해 정의를 내렸으니 이제 그 강점과 결점을 역동적인 방식으로 드러내는 장면을 지어낼 차례다. 인물의 특징을 그저 설명하지 마라. 그 대신 적극적인 방식으로 드러내라. 수동적인 자세로 독자에게 직접 말을 하거나 독백을 하는 대신 활동적인 장면 안에 그 특징을 담아내라.

독자들이 좋아하는 주인공의 9가지 특징

· 에릭 에드슨

작가들이 소설을 창작하는 이유는 사람들의 마음을 건드리기 위해서다. 이렇게 불쑥 말해놓으니 하찮은 감성으로 들릴지도 모르겠다. 하지만 인간의 진실이란 그 본질만을 압축해 표현하면 감상적으로 들리기 십상이다. 그렇다고 진실이 아닌 건 아니다. 작가가 소설을 쓰는 목적은 지구를 보호해야 한다든가, 사람들이 서로를 배려하고 친절해져야 한다든가 하는 고결한 주제에 대해 설교를 늘어놓기 위해서가 아니다. 그렇지 않다. 작가가 추구하는 목표는 정서적인 체험을 창조하는 것이다. 그리고 이를 체험한 독자들이 언어로 표현되지 않은 주제의 진정한 가치를 스스로 깨닫게 만드는 것이다. 이 목표를 달성하기 위해서 독서를 목적으로 쓴 소설이든, 영화 제작을 위해 쓴 시나리오든 모든 이야기는 반드시 정서를 전달해야 한다.

'만약에'라는 가정을 중심으로 펼쳐지는 SF · 판타지 · 공포 장르의 특성상 작가는 이야기의 도입부터 주인공의 정서적 체험에 초점을 맞추고 이를 유지해야 한다는 커다란 난제에 부딪힌다. 그리고 배경에 자리한 특별한 세계의 화려함에 현혹되어 이야기가 길을 잃지 않도록 주의해야 한다. 모든 스토리텔러가 짊어진 첫 번째 의무는 바로 독자와 주인공 사이에 공감대를 형성하는 것이기 때문이다. 중심인물에게 깊이 공감하지 못한 독자는 이야기 속으로 깊이 빠져들 수가 없다.

주인공이 어떤 인물이든 그에게 깊이 공감할 수 있으려면 우선 독자는 주인공에게 어느 정도 이상의 호감을 느껴야 한다. 그러므로 작가가 이야기를 시작할 때 가장 중요하게 여겨야 할 일은 독자가 그 즉시 인물에게 공감을 느낄 수 있는 방식으로 주인공을 소개하는 것이다. 이 원칙은 주인공이 고전적인 선한 영웅이든, 변덕스럽고 도덕적으로 미심쩍은 구석이 있는 반영웅이든 상관없이 적용된다.

독자의 마음을 사는 주인공을 창작해야 한다고 해서 결점 하나 없는 완벽한 인물을 만들어내라는 뜻은 아니다. 우리는 엉뚱하거나 방어적인 인물, 적절하지 않은 시기에 잘못된 말을 하는 인물들에게서 우리 자신의 모습을 발견할 때가 더 많다. 하지만 작가는 인물의 결점과 강점 사이의 균형을 항상 염두에 두고 있어야 한다. 독자가 인물에게 정서적으로 공감하려면 주인공의 강점이 결점보다 반드시 많아야 하기 때문이다.

이 문제에 대한 실용적인 해결책이 있다. 독자가 주인공과 교감하면서 공감대를 형성할 수 있는 아홉 가지 구성 요소다. 이 아홉 가지 구성 요소 중 인물 창작에 들어가는 요소가 많을수록 독자는 이야기에 한층 정서적으로 애착을 느끼게 된다. 여섯 가지만 사용해도 훌륭하다. 일곱 가지라면 더 좋다. 지금부터 지난 2,000여 년 동안 공감을 자아내는 주인공을 창조해왔던 인물의 특징과 플롯의 구조를 소개한다.

용감하다

선택의 여지가 없다. 주인공은 반드시 배짱이 있어야 한다. 맞다. 우리는 결점이 있는 사람에게 쉽사리 감정을 이입하지만 그 결점이 비겁함이어서는 안 된다. 오직 용기 있는 자만이 행동을 취할 수 있으며 오직 행동만이 이야기를 이끌 수 있기 때문이다.

부당하게 희생된다

용기 다음으로 독자가 주인공에게 감정을 이입하게 만들 수 있는 효과적인 방법은 이야기의 도입부부터 주인공이 노골적으로 부당한 처사에 희생당하는 모습을 보여주는 것이다. 불의만큼 우리의 감정을 뒤흔드는 것도 없다. 그리고 부당함에 희생되는 상황은 그 자체로 주인공이 그 상황에 대해 어떤 행동을 '취해야만' 하는 계기가 된다. 그 어떤 이야기에도 어울릴 법한 훌륭한 시작인 셈이다.

기술이 있다

특정 분야의 대가가 되기 위해 필요한 재주와 전문지식, 정신적인 재능을 지닌 사람에게 우리는 감탄하기 마련이다. 그 분야가 무엇인지는 전혀 상관없다. 땜장이든 재봉사든, CEO든 그 일에 뛰어난 실력을 발휘하기만 하면 된다.

재미있다

우리는 우리를 미소 짓게 만드는 사람에게 호감을 느낀다. 우리는 주위에서 일어나는 사건을 재미있는 시선으로 바라보는 사람에게 자연스럽게 끌린다. 주인공에게 씩씩하고 재치 있는 유머 감각을 부여할 수 있다면 꼭 그렇게 하라.

단순히 좋은 사람

우리는 인정 많고, 예의 바르며, 주위에 도움이 되고, 성실한 태도를 지닌 사람을 좋아한다. 그리고 배려심이 깊고, 사회적 지위가 자신보다 낮은 사람에게도 존중하는 자세로 대하며, 약자를 보호하고 무력한 이들을 위해 기꺼이 나서는 사람에게 존경심을 품는다.

위험에 처하다

주인공을 처음 만나는 순간 그가 정말로 위험한 상황에 처해 있다면 우리의 관심은 즉시 그 주인공에게 쏠린다. 여기에서 위험은 직접 해를 입거나 무언가를 잃을 수 있는 긴박한 상황을 말한다.

어떤 위험한 상황이 등장할지는 쓰고 있는 이야기가 펼쳐질 수 있는 범위에 따라 달라진다. SF · 판타지 · 공포 장르에서 위험한 상황은 대개 목숨이 왔다갔다하는 상황이다.

친구와 가족에게 사랑받는다

이야기의 도입부에서 주인공이 다른 사람에게 사랑받는 모습을 보여주는 것은 주인공이 호감을 느껴도 좋은 인물이라고 독자에게 알려주는 셈이다. 주인공을 위한 깜짝파티가 열리면서 그를 사랑하는 친구가 가득 등장하는 장면으로 시작하는 영화를 얼마나 많이 봐왔는가? 주인공이 어머니, 아버지, 형제자매, 자녀, 가장 친한 친구들에게 듬뿍 애정을 받는 모임 장면으로 시작하는 영화를 얼마나 많이 봐왔는가?

성실하다

우리는 무언가를 열심히 성실하게 수행하는 사람을 좋아한다. 무언가를 열심히 하는 모습에서 이야기를 이끌어나가는 데 필요한 힘이 생긴다.

집요하다

자신의 분야에서 능숙한 솜씨를 자랑하며, 용감하고, 성실하기까지 한 주인공이 어떤 목표에 집중하려면 성격이 집요해야 한다. 집요한 성격에서 능동적인 플롯이 탄생하기 때문이다.

여기 소개한 아홉 가지 구성 요소는 절대 무시하면 안 된다. 다른 자질들도 도움이 될 테지만 이 아홉 가지는 독자가 응원하고 싶어지는 주인공을 창작하는 데 기본 중의 기본이다. 이 요소들을 아낌없이 이용하라.

SF 공포 영화인 〈나는 전설이다〉에서 주인공 로버트 네빌은 위험에 처한 용감하고 성실한 남자다. 그는 도입부에서부터 부당함에 희생당하고, 친구와 가족에게 사랑받고 있으며, 착하고 재미있고, 의학 연구원으로서의 능력이 뛰어나며, 변종인류 바이러스에 대항하기 위해 집요하게 노력하는 인물로 묘사된다. 아홉 가지 구성 요소가 전부 사용된 것이다. 이 영화는 크게 성공했다.

한편 막대한 자본이 투입된 SF 영화 〈그린 랜턴Green Lantern〉의 주인공 할 조던은 초반부터 어린아이 같고, 무책임하며, 진정한 용기라고는 찾아볼 수 없는 모습으로 묘사된다. 조던은 끊임없이 실수를 거듭하며, 무엇 하나 잘하는 일도 없고, 게으른 데다 믿음직하지도 못하고, 경솔하고 배려심도 없는 사람이다. 전투기 조종사인 주인공은 전투 연습에서 자신의 보조를 미끼로 이용하다가 그를 쏘아 맞추는 것을 재미있다고 생각하며, 자신의 전투기를 쓸데없이 충돌시켜 나라에 입힌 5,900억 원의 손해에 대해 아무런 생각이 없다. 그의 유머 감각은 비열하고 신랄하며, 그를 진심으로 좋아하거나 신뢰하는 사람은 거의 없다. 아홉 가지 구성 요소 중 하나도 충족하지 못한 것이다. 그리고 이 영화는 흥행에서 참패했다.

독자들이 주인공을 좋아하게 만들어라. 그러면 독자는 기꺼운 마음으로 이야기의 항해를 떠나는 배에 오를 것이다.

주인공이 한 명만 등장하는 영화 중 상업적으로 성공을 거둔 영화 한 편을 고른다. 여기에서 말하는 상업적 성공이란 많은 관객에게 정서적 반응을 이끌어냈다는 의미다. 연습의 취지를 분명하게 하기 위해 여기에서는 주인공이 한 명만 등장하는 영화를 고른다.

영화에서 주인공이 처음 등장하는 순간부터 12분에서 15분 정도를 자세하게 분석한다. 영화에서 나타나는 주인공의 장점과 단점을 기록한다. 그 후 다음 질문에 답한다.

1. 아홉 가지 구성 요소 중 주인공의 인물 설정에 이용된 것은 모두 몇 가지인가?
2. 주인공의 결점은 공감대를 해치지 않기 위해 어떤 식으로 표현되는가?
3. 여기 소개된 아홉 가지 구성 요소 이외에 공감대를 형성하기 위해 또 다른 도구가 사용되었는가?
4. 주인공이 등장하는 도입부를 보고 난 후 그 영화를 계속 보고 싶은 마음이 드는가, 아니면 더 이상 궁금하지 않은가? 그 이유는 무엇인가?
5. 유명 배우가 주인공을 연기한다면 그 배우만의 어떤 고유한 특징이 주인공에게 호감을 느끼게 하는 데 도움이 되는가?

작가가 악당을 이해해야 하는 이유

· 마크 세비

작가는 꿈을 꾸는 사람들이다. 특히 SF · 판타지 · 공포 문학에 손을 담근 작가라면 더더욱 그렇다. 작가는 광범위하게, 모든 방향과 차원을 아우르며 꿈을 꾼다. 어린 시절부터 SF의 열렬한 독자였던 나는 SF · 판타지 · 공포 장르의 작품이 여타 문학 장르보다도 문학의 기본적인 역할을 충실히 수행해야 한다는 사실을 알고 있었다. 즉 독자를 웃게 하고, 눈물짓게 하고, 겁에 질리게 만들어야 한다. 여기에다가 달 식민지라든가, 우주선, 대양에 떠 있는 둥그런 건축물, 귀신 들린 집 같은 배경을 통해 독자의 정서적 반응을 이끌어내고 치밀한 플롯까지 짜야 한다. SF · 판타지 · 공포 문학은 헤밍웨이가 했던 일을 모조리 해치워야 하며 동시에 그 일을 '하이힐을 신고 거꾸로' 해야만 하는 셈이다.

SF · 판타지 · 공포 문학 작가들은 무엇을, 어떻게, 왜, 언제, 얼마나 같은 질문을 계속 던져야 하며 이 질문들을 작품 속 인물이 납득할 수 있는 해답으로 바꾸어야 한다. 셰익스피어는 이 점을 잘 이해하고 있었다. 예로 《햄릿》은 유령 출몰에 대한 대화로 이야기가 시작된다. 이 작품을 출판사에 보낸다고 상상해 보라. "누구의 뭐라고요? 진심입니까?" 하지만 과거 유럽의 예술가들은 꿈이 이해하지 못하는 세계, 바로 바라볼 수 없으며 똑바로 바라봐서도 안 되는 세계와 연결된다는 것을 알고 있었다. 이 세계, 잠재의식 속의 이 '으스스한 계곡'은 우리에게 친숙한 것들에 뿌리를 내리고 있다. 그렇다면 존재하지 않는 상황, 세계 속에서 자신을 어떻게 표현할 수 있을까? 기묘한 장소나 상황에 빠진 인물에게 어떻게 현실성을 반영할 수 있을까?

우리는 익숙한 것들로 둘러싸인 세계에서 순간순간을 살아가는 동시에 꿈을 꾼다. 잠재의식 속에서는 그 무엇도 생뚱하거나 터무니없거나 우습거나 무섭지 않다. 우리는 한순간 골목을 가로지르며 스케이트보드를 타고 있다가, 다음 순간 바로 화산으로 소풍을 가서 이미 세상을 떠난 가족에게 샐러드를 만드는 방법에 대해 물어볼 수도 있다.

자각몽을 꾸는 사람들은 자신의 꿈을 통제해 꿈속에서 더 좋은 결과 혹은 다른 결과를 얻는 법을 배운다. 이들은 스스로를 꿈속에 '투입'해 꿈이 그저 흘러가게 두지 않고 적극적으로 개입한다. 흥미로운 일이다. 나는 자각몽이 백일몽과 비슷하다고 생각한다. 지금부터 내가 제안하는 방법은 자각몽을 거꾸로 꾸는 것과 비슷하다. 다시 말해 잠들지 않고 깨어 있는 상태에서 자각몽을 꾸는 것이다.

여기서 핵심은 꿈을 통제하지 말고 꽃이 피듯 꿈이 자라나게 내버려 두는 것이다. 이야기가 너무 감상적으로 흐르는 것을 막기 위해 다시 한번 강조하겠다. 내가 소개하고자 하는 것은 모든 작가, 특히 SF · 판타지 · 공포 장르를 쓰고 싶어 하는 작가의 내면에 존재하는 몽상가를 깨우는 방법이다. 그리고 자신의 잠재의식을 전에 없이 신뢰하는 법을 배우는 법이다.

뛰어난 음악가나 운동선수가 그러듯이 기술을 의식적으로 연마하라. 더 나은 작가가 되는 유일한 방법은 오직 직접 글을 써보는 일뿐이다. 하지만 어느 정도 수준에 이르면 반드시 자신의 잠재의식을 충분히 신뢰하는 방법을 배워야 하며, 그로써 신뢰를 쌓아 필요한 순간 잠재의식이 자신의 기대에 부응하리라 굳게 믿는 수준까지 도달해야 한다.

글을 쓰는 방식은 모든 사람이 필연적으로 다를 수밖에 없다. 꿈을 찾고 꿈을 이용하는 나의 방식을 한번 시도해 보고 싶은 이들을 위해 '살인자 되기'라고 부르는 '몰입' 연습을 소개하겠다. 공포 소설 작가들은 살인자에 대해 쓸 때 빠르고 간편하게 후딱 설명하고 넘어가는 경우가 많다. 하지만 나는 진정성 있게 글을 쓰기 위해 완전히 몰입을 한다.

살인자의 머릿속에 들어가기 위해서는 살인자처럼 꿈을 꾸어야 한다. 살인자처럼 꿈을 꾸는 수준에 이르려면 살인자에 대한 모든 것을 완벽하게 파악해야 한다.

나는 '살인자 되기' 연습을 모든 이에게 권하지는 않는다. 하지만 공포 소설을 쓰는 작가라면 살인자의 머릿속에 들어가 보는 게 도움이 될 것이다. 말하자면 살인자가 보고 냄새 맡는 모든 것을 똑같이 체험하는 것이다. 이런 부류의 악당은 작가가 완벽하게 파악하고 있지 않으면 거짓처럼 보이기 십상이다. 인간은 완전히 미치지 않고서야 일반적으로 자신의 행동에 대해 합리적 이유를 가지고 있기 마련이다. 살인 또한 예외가 아니다. 작가가 창조한 살인자의 머릿속에 들어가 보면 그를 한층 더 무시무시한 존재로 만들 수 있다. 살인자를 더욱 잘 이해할 수 있기 때문이다.

1. 당신은 이웃 사람들과 어떻게 지내는가? 내성적인가, 퉁명스러운가? 이웃 사람들을 그리 좋아하지 않는가? 매일같이 짖어대는 개는 어느 어두운 밤 독을 먹고 죽게 될까?

2. 당신의 직업은 무엇인가? 어떻게 집세를 내는가? 타고 다니는 자동차의 종류는 무엇인가? 자신 말고도 다른 무언가에 애정을 쏟을 수 있는가?

3. 가게에 가서 당신이 좋아할 법한 식료품을 사라. 늦은 밤, 거리로 나가 희생자를 물색하라.

4. 살인자의 마음으로 인터넷을 검색한다. 포르노 말고 다른 어떤 것이 당신의 관심을 끄는가?

5. 차분하게 앉아 희생자와 그 주위 환경에 대해 생각하라. 어떻게 집 안으로 침입할 것인가? 집으로 침입하는 순간을 상상하라. 날씨가 추운가? 하얀 입김 때문에 정체가 발각될까?

6. 손에 느껴지는 망치의 감촉이 어떤가? 성인을 자동차에 싣는 일은 얼마나 힘이 드는가? 공포에 질린 희생자에게서는 어떤 냄새가 나는가? 피투성이 난장판이 된 현장을 어떻게 처리하는가? 사람의 몸에 칼을 쑤셔 넣을 때 어떤 감정을 느끼는가? 흥분인가, 혐오감인가? 혹은 아무런 기분도 느끼지 못하는가?

7. 살고 있는 집은 청결한가, 지저분한가? 화장실은 어떤 상태인가? 계속 치료해야 하는 질환이 있는가? 몸치장에 무척 신경을 쓰는 편인가, 혹은 전혀 개의치 않는 편인가? 치아는 혐오스러워 보이는가, 아주 깔끔한가? 이가 남아 있기는 한가?

8. 어떤 꿈을 꾸는가? 글을 써라. 그리고 꿈을 꾸어라. 해답은 우리 내면에 있다. 작가가 해야 할 일은 그저 해답이 자유롭게 떠오르도록 허락하는 방법을 배우는 것뿐이다.

악당은 강력할수록 좋다

· 윌리엄 F. 놀런

주인공이 진정한 영웅이 되려면 영웅적인 행동을 해야 한다. 영웅적인 행동이란 무엇인가? 불타는 건물에서 자지러지게 우는 갓난아이를 구하는 일인가? 비행기 사고 현장에서 몸이 불편한 할머니를 돕는 일인가? 지진으로 무너진 건물 안에 갇혀버린 아이를 구출하는 일인가? 물에 빠져 죽어가는 남자의 목숨을 구하는 일인가? 물론 이러한 행동 모두 진정한 의미에서 영웅적인 행동이라 할 수 있다. 하지만 그 무엇도 영웅만큼(혹은 영웅보다) 강한 악당을 물리치는 일보다 극적이거나 흥미롭거나 만족스럽지 않다.

맥스 브랜드Max Brand의 가장 유명한 서부 소설인 《사진Destry Rides Again》에서 악당 체스터 벤트는 주인공보다 총을 더 잘 쏘고 싸움도 더 잘하지만 절정에 이르러 장면을 장악하는 건 결국 주인공인 데스트리다. 소설 창작의 원리는 다음과 같이 표현할 수 있다. "강력한 악당은 강력한 영웅을 만들고, 약한 악당은 약한 영웅과 맞선다." 상반된 개념처럼 들리지 않는가? 이에 대해 자세히 설명하겠다.

〈슈퍼맨〉을 예로 들어보자. 이 작품에는 절대적으로 선해 보이는 원형적 영웅이 등장한다. 순수하고 고결하고 강직한 인물이다. 슈퍼맨은 수많은 악당을 물리친다. 그러나 최고의 악당 렉스 루터는 사악할 뿐만 아니라 그 누구도 절대 그를 이길 수 없어 보인다. 그야말로 최고의 악당이다. 슈퍼맨과 루터의 싸움은 상징적인 의미를 지니게 되며, 그들이 빚어내는 갈등은 관객의 기대를 절대로 저버리지 않는다.

영화 속 또 다른 최고의 악당은 바로 〈스타워즈〉 시리즈에 등장하는 다스베이더다. 다스베이더는 젊은 루크 스카이워커를 압도적으로 위협하는 존재다. 다스베이더는 황제의 사악한 욕망 아래 반란군 연합을 모조리 없애고 은하계 전부를 복속시키기로 결심한 인물로, 상징적인 의미에서 (그리고 글자 그대로의 의미에서) 전설적인 적수로 그려진다.

문학에서는 이언 플레밍Ian Fleming의 '007' 시리즈에서 최고의 악당을 찾을 수 있다. 이 시리즈에는 영국 최고의 스파이가 하는 일을 방해하기 위해 무슨 짓이든 하는 비열한 악당이 가득하다. 그 중에서도 골드핑거는 닥터 노와 함께 본드와 어깨를 겨룰 만한 인물로 꼽힌다.

가끔은 전설적인 악당이 남긴 인상이 너무 강한 나머지 악당이 주인공을 제치고 고유하고도 특별한 명성을 얻는 경우가 있다. 브램 스토커의 드라큘라 백작이 바로 그러한 인물 중 하나다. 또한 토머스 해리스Thomas Harris의 《레드 드래곤Red Dragon》에 등장하는 가학적 악당인 한니발 렉터도 마찬가지다.

이러한 사례들에서 볼 수 있듯이 매혹적인 서스펜스 작품을 쓰고 싶다면 반드시 진정한 의미에서 '현실감 있는' 악당을 창조해야 한다. 악당은 반드시 있을 법한 인물이어야 한다. 종이를 오려서 만든 듯한 진부한 악당은 독자에게 공포심을 심어주지 못하며 신뢰도 안겨주지 못한다. 작가는 악당이 입체적 인물로 충분히 표현되었는지 확인해야 한다. 덧붙여 영웅과 악당의 싸움에는 어둠의 순간이 존재해야 한다는 점을 명심하라. 영웅이 모든 것을 잃은 듯 보이고 벼랑 끝까지 내몰린 절정의 순간 말이다. 영웅이 '어쩌면' 패배할지도 모른다는 불안을 독자에게 안겨주지 못한다면 이야기에서 긴장감은 모조리 증발하고 말 것이다. 다시 말해 영웅에게 시련을 안기길 두려워하지 말라는 뜻이다. 영웅을 불 속에 집어 던져라. 악당을 물리치는 일이 힘겨워질수록 독자는 한층 영웅과 자신을 동일시하며 그 결과 영웅의 장대한 투쟁에 감정을 이입한다.

남성이든 여성이든 영웅은 악당을 물리치는 일에 직접적으로 개입해야 한다. 하늘에서 돌이나 벼락이 떨어져 악당이 패배하는 일이 있어서는 안 된다. 옛날 사람들은 이 방법을 데우스 엑스 마키나 즉 '기계를 타고 내려오는 신'이라 불렀다. 작가가 어떻게 이야기를 정리해야 할지 알지 못하는 순간, 신이 나타나 극 중의 모든 사람을 구원하는 것이다. 이 방법을 쓰는 건 반칙이며 관객을 모독하는 짓이다.

이상적으로는 절정 장면에서 선한 세력이 악한 무리에 맞서 큰 승리를 거둬야 한다. 그러나 현실적으로 모든 이야기가 이런 식으로 마무리될 수는 없다. 그러므로 독자가 억측하도록 만드는 일을 두려워하지 마라. 마무리가 지나치게 깔끔하면 오히려 지루한 이야기가 될 수 있다. 특히 이야기에 물릴 대로 물린 오늘날의 독자와 관객 들은 금세 지루해하기 십상이다.

한 가지 충고를 덧붙이자면, 악의 존재가 반드시 인간일 필요는 없다. 허버트 G. 웰스는 《우주 전쟁》에서 사악한 화성인을 창조했고 아널드 슈워제네거는 〈터미네이터〉에서 인조인간 살인자를 연기했다. 마지막으로 다시 한번 강조하겠다. 강한 악당은 강한 영웅을 낳고 약한 악당은 약한 영웅을 낳는다. 선택은 작가의 손에 달려 있다.

실전연습

1. 악당을 상세하게 창조한다. 정말로 무시무시한 인물로 만든다. 얼마나 사악한 인물인지 보여주기 위해 정말로 못된 짓을 저지르게 만든다. 인물의 배경을 철저하게 파헤친다. 어찌하여 그러한 악당이 되었는가? 어떤 짓까지 할 수 있는

가? 악당을 현실감 있는 인물로 만든다.

2. 영웅과 악당이 처음 대적하는 장면에서 영웅이 대결에 지게 만든다. 어쩌면 영웅은 두 번째 대결에서도 패할지 모른다. 이 패배는 절정에서 벌어질 마지막 대결에서 영웅이 승리하기 위한 포석인 셈이다.

3. 영웅은 어떻게 악당을 물리치는가? 악당에게는 영웅이 이용할 수 있는 치명적인 약점이 있을지도 모른다. 없다면 하나 만든다.

4. 악당의 시점에서 글을 쓴다. 악당은 어떤 비열한 짓을 하고 싶어 하는가? 어떤 음흉한 목적을 마음속에 감추고 있는가? 악당은 어떤 식으로 자신의 행동을 정당화하는가? 독자를 악당의 머릿속으로 데려다 놓아라.

5. 절정(긴장감이 최고조에 이르는 장면)에서 마지막 싸움이 벌어질 때 독자는 누가, 어떻게 이길지 계속해서 확신하지 못해야 한다. 영웅이 거의 패배할 것 같은 위기를 지나 결국 승리를 거두는 순간까지 독자가 한시도 마음을 놓지 못하게 만든다.

인상 깊은 악당을 만드는 법

· 벤 톰슨

모든 사람이 악당에게 마음이 약해진다는 사실은 비밀도 뭣도 아니다. 험악한 조직폭력배(시가를 물고 커다란 오토바이를 탄다)부터 볼이 통통한 보이스카우트 소년(길을 건너는 할머니는 꼭 도와드리고 활쏘기 공훈 배지가 있으며 풀매듭을 묶을 줄 안다)에 이르기까지, 사람이라면 누구나 지구를 멸망시키려는 사악한 초능력 천재와 톱을 들고 다니는 식인 사이코패스, 시간여행을 하는 외계의 파시스트 세력, 그 밖에 소설에서 쉽게 찾아볼 수 있는 극악무도하기 짝이 없고 피도 눈물도 없는 악당에게 설명할 수 없는 매력을 느낀다.

그렇다고 우리가 모두 나쁜 사람이라는 뜻은 아니다. 물론 우리는 가끔씩 심각한 과대망상증 발작이나 인류 전체에 대한 도무지 참기 어려운 살인 충동에 시달리기도 한다. 사무실의 좁은 칸막이 안에 갇혀 불쾌한 하루를 보낸 날이면 특히 그러기 쉽다. 하지만 대부분은 아무리 짜증스러운 보고서에 시달린다 해도 돌연변이로 군대를 만들어 화성을 정복하려 들지 않는다. 이에 대해 감정이 없다거나 야심이 없다고 해도 좋다. 혹은 위험한 결과를 감수할 만큼 복수할 가치가 없다며 스스로를 제어할 수 있는 이성적인 두뇌를 가지고 있다고 해도 좋다. 우리는 그저 그렇게 행동하도록 정해져 있지 않을 뿐이다.

하지만 악당들은 우리처럼 도덕과 이성이라는 좁디좁은 개념 안에 갇히지 않는다. 지독한 악당들은 정도를 벗어난다 해도 전혀 개의치 않는다. 자신에게 잘못을 한 경우 당연하다는 듯이 수십 배로 갚아주는가 하면, 적대적인 환경에 둘러싸이면 살상 무기를 대량으로 구입한다. 또한 조금이라도 자신을 부당하게 대한 사람들에게는 잊지 않고 무시무시한 복수를 가한다.

우리는 상사가 토요일에 출근하라고 했다는 이유로 상사의 사무실에 폭탄을 설치하는 짓을 차마 하지 못한다. 그러니 우리 같은 사람들은 이래라저래라 하는 소리를 들을 바에야 차라리 상대의 미간에 사무라이 검을 찌르고 마는 악당들에게 마음속 깊은 곳에서 우러나는 일종의 존경심을 품고 있다. 우리는 악당이 저지르는 악행을 대부분 이해할 수 있다. 물론 악당이 정말로 나쁘다는 사실을 잘 알고 있으며, 여전히 주인공이 악당의 얼굴에 주먹을 한 대 날려주기를 바란다. 하지만 뛰어난 악당, '진정으로' 뛰어난 악당은 정말로 멋진 존재이기 때문에 그의 퇴장에는 아쉬운 마음이 들기도 한다. 이렇게 아쉬움을 남기는 악당은 최고 인물의 반열에 오르기도 한다.

이제 인상 깊은 악당을 만드는 법을 소개하겠다

실전연습

1. 한 사람을 고른다.

악당이라고 해서 태어나는 순간부터 태양계를 지배하는 것은 아니다. 처음부터 충성스러운 추종자들(대장의 변덕에 따라 언제든 목숨을 내던질 준비를 갖춘 조직)을 거느리고, 보이는 족족 우주선을 부셔버렸던 건 아니라는 말이다.

물론 악당은 평범하던 시절에도 보통 사람들보다 더 똑똑하고, 강하고, 외모도 준수한 편이다. 하지만 그 강대한 사우론조차도 증오를 내뿜는 거대하고 번쩍이는 눈으로 변하기 전에는 지극히 평범한 엘프에 불과했다.

독자가 악당에게 조금이나마 공감하기 위해서는 악당이 어디에서 나타난 존재인지 최소한 피상적으로라도 이해해야 한다. 이 말은 곧 원점에서 시작해야 한다는 뜻이다. 이 악당은 어떤 인물인가? 어디에서 왔는가? 어린 시절은 어땠는가? 어머니는 어떤 인물이었는가? 악당이 바라는 꿈과 희망은 무엇인가? 무엇을 두려워하는가? 어떤 종류의 음악을 즐겨 듣는가? 대학에서 무슨 공부를 했는가?

극악무도한 악당이 어린 시절에 시골집 부엌에서 애플파이를 먹었다는 시시콜콜한 이야기까지 할 필요는 없지만, 악당이 탄생하게 된 배경에 대한 이런저런 사소한 실마리를 조금씩 던져줌으로써 작가는 악당에게 인간다운 면을 부여하고 악당을 입체적인 인물로 만들 수 있다.

2. 악당의 인생을 망가뜨린다.

처음부터 악행에 포부를 가지고 성장하는 악당은 없다. 빅터 본 둠(마블 코믹스에서 판타스틱 포의 적수로 등장하는 악당)이 어느 날 아침에 일어나 문득 "자, 이제 동유럽의 라트베리아를 정복하고 독재자가 된 다음 기계복제 인간 군대를 양성해야지. 레이저가 발사되는 방탄 갑옷을 만들어 입은 다음 해저 바닥을 걸어봐야지"라고 생각하지 않았다는 뜻이다. 그의 인생에 무언가 끔찍한 사건이 있었기 때문에 이 같은 필사적인 수단을 동원할 수밖에 없었던 것이다. 그저 체념하고 포기하는 대신 광기를 폭발시켜 빅터 본 둠에서 닥터 둠으로 변신한 것이다.

작가는 평범한 인물을 데려다 그를 한계 이상으로 밀어붙여야 한다. 과일 성분과 동물 조직 일부를 재활용한 물질로 인간의 생명을 인공적으로 창조할 수 있는 악당의 재능을 과학계가 인정하지 않는다거나, 어느 멍청한 얼간이에게 가족이 몰살당해 악당이 슬픔에 잠긴다거나, 힘으로 악당을 이긴 주인공이 자동차 옆자리에 여자를 태우고 노을 속으로 차를 몰고 가버린 후에 힘만 세고 멍청하기 짝이 없는 주인공보다 자신이 훨씬 더 뛰어나다는 것을 잘 알고 있는 악당이 그 사건으로 자신감을 잃고 심리적 문제에 시달리고 있다거나……

여기서 작가는 아무리 잔혹하게 굴어도 부족하다. 악당은 어떠한 사건 때문에 세계를 정복하고 싶다는 갈망에 빠져든 것이다. 누군가를 그러한 지경으로 몰아붙인 사건은 아주 끔찍한 일이어야 한다. 악당의 팔이나 다리를 잘라내라. 산성 물질로 온몸의 피부를 녹여버려라. 휠체어를 타는 신세로 만들어라. 학교에서 다른 아이들에게 심하게 괴롭힘을 당하게 만들어라. 다른 아이들이 악당의 점심이 담긴 쟁반을 쳐서 떨어뜨리게 만들고, 발야구를 할 때 팀에 뽑히지 못하고 홀로 남겨지게 만들어라. 필요한 일이라면 무엇이든 좋다. 인정사정 볼 것 없다. 악당 또한 인정사정 봐주지 않는 인물이 될 테니 말이다.

3. 복수의 플롯을 짠다.

세상에 대한 분노가 가득하고 더 이상 잃을 것이 없는 절박한 악당을 만들었으니 이제 달콤하고 맛좋은 '복수'라는 요리에 고명과 소스를 듬뿍 올려 차갑게(복수는 차가워야 제격이므로) 대접할 차례. 악당이 증오하는 인물은 누구인가? 그 이유는 무엇인가? 악당은 자신이 증오하는 인물을 어떻게 망가뜨리려 하는가? 악당이 이루려는 궁극적인 목표, 사악한 음모의 최종 목적은 무엇인가? 악당은 왜 이러한 음모를 꾸미는가? 악당의 계획에 방해가 될 만한 요소는 무엇이며, 악당은 어떠한 대비책을 마련하고 있는가? 악당은 계획을 위해 어떤 일까지 감수하려 하는가? 악당은 자신이 나쁘다는 사실을 잘 알면서도 전혀 개의치 않는가, 혹은 자신의 동기가 옳기 때문에 행동을 완벽하게 정당화할 수 있다고 생각하는가?

4. 악당을 무장시킨다.

일단 동기를 설정했다면 그다음은 방법을 찾을 차례. 악당의 수단이란 대개 불법적으로 취득한 거액의 현금 다발인 경우가 많지만, 반드시 그런 것만은 아니다. 커다랗고 넓적한 칼 한 자루나 하키 마스크 하나면 준비가 끝나기도 하고, 혹은 터미네이터보다 더 강력한 몸을 만들어주는 고대의 저주만으로 충분하기도 하다. 이를테면 한니발 렉터 박사에게는 뛰어난 두뇌가 있다. 다스베이더는 방 건너편에 있는 사람의 목을 조를 수 있으며, 강철을 마치 두부처럼 자를 수 있는 무기를 들고 다닌다. 고질라는 방사성 물질로 인해 도시를 짓밟을 수 있는 파충류 괴수가 된다. 슈레더는 흑마술과 더불어 평생 단련한 무술 실력으로 돌연변이인 닌자 거북이들과 맞서 싸운다.

또한 악당에게는 돈이든 두뇌든 고성능 자동 소총이든 무기와 그 무기를 사용할 기회가 주어져야 한다. 악당에게 어떤 능력이 있는가? 그 능력을 어떻게 손에 넣게 되었는가? 그 능력의 한계는 어디이며, 단점은 무엇인가? 악당은 자신의 능력을 과시하는가, 혹은 비밀로 숨기는가? 전투를 치러야 하는 상황이 닥치면 악당은 무엇을 가지고 싸우는가?

5. 악당에게 심복을 몇 명 붙인다.

아무리 지적이고 침착하다 한들 한스 그루버(영화 〈다이하드〉에 등장하는 매력적인 악당)가 나카노미 타워를 혼자 힘으로 탈취할 수는 없다. 그루버에게는 여유 있게 위협적인 모습을 뽐낼 동안 궂은일을 도맡아 처리해줄, 완전무장한 동독 출신 테러범 일당이 필요하다. 악랄한 천재들은 자신이 먹을 땅콩버터 샌드위치를 직접 만들지 않는다. 악당은 자신의 부족한 점을 채워줄 공범자들을 가까이 두고 부리는 한편 얼굴 없는 조무래기들을 끝도 없이 출동시켜 영웅의 앞길을 가로막는다.

머리 좋은 프랑켄슈타인 박사도 조수인 이고르에게 뇌를 가져오라고 시켜야만 했다. 전능한 사우론 또한 단지 공중에 떠 있는 눈일 뿐이어서 오크를 키우지 않으면 아무 일도 할 수 없다. 스켈리터(〈마스터 돌프Masters Of The Universe〉에 등장하는 해골머리 악당)는 마법을 쓸 줄 아는 데다 보디빌더 같은 근육질의 몸을 하고 있지만, 자신을 위해 뛰어다니며 군일을 도맡는 괴물 부대를 거느리고 있기 때문에 굳이 스스로 나설 필요가 없다.

악당의 취약한 부분을 알아낸 다음 그 점을 벌충할 수 있는 심복을 만들어라. 악당은 말하는 곰을 타고 다니는가, 아니면 평범한 사람들처럼 자동차를 타고 다니는가? 사이보그로 구성된 군대를 이끌고 있는가, 용병 함대를 거느리고 있는가, 혹은 가장 안 좋은 상황에만 등장하는, 칼날이 넓은 검을 찬 부하 한 명만을 데리고 있는가?

부하들이 악당을 따르는 이유는 무엇인가? 부하들은 어디에서 왔는가? 악당은 자신을 따르는 대가로 부하에게 무엇을 주는가? 악당은 어떻게 부하가 충성을 바치게 만드는가? 부하들은 악당을 위해 어떤 일까지 기꺼이 감내하려 하는가? 부하들의 존재는 주인공에게 얼마나 위협이 되는가? 악당이 부하를 거느릴 필요가 있기는 한가? 악당은 부하 없이 혼자서도 충분히 악행을 저지를 수 있는가? 악당이 외톨이 늑대라면 그는 부하를 어떻게 다루나?

6. 악당에게 최고의 강적이 될 만한 자질을 부여한다.

작가는 영웅과 악당에게 가능한 한 많은 공통점을 부여해야 한다. 영웅과 악당은 사실 같은 인물이다. 단지 영웅은 올바른 행동을 하고, 악당은 머리가 완전히 돌아버린 나머지 분별력을 잃고 광기의 깊은 나락으로 추락했다는 차이가 있을 뿐이다. 〈스타워즈〉의 루크 스카이워커가 인생에서 잘못된 결정을 두어 번 내리기만 했어도 쉽사리 다스베이더의 길로 전락했을 것이다. 《셜록 홈스》의 모리아티 교수는 자신의 능력을 악을 위해 사용할 때의 셜록 홈스와 같다. 심지어

《모비딕》의 에이해브 선장과 모비딕은 서로를 죽이고 싶어 하는 무자비한 욕망을 지녔다는 공통점을 가지고 있다.

영웅과 악당의 공통점을 가급적 많이 만들고, 적절한 부분에서 두 인물을 서로 끼워 맞춰라. 다만 너무 꾸민 듯 보이거나 억지스러워 보이지 않도록 주의한다. 아주 작은 디테일이라도 모두 중요한 의미를 지닌다.

7. 악당의 치명적인 약점을 만든다.

자, 이제 오로지 세상에 복수하려는 일념으로 불타오르는 악당을 만들었다. 또한 악당에게 복수의 수단과 더불어 악당을 부당하게 대한 모든 이에게 잔혹하게 복수할 수 있는 기회 또한 마련했다. 이제 이 악당을 어떻게 막을 수 있는가? 악당이 너무 강력하지 않은가?

다행히도 대부분의 악당은 인간이라는 존재로서 몰락을 자초하고 말 치명적인 약점을 지닌다. 그리고 이 약점은 교만, 즉 극단적인 형태의 자만심으로 나타난다. 승기를 잡는 순간 악당은 자신이 우위에 있다는 사실에 우쭐해하며 온갖 미친 소리를 늘어놓고 자신의 사악한 계획을 갑자기 중단하고 만다. 기회를 잡는 즉시 영웅의 목을 꺾어버리는 대신 자신의 손아귀에서 빠져나가도록 내버려둔다. 악당이 패배하는 건 대부분 위대한 승리를 목전에 두고 교만에 빠지기 때문이다.

그렇다고 악당을 반드시 교만한 존재로 만들 필요는 없다. 하지만 정의의 편이 승리하게 만들고 싶다면 이들이 이용할 수 있는 악당의 약점을 마련해둘 필요가 있다. 충성심이 의심스러운 부하도 약점이 될 수 있으며, 악당은 모르고 영웅만이 알고 있는 결정적인 정보 또한 약점이 될 수 있다. 극심한 질투심을 교묘하게 이용해 악당이 빈틈을 보이도록 만들 수도 있다. 어쨌든 영웅이 기회로 활용할 만한 무언가가 있어야만 하며, 이 약점은 이야기의 초반부터 자주 노출되어야 한다.

축하한다! 마침내 유쾌하리만큼 극악무도한 악당을 창조해냈다! 세계 정복의 행운을 빈다. 단, 한 가지 명심하라. 악당은 아무리 무도해도, 아무리 잔혹해도, 아무리 교활하다 해도 부족하다. 절대 힘을 아끼지 마라. 솔직하게 말해서 이야기가 형편없는 이유는 십중팔구 악당이 형편없기 때문이다.

악당을 설정할 때 고려할 13가지

· 제시카 페이지 모렐

어린아이였을 무렵 나는 엄청나게 겁이 많았다. 옷장에 숨어 있는 괴물도, 침대 밑을 어슬렁거리는 괴수도, 악몽 속에서 나를 잡으러 오는 사악한 서쪽 마녀도 모두 무서웠다. 오빠와 함께 동네 극장을 찾아 공포 영화를 보러 다니는 일도 겁을 없애는 데 전혀 도움이 되지 않았다. 영화를 보고 어둑한 길을 걸어 집으로 돌아올 때마다 여기저기 드리운 그림자들이 모두 나에게 덮쳐드는 기분이었다. 오랜 세월이 지난 지금도 나는 그 심장이 두근거리던 공포감을 여전히 잊지 못하고 있다.

어린 시절 내내 이불을 뒤집어쓰고 벌벌 떨면서 보냈기 때문에 나는 항상 괴물과 악당에게 마음이 끌렸다. 나는 작가들에게 작법을 가르치면서 한 가지 사실을 확신하게 되었다. 작가가 자신이 만든 허구적 세계에 어떤 인물을 어떻게 채워 넣는지, 그 솜씨가 작가의 실력을 재단하는 궁극적인 기준이 된다는 것이다. 그리고 악당은 작가가 창작하는 모든 인물의 정점이 되는 인물이라 할 수 있다. 교활하고 사악하고 위험하고…… 악당은 허구적 세계의 체스 명인이라 할 수 있다. 악당은 단지 영웅의 적대자인 것만으로 충분치 않다. 악당은 사람들을 괴롭히고 위협하고 고통을 주는 존재여야 한다.

악당이라는 표현은 비열한 범죄자에서 군부 세력, 사탄의 화신, 타락 천사, 소시오패스, 괴물에 이르기까지 온갖 사악한 존재를 아우른다. 하지만 이야기 속에서 파괴적인 소동을 일으킬 역할이 필요하다고 해서 단순히 사악하기만 한 인간이나 생물을 뚝딱 창작해도 되는 건 아니다. 작가는 그 인물 혹은 생물이 어쩌다 그렇게 사악해졌는지 깊이 고민해야 한다. 악당이 인간이라면 왜 악당이 다른 사람과 평범하게 어울릴 수 없는지 그 이유를 알아야 한다. 악당이 아무런 동기가 없는 1차원적인 악인, 살인 기계, 영혼 없는 흙덩어리인 골렘이라면 작품은 멜로드라마에 그칠 가능성이 높다.

이야기를 더 진행하기에 앞서 괴물에 대해서 한마디만 하겠다. 악당에 속하는 괴물은 대개 사람이 아니며 짐승의 모습을 한 악마 같은 존재로 그려진다. 괴물은 우리의 가장 원시적이고 어린아이다운 두려움을 먹고산다. 괴물은 '다른 존재'다. 부기맨과 야수, 돌연변이, 오거, 좀비에 대한 이야기들은 항상 존재해왔다. SF · 판타지 · 공포 영화에서 주연으로 등장하는 괴물은 전형적으로 사악하고 흉포한 모습이다.

괴물은 태초부터 인간의 주위에 존재해왔기 때문에 원형적 존재라고도 할 수 있다. 괴물은 항상 혼돈을 몰고 오며, 괴물이 등장하는 세계는 어딘가 기이하거나 위험하고 도망칠 곳이 없는 장소다. 《프랑켄슈타인》의 괴물 같은 아주 드문 예외를 제외하고 과거에는 괴물을 대개 영혼이 없는 존재로 묘사했다. 하지만 최근 들어 사정이 달라지고 있다. 《트와일라잇》 시리즈에서 늑대인간과 뱀파이어는 매력적인 남자의 모습으로 나타난다. 이러한 추세가 급속히 번지고 있지만 한편으로 아주 강렬한 괴물만 한 악당도 없다는 사실을 기억해두자. 괴물을 창작하기에 앞서 정말로 무시무시한 괴물을 만들 것인지, 공감을 자아내는 괴물을 만들 것인지 결정을 내려라. 괴물다운 괴물은 독자를 겁에 질리게 한다. 공감을 자아내는 괴물은 독자를 혼란스럽게 할 수 있지만 괴물다운 힘은 약화될 수밖에 없다.

모든 악당은 강력하고 설득력이 있는 데다 사악하기 그지없어야 한다. 플롯이 정교하면 할수록 악당 또한 한층 정교해야 한다. 악당이 저지르는 악행이 무서운 이유는 악당이 바로 현실 세계의 가장 나쁜 부분을 표현하기 때문이다. 우리가 악당을 두려워하는 까닭은 악당이 그 사악한 술책을 통해 결코 있을 법하지 않은 일을 충분히 가능한 일로 만들어버리기 때문이다.

여기에서는 밤낮 가리지 않고 독자의 마음에 붙어 떨어지지 않게 될 악당을 창조하는 간단한 비법을 소개한다.

1. 공감할 여지가 있는 악당인지, 뼛속까지 사악한 악당인지 결정한다.
공감할 여지가 있다는 것은 악당을 저녁 식사에 초대할 만하다는 뜻
이 아니다. 악당을 이해할 수 있고 심지어 악당에게 감정을 이입할
수 있다는 뜻이다. 이러한 악당이 등장하면 이야기는 한층 현실적이
고 섬세해진다. 이러한 악당은 독자에게 단순한 공포심과 혐오감 이
상의 반응을 이끌어낸다. 단지 동정하는 마음일 수도 있지만, 섬뜩
한 동일시일 수도 있고 어쩌면 이에 대한 불편함일 수도 있다. 그리
고 독자는 공감을 자아내는 악당을 이해하며, 악당이 초래하는 위
험 또한 이해할 수 있어야 한다. 악당은 진심으로 자신의 가족을 사
랑하거나 필사적으로 아버지의 애정과 인정을 갈구하는 인물일 수
있다. 공감의 여지가 있는 악당이라면 속죄하기를 바라고 있을 수도
있다.

공감의 여지라고는 찾아볼 수 없는 악당의 경우 독자는 악당이 패
배하기를 바란다. 공감의 여지가 있는 악당의 경우 독자는 악당에게
애증이 엇갈리는 한층 복합적인 감정을 느낀다. 악당이 속죄하길 바
라기도 하며 영웅이 악당의 죽음을 비극적으로 받아들이길 바라기
도 한다. 잘난 체하며 악당을 미워하는 일은 쉽다. 하지만 어쩌면 나
자신도 잘못된 길로 들어섰을지도 모른다는 점을 깨닫거나 내면의
윤리관과 도의심에 의심을 품기란 어렵다. 그러한 순간이 있다면 공
감을 자아내는 악당은 제 역할을 다한 셈이다.

2. 악당을 사실적인 인물로 만든다. 가장 무시무시한 악당은 인간인 경

우가 많다. 그가 우리 곁의 어디에선가 걸어 다니고 있을지도 모른다는 가능성은 악당을 한층 더 무시무시한 존재로 만든다. 맞다. 우리를 오싹하게 만드는 건 이러한 악당들의 인간적인 면이다.

3. 매력적이면서도 보기 드문 외양을 공들여 창작한다. 일반적으로 군중 속에 뒤섞여 눈에 잘 띄지 않는 악당은 독자의 상상 속이나 악몽 속에서 뚜렷한 인상을 남기지 못한다. 예를 들어 악당은 분필처럼 새하얀 피부에, 길게 찢어진 눈매에, 고양이 같은 노란 눈동자를 하고, 거미처럼 길고 가는 손가락을 가지고 있어야 한다.

4. 악당이 어떤 식으로 공간을 차지하고 있는지 파악한다. 몸놀림이 우아한가, 몸집이 거대한가, 몸짓이 매끄러운가, 몸이 기형으로 일그러져 있는가, 햇살을 피하면서 어두운 그늘 속에서 종종걸음 치는가? 대부분의 악당은 자신의 실제 몸집보다 더 크게 보이기 위해 노력한다. 실제의 몸집이 어떻든 간에 악당은 어떤 식으로든 실제보다 더 크게 부각되어야 한다.

5. 탈선적인 모습이나 공격적인 성향을 넣어 뒤섞는다. 악당이 정말로 나쁜 사람이라는 사실을 섬뜩한 방식을 통해 증명하라. 이를테면 악당은 톰 리플리처럼 매력적인 소시오패스이거나 한니발 렉터처럼 교양과 흉포함이 뒤섞인 식인종이어야 한다. 모성애를 보이지 않는 여성은 우리의 성역할 개념을 완전히 뒤엎기 때문에 소름끼치도록

무서운 존재다. 악녀는 무수히 많은 동화 속에서 마녀 혹은 계모의 형태로 등장한다.

6. 악당의 심리를 확실하게 규정한다. 악당의 전형적인 성격에는 자아도취가 있다. 그래서 악당은 대개 자신이 이길 수 없는 싸움에는 손을 대지 않는다. 악당은 자기 자신의 이득을 가장 최우선으로 챙기며 자신이 우주에서 가장 중요한 생물체라고 생각한다. 하지만 악당의 끝없는 권력욕을 부추기는 근원은 바로 열등감이다. 악당이 자아도취의 극단적인 성향을 지니고 있는가, 혹은 다른 소시오패스적인 특징을 보이는가? 악당은 정말로 미친 것인가, 아니면 단지 미친 척을 하는 것뿐인가?

7. 악당이 원하는 것을 왜 원하는지 그 이유를 파악한다. 이해할 수 있는 동기가 없는 악당은 마치 종잇장처럼 쉽게 허물어지고 만다. 악당이 저지르는 악행이 끔찍할수록 그 동기는 한층 강력해야 한다. 전형적인 동기로는 복수심, 탐욕, 분노, 힘에 대한 욕망, 질투심 등이 있다. 이러한 동기들을 뒤섞은 다음 악당의 개인적인 동기로 만들어라. 그러면 동기는 한층 강력해진다. 이를테면 어떤 악당이 왕국을 정복하고 싶어 하는 한편 비밀스럽게 영웅의 약혼자와 사랑에 빠지는 식이다. '더 큰 권력'이라는 동기에 개인적인 동기를 얹는다면 악당은 한층 완벽하게 완성된다.

매력적인 인물

8. 악당을 막을 수 없는 인물로 만든다. 강렬한 동기를 지니고 있는 악당을 막을 수 있는 방도는 없다. 악당은 영웅보다, 그리고 대개는 세계보다 한발 앞서 나간다. 한발 앞서 생각하는 능력은 악당의 전형적인 특징이다. 영웅이 현장에 도착할 무렵 악당은 이미 세력 기반을 구축해둬야 하고 계획도 마련해야 한다. 악당이 초래할 위험을 독자가 믿지 않는다면 작품은 공포 장르가 아닌 코미디 장르가 되어버린다는 점을 명심하라.

9. 악당에게 매력을 부여한다. 악당은 흔히 교활함과 교묘함으로 다른 사람의 마음을 홀린다. 성적 매력이나 보상, 권력, 감언을 통해서 말이다. 혹은 지배력, 아니면 변질된 꿈이라 해도 그 꿈을 이룬 듯한 기분을 맛보게 해줄 수도 있다.

10. 악당이 싸움을 즐기도록 만든다. 현실 세계에서 사람들은 대부분 갈등을 피하고 서로 잘 지내는 편을 선호한다. 극악무도한 악당은 그렇지 않다. 악당은 멀리 내다보는 체스 달인의 자세로 자신이 조종하는 세계 안에서 교묘한 전략에 따라 싸움에 임하며 자신의 힘을 잘 파악하고 있다. 하지만 클리셰에서 한 걸음 더 나아가라. 사실 악당은 그저 힘겹게 자신을 유지하고 있을 뿐인데도 쉽게 물리칠 수 없는 건가? 혹은 악당이 정면대결을 피하면서 고통을 일으킬 새로운 방식을 궁리하고 있는가?

11. 악당에게 고생스럽고 복잡한 과거를 만들어준다. 악당의 과거는 흔히 역경으로 가득하기 마련이다. 악당은 과거에 겪었던 고난을 보상받기 위해 권력을 손에 넣어야 한다고 생각한다. 독자는 그 구체적인 이유를 알고 싶어 할 것이다. 과거에 악당은 무시당하고 조롱당하고 방치당하고 학대당하고 형제의 그늘에 가려져 살았다. 그러다 영혼의 붕괴로 이어지는 잘못된 길로 들어서고 만 것이다.

12. 악당을 한 단계씩 착실히 발전하게 만든다. 훌륭한 악당이 되기까지는 대개 오랜 시간이 걸린다. 처음에는 작은 성공을 거두는 일에서 시작해 한층 더 커다란 승리와 전략을 향해 나아간다. 인내심은 악당의 가장 출중한 자질이다. 성격이 성급한 악당은 좋은 악당이 되지 못한다. 작가는 악당이 어떤 과정을 거쳐 권력을 손에 쥐게 되고, 비정상적인 위대함을 얻게 되는지 알고 있어야 한다. 힘을 얻은 악당이 교만에 빠지는 과정을 독자가 지켜보도록 만들어라. 악당이 파멸에 빠지는 건 바로 그 교만함 때문이다.

13. 파멸. 작가는 악당이 어떻게 파멸하게 되는지 염두에 두고 있어야 하며, 각 장면의 플롯을 짜는 동안 이에 대한 대비를 해야 한다. 《반지의 제왕》에서 사우론은 중간계에서 몸집이 가장 작은 종족 중 한 명에게 파멸당한다. 최고의 악당은 최후의 순간까지 사력을 다해 싸우며, 스스로 일을 망쳐 영웅이 승리하도록 내버려 두지 않는다. 자신의 극악무도한 계획을 설명하는 데 정신이 팔려 영웅에게 도

망갈 여지를 남겨두는 악당은 뛰어난 악당이라 할 수 없다.

실전연습

1. 강력한 이름부터 생각하라. 이름은 강력한 도구다. 적절하게 사용되기만 하면 이름은 보이지 않는 곳에서 이야기를 떠받치고 플롯과 주제를 한층 강화하고 강조한다. 최고의 악당이 지닌 이름에는 화력이 있다. 공감의 여지가 없는 악당의 이름에는 위협적이며, 피도 눈물도 없는 냉담함과 능력이 반영되어 있어야 한다. 골룸, 다스베이더, 보그 같은 이름을 생각해 보라. 아이들에게 지어줄 만한 이름들이 아니다.

이름의 의미를 찾아보고 그 이름을 가졌던 사람들의 역사를 조사하라. 이름에 담긴 의미와 역사를 염두에 두고, 상황을 설명하거나 사건의 비밀 단서를 제공할 수 있는 이름을 적절히 선택한다면 이야기를 섬세한 방식으로 한층 치밀하게 만들 수 있다. 독자는 이름만 듣고도 그 인물이 악한 편에 속해 있다는 사실을 알아차린다. 스네이프의 '스' 발음은 마치 뱀처럼 섬뜩한 느낌을 암시한다. 보그는 악몽의 종합선물세트처럼 들린다. 제임스 모리아티라는 이름은 상대할 가치가 있는 적수의 이름처럼 들리는 한편 교수의 이름이기도 하다. 모르고스라는 이름에서는 사악한 기운이 풍긴다. 'ㅋ'처럼 거센 발음이 나는 자음이나 만화 〈오더 오브 스틱Order of the Stick〉에 나오는 자이콘처럼 독특한 이름을 고르는 것도 좋다.

2. 악당의 가장 중요한 개성은 무엇인가? 이 개성은 인물을 만드는 토대가 될 뿐만 아니라 이야기 안에서도 제 역할을 톡톡히 한다. 악당의 개성은 악당이 등장하는 장면마다 뚜렷하게 드러나야 하며 특히 독자가 악당을 처음 만나는 장면에서 한눈에 알아볼 수 있어야 한다. 범죄를 뒤에서 조종하는 인물은 지적이고 교활하며 무자비해야 한다. C. S. 루이스의 《사자와 마녀와 옷장The Lion, the Witch and the Wardrobe》에 등장하는 하얀 마녀는 아름답고 교만하고 잔혹한 인물로, 타오르는 분노를 가슴에 품고 있다.

이 핵심적인 특징을 악당의 뒷이야기에 함께 엮어 넣음으로써 악당이 어째서 이러한 특징을 지니게 되었는지 설명하라. 강한 능력 뒤에 감춰진 그늘진 면에 대해 생각하라. 그 어두운 면이 악당을 파멸로 이끌 수도 있다.

3. 인물이 독자에게 어떠한 첫인상을 남기는가는 모 아니면 도다. 독자를 겁먹게 할지, 악행이 일어날 것을 암시할지 결정하라. 악당은 책 속에서 어떤 모습으로 처음 등장하는가? 변장을 하고 있는가? 싸우고 싶어 몸이 근질거리는 상태인가? 아무런 예고 없이 별안간 등장하는가?

긴장감 있는 이야기
넷플릭스에 팔리는 작품의 비밀 4

공포스러운 배경을 만드는 법

· 리사 모턴

가장 좋아하는 공포 소설 한 편을 떠올려보자. 장담하건대 그 소설에서는 특정한 장소가 어떤 식으로든 두드러진 역할을 맡고 있을 것이다. 브램 스토커의 《드라큘라》는 어떤가? 이 한 편의 소설을 통해 트란실바니아는 공포 장르의 상징적인 무대가 되었다. 스티븐 킹의 《살렘스 롯Salem's Lot》은 어떤가? 이 소설에서는 배경이 어찌나 중요한 역할을 하는지 작가가 배경의 이름을 작품명으로 삼았을 정도다. 그 밖에도 귀신 들린 집을 다룬 작품들, 묘지를 배경으로 펼쳐지는 작품들, 중년의 화자가 고향 마을로 돌아가 악의 세력과 맞서 싸우는 작품들을 생각해 보자.

훌륭한 공포 소설이란 독자의 마음을 휘저어 놓는 작품, 겁에 질리게 만드는 작품이다. 작품 전반에 걸쳐 으스스한 분위기를 조성한 다음 순간순간 깜짝 놀라게 만드는 작품이다. 작품 전체를 감싸는 으스스한 분위기를 형성하기 위한 가장 효과적인 방법은 바로 적절한 배경을 선택하는 것이다. 이를테면 화창한 초원을 배경으로 한 이야기에서 지속적으로 불길한 분위기를 조성하기란 생각만큼 쉽지 않다. 하지만 같은 이야기를 인기척 하나 없이 달빛만이 비추고 있는 거리, 그 거리의 끝자락에 홀로 서 있는 빈집으로 옮겨보자. 이야기의 소름 지수는 당장 치솟을 것이다.

뛰어난 공포 소설의 배경이란 책을 펼치는 순간부터, 즉 괴물이나 살인에 대한 이야기가 미처 시작되기 전부터 독자를 불편한 기분에 휩싸이도록 만드는 곳이다. 이를 보여주는 한 예로 최고의 공포 소설에 주어지는 문학상인 브램 스토커상Bram Stoker Award을 수상한 데이비드 모렐David Morrell의 《도시탐험가들Creepers》이 있다. 이 책에서 도시탐험가들은 아르데코 양식으로 지어졌으나 현재는 폐허가 되어 버림받은 패러곤 호텔을 탐사하기로 결정한다. 모렐은 전형적인 유령 저택의 이미지를 그대로 가져와 그곳에서 유령만 없앤다. 초자연적인 거주민 없이도 이 낡은 건물에는 불안한 기운이 감돈다. 그러나 모렐은 단지 가라앉은 분위기가 감도는 것에 만족하지 않는다. 소설 전반에 걸쳐 이 배경으로 인해 독자가 깜짝깜짝 놀라게 만든다. 호텔의 건축물 일부가 갑자기 내려앉기도 하고 호텔 안에서 탐험가들에게 위험이 닥치기도 한다. 이 소설에서 배경은 '그 자체로' 이야기의 괴물인 셈이다.

공포 소설의 배경은 이따금 시리즈의 전체 이야기를 이끌기도 한다.

그 예로 하워드 P. 러브크래프트가 창작한 허구의 마을인 매사추세츠 주 아캄 시는 〈우주에서 온 색채The Colour Out of Space〉, 〈인스머스의 그림자The Shadow Over Innsmouth〉 등 고전으로 여겨지는 몇 편의 작품에 걸쳐 계속해서 등장한다. 러브크래프트는 이 마을의 역사를 창조했을 뿐만 아니라 이곳을 토대로 자신의 허구적 세계 안에 존재하는 요소들을 만들었다. 미스카토닉 대학이 그 대표적인 예다. 러브크래프트가 아캄 시를 그야말로 솜씨 좋게 창작한 덕에 그가 죽은 후에도 아캄 시는 다른 작가들에 의해 여러 작품에서 배경으로 등장했다. 최근의 예로는 게리 브라운벡Gary Braunbeck 작품 속의 시더힐이 있다. 오하이오 주에 있다고 설정된 이 가상의 마을은 브라운벡이 쓴 수십 편의 단편과 장편 소설의 배경이 되었다. 브라운벡이 마을의 역사와 지리적 디테일을 어찌나 주의 깊게 설정해두었는지 이 마을이 실재하지 않는다는 사실을 믿기 어려울 정도다.

특정 도시의 전형적인 모습을 보여주기 위한 목적으로 배경이 설계되는 경우도 있다. 일리노이 주의 그린 타운은 레이 브래드버리의 《이상한 실종Something Wicked This Way Comes》을 비롯한 작품 몇 편에만 등장하는 실제로 존재하지 않는 마을이지만, 브래드버리가 이 마을을 미국의 전형적인 소도시 모습으로 그려낸 탓에 이와 같은 소도시를 한 번이라도 가본 사람은 비슷한 점을 발견하게 된다. 그린 타운이 '어디에나 있을 법한 흔한 마을'이기 때문에 무시무시한 무언가(《이상한 실종》에서는 다크 씨의 서커스단)이 이곳을 침입했을 때 독자들은 자신의 고향 마을이 위험에 직면했다는 착각에 휩싸인다.

한편 좁은 공간을 배경으로 이용해 긴장감과 불안감을 조성할 수도 있다. 샬럿 퍼킨스Charlotte Perkins의 고전 단편인 〈노란 벽지 The Yellow Wallpaper〉는 한 여자가 그을음이 묻은 지저분한 노란 벽지로 도배된 방 안에서 서서히 미쳐가는 이야기다. 리처드 매드슨 Richard Matheson이 1950년에 발표한 단편 〈남녀의 탄생Born of Man and Woman〉은 처음부터 끝까지 폐소공포증을 일으킬 법한 지하실에서 이야기가 벌어진다. 이 좁은 공간을 통해 부모가 우리에 가둔 장애가 있는 어린아이, 이 가엾은 인물이 처한 음산한 상황이 한층 강조된다.

공포 소설에서 실제 존재하는 장소가 등장하는 일은 그리 흔하지 않다. 하지만 제대로 활용한다면 실제의 장소 역시 효과를 발휘할 수 있다. 이를테면 앤 라이스Anne Rice는 《뱀파이어와의 인터뷰 Interview with the Vampire》의 일부 장면을 뉴올리언스를 배경으로 삼아 불멸의 흡혈귀들의 나이와 생활양식, 퇴폐적 취향을 강조한다. 또한 실제 장소의 명성을 효과적으로 활용하는 경우도 있다. 요한 볼프강 폰 괴테는 《파우스트》에서 마녀들이 연회를 벌이는 곳의 배경을 브로켄 산(독일에 실제로 있는 산)으로 설정하고, 이 산에서 전해지는 민간 신앙을 십분 활용했다.

나는 《로스앤젤레스의 성The Castle of Los Angeles》을 집필할 때 허구의 성을 창조한 후, 이 성을 실존하는 장소 즉 로스앤젤레스의 중심가에 배치했다. 이 성에 관한 착상의 일부는 '브루어리'라는 이름의 로스앤젤레스에 있는 예술가 공동체 건물에서 얻었다. 하지만 실제 브루어리를 소설의 배경으로 삼았다면 나는 소송에 휘말렸을지도 모른다. (확신하건대, 브루어리의 소유주들은 자신의 건물에 사람을 해치는 유령이 떠돈다는 소문이 후세에 남길 바라지 않았을 것이다.) 그뿐만 아니라 브루어리를 한 번이라도 가본 사람들은 의심을 할 위험이 있었다. 그들은 그곳에 유령 따위가 없다는 사실을 이미 알고 있으니까! 하지만 성을 창조한 덕분에 나는 이야기 안에서 건물의 구조를 마음대로 조정할 수 있었다. 건물 안에 유명 인사들이 이용하는 널따란 펜트하우스가 있다는 점이 이야기 속에서 중요하게 작용하는데, 실제 브루어리에는 이러한 펜트하우스가 존재하지 않는다. 또한 실제 브루어리가 있는 장소에 성을 배치함으로써 성과 그 안에 살고 있는 유령들이 '어쩌면 실제로 있을지도 모른다'고 슬쩍 암시할 수 있었다.

실전연습

현재 살고 있는 집과 동네에 대해 생각하라. 근처 어딘가에 유령이 출몰한다는 소문이 떠도는 장소가 있는가? 무언가 끔찍한 사건이 벌어졌던 곳, 그 사건 이후 폐허가 된 장소가 있는가? 자신이 사는 지역의 역사를 잘 알지 못한다면 지역 도서관을 찾아 자료를 조사하거나 지역의 민담에 통달한 친구에게 조언을 구하라. 인터넷에서 자료를 찾는 것도 도움이 된다. 오늘날에는 지역의 유래에 관심 있는 사람들을 위한 SNS 그룹과 토론 게시판이 잘되어 있다.

어떤 장소를 찾거나 골랐다면 그곳에 직접 찾아가 장소의 모습을 자세하게 글로 옮겨라. 할 수 있는 한 자세히 기록하라. 거리의 풍경과 주변의 건물과 식물 또한 빼놓지 말고, 건물의 세부적인 건축 양식과 가구의 디자인 또한 세세하게 기록하라.

그다음 그 장소에 살았을 법한 인물들을 상상하라. 그들은 그곳을 어떻게 돌아다녔을까? 그곳을 어떻게 생각했을까? 그들도 처음에는 그곳을 편안하게 생각하며 오래 머물고 싶어 했을까? 혹은 으스스한 기운이 감도는 곳이라 처음부터 떠나고 싶었지만 어떤 사건으로 인해 어쩔 수 없이 그곳에 머물 수밖에 없었던 것일까? 이 장소에서 독자를 깜짝 놀라게 하는 데 이용할 수 있을 만한 소재는 없는지 살펴보자. 이를테면 갑자기 부러진 나뭇가지나 난데없이 푹 내려앉는 보도블록, 무너질 것 같은 천장 같은 것들 말이다.

한 가지 주의할 점이 있다. 장소에 대해 자세히 묘사하면 할수록 공포심은 고조되겠지만, 배경 묘사에 지나치게 중점을 둔 나머지 이야기가 진행되는 속도가 느려져서는 안 된다. 장소를 직접 방문해 자료를 조사하면 이야기에 넣을 만한 자료를 충분히 확보할 수 있지만, 실제로 독자의 눈앞에 배경을 펼쳐놓을 때는 그 장소에 대한 인상을 강렬하게 전달할 몇 가지 요소만 고심해서 골라야 한다. 나무 계단의 썩은 디딤판이나 깨진 유리창 등 주의 깊게 선택한 몇몇 요소만 묘사하는 편이 관찰한 모든 것을 몇 쪽에 걸쳐 세세하게 늘어놓는 것보다 배경의 분위기를 전달하는 데 더욱 효과적이기 때문이다.

보이지 않는 공포를 활용하는 법

· 에드워드 드조지

공포는 수없이 많은 곳에서 발견된다. 그중에서도 공포를 찾을 수 있는 가장 근본적인 장소는 바로 어둠 속이다. 초기의 인류가 동굴 안에 옹송그리고 앉아 밤이 다가오는 것을 늦추기 위해 불을 피우는 모습을 상상해 보라. 그때 원시인들은 다시 태양이 떠올라 어둠을 몰아내리라는 것을 확신할 수 있었을까? 빛이 선함을 상징하는 반면 어둠은 악함과 동의어로 인식된다. 어둠 속의 무언가는 우리를 해치려 하며 우리를 두렵게 만든다.

인간은 시각에 크게 의존하고 있기 때문에 시각이 무력해지는 상황을 두려워한다. 보이지 않는 존재는 그 정체를 알 수 없다. 그것은 미지의 존재다. 따라서 인간의 상상력이 만들어낼 수 있는 가장 끔찍한 괴물이 되며, 그 괴물에 대해 우리는 무력할 수밖에 없다.

나는 어린 시절 수없이 많이 걸었던, 친구네 집에서 우리 집까지의 어두운 밤길을 기억한다. 그 길은 교외 동네의 인도를 따라 놓인, 그리 길지 않은 길이었지만 중간에 인가가 없는 들판을 가로질러야 했다.

달빛과 별빛밖에 없는 밤중에는 모든 것이 부자연스러우리만치 창백하게 보인다. 사람들은 이 들판에 오길 꺼리는가? 키가 큰 풀숲 사이에 무언가 숨어 있는 게 아닌가? 그 무언가가 슬그머니 팔을 뻗어 차가운 손으로 나를 만지지 않을까?

할머니께서는 자주 말씀하셨다. "한밤중이 지난 이후에는 어떤 좋은 일도 일어나지 않는다." 아이들은 이 말을 마음으로 이해한다. 아이들은 침대 밑에 숨어 있는 무언가를 무서워한다. 이때 자신을 보호해주는 유일한 장비는 턱 밑까지 바짝 올려 덮은 이불뿐이다. 나는 영화 〈그루지Grudge〉에서의 그 소름 끼치는 장면, 젊은 여자가 침대라는 마지막 피난처마저 더 이상 안전하지 않다는 사실을 깨닫는 장면을 기억한다. 단지 눈을 감는 것을 넘어, 우리는 칠흑 같은 어둠 속으로 들어가야만 한다. 눈을 아무리 크게 떠도 감은 것과 별반 차이가 없는 어둠 말이다.

여기서 내가 소개하는 글쓰기 연습에는 종이와 연필이 필요 없다. 실제 글을 쓰는 연습이 아니라 나중에 글로 쓰게 될 내용을 체험하는 연습이기 때문이다. 이 체험을 기억에 단단히 새겨둬라. 상상력을 발휘해 공포심을 한층 부풀려라. 자기 자신을 무섭게 만들 수 있다면 독자를 무섭게 만드는 데 도움이 될 수 있다.

1. 깜깜한 밤, 어둠 속으로 산책을 나선다. 저녁 9시 반의 어중간한 어둠이 아니다. 밤 12시가 지난 시간의 진정한 어둠 속으로 대담하게 발을 내딛어라. 거리에는 인기척이 하나도 없고 이웃집의 불도 모두 꺼졌을 만한 시간이다. 모두가 잠든 한밤중에는 자신의 집 뒷마당에 나가는 일조차 무서울 수 있다. 몇 걸음 옮겼을 때 안전한 집에서부터 너무 멀어졌다는 기분이 드는가? 공포심을 소환하라. 공포심이 느껴질 때의 감각, 호흡과 심장 박동과 체온을 기억하라.

2. 침대 밑으로 기어들어 간다. 산 채로 매장되었다고 상상해 보라. 관 뚜껑 위로 흙이 덮이는 소리가 들리고 몸 위를 무겁게 짓누르는 흙의 압박이 느껴진다. 숨을 쉴 때마다 생명줄 같은 산소가 점점 더 줄어든다. 몸이 점점 마비되기 시작한다. 게다가 관 속에 함께 있는 무언가가 내 발쪽으로 점점 기어오고 있다.

3. 벽장 속에 숨는다. 나를 노리는 사람이 몰래 다가오고 있다고 상상하라. 누군가 혹은 무언가의 먹잇감으로 쫓기는 긴장감을 체감하라. 잡히는 것은 그저 시간 문제일 뿐이다. 그 무언가가 가까이 다가오고 있지만 지금 여기에 갇혀 꼼짝할 수 없다.

자기 자신을 무섭게 만들라. 공포심을 체험하고 두려움을 증폭시켜라. 그런 다음 독자를 겁에 질리게 만들 만한 글을 써라.

으스스한 분위기를 만드는 법

· 사이먼 클락

"아, 진짜 무섭네." 잘 쓴 공포 소설을 읽으면 이러한 반응이 나온다. 그런데 무섭게 느껴지는 글에는 무엇이 있는가? 늑대인간이 공격하는 순간, 뱀파이어가 갑자기 덤벼드는 순간, 괴물이 포효하는 순간 우리는 무서움을 느끼는가? 아마도 그렇지는 않을 것이다. 확신하건대 기분 좋을 만큼 등골이 오싹해지기 시작하는 순간은 아마도 이야기의 초반에 등장할 것이다. 이를테면 소설 속 인물이 처음으로 유령이 출몰하는 집을 목격하는 순간이다.

나는 공포 소설을 쓰는 작가다. 사람들을 무섭게 만드는 것을 직업으로 삼고 있는 셈이다. 그러나 나는 유혹적이면서도 유쾌한 방식으로 독자들을 겁주는 것을 목표로 삼고 있다. 공포 소설을 처음 쓰는 초보작가들은 대부분 서둘러 주인공을 피가 낭자한 살육의 현장으로 데려가 독자를 진저리나게 하거나 충격을 받게 한다. 실상 소름 끼치는 것이 지나치게 많으면 금세 싫증이 나는 법이다.

뛰어난 공포 소설을 쓰려면 몇 가지 장면을 신중하게 설정해 무시무시한 사건이 일어나기 전에 보여줘야 한다. 이 점에서 나와 의견이 같다면 다음 연습을 해 보길 권한다.

연습을 시작하기 전에 앞서, 우선 나의 작품에서 이러한 장면 설정이 어째서 중요한 역할을 하는지 설명하도록 하겠다. 앞서 언급했듯이 사람을 무섭게 만드는 게 나의 직업이다. 그렇기 때문에 어느 집을 묘사하거나 심지어 날씨를 묘사할 때조차 단순한 건물, 비에 대한 묘사에 그치지 않도록 주의를 기울인다. 나는 독자에게 무시무시한 사건이 이제 막 일어나려 한다는 사실을, 혹은 영웅이 점점 위험에 가까워지고 있다는 사실을 알리기 위해 어떤 단어를 사용하면 좋을지 스스로에게 계속 질문을 던진다.

이 점을 제대로 보여주기 위해서는 내가 쓴 공포 소설을 예로 드는 게 가장 쉬울 것이다. 나의 작품인 《복수 아이Vengeance Child》는 다음과 같은 문장으로 시작된다.

"깊은 밤 비는 속삭이듯 부드럽게 내리지 않았다. 비는 그 큰 집을 사정없이 두들기듯 쏟아졌다. 빗줄기가 투둑투둑 소리를 내며 창문을 때렸다. 일제히 사격하듯 포악한 기세로 퍼붓는 빗방울이 테라스의 탁자를 덮쳤다. 하늘이 쏘는 총알이었다. 마치 전장에서 나는 듯한 소리가 집 안에 울려 퍼졌다. 땅이 하늘의 침공을 받은 듯했다. 포로를 남기지 마라. 집을 난타해 무너뜨려라……."

나는 왜 소설의 도입부를 이렇게 시작했는가? 이 연습을 끝마칠
무렵이면 그 답을 알게 될 것이다. 더불어 독자들이 몸을 부르르
떨면서 "아, 진짜 무서워."라고 중얼거리게 될 소설을 쓰고 있을
가능성도 아주 높다.

으스스한 기분을 자아내는 소설에는 특정 단어나 구절이 자주
등장하는 경우가 많다. 이러한 특정 단어나 구절은 암시와 비슷한
방식으로 작용한다. 다시 말해 단어나 구절을 통해 무시무시한 사
건이 엄습할 것 같은 기분을, 소설 속 인물이 이해할 수 없는 위험
혹은 초자연적 근원에서 비롯된 위험과 마주할 것만 같은 기분을
독자의 마음속에 심는 것이다. 이처럼 핵심 단어와 구절을 사용하
는 방법을 '공포의 언어'라고 하자.

찰스 디킨스의 〈시그널 맨The Signal Man〉은 연구해볼 가치가 있는
작품이다. 언뜻 단순해 보이는 이 유령 이야기는 화자가 기찻길 옆
의 신호소에서 근무하는 남자를 찾아가는 장면으로 시작한다. 도
입부에서 화자는 터널 안으로 사라지는 기찻길을 응시한다. 다음
글 속의 강렬한 단어들을 눈여겨 살펴보자.

"…… 암흑의 터널로 들어가는 어둑한 입구, 그 거대한 구조물
에는 야만스럽고 가슴을 답답하게 하는 불길한 공기가 서려 있었
다. 그곳에는 햇살조차 닿지 않는 듯 보였고 땅에서는 온갖 죽은

것의 냄새가 풍겼다. 터널에서 얼음처럼 찬바람이 불어오자 오싹한 기분이 들었다. 마치 이 세상을 떠나는 듯한 느낌이었다."

디킨스보다 재능이 부족한 작가라면 단지 이렇게 썼을지도 모른다.

"기찻길은 어두컴컴한 터널 속으로 사라졌다." 디킨스는 단어를 노련하게 사용하는 솜씨로 독자에게 최면을 건다. 디킨스는 그 장소에 빛이 없다는 사실을 강조하기 위해 "암흑의", "어둑한"이라는 단어를 사용하고 "햇살조차 닿지 않는 듯"이라는 구절을 통해 이곳이 어둡다는 사실을 확실하게 전달한다. 터널 구조물을 "야만"스럽다고 표현하면서 그곳에 폭력의 기운이 서리게 만든다. 다시 한번 무시무시한 일의 전조는 땅에서 "죽은 것"의 냄새가 풍긴다는 표현으로 한층 강화된다. 디킨스는 그곳에 추위와 으스스한 어둠을 불러낸 다음 인물이 "이 세상을 떠나는 듯한 느낌"을 받는다고 선언하면서 독자가 이제 막 닥칠 초자연적 공포에 마음의 대비를 하게 만든다.

여기 소개하는 연습의 목표는 바로 이것이다. 단어의 힘을 어떻게 활용해 평범한 것을 평범하지 않은 것으로 바꿀 수 있는지 그 방법을 배운다. 이에 따라 단어와 구절을 적절하게 조합할 수 있다면 어떤 집을 묘사한다고 할 때 이 집을 보기만 해도 오싹한 기분이 드는, 유령이 출몰하는 무시무시한 폐가로 변모시킬 수 있다. 우리는 연습을 통해 공포의 언어를 구사하는 방법을 습득할 수 있다. 독자에게 어딘가 유쾌하면서도 애가 탈 만큼 오싹한 기분을 들게 해 더 많은 이야기를 읽고 싶어 하도록 만들 수 있다.

실전연습

다음의 간단한 과제를 통해 '공포의 언어'를 구사하는 기술을 연습하라. 각 항목마다 반쪽이면 충분할 것이다.

1. 귀신이 출몰하는 집을 묘사하라. 처음에는 평범한 표현으로 집을 설명한다. 예를 들면 "그 집은 벽돌로 지어졌다. 창문은 공원 쪽을 바라보고 있었다." 같은 식이다. 그다음 특정 단어를 집어넣어 오싹한 분위기가 서리게 만들어라. 이런 식이다. "그 오래되고 황폐한 집은 핏빛을 띤 벽돌로 지어졌다. 창문은 공원 쪽을 바라보고 있었다. 차갑게 응시하는 눈을 닮은 창문은 밤의 그늘을 품고 있는 숲, 금지되고 고독한 나무의 영역을 내려다보고 있었다."

2. 사악한 인물을 묘사하라. 그 낯선 이에게 무언가 위험하리만치 잘못된 점이 있다는 사실을 암시하는 단어를 사용한다. 특히 눈에 주의를 기울여라. 이를테면 "그의 눈은 유령 같은 빛을 띠고 있었다."라든가 "그의 눈이 유령 같은 빛으로 번득였다." 또는 "낯선 이의 눈동자에서 그녀는 고아가 된 천 명의 어린이들의 고통을 엿볼 수 있었다." 같은 식이다. 대담하게 표현해 보자!

3. 공포의 언어를 이용해 어느 도시의 다리 아래로 흐르는 강의 모습을 묘사하라.

4. 아주 오래전 마녀의 목을 매단 나무의 위험한 분위기를 표현하라. 그 나뭇가지가 뻗은 모습이 마치 하늘을 할퀴려는 듯한, 구부러진 갈고리 모양의 손가락처럼 보이는가? '짐승 같은 줄기'가 도로까지 뻗어 있는가? '나무껍질의 괴물 같은 무늬'가 악마의 얼굴처럼 보이는가? 나뭇가지가 드리우는 그늘이 '피를 오싹하게 하고 풀밭을 어둡게' 만드는가? 나뭇잎 사이로 가벼운 바람이 불어올 때 나무는 어떤 소리를 내는가? 한숨 쉬는 소리인가, 무언가 속삭이는 듯한 소리인가, 키득거리는 소리인가? 마치 사악하고 폭력적이고 난폭한 괴물을 표현하듯이 나무를 묘사할 수 있는가? 음울한 고목을 묘사하면서 독자에게 그곳에서 비극적으로 삶을 마감한 희생자의 이야기를 읽는 듯한 기분을 느끼게 할 수 있는가?

물론 다른 식으로도 오싹한 분위기를 조성하는 묘사 연습을 할 수 있다. 위에서 소개한 지시문을 한층 다양하게 만들 수도 있다. 버려진 교회를 떠도는 고양이, 미친 남자가 주인인 트럭, 남편을 독살한 여자가 지닌 금 장식핀에 대해 묘사하라.

기절할 만큼 무서운 장면을 만드는 법

· 글렌 M. 베네스트

우선 공포 영화나 소설의 진정한 주인공은 영웅이 아니라 공포심을 일으키는 근원 자체라는 사실을 알아야 한다. 영화 〈샤이닝〉에 등장하는 귀신 들린 호텔, 〈죠스〉에 등장하는 거대 백상어 등 공포 장르의 성공을 좌우하는 가장 결정적인 요소는 우리를 공포심에 사로잡히게 만드는 악한 존재다.

다른 장르들에서와 달리 공포 장르에 등장하는 주인공은 입체적 인물일 필요가 없다. 여기서 '입체적'이란 이야기의 한 시점에서 공감을 불러일으키던 인물이 갈등을 겪으면서 성장해 한층 용감해지거나, 나약해지거나, 도덕적으로 변화하는 과정을 겪는다는 뜻이다.

여타의 장르에서는 대부분 이러한 입체적 인물의 변화가 이야기의 실제적인 중심이 된다. 이야기가 진정으로 말하고자 하는 바는 플롯이 아니라 주인공의 성장 과정이다. 따라서 작가가 가장 신경 쓰는 부분도 인물이다. 플롯은 단지 이야기 흐름에 따라 인물이 얼마나 크게 변화하는지를 단계별로 보여주기 위한 장치로 존재한다. 플롯에서 인물이 탄생하는 것이 아니라 인물에서 플롯이 탄생하는 것이다. 일반적으로 이 원칙은 진정한 걸작을 만들기 위한 중요한 요소로 꼽힌다.

그러나 〈엑소시스트〉나 〈오멘The Omen〉, 〈공포의 묘지Pet Sematary〉 등 모든 공포 영화에서 주인공의 역할은 단순하기 짝이 없다. 주인공은 저 밖에 존재하는 무시무시한 악을 상대해야 하는 강력한 동기만 있으면 된다. 공포 장르에서는 등장인물의 개별적 이야기나 전체 이야기의 흐름에 따라 인물이 어떻게 성장하는지에 대해 중점적으로 다룰 필요가 없다.

그렇다고 강렬한 인물이 필요 없다는 뜻은 아니다. 단지 공포 장르 작가로서 한층 중요하게 여겨야 할 다른 요소가 존재한다는 뜻이다. 다른 장르들과 달리 공포 장르의 이야기는 인물의 성장보다 악의 세력과의 대결에 초점을 맞춘다. 공포 장르의 주인공은 대개 이야기의 초반부터 이미 용감한 인물이거나, 아니면 단순히 파괴의 참상과 마주할 수밖에 없는 상황에 몰린다.

공포 소설을 읽거나 공포 영화를 보는 관객은 등장인물의 세밀하고 미묘한 변화를 감상하기 위해 돈을 지불하는 게 아니다. 이들은 기질할 만큼 무시무시한 공포를 체험하고 싶어 돈을 지불한다. 이 점은 굳이 언급할 필요가 있을까 싶을 만큼 당연하게 들린다. 그러나 시나리오 작법 워크숍에서 공포 장르의 글을 쓰는 작가들을 가르치면서 나는 이처럼 가장 기본적인 사실을 간과하고 있는 작가가 수두룩하다는 것을 알게 되었다. 대부분의 작가가 대화 장면이나 서술 장면에 지나치게 공을 들이는 반면, 독자나 관객에게 깊은 인상을 남길 만한 무시무시한 순간을 만들어내는 데는 별로 시간을 할애하지 않는 것이다.

공포감에 사로잡히고 싶어 하는 마음은 어린아이 같은 감정이다. 어른은 공포감에 사로잡히길 원하지 않는다는 말이 아니다. 어른도 분명 좋아한다. 다만 우리는 공포 소설이나 공포 영화를 볼 때 어른답게 행동하지 않는다. 이성적으로 생각할 때 무언가 겁에 질릴 만한 일이 있다면 그 일은 피하는 것이 마땅하다. 그러나 우리는 오히려 공포감을 찾아 나선다. 왜 이런 짓을 하는 걸까?

그 이유는 정체를 알 수 없는 공포감에 사로잡히는 경험을 통해 시간을 거슬러 과거로 돌아갈 수 있기 때문이다. 어른이 되었다고 해서 한밤중에 마주치는 미지의 존재에 대한 어린아이 같은 호기심이 사라진 건 아니다. 어른이 된 다음에도 놀이공원에서 롤러코스터를 타며 오싹함을 즐기는 사람이 있는 것과 마찬가지다. 우리는 공포감에 사로잡히길 바란다. 공포 체험을 통해 어린 시절에 경험한 가장 원시적인 형태의 두려움, 즉 침대 밑에 숨어 사는 괴물 혹은 악몽 속에서 우리를 찾아오는 존재에 대한 두려움과 마주하고 떨쳐낼 수 있기 때문이다.

공포 소설을 읽는 독자, 공포 영화를 보는 관객은 이러한 기대를 품고 작품을 찾는다. 작가가 그 기대치를 충족시키지 못한다면 독자는 더할 나위 없이 실망한다. 그러므로 악의 세력과 악의 세력이 존재하게 될 세계에 대해 시간과 공을 들여 고심하라. 책 혹은 영화 속의 이야기가 시작되자마자 그 위험한 괴생물체, 정신 나간 살인마, 지구를 멸망시키려는 외계인이 활개를 치는 세계로 독자와 관객을 밀어 넣어라.

악당을 독창적으로 만드는 요소에 주의를 기울여라. 독자가 뱀파이어, 좀비, 광견병에 걸린 동물이 등장하는 이야기를 또다시 보고 들어야만 하는 이유에 대해 고민하라. 영화 〈에이리언〉이 인상 깊은 걸작인 까닭은 영화 속에 등장하는 괴물의 독창성 덕분이다. 산성을 띤 피가 흐르며 사냥 환경에 따라 스스로의 모습을 진화시킬 수 있는 괴물. 한낱 인간이 도대체 어떻게 이런 괴물을 물리칠 수 있단 말인가? 이 괴물은 인간의 세계에 속한 존재가 아니며, 인간처럼 사고하지도 않고, 그 마음속에 동정심이나 양심도 없다. 이와 같은 독창적인 요소가 한데 모여 괴물은 훨씬 더 두려운 존재로 탄생한다.

무서운 장면을 쓸 때는 그 장면을 무섭게 만들기 위한 모든 요소를 최대한 활용하라. 공포 장르에서 무서운 장면을 쓰는 일은 로맨틱 코미디에서 연인 사이에서 벌어지는 유쾌하고 감동적인 장면을 쓰는 일이나, 청소년 코미디에서 화장실 유머를 구사하는 일만큼 중요하나. 무서운 장면을 쓰는 것은 공포 장르 작가가 하는 일의 정수다. 이는 독자와 관객이 돈을 지불한 목적이기도 하다. 관객을 실망시키지 마라.

독자와 관객은 극심한 공포감에 사로잡히고 싶어서 공포 소설을 읽고 공포 영화를 본다. 그러니 그들이 보고 싶어 하는 장면을 확실하게 보여줘야 한다. 자신이 구사할 수 있는 온갖 기법을 동원해 관객에게 무시무시한 공포심을 안겨주는 장면을 써라. 그리고 공포 소설의 거장인 스티븐 킹, 웨스 크레이븐, 에드거 앨런 포 등의 작품을 골라 연구하라.

실전연습

1. 독자와 관객을 공포심에 사로잡히게 하기 위해 어떤 부류의 악당을 선택하든지, 여러 사람과 창의적으로 토론해 악당에게 가능한 한 고유하고 독특한 개성을 부여하도록 노력하라. 아마존 강에 사는 거대한 식인 아나콘다든, 배 한 척을 꿀꺽 삼킬 수 있는 거대 백상어든, 작품 속 악의 근원은 어느 누구도 이제껏 그 비슷한 것조차 구경한 적이 없는 무언가여야 한다.

2. 이미 써둔 무서운 장면을 두고 한층 더 무섭게 만들 수 있는 방법들을 찾아본다. 일례로 공포 장면과 액션 장면을 교차 편집해 긴장감을 높일 수도 있다. 아니면 가짜 공포감을 조성할 수도 있다. 무언가 무시무시한 사건이 벌어질 거라

는 기대를 한껏 높여놓고, 그 일이 단지 괴물 가면을 쓴 정신 나간 이웃 사람이 놀래주려고 한 장난이라고 밝힌다. 그 후 등장인물들이 이제 막 안심하려는 찰나 진정한 공포가 시작되게 만드는 것이다.

3. 독자와 관객을 무섭게 만드는 다양한 방법을 찾아본다. 예를 들어 등장인물이 귀신이 출몰하는 저택에 들어가야만 하는 상황에서 섬뜩한 일을 잇달아 일어나게 만들어 공포감을 증폭시킨다. 그다음 전혀 예상치 못한 곳에서 한 방을 날려 등장인물과 독자, 관객 모두를 완전히 깜짝 놀라게 만들 수 있다. 이를테면 어디선가 난데없이 손도끼가 날아와 사람의 머리를 날려버린다든가 하는 것이다. 다시 말해 공포감을 전달하는 방식을 여러 가지 혼합해 활용해야 한다.

4. 웃음을 유발하는 장면을 넣을 수 있는 방법을 찾아보자. 공포 장르에서 웃음은 어김없이 효과를 발휘한다. 우스운 장면은 긴장감을 고조하고 공포감을 형성하기 전에 독자, 관객의 긴장감을 해소할 수 있는 기회다. 무서운 소설을 읽거나 무서운 영화를 볼 때 우리의 신경은 불안과 긴장으로 팽팽하게 당겨진다. 그러므로 이따금씩 일시적으로나마 긴장을 풀어주는 일이 필요하며 웃음은 이 역할을 훌륭하게 수행한다. 우스꽝스러운 순간, 익살스러운 인물, 재미있는 상황을 연출해 독자와 관객의 긴장을 풀어줘라. 그러고 나면 한층 더 공포감을 안겨줄 수 있을 것이다.

나만의 '무서운 것들' 목록 활용법

· 세라 B. 쿠퍼

2007년 에두아르도 B. 안드라데와 조엘 B. 코언은 〈부정적 감정의 소비에 대하여〉라는 제목의 논문을 발표했다. 이 논문에서는 두려운 일을 회피하는 개인이 "정신적 방어기제 안에 숨어 심리적으로 이탈 혹은 분리 상태에 놓이게 되면 여전히 공포심을 느끼면서도 긍정적인 감정을 느꼈다."고 했다. 다시 말해 아늑한 집 안이나 여럿이 찾은 영화관에서 대부분의 사람은 재미있는 공포 이야기를 좋아한다는 뜻이다. 이 공포 이야기 중에서 가장 무서운 것은 바로 무시무시한 괴물 이야기다.

나는 일곱 살 때 처음으로 괴물 이야기를 읽었다. 진공청소기가 소리를 먹는 괴물로 변신하는 이야기다. 이 괴물은 무언가가 소리를 내기만 하면 "그 소리를 빨아들이면서" 소리를 낸 존재를 무력하게 만든다. 이 진공청소기를 발명한 주인공은 소리를 먹는 진공청소기가 살아 있는 생물과 마주하면 그 소리를 빨아들이면서 생물을 죽인다는 사실을 깨닫는다. 결말에 이르면 자신의 발명품과 함께 집에 갇힌 주인공이 소리를 먹는 진공청소기를 피해 숨어 있는 모습이 묘사된다. 그리고 마지막 순간, 주인공의 귀에는 자신의 심장 소리와 함께 점점 가까이 다가오는 진공청소기의 바퀴 소리가 들려온다. 나는 이 이야기를 읽고 몇 달 동안이나 제대로 잠을 이루지 못했다.

이 이야기가 무서웠던 이유는 무엇이었을까? 이 이야기에는 미처 결과를 생각하지 않고 어떤 일을 저지른 탓에, 자신도 어쩌지 못하는 상황에 빠져 치명적인 운명을 맞이하게 된 주인공이 등장한다. 이러한 공포, 즉 결과를 생각하지 않고 저지른 일로 인해 끔찍한 결과가 닥칠 수도 있다는 공포는 나의 인생을 송두리째 지배했다. 나 말고도 이 같은 공포심을 품고 사는 사람이 또 있을까? 그렇다. 분명히 있다.

내가 무서워하는 것은 또 있다. 나와 '전혀 상관없는' 무언가가 갑자기 나타나 나의 인생을 좌지우지하지 않을까 하는 공포다. 마찬가지로 이 같은 공포심을 품고 살아가는 사람은 비단 나 혼자만이 아닐 것이다. 운 좋게도 작가라면 누구나 이러한 신경증을 글쓰기에 쏟아부을 수 있다. 나도 그랬다.

뛰어난 괴물이란 독자에게 공포심을 불러일으키는 괴물이다. 작가는 무엇이 사람들을 두렵게 만드는지 알고 있어야 한다. 단지 거미라든가 성형수술을 과도하게 받은 여자만으로는 부족하다. 작가는 우리 자신도 미처 깨닫지 못한, 우리 안에서 침묵하고 있는 공포심을 인지해야 한다.

카를 G. 융은 《무의식의 심리에 대하여On the Psychology of the Unconscious》에서 이렇게 썼다. "자신의 내면에 어두운 면, 단지 사소한 약점이나 결점이 뭉친 게 아니라 분명히 악마적인 힘으로 이루어진 어두운 면이 존재한다는 자각은 우리를 두렵게 만든다. …… 전혀 해롭지 않은 이들이 집단을 이루면 갑자기 사납게 날뛰는 괴물이 모습을 드러낸다."

"우리를 두렵게 만든다." 바로 여기에 이야기가 존재한다. 지극히 평범하고 이성적인 자아는 내면의 악마를 두려워한다. 자신 안에 존재하는 어두운 면을 솔직하고 냉정하게 응시하기 위해서는 자기비판을 떨쳐내려는 의지와 용기가 필요하다. 괴물을 창작하기 위해서 작가는 내면의 악마와 마주해야 한다. 자신의 내면에 있는 욕망이나 분노, 단순한 살인 충동에 풍덩 뛰어들어라. 그다음 내면의 악마가 나를 지배할 것 같다는 두려움을 절반으로 나누어라. 그리고 그 두려움을 각각 주인공과 괴물로 분리하라. 그러면 이야기를 만든 것이다.

작가는 괴물이 어떤 형태로 나타나는지 살펴봐야 한다. 괴물은 어떤 모습을 하고 있는가? 나는 처음으로 읽은 무서운 이야기를 여전히 생생하게 기억하고 있다. 그 후로 오랜 세월이 지났을뿐더러 다양한 괴물 이야기를 수두룩하게 읽었지만, 여전히 나는 가장 단순하고 친숙한 사물이 가장 무시무시한 존재가 될 수도 있다는 점에 감탄한다. 이는 내가 만든 '무서운 것들' 목록에 속한다. 여기에서 그 목록 중 몇 가지 항목을 소개하겠다.

낯선 존재

이 항목에는 인간과 다른 모습을 하고, 다른 방식으로 움직이는 존재들이 포함된다. 이를테면 〈에이리언〉의 괴물이다. 이 괴물은 우리와 다른 모습이며 다른 방식으로 소통하고 번식한다. 변칙적인, 전혀 뜻밖의 존재다.

보이지 않는 존재

정상적인 시력을 지닌 사람들은 시각적인 단서를 통해 현실을 인식한다. 무언가 보이지 않는 존재의 소리를 듣는 일은 커다란 공포감을 불러일으킨다.

통제할 수 없는 상황

여기에는 괴물이 강한 힘이나 초능력을 가지고 있어 인간의 힘으로는 통제할 수 없는 상황, 혹은 인간이 다른 존재에게 조종되거나 속아 넘어가는 상황이 포함된다.

실수로 인해 목숨이 위험한 상황

어쩌다가 다른 사람의 목숨을 위협하는 존재를 만드는 상황이다. 〈프랑켄슈타인〉에서 프랑켄슈타인이 괴물을 창조하는 일이나 〈그렘린Gremlins〉에서 그렘린이 물에 젖어버리는 일, 〈쥬라기 공원〉에서 복제한 공룡이 우리 밖으로 탈출하도록 방치하는 일이 여기에 속한다.

친숙한 무언가가 이상하게 변하는 일

현실의 규칙에 어긋나는 현상이 나타난다. 아기의 장난감이 갑자기 말을 하고 걸어 다니더니 살인을 저지른다. 자동차가 마음을 지니게 된다. 그림자가 자기 의지대로 움직이면서 그림자를 건드리는 이들을 자연연소시킨다.

마지막으로 위험한 상황을 만들어내야 한다. 무엇이 위험에 처해 있는가? 죽음과 상실은 언제나 훌륭한 동기 부여가 된다. 죽음과 상실에는 온갖 형태가 있다. 제정신을 잃을 수도 있다. 정체성을 상실할 수도 있다. 주위 사람들이 모두 사라질 수도 있다. 사랑하는 사람을 잃을 수도 있다. 이 중 한 가지를 골라도 좋고 자기 자신만의 '차라리 죽는 게 나은 삶의 모습'을 만들어도 좋다.

독자에게 위험을 납득시키려면 '붉은 셔츠'가 필요하다. 스타트렉의 애청자라면 이 말이 무슨 뜻인지 알 것이다. 모르는 이들을 위해 위키피디아에 나온 '붉은 셔츠'의 정의를 인용한다. "소설이나 영화에서 등장한 지 얼마 되지 않아 죽음을 맞이하는 인물. 〈스타트렉〉시리즈의 애청자들이 고안한 용어로, 스타플릿(우주 함대)에서 붉은색 셔츠를 입는 보안부서의 승무원들이 에피소드 중 자주 죽음을 맞이한 데서 유래한다. '붉은 셔츠'의 죽음은 흔히 주인공이 마주하고 있는 잠재적인 위험을 극적으로 강조하기 위해 사용한다."

또한 "피를 흘리면 성공한다."는 법칙을 적용하길 두려워하지 마라. 이는 독자에게 위험을 진정으로 납득시킬 수 있는 좋은 방법이다.

실전연습

---

1. 자신을 두렵고 불안하고 동요하게 만드는 것들의 목록을 작성한다. 자신의 두려움을 발견하라.

2. 그 두려움을 특정 형태에 실어 표현하라.

a. 집에 있는 친숙하고 '안전한' 사물 또는 생물을 한 가지 고른다. 믹서기, 프린터, 식물, 동물, 혹은 사랑하는 가족이어도 좋다. 어떤 것이든 무해하고 안전해 보이는 것일수록 좋다. 칼이 위험하다는 사실은 누구나 알고 있다. 하지만 햄스터라면 어떨까?

b. 평범한 현실 속에서 벗어난 무언가를 창조하라. 어디서나 사용되는 뱀파이

어나 늑대인간, 좀비 등의 비유는 피하라.

3. 위기 상황, 위험 상황을 고른다.

4. 주인공이 무언가가 잘못되었다는 사실을 어떻게 처음 알게 되는지, 그리고 어떻게 위험과 맞서 싸우거나 도망치려 하는지 이야기를 만들어 단편으로 완성한다. '붉은 셔츠'를 한두 개 넣어 독자가 불안한 마음을 추스르지 못하는 상태에서 이야기가 끝나게 한다. 즉 주인공이 이기지 못하게 만든다.

사람들을 겁에 질리게 만드는 11가지

· 크리스틴 콘래트

나는 아주 어릴 적부터 오싹한 기분이 드는 것이라면 무엇이든 다 좋아했다. 가장 좋아하는 공휴일은 물론 할로윈이었다. 할로윈은 섬뜩한 모습을 한 나의 또 다른 자아를 자유롭게 할 수 있는 유일한 날이었기 때문이다. 사악한 마녀라든가 뱀파이어라든가 프랑켄슈타인의 신부 말이다. 어느 해에는 치어리더의 시체로 분장하고 싶었다. 마치 죽은 사람처럼 창백하게 보이려고 푸르스름한 납빛으로 피부를 칠하고, 목에는 깊게 난 상처에 피가 쏟아져 나오는 모습의 분장을 할 생각이었다. 하지만 엄마가 너무 무시무시해 보일 거라며 말렸다. 참으로 아쉬운 일이었다.

그 뒤로도 나는 그다지 달라지지 않았다. 여전히 무시무시하고 섬뜩하고 소름이 끼칠 만큼 괴이하고 기묘한 것들을 좋아했다. 나는 무서운 장면을 쓸 때면 오싹한 것들에 대한 어린 시절의 열정을 되살리려고 노력한다. 하지만 진정으로 무서운 무언가를 생각해내 기란 언제나 쉬운 일이 아니다. 나의 경험에 따르면, 손가락 하나 도 까딱할 수 없을 만큼 무서운 공포를 좀처럼 떠올릴 수 없을 때 에는 공포의 속성, 즉 무엇이 우리를 진정으로 겁에 질리게 만드는 지 되짚어보는 게 도움이 된다.

내가 정리한 바에 의하면, 사람들이 일반적으로 무섭게 여기는 것들은 열한 가지다. 나는 이를 '공포심을 만드는 열한 가지 법칙' 이라고 부른다. 지금부터 이 법칙들을 소개하겠다.

고통

감정적 혹은 신체적 고통을 견디는 일은 공포심을 일으킨다. 고 문에는 바로 이러한 전제가 깔려 있다. 군대에서는 포로를 심문하 기 전에 고통에 찬 비명 소리가 담긴 녹음테이프를 튼다고 한다. 그러면 포로는 또 다른 포로가 비명을 지르고 있다고 믿고 그가 겪 고 있을 고통을 상상하기 시작한다. 상상으로 인해 공포심에 사로 잡힌 포로는 이내 순순히 자백한다. 영화 〈쏘우Saw〉는 공포심을 불 러일으키는 첫 번째 원칙으로 고통을 이용하면서 관객에게 이렇게 묻는다. "당신은 목숨을 구하기 위해 자신의 발을 톱으로 잘라낼 수 있는가?"

죽음

인간은 대개 죽음을 두려워하며 그중 대다수는 죽는다는 생각만으로도 움츠러든다. 모든 종교에는 사후 세계에 대한 신앙이 존재한다. 죽음을 직면한 사람이나 사랑하는 존재를 잃은 사람은 영원한 생명이나 윤회 사상으로 마음의 위안을 얻는 경우가 많다. 영화 〈데스티네이션Final Destination〉은 죽을 수밖에 없는 운명에 놓인 사람들을 이야기한다.

흉측한 외모

흔히 추하고 흉한 외모는 악, 그리고 사회적 소외와 관련이 있다. 마녀, 괴물, 악령은 흔히 추악한 외모로 묘사된다. 악한 존재는 선천적으로 흉측한 모습을 하고 있기도 하고(〈나이트메어〉의 프레디 크루거) 괴기스러운 가면 뒤에 모습을 숨기고 있기도 하다.(〈할로윈 Holloween〉의 마이클 메이어스)

복수

인간은 본능적으로 복수를 갈망하며, 복수는 종종 정당한 행동으로 인정받는다. (딸이 어느 남자에게 성적 학대를 당하는 광경을 목격한 아버지가 그 남자를 죽을 만큼 두들겨 패는 모습을 상상해 보라.) 우리가 저지른 악행이 끔찍한 복수를 불러올 수 있다는 생각은 공포심을 일으킨다.

악의 세력

통제 불가능한 악의 세력은 공포 영화의 단골 소재다. 〈악마의 씨〉, 〈폴터가이스트Poltergeist〉, 〈아미티빌 호러The Amityville Horror〉 는 모두 악의 세력에 인물들이 전혀 대항하지 못하는 상황을 그리 며 관객을 공포로 몰아넣는다

상실

작품 속 인물은 흔히 사랑하는 존재가 살해를 당하거나 납치를 당한 후 행동에 나선다. 인간은 누구나 주위 사람들과 유대감을 형 성하기 마련이며, 상대와의 유대감이 강하면 강할수록 그를 잃을 까 봐 두려워한다.

유기 또는 고립

무시무시한 존재와 마주하는 일은 다른 사람과 함께일 때보다 혼자일 때 한층 더 두렵게 느껴진다. (〈오픈 워터Open Water〉에서 수면 위로 올라온 잠수부들이 배가 이미 자신들을 두고 떠났다는 사실을 알게 되는 순 간을 떠올려보라.) 인간은 누구나 본능적으로 교류할 상대를 찾기 마 련이다. 혼자 남겨지는 것을 좋아하지 않는다. 바로 그러한 까닭에 책과 영화 속에서 사악한 존재는 대개 홀로 살아가는 모습으로 등 장한다. 이때 독자와 관객은 홀로 있고 싶은 욕구를 비정상적이며 섬뜩하다고 인식한다.

미지의 존재

인간은 흔히 눈에 보이지 않는 존재, 이해할 수 없는 존재를 위험하다고 인식한다. 그래서 (상대방의 정체를 알 수 없으므로) 가면과 변장을 무섭다고 느끼고 (무시무시한 존재가 가까이 있어도 알아채지 못할 수 있으므로) 어둠을 불안하게 여긴다.

지옥

지옥은 고통을 상징한다. 또한 지극히 사악하고 강한 존재인 사탄이 사는 곳이기도 하다. 지옥에는 시간과 공간에 대한 개념이 존재하지 않는다. 기독교인에게 지옥은 영원히 죗값을 치르는 장소다. 지옥에 대한 믿음과 두려움은 수천 년 동안 사람들에게 도덕적 행동을 강제하는 수단으로 사용되어왔다.

인간으로서의 한계

우리는 인간으로서 자신의 한계를 두려워한다. 공포 영화와 공포 소설은 이 점을 십분 이용한다. 영화와 소설에 등장하는 무서운 존재는 거의 대부분 인간의 한계를 뛰어넘는 능력을 지닌다. 뱀파이어는 불멸의 존재이며, 유령은 눈에 보이지 않으며, 마녀는 주문을 이용할 줄 알고, 늑대인간은 초인적인 힘을 지닌다.

인간 내면의 사악함

"피를 흘리면 성공한다."는 말이 맞아떨어지는 데에는 그만한 이유가 있다. 인간은 도덕규범으로 스스로를 제어하며, 이를 따르지 않는 타인을 두려워한다. 다른 이를 고문하고, 살해하고, 인육을 먹는 등 평범한 사람들이 결코 생각하지 못하는 일을 태연히 해치우는 연쇄 살인마는 인간의 본성 깊숙이 어딘가에 그러한 능력이 묻혀 있으며, 인간이라면 누구나 그런 짓을 저지를 수 있다는 불편한 진실을 일깨운다.

이 열한 가지 법칙은 성공한 공포 영화와 공포 소설에 어김없이 등장한다. 지금부터 〈타임Time〉이 선정한 '최고의 공포 영화 25편' 중 〈엑소시스트〉, 〈캐리〉, 〈죠스〉 이 세 편에서 각각 어떤 법칙들이 사용되었는지 살펴보도록 하자.

〈엑소시스트〉에서 어린 소녀 레건은 악령에게 몸을 빼앗긴다. 레건의 어머니가 딸을 되찾을 수 있는 유일한 희망은 엑소시즘(귀신을 쫓는 의식)뿐이다. 이 영화에 사용된 공포심을 만드는 법칙은 '흉측한 외모'(레건의 얼굴에 종기가 돋아나고 몸은 보기 흉하게 뒤틀린다), '상실'(어머니는 악령에게 사랑하는 딸을 빼앗긴다), '악의 세력'(악령이 소녀의 몸을 빼앗는다), '인간으로서의 한계'(한낱 인간에 불과한 가톨릭 신부가 어떻게 전능한 악령을 물리칠 수 있는가?), '죽음'(악령은 사람의 목숨을 빼앗을 수 있다), '미지의 존재'(악령은 왜 순수한 어린 소녀를 선택했는가?)이다.

〈캐리〉의 주인공은 몇 년 동안 괴롭힘을 당해온 십대 소녀다. 그녀는 자신에게 염력이 있다는 사실을 알게 되고 그 힘을 사용해 졸업 파티를 엉망으로 만든다. 이 영화에 사용된 공포심을 만드는 법칙은 '죽음'(캐리는 자신을 괴롭히던 학생들을 죽인다), '복수'(캐리의 행동은 자신을 괴롭히던 사람들에 대한 복수다), '악의 세력'(캐리는 초자연적 능력을 지니고 있다), '미지의 존재'(상황이 악화될 때까지 아무도 캐리의 능력을 알아채지 못한다), '인간으로서의 한계'(캐리를 막을 수 있는 방도가 없다), '인간 내면의 사악함'(학생들은 캐리에게 수치심을 주기 위해 어떤 짓을 하려 했는가? 캐리는 복수하기 위해 학생들에게 어떤 짓을 하려 하는가?)이다.

〈죠스〉에서는 거대한 상어가 어느 해변가 마을을 습격한다. 이 영화에서 사용된 공포심을 만드는 법칙은 '고통'(상어에게 물리면 고통스럽다), '죽음'(상어는 사람을 죽일 수 있으며 실제로 죽이기도 한다), '흉측한 외모'(상어에게 물려 사람들이 팔다리를 잃는다), '악의 세력'(주인공 퀸트의 말에 따르면, 상어는 영혼이 결핍되었음을 나타내는 '생명이 없는 검은 눈'을 하고 있다), '상실'(주변 사람과 애완동물이 상어에게 잡아먹힌다), '유기 또는 고립'(혼자만 살아남는다면 어떻게 될 것인가?), '미지의 존재'(바다에서 수영을 하는 사람들은 수면 아래에 무엇이 있는지 보지 못한다), '인간으로서의 한계'(어떻게 물속에서 인간이 거대한 상어로부터 헤엄쳐 도망칠 수 있는가?)이다.

나는 공포 영화 시나리오를 쓰다가 착상 때문에 고심하게 되면 매번 이 열한 가지 법칙의 목록을 되짚으며 이야기 속에서 이 법칙들이 어떻게 표현되고 있는지(표현될 예정인지) 따져본다.

자신이 좋아하는 공포 영화나 공포 소설, 혹은 앞으로 쓰고 싶은 독창적 착상에 대해 생각한다. 여기에 공포심을 만드는 열한 가지 법칙 중 몇 가지가 들어 있는 가? 들어 있지 않은 법칙들을 추가로 녹여낼 수 있는 착상을 몇 가지 궁리해 적는 다. 법칙을 많이 넣을수록 이야기는 한층 더 무서워진다.

예상치 못한 전개를 쓰는 법

· 랜스 머즈매니언

자기 자신을 죽여라. 이건 전혀 예상하지 못했을 것이다. 그렇지 않은가? 나는 영화 시나리오 작가들이 이야기를 만들고, 대사를 쓰고, 인물과 배경을 창작하는 데에서 가장 중요한 것이 바로 독창성이라고 믿는다. 물론 "하늘 아래 새로운 것은 없다."는 말은 나도 알고 있다. 하지만 독창적인 언어와 세계관을 찾는 과정에서 우리는 흔히 이전에 아무도 결합할 생각을 하지 못한 단어들 혹은 착상들을 발견하기도 한다. 예를 들어 설명하겠다.

시나리오 속에 2013년형 페라리 F12 베를리네타가 등장한다고 치자. 차는 물론 은색이다. 페라리는 평범한 거리를 지나 평범한 교차로에 다가선다. 신호등은 초록이다. 이탈리아산 초고성능 자동차는 좌회전하고 우회전한 다음 직진하다가 유턴해서 다시 돌아오는가, 혹은 그저 멈춰 서는가? 그 어느 쪽도 아니다. 페라리는 속도를 내어 교차로를 가로지르는 순간 갑자기 하늘로 솟아오른다. 그리고 사라진다. 전혀 예상치 못한 일이다. 그렇지 않은가?

다시 강조하겠다. 이는 예시일 뿐이다. 이 예시 그대로 〈백 투 더 퓨처〉나 〈블레이드 러너〉를 따라하라는 뜻이 아니다. 이는 단지 관객이 전혀 예측하지 못하는 광경을 보여주라는 말을 뒷받침하기 위한 보기일 뿐이다. 이와 같은 예는 대화나 인물 선택, 장면 전환, 장소, 그 밖의 모든 요소에 적용될 수 있다.

물론 그저 예상치 못한 것만 노린 나머지 한쪽은 초록색이고 다른 한쪽은 거울이 달린, 누덕누덕 기운 듯한 키메라 같은 것을 조립해낸다면 이는 영화적 맥락에 어긋날 뿐만 아니라 그 어떤 영화적 현실과도 맞아떨어지지 않을 것이다. 에리카 종Erica Jong의 소설 속에 억지로 집어넣은 닥터 수스처럼 정신이 나가 보일 게 뻔하다.

그러므로 여기에서의 요령은 독창적인 착상을 고안하면서도 이를 친숙하고 분별 있고 안전한 지대에서 벗어나지 않게 하는 것이다. SF나 공포 외의 장르를 쓰는 작가라면 특히 주의해야 한다. 이는 실제로 아주 까다로운 작업이다.

모든 요소를 고려할 때 이러한 독창적 결합 작업을 가장 잘하는 감독으로는 쿠엔틴 타란티노, 찰리 코프먼, 그리고 코엔 형제를 꼽을 수 있다. 이 감독들의 영화와 글 속에서 우리는 살짝 초점이 나간 렌즈를 통해 세상을 훔쳐본다. 대부분 이 렌즈는 아주 훌륭하게 작동한다. 이 감독들이 지나간 자리에는 그들의 독창성(혹은 독창적

재구성)을 모방하는 이들이 줄지어 나타난다.

위에서 언급한 페라리가 난데없이 우리 집 거실에 들이닥친다고 상상해 보자. 차가 거실로 들이닥친 순간 우리는 어떻게 반응하는가? 어떤 행동을 하는가? 첫 번째로 본능적이고 예측 가능한 반응들을 생각하라. 그리고 기록하라.

이제 달리 생각해본다. 차가 들이닥친 순간 시간을 잠시 멈추게 만든 뒤 그 다음에 취할 '다른' 행동에 대해 판단할 시간이 몇 초 정도 있다고 상상한다. 그 행동을 하라. 기록하라. 이 행동은 당연히 첫 번째의 본능적 행동과 달라야 한다.

그다음 다시 시간을 멈추고 생각한다. 이 아름다운 은빛 페라리가 난데없이 소파 옆의 벽에서 불쑥 나타난다면 우리가 취할 수 있는 또 다른(세 번째) 행동은 무엇일까? 기록하라. 어쩌면 잠시 쓰기를 멈추고 생각을 쥐어짜야 할지도 모른다. 이러한 상황에서 할 법한 반응이 많아봤자 얼마나 많단 말인가?

좋다. 이제 우리가 할 법한 세 가지 행동을 생각해냈다. 한 가지, 두 가지, 세 가지다. 이제 이것들을 네 가지로 만들자.

네 번째로 생각한 행동은 아마도 실제로 일어나지 않거나 실행되지 못할 일일 가능성이 높다. 그리고 물론 독자들이 가장 예상치 못한 행동일 것이다.

왜 이토록 깊이 파고드는 수고를 해야 하는가? 예측 가능한 것, 클리셰는 언제나 나쁘기 때문이다. 그리고 가장 뛰어난 작가들조차 첫 번째 생각에서는 원고에 쓸 수 없는 글과 착상을 창작할 때가 많기 때문이다.

긴장감 있는 이야기

첫 번째 생각에서 네 단계를 나아가는 과정을 거치는 것만으로도 모든 비전문가적 특징을 글에서 지울 수 있을 때가 있다. 시간을 들여 이를 연습하면 습관이 되어 거의 즉각적으로 이루어지는 자가 편집에 가까워진다.

이제 가장 중요한 핵심이다. 이 연습을 장면과 인물 설정, 대사와 반응, 그 밖의 모든 것에 적용하라.

이 연습을 글쓰기의 '네 모퉁이 원칙'이라 부르자. 첫 번째 모퉁이는 일상적이고 뻔한, '본능적인' 선택이다. 두 번째 모퉁이에서는 독창성의 영역으로 한 발짝 들어선다. 세 번째 모퉁이는 '광산으로 들어가는 길목'이다. 네 번째 모퉁이는 바로 여왕이 사는 곳이다. 내가 네 번째 모퉁이까지만 언급했다고 해서 다섯 번째, 여섯 번째, 일곱 번째, 여덟 번째 모퉁이로 가는 일을 멈출 필요는 없다.

한 가지만은 분명하게 짚고 넘어가려 한다. 위와 같은 이야기를 했다고 해서 의식의 흐름을 통해 창작된 첫 단어, 첫 번째 착상이 훌륭하지 않다는 뜻은 절대 아니다. 처음의 생각에서도 훌륭한 착상이 나올 수 있다. 다만 그렇지 않을 수도 있을 뿐이다.

작가로서 우리가 하는 첫 번째 선택은 가장 약한 것일 가능성이 높다. 어떤 작가들에게는 불쾌한 냄새가 나는 통속적 요소와 진부하기 짝이 없는 아침 드라마 같은 요소를 날려줄 뛰어난 편집자와 동료들이 곁에 있다. 이들은 작가가 더욱 흥미로운 선택을 향해 멀리 나아가도록 밀어붙인다. 하지만 어떤 작가에게는 편집자도, 에이전트도, 동료도 없다. 이 연습은 그런 작가를 위한 것이다.

자, 이제 앞으로!

놀라움의 요소를 찾는 법

· 스콧 루벤스타인

1988년의 일이다. 나는 〈스타트렉: 넥스트 제너레이션〉의 책임 제작자인 모리스 헐리를 쳐다보고 있었다. 나의 얼굴에는 미소가 퍼져 있었다. 방송 역사상 가장 혁신적인 이 TV 드라마 시리즈에 함께 글을 쓰던 동료와 작가로 합류하려는 참이었다.

나는 SF를 사랑하는 가정에서 성장했다. 아주 오랫동안 SF 소설가인 에드거 R. 버로스Edgar R. Burroughs와 레이 브래드버리가 나의 친척이라고 생각하며 자랐다. 어떤 면에서는 친척이라고 할 만했다. 가족 중 누군가는 항상 '존 카터John Carter of Mars' 시리즈를 읽고 있었고, 어머니는 《화성 연대기》에 푹 빠져 있었다.

놀라움은 '경이감, 무언가 뜻밖의 일에 대해 경악하거나 두근거리는 마음'을 뜻한다. 이 정의는 〈스타트렉: 넥스트 제너레이션〉을 묘사하는 완벽한 표현이기도 하다. 이 시리즈는 24세기를 배경으로 펼쳐지기 때문에 반드시 놀라움으로 가득 차 있어야만 한다. 하지만 불운하게도 지금 여기에서 이야기할 첫 번째 놀라움은 20세기를 배경으로 하고 있다.

〈스타트렉: 넥스트 제너레이션〉의 제작진과 회의를 하기 며칠 전이었다. 에이전트에게서 연락이 오길, 제작진이 나와 동료를 마음에 들어 하기 때문에 회의 전에 아무것도 준비할 필요가 없다고 했다. 우리는 그저 회의에 얼굴을 비추고 우리가 그렇게 이상한 별종은 아니라는 사실을 보여주기만 하면 되었다. 우리도 우리가 평범하게 행동할 줄 알았다. 우리는 회의에 참석했고 20분 동안은 평범하게 굴었다. 그때 제작진이 우리가 왜 그 회의에 와 있는지 물었다. 나는 깜짝 놀랐다.

나는 우리가 작가로 합류하기 위해 왔다고 설명했다. 제작자는 대답했다. "아닙니다." 이 시리즈는 각본을 쓰기 아주 어려운 프로그램이며 어느 누구도 각본을 쓰지 않고는 작가진이 될 수 없다는 것이다. 우리에게 무슨 착상이 있는가? 나는 더 크게 놀랄 수밖에 없었다.

그때 내게 가장 먼저 떠오른 생각은 빨리 친구들과 친척들에게 전화를 돌려 우리가 〈스타트렉: 넥스트 제너레이션〉의 대본을 쓰지 못하게 되었다는 사실을 알려야겠다는 것이었다. 에이전트를 죽여버리겠다는 생각도 들었다. 그때 나는 작가이자 인간으로서 내가 쌓아온 실력을 발휘해 무언가를 보여줘야만 했다. 그것도 아주 빨리.

그다음 순간 회의실에서 무슨 일이 벌어졌는지 말하기 전에 내가 그때까지 살아오면서 놀라움에 대해 무엇을 배웠는지부터 이야기하도록 하겠다. 놀라움은 언제나 나의 무기였다. 나는 아주 어릴 때부터 이 기술을 습득했다. 나는 가장 똑똑한 학생이 아니었다. 가장 얼굴이 잘생긴 학생도 아니었다. 나를 제외한 모든 친구가 그 영예를 나누어 갖고 있는 듯 보였다. 작가가 되기 위한 첫 번째 교훈이다. 다른 데 자신이 없을수록, 할 수 있는 농담이 더 많을수록, 즉 현실을 뜻밖의 놀라운 방식으로 다시 재구성할 수 있는 착상을 많이 가지고 있을수록 작가로서 성공할 가능성이 높아진다. 영화계에서나 문학계에서나 착상을 팔고자 할 때 유머가 중요한 요소라면, 놀라움은 필수 요소다. 또한 이 세상에는 이미 수십억 개의 착상이 쏟아져 나와 있기 때문에 놀라움을 잘 활용해 자신의 착상을 독창적으로 만드는 일이 아주 중요하다. 때로는 자기 자신조차 놀라게 만들어야 한다. 관객과 독자는 그 뒤를 따라올 것이다. 내가 인생에서 습득한 이 비결은 글쓰기에 도움이 되었다. 하지만 아무것도 준비해놓지 않으면 자칫 노도 없이, 심지어 배도 없이 똥물이 가득한 만에 갇힐 수 있다는 사실을 명심해야 했다.

그리고 여기 인생의 전환점이 될 만한 제작진과의 회의에서 동료와 나는 24세기적 궁지에 몰려 있었다. 작가진과 제작진이 우리가 어떤 착상을 준비했는지 궁금해하고 있는 상황에서 우리는 에

이전트에게 "아무것도 준비할 필요가 없다"는 이야기밖에 들은 것이 없었던 것이다.

그래서 나는 싸움터에 나섰다. 젊은 소위 웨슬리가 처음으로 사랑에 빠진다. 나는 〈스타트렉〉에서 이미 웨슬리의 첫사랑을 다루었는지 확실하게 알 만큼 이 시리즈를 세세히 알지 못했다. 모든 시리즈에는 이 같은 부류의 에피소드가 있기 마련이지만 보통 우리 같은 신입 작가에게는 이런 에피소드를 맡기지 않는다. 운이 좋았던 덕분인지 제작진은 계속 이야기를 해 보라고 말했다. 제작진은 몸을 앞으로 내밀고 앉아 흥미로운 이야기가 나오기를 기다리고 있었다. 나는 잠재의식이 나를 돕기를 기도하면서 계속해서 이야기를 지어나갔다. 엔터프라이즈 호는 어느 행성의 젊은 여성 지도자를 고향 행성으로 데려갈 임무를 맡는다. 사람들은 모두 거기까지는 괜찮다는 것처럼 고개를 끄덕이고 있었다. (나의 동료조차 내가 무슨 이야기를 꾸며낼지 전혀 짐작하지 못했을 것이다.) 나는 여기에서 놀라움이 등장해야 한다고 느꼈다. 하긴 그곳에서 내가 무엇을 생각해내든 적어도 내게는 놀라운 일이 될 터였다. 그리고 나는 미소를 지었다. 그 여성 지도자는 사실 젊고 아름다운 인간형 로봇이다. 하지만 웨슬리는 놀랍게도 그녀가 스스로의 모습을 마음대로 바꾸는 종족이라는 사실을 발견한다. 순간 블랙홀처럼 느껴지는 정적이 흘렀다. 그다음 모든 사람이 만족스러워했고, 우리는 시리즈의 작가진에 합류해 작가 사무실을 차지할 수 있게 되었다.

이 연습법은 내가 가르치는 학생들에게 내주는 과제에다 내가 이용하는 개인적 과제를 더해 만들었다. 이 연습을 통해 자신의 잠재의식을 교묘히 속여 아직 개발되지 않은 금광에 도달하는 요령을 배울 수 있을 것이다.

1. 가장 먼저 다른 사람의 반응이나 자기 내면의 잔소리꾼에 귀 기울여 자신이 쓴 글에서 제대로 굴러가지 않는 부분을 찾는다. 글이 막혀버렸거나 무언가 뻔한 이야기, 피상적이며 속내가 훤히 들여다보이는 이야기를 썼을 수도 있다. 이 연습의 목적은 이 부분을 해결하고 넘어가는 것이다. 그러므로 자신이 쓴 시나리오나 소설 가운데 두 쪽에서 다섯 쪽 분량의 장면을 하나 고른 다음 이 부분을 새로운 파일에 저장하거나 출력한다. 우리는 이 장면을 창조적 훈련소로 보낼 것이다.

2. 작품이 드라마라면 코미디로 바꾼다. 전력을 다해 그 장르답게 장면을 고쳐 쓴다. 코미디적 잠재력을 최대한 짜내라. 코미디라면 드라마로 고쳐 쓴다.
글에 내재된 드라마적 요소를 찾기 위해 문맥 안으로 깊이 파고들어라. 이제 다시 고쳐 쓴 장면을 읽어보자. 글의 어떤 부분이 놀랍게 느껴지는가? 잠재의식 속에서 이 글을 한층 새롭게 만들거나 깊이 파고들거나 확장하는 데 이용할 수 있는 것을 하나라도 찾아냈는가?

긴장감 있는 이야기

3. 이 장면을 계속 이용하거나 작품에서 다른 장면을 고른다. 글을 완전히 뒤집어 놀라움을 얻기 위해 다음에 소개하는 다양한 고쳐쓰기 방법을 시도한다. 창의력을 조종해 자기 자신마저 놀라게 만드는 방법이다.

   a. 전혀 다른 역사적 관점으로 이야기를 고쳐 쓴다. 24세기를 배경으로 펼쳐지는 SF 소설이라면 배경을 서부 시대 혹은 엘리자베스 여왕 시대로 옮긴다. 원래 이야기에 넣을 수 있을 만한 놀라움의 요소를 발견할 수 있는지 다시 살펴본다.

   b. 인물의 성별을 바꾼 다음 바뀐 성으로 그들이 하는 선택과 동기, 행동에 놀라운 점이 있는지 살펴본다.

   c. 작품의 한 장면 혹은 한 장을 고른 다음 이야기와 전혀 걸맞지 않는, 전혀 딴판의 장소를 찾는다. 그다음 장면 속에 등장하는 인물과 상황을 그 딴판의 장소로 옮긴다. 새로운 착상을 얻기 위해 계속 탐험한다.

놀라움은 관객의 관심을 사로잡는 데 항상 효과를 발휘한다. 우리가 의자에 달라붙어 앉아 계속 글을 쓰는 작가의 세계로 들어서게 된 것 또한 놀라움 덕분일 것이다.

묘사를 통해 생생한 공간을 만드는 법

· 릴리언 스튜어트 칼

오직 글이라는 수단에 의존하는 작가는 어떻게 독자의 마음속에 이미지를 형성하는가? 나는 어린 시절 할머니 댁의 거실 풍경을 다음과 같이 묘사했다. "돌출된 창이 있었고, 사막이 그려진 벽걸이 장식 천(이 장식 천의 주제는 '동방 박사 세 명'이었던 것으로 기억한다)이 걸려 있었고, 책장 네 개에 책이 가득 차서 넘칠 지경이었다. 카드놀이용 탁자에는 온갖 사전과 신문, 십자말풀이 책이 쌓여 있었다." 20세기에 지어진 집과 크리스마스 캐럴, 신문 이 모든 건 평범한 장면이다. 그러나 판타지나 SF 소설에 등장하는 장면들은 대개 평범하지 않다. 작가는 이러한 장면에서 눈에 띄는 모든 풍경과 냄새, 소리를 일일이 나열하고 싶은 충동을 느낀다. 그렇게 해서 독자가 스스로 어디 있는지 알게 만드는 것이다. 작가가 그 발밑의

천을 갑자기 빼버릴 수 있도록 말이다.

하워드 P. 러브크래프트는《크툴후의 부름The Call of Cthulhu》에서 작은 조각품의 모습을 이렇게 묘사한다. "무시무시하고 비정상적인 악의로 가득 찬 듯 보이는 이 물건은 비대하게 살이 찐 모습으로 받침돌 위에 사악한 자세로 웅크리고 있었다." 여기서 "비정상적인 악의"나 "사악한 자세로 웅크리고 있었다"는 표현에는 화자의 의견이 개입되어 있다. 보여주는 게 아니라 말을 하는 것이다. 러브크래프트는 한쪽 반에 걸쳐 형용사를 꾸역꾸역 채워 넣은 끝에 레이저 포인터를 휘두르는 강사처럼 보이기 시작한다.

존 R. 톨킨은《반지의 제왕》에서 반지 악령의 도시로 가는 길을 이렇게 묘사한다. "여기 길이 있다. 어슴푸레한 빛을 발하는 길은 계곡의 한복판을 흐르는 시내를 지나 구불구불 굽이치며 이어지다 도시의 문에 이른다." 여기서 "구불구불 굽이치다"라는 표현은 전체의 이미지를 고정시킨다. 반면 〈금지된 세계Forbidden Planet〉의 대사를 생각해 보자. 모비어스 박사는 크렐연구소의 사다리꼴 모양의 문과 인간의 신체에 맞춰 만들어진 문을 비교한 다음 나머지 디테일을 관객의 상상에 맡긴다.

레이 브래드버리는《화성 연대기The Martian Chronicles》에서 친숙한 이미지를 활용하는 한편, 외계라는 세계를 환기하기 위해 이를 가볍게 비튼다. "그들은 화성의 텅 빈 바닷가 근처에 크리스탈 기둥으로 지어진 집을 한 채 갖고 있었다. 매일 아침 K부인이 크리스탈 벽에서 자라난 황금 과일을 따 먹거나 한 줌의 자석 가루로 집을 청소하는 모습을 볼 수 있었다. 모든 먼지를 빨아들인 자석 가루는 뜨거운 바람에 날려 가버렸다. …… K씨가 자기 방에 틀어박혀 돌을새김한 상형문자로 쓴 책을 읽는 모습도 볼 수 있었다. 상형문자를 마치 하프를 타는 듯한 손길로 어루만지면 책에서 부드러운 고대의 목소리가 마치 노래하듯 피어올라 이야기를 들려주었다. 화성의 바다가 해안에서 피어오르던 붉은 증기였고, 고대의 인간이 금속 곤충과 전기 거미 떼를 이끌고 전투에 참가하던 시절의 이야기다."

나의 작품 중 시어도어 스터전 기념상Theodore Sturgeon Memorial Award 후보에 오른 단편 〈유쾌 궁전Pleasure Palace〉에서 장면 배경을 어떻게 설정했는지 예로 들어 소개한다. "바리나는 고개를 돌려 둥근 창밖을 내다보았다. 곳곳이 갈라지고 증기가 솟아오르는 이오의 지표면이 바리나의 눈앞에 펼쳐져 있었다. 어제 폭발한 화산 분출물은 이미 오렌지색으로 짙어지기 시작했다. 크롤러들은 시장에 팔기 위해 분출물 속의 광물을 채취하고 있을 터였다. 깃털처럼 너울거리는 불꽃이 멀리 지평선에서 굽이치며 별을 집어삼키고 있었다. 갈라진 지표의 깊은 곳에서 붉은 빛이 번득였다. 루시퍼가 부주의한 이들을 기다리고 있었다. 방랑자들의 발이 화산재로 가득한 용암 비탈에서 미끄러지기만을, 마그마 웅덩이의 끄트머리에선 크롤러의 발밑이 무너져 내리기만을 기다리고 있었다. 보스가 그린 중세의 지옥, 지옥에 떨어져 저주를 받은 이들의 울부짖음이 들릴 듯한 풍경이었다. 우리는 아니지, 바리나는 생각했다. 차라리

저주를 받았으면."

역사 소설과 현대 소설을 쓰는 애나 제이콥스Anna Jacobs는 어떤 장르에도 적용할 수 있는 적절한 예를 소개한다. 다음의 A와 B를 비교해 보자.

A: "골짜기가 둥그렇게 마을을 감싸 안고 강이 마을 한복판을 가로지르고 있었다. 골짜기를 둘러싼 언덕들은 온통 울창한 숲으로 뒤덮여 있었다. 여름이면 숲에 들꽃이 만발했다."

B: "주위 풍광에 매혹된 나머지 그녀는 차를 멈출 수밖에 없었다. 이토록 아름다운 마을일 거라고는 전혀 생각지 못했다. 거리는 널찍하고 정원은 꽃으로 가득했다. 광장에서는 사람들이 느긋하게 걸음을 옮기거나 멈춰 서서 잡담을 나누고 있었다. "여기에서 살았으면 좋겠다." 그녀는 혼잣말을 중얼거렸다. 발밑으로 흐르는 강물은 햇살을 받아 반짝였고 나무 사이로 산들바람이 불어왔다. 바람에 긴장감을 날려 보낸 듯 마음이 한결 가벼워졌다. 미소를 지으며 그녀는 다시 자동차로 돌아왔다. 이 마을은 그가 그녀를 찾을 마지막 장소였다. 가장 마지막 장소였다."

이제 글을 쓰러 가자.

1. 지금 글을 쓰고 있는 장소를 묘사하라.

책상이나 컴퓨터는 신경 쓰지 마라. 개성을 드러낼 수 있는 물건이 있는가?

2. 현실의 장소 중 하나를 묘사하라. 이를테면 좋아하는 휴가지 같은 곳이다.

스코틀랜드의 안개 낀 아침, 공기 중에 토탄을 태우는 냄새가 풍겨온다. 혹은 남해의 해변으로 파도가 철썩하고 밀려온다. 그곳에서 어떤 일이 누구에게 왜 일어나고 있는가? 정말 토탄을 태우는 냄새인가, 방화범이 불을 지른 집에서 피어나는 연기인가? 해변에 파도가 밀려오는 이유는 바다에서 잠수함이 부상하고 있기 때문이 아닌가? 풍경이라고 해서 항상 정적인 모습일 것이라고 생각하지 마라.

3. 같은 방법을 이용해 상상 속의 장소를 묘사한다.

시를 쓸 때와 마찬가지로 묘사를 할 때도 단어 하나하나가 중요하다. 구체적으로 묘사하라. 단지 그곳에 있는 것을 보여주는 단어가 아니라 관찰자의 느낌까지 전해줄 수 있는 강렬한 단어를 선택하라. 묘사 단락을 한 덩어리로 남겨두지 말고 이야기와 통합하라. 묘사를 통해 장면의 배경뿐만 아니라 인물, 그 인물의 동기까지 보여줘야 한다.

치밀한 액션을 만드는 법

· 존 스킵

나는 다른 점에서는 뛰어난 솜씨를 보이면서도 액션 장면 연출 법에 대해서는 아무것도 모르는 작가가 얼마나 많은지 항상 놀란 다. 액션 장면을 전혀 쓸 생각이 없다면 상관없다. 복합적이며 인 상적인 인물을 치밀하게 구성한 호화로운 플롯의 내러티브에 엮어 넣느라 몇 달을 고생한 후, 이제 가장 힘든 일은 끝났다고 생각할 수도 있다.

하지만 이야기 전체가 목표로 삼아 달려온 그 대단하고 흥미로 운 결말이 책에서 가장 재미없는 장면이 되어버렸다면 부디 여기 소개하는 '사람을 죽이는 법칙'에 대해 한번 생각해 보길 바란다.

액션 장면을 망치는 방법은 수두룩하다. 이 중 대부분은 속도감 부족, 액션과 무관한 디테일, 쓸데없는 대사, 전반적인 비현실성과 관련되어 있다. 현실의 삶에서 폭력과 조우한 적이 한 번이라도 있는 사람이라면 그 감각적 교전이 얼마나 강렬하며, 광적이며, 즉각적인지 알 것이다. 폭력의 기세에 휘말려 시야가 흐릿해지는 기분, 그리고 특정 순간이 얼마나 뚜렷하게 눈앞에 다가오는지도 알 것이다.

바로 이러한 이유 때문에 싸움 장면에 관한 영화 기술은 서로 주먹질을 하는 두 남자를 담는 평범한 와이드 숏에서 마치 보는 이가 현장에 있는 듯 느껴지는 오버 더 숄더 숏, 주먹과 얼굴 그리고 칼과 상처의 모습을 번갈아 보여주는 숏, 속도를 빠르게 했다가 아주 느리게 하는 효과에 이르기까지 거침없이 발전해왔다. 액션 장면에서는 책 속의 기술적 기교가 모두 이용된다고 보면 된다.

하지만 소설을 쓸 때에는 속도를 빠르게 하거나 느리게 할 수 있는 버튼도, 싸움이 벌어지는 피해 현장 속으로 들어가거나 빠져나올 수 있는 버튼도 없다. 액션 장면은 사건 중심의 글이며 사색적인 글이 아니다. 이 장면은 어떻게 속도를 조절하고 계획하는가에 달려 있다. 주의 깊게 고른 단어 외에 그 어떤 말도 덧붙이지 마라. 여백, 구두점, 세밀한 편집, 치밀하게 계산된 디테일, 그것뿐이다.

이 모든 요소를 가장 잘 보여주는 뛰어난 사례는 윌리엄 골드먼의 《히트Heat》에 나오는 장이다. (영국에서는 《날카로운 무기Edged Weapons》라는 제목으로 출간되었다.) 주인공은 다른 무기 없이 오직 신용카드 한 장으로 총으로 무장한 남자 두 명을 18초라는 아주 상세하게 묘사된 시간 동안 무찌른다. (내 기억으로는 아마 대략 한 문단마다 1

초썩 다루었을 것이다.) 가장 놀라운 액션 장면 중 하나로 손꼽히는 이 장은 다음 요소에 기반을 두고 있다.

1. 불필요한 것을 없앤, 즉 신체적 요소나 핵심에서 벗어나지 않는 추진력 있는 언어.

2. 감각적인 속도감. 읽는 사람이 머릿속에서 그 장면을 그리면서 "우와, 정말 이런 일이 있다면 실제로도 이와 똑같이 일어나겠다"라고 생각하게 되는, 치밀하게 계획한 매 순간의 움직임.

3. 오직 신체 능력으로만 예리하게 표현하는 심리와 정서. 옆으로 새지 않는다. 방백이나 회상이 끼어들지 않는다. 눈앞에 당면한 움직임에만 초점을 맞춘다.

왜냐하면 액션이란 바로 이런 식으로 이루어지기 때문이다. 액션이 벌어지는 한복판에 있다면 다른 어떤 것에 대해서도 생각할 수 없다.

액션 장면을 쓸 때에는 혼돈의 중심에 있는 인물 한 명, 혹은 시점을 이리저리 옮길 수 있는 인물 몇몇의 체험을 중심으로 이야기를 전개하도록 하라. 그리고 점차 위험이 커지면서 웅대한 대단원을 향해 나아가는 것이다. 만족스러운 클라이맥스만큼 중요한 것은 없다. 그리고 만족스러운 클라이맥스의 부재만큼 불만족스러운 것은 없다. 화자가 승리를 거두든, 끔찍한 죽음을 맞든 이야기에는 대단원의 장면이 있어야 한다. 그리고 그 장면은 반드시 나무랄 데가 없어야 한다.

그러므로 숙련된 솜씨로 상상력을 펼치는 것 이외에도 철저하게 준비를 하라. 무언가에 타격을 입히려 한다면 제대로 된 방식으로 타격을 입혀라. (그렇지 않으면 법의병리학을 환하게 꿰고 있는 별종들이 그 장면을 두고 연락을 해올 것이다. 현재 이 별종의 수는 엄청나게 많다.) 전통적인 파괴 도구(총, 자동차, 폭탄, 맨주먹 등)를 사용하려 한다면 폭력 사태에서 이러한 도구가 실제로 어떻게 작용하는지를 확인하라. 괴물을 등장시킨다면 좀더 표현을 자유롭게 할 수 있다. 하지만 괴물의 존재가 현실과 동떨어질수록 작가는 그 괴물이 입히는 피해를 한층 현실적이고 설득력 있게 표현해야 한다.

나는 내가 쓰는 책 대부분을 자극적인 액션 장면으로 시작할 때가 많다. 독자가 책을 계속 읽게 만드는 유인책인 셈이다. 책의 서두를 멋지게 열기 위해서 써야만 하는 글들이 있다. 독자의 마음을 정통으로 맞히는 표현이다. 혹은 얼굴을 맞히거나 영혼을 저격해도 좋다. 어디든 명중시키고 싶은 곳이라면 상관없다.

이렇게 난리법석을 떨며 책을 시작하는 부류의 작가든 아니든 간에 액션 장면을 쓰는 기술은 언제든지 유용하게 사용할 수 있다. 나는 대화를 포함한 거의 모든 장면을 액션 장면처럼 다룬다. 그렇게 하면 글이 날카로워지고, 추진력이 붙어 쓰기에도 즐겁고 읽기에도 재미있는 글이 된다.

자신이 잘 알고 있는 두 인물이 싸움을 벌이는 장면을 구성한다. 그 폭력 장면이 시작되기 전 두 사람 사이에 무슨 일이 있었는지에 대해 두세 쪽에 걸쳐 확실하게 밝힌다. (둘은 친구일 수도 있고, 적일 수도 있고, 포식자와 먹잇감일 수도 있고, 인간 혹은 다른 종족일 수도 있다. 그 관계를 어떻게 설정할지는 당신 마음이다.)

그다음 두세 쪽에 걸쳐 다른 요소를 다 제외하고 오직 액션만을 쓴다. 싸움이 시작되는 순간부터 둘 중 하나가 쓰러지는 순간까지 멈추지 않는다. 직감적으로 와 닿는 강렬한 단어에 모든 신경을 집중시킨다. 귀엽게 보이거나 시적으로 보일 때가 아니다. 그 시에 현실의 근육과 이빨이 있다면 모를까. 나는 짧고 툭툭 끊어지는 단어를 한 차례 던진 다음, 길게 이어지는 폭력적 의식의 흐름을 교차로 배치할 것을 권한다. 이 연습에서 가장 중요한 것은 리듬과 충격, 가속이다.

가장 중요한 핵심은 '액션은 인물'이라는 것이다. 궁지에 몰렸을 때 하는 행동을 통해 우리가 드러난다. 얼마나 용기가 있는가? 얼마나 역량이 있는가? 얼마나 겁을 먹었는가? 얼마나 각오가 부족한가? 우리가 누구든 그 순간 정체가 드러나게 된다.

덧붙여 조언을 하나 더 하자면, 자신이 싸움을 할 줄 모른다면 싸울 줄 아는 똑똑하고 화통한 사람들과 친교를 맺어라. 그다음 싸운 경험에 대해 사정없이 다그쳐 정보를 얻어내라. 할 수만 있다면 당신이 쓴 액션 장면을 시연해달라고 부탁하라. 결점을 찾아내고 한층 정확한 현실을 그려내기 위해서다. 그들을 가까이에서 관찰하라. 질문을 던져라. 말을 받아 적어라. 그러한 수고를 들인 일을 뿌듯하게 여기게 될 것이다.

마지막으로 한 가지 더. 흠뻑 빠져들어라! 진정한 흥분을 대체할 수 있는 것은 없다. 작가가 완전히 마음을 빼앗기지 않는다면 어느 누구도 마음을 빼앗기지 않을 것이다.

이제 가서 모두가 경탄할 만한 액션 장면을 재미있게 써라!

글이 늘어지지 않게 하는 법

· 잭 케첨

나에게 경제성은 뛰어난 글을 쓰기 위해 반드시 필요한 요소다. 특히 서스펜스 소설을 쓸 때나 이야기를 시작하는 도입부를 쓸 때 경제성은 아주 중요하다. 정보를 전달하는 설명 단락 따위는 무시하라. 정보와 설명은 나중에 이야기를 전개하면서 독자 몰래 조금씩 집어넣으면 된다. 지금 당장, 이야기를 시작하는 시점에서 작가가 바라는 건 독자가 책장을 계속 넘기는 것이다. 독자가 책 안으로 푹 빠져드는 것이다.

미국 범죄 소설의 대부인 엘모어 레너드Elmore Leonard는 어떻게 그토록 치밀하게 글을 쓰는지에 대해 질문을 받았을 때 다음과 같은 유명한 대답을 남겼다. "독자들이 건너뛰어 읽을 법한 부분을 아예 빼버립니다." 인물의 키나 몸무게, 머리카락 색이나 성기 크기 같은 요소가 이야기에서 인물에게 그리 중요하지 않다면 과감하게 모조리 빼라. 추리 소설 작가인 제임스 리 버크James Lee Burke나 퓰리처상 수상 작가인 코맥 매카시Cormac McCarthy 같은 작가의 몇몇 작품에서처럼 풍경이 이야기에서 중요한 역할을 하지 않는다면 풍경 묘사 또한 나중으로 미루어라.

시나리오 작가이자 소설가인 윌리엄 골드먼William Goldman은 작가들에게 "가능한 한 사건의 끝과 가까운 시점에서 장면을 시작하라"고 충고했다. 소설가 커트 보니것Kurt Vonnegut Jr. 또한 장면 쓰기에 대해 비슷한 말을 했다. 정말 좋은 충고다. 장면 묘사는 집어치우고 바로 핵심으로 들어가라. 다음은 나의 단편 소설 〈불량배Bully〉의 도입부다.

"그래서 그의 안에서 마개가 빠진 듯이 무언가 쏟아져 나오면서 그의 말을 막을 수도 없을 지경이 된 데다가 날씨 이야기와 가벼운 잡담은 어디론가 사라져버렸는지, 내가 그의 내면 안에 있는 무언가를 풀어주었나 싶기도 하고, 그는 자신이 20여 년 내내 이 문제에 대해 입을 다물고 있었다고 하는데, 내가 위스키를 한 잔 마시는 동안 그가 석 잔이나 들이켠 탓일 수도 있지만 나는 단순히 술에 취했기 때문은 아니라고 생각한다. 그는 자신이 누구인지, 그 이유가 무엇인지에 대해 말하고 있는 것이다."

이 단편은 인터뷰를 하는 기자 이야기다. 우리는 아직 '나'가 누구인지, '나'가 인터뷰 하는 대상이 누구인지 알 필요가 없다. '나'가 어디에 앉아 이야기를 하고 있는지, 이곳에 어떻게 왔는지, 이 남자에게 어떤 이야기를 듣고자 하는지 아직은 알 필요가 없다. 그런 내용은 나중에 나온다. 여기에서 중요한 것은 우리가 무언가 일이 벌어지는 '한복판'으로 뛰어들었다는 사실이다. 이것이 경제성이다.

문단 전체가 두 문장으로 구성되어 있다는 점을 눈여겨보자. 첫 문장은 끊어지지 않으며 길게 이어진다. 이 말은 곧 독자가 이 문단을 쉬지 않고 단숨에 읽는다는 뜻이다. 긴 문장과 짧은 문장이 단속적으로 이어지는 것은 서스펜스 소설 작법의 '시[詩]'다. 강약강의 운율이다. 앞의 단락을 내가 러키 매키Lucky McKee와 공동 집필한《그 여자The Woman》의 다음 단락과 비교해 보자.

"고통스럽다. 어깨부터 무릎까지 고통이 맥박처럼 퍼져나간다. 해안으로 파도가 치듯 고통이 그녀의 몸으로 밀려온다. 하지만 견뎌야만 하는 고통이다. 출산의 고통과 비할 바가 못 된다. 고통이 의미하는 바는 단 한 가지다. 바로 살아 있다는 것이다."

짧고 뚝뚝 끊어지고 어쩐지 불안감이 감도는 문장이다. 불완전 문장이다. 더듬거리는 말을 글로 옮긴 것 같은 문장이다. 바로 지금. 내가. 여기 쓰고 있는. 문장 같은.

이 두 단락의 공통점은 무엇인가? 두 가지 발췌문을 다시 한번 읽어보라.

두 단락 모두 인물과 관련된 정보로 가득 차 있다.

경제성이다.

1. 어떤 사건의 한복판에서 시작하는 도입부를 쓴다. 첫 문장에서부터 즉시 독자를 그 상황으로 끌어들일 수 있도록 주의를 기울여라. 그리고 이어지는 문단이 첫 문장의 기대치를 충족시키는지 확인하라. 이야기가 옆길로 새면 안 된다. 노래를 시작할 때다.

2. 짧고 뚝뚝 끊어지는 문장으로 도입부를 쓴다. 그다음 같은 단락을 긴 문장으로 다시 쓴다. 다른 작품의 도입부도 같은 방식으로 쓰되, 순서를 반대로 한다.

특정 요소를 제거해서 긴장감을 주는 법

· 램지 캠벨

올해로 작품을 출간하기 시작한 지 50주년을 맞았다. 이 말은 곧 내가 그동안 몇 가지 가치 있는 교훈을 배웠다는 것을 의미한다. (글쓰기에 착수하기 전에 적어도 책의 첫 문장만은 항상 완성해두어라. 떠오르는 착상을 기억할 수 있도록 공책이나 다른 도구를 항상 가지고 다녀라. 한창 작업하는 중에 작품이 마음에 차지 않더라도 언제나 다시 고쳐 쓸 수 있다는 사실을 기억하라…….)

나는 공포 소설을 쓰는 작가다. 하지만 여기서 내가 소개하는 방법 중 일부는 글쓰기 전반에 폭넓게 적용할 수 있으리라 생각한다. 내가 말하고 싶은 것은 단순하다. 글을 쓸 때 자신이 의존하는 요소를 찾은 다음, 그 요소를 빼고 글을 쓸 때 어떤 일이 일어나는지 관찰하라. 아주 단순하지만 이 방법은 나에게 단지 글쓰기 연습 이상의 의미를 지닌다. 지금부터 이 방법을 내가 어떻게 활용했는지 소개하겠다.

내가 처음 출간한 책은 하워드 P. 러브크래프트의 작품을 본보기 삼아 쓴 작품이다. 그렇게 책을 쓴 작가는 비단 나 혼자만이 아니었다. (이를테면 헨리 커트너Henry Kuttner와 로버트 블록Robert Bloch도 그랬다.) 모방으로 기교를 배우는 일은 부끄러워할 일이 아니다. 그 어떤 위대한 화가나 작곡가도 이와 같은 방식으로 기교를 익힌다.

내가 부끄럽게 생각하는 점은 러브크래프트의 수많은 작품 중에서도 가장 흉내 내기 쉬운 부분, 특히 그가 미사여구로 치장된 글을 쓸 무렵의 작품을 골라 따라했다는 사실이다. (실제로 러브크래프트의 걸작 중에는 차분하고 절제된 문체로 쓴 작품이 많다.) 그의 기법을 흉내 내어 쓴 책을 완성할 무렵, 나는 가능한 한 그의 문체와 가장 거리가 먼 문체를 이용해 글을 하나 써보기로 결심했다. 오직 중립적인 단어만을 사용하고(무언가를 암시하는 단어 없이, 형용사를 최대한으로 줄이면서) 내러티브를 오직 대화로만 한정하면서 꼭 필요한 행동만 묘사하는 방식이다. 하지만 그렇게 완성한 이야기는 내 젊음의 무지를 은연중에 드러냈다. 당시 열여섯 살이었던 나는 아직 사람을 관찰하는 법을 배우지 못했다. 그래서 작품 속 인물이 마치 낡은 시골집을 배경으로 하는 미스터리 소설에서 나온 사람처럼 보였다. 가끔은 작품을 제대로 쓸 만큼 실력이 쌓일 때까지 기다리기도 해야 한다.

열일곱 살 때 나는 《롤리타》를 읽고 블라디미르 나보코프의 자극적인 언어와 사랑에 빠졌다. 나는 여전히 나보코프의 영향에서 벗어나지 못하고 있지만, 그 당시 나의 문체는 지나칠 만큼 바로크적 성향을 띠었다. 결국 이 문제를 극복하기 위해 나는 글의 뼈대만을 추리는 문체로 글을 쓰기 시작했다. 그렇게 작품을 쓰면서 나는 인물 간의 관계에 집중하는 법과 글을 명료하게 표현하는 법을 익힐 수 있었다.

나는 여기에서 밝혀둔다. 자유자재로 다룰 수 있는 문체가 다양할수록 작가는 작품을 한층 더 유창하게 표현할 수 있다. 이를테면 어린이 화자의 순진한 목소리는 불안감을 아주 강렬하게 전달할 수 있다. 무언가 누락되거나 왜곡되었다는 불안감이다. 이 점을 가장 잘 보여주는 훌륭한 사례는 아서 매켄Arthur Machen의 《흰 사람들The White People》이다.

내가 쓴 이야기에는 대부분 강렬한 시각적 요소가 등장한다. 표현만으로 그 광경이 눈앞에 생생하게 펼쳐지는 장면들 말이다. 그러나 두어 편의 단편에서 이 습관을 완전히 배제한 채 글을 써보았는데 별다른 문제가 없었다. 〈듣는 것이 믿는 것Hearing Is Believing〉에서는 불가사의한 침입이 오직 청각적인 요소로만 발생한다. 그리고 또 다른 단편에서는 주인공이 다양한 이미지를 목격하고 있는 듯한 장면이 등장하지만 사실은 그렇지 않다. 이 방식은 내러티브 창작 요령에 가까울 수 있다. (이를테면 범인이 화자로서 이야기를 이끄는 탐정 소설처럼.) 어쨌든 여기 소개된 방법 몇 가지는 시험 삼아 해볼 가치가 있다.

물론 '특정 요소를 배제한 글쓰기'가 언제나 생산적인 결과를 가져오는 건 아니다. 1980년대부터 나는 소설의 플롯을 미리 구성하는 일을 지양했다. 작업에 착수하기 전 자료를 충분히 수집한 다음, 글을 쓰는 과정에서 자연스럽게 플롯이 생성되는 편을 선호하기 때문이다. 이 방법은 중편 소설인《유령이 필요해Needing Ghosts》에서 큰 효과를 발휘했다. 이 작품을 쓸 때 나는 다음에 무슨 내용을 쓰게 될지 너무 궁금해서 동이 트기 시작할 때마다 책상으로 달려갔다. 하지만 새로운 세기가 시작될 무렵, 소설을 쓰기 전에 미리 플롯을 짜두면 어떤 일이 벌어질지 알아봐야겠다고 결심했다. 그 결과는 금세라도 무너질 듯 보이는《아버지들Pack of the Fathers》이었다. 이 작품은 아마도 내가 쓴 소설 중 가장 구성이 형편없는 작품일 것이다. 유능한 편집자가 있어 정말 다행이었다! (늘 그렇지만 말이다.) 토르 출판사의 멜리사 싱어는 작품의 결점을 모조리 지적하면서 수천 단어나 되는 기나긴 이메일을 보내주었다. 나는 멜리사의 충고를 거의 대부분 반영해 작품을 수정하는 한편 내 나름대로도 여러 방식을 적용해 작품을 고쳐 썼다.

흔히 공포 소설은 공감 가는 인물 없이 성공할 수 없다고 한다. 나는 이 말에 동의하지 않는다. 나는 독자에게 인물을 납득시키려고 노력하는 대신, 할 수 있는 한 인물을 명료하게 보여주는 편을 선호한다. 내 이야기의 대부분이 인물에 중점을 두고 있는 것은 사실이지만, 몇 십 년 동안 나는 이 인물 중심의 작품 성향을 다양한 방식으로 표현해왔다. 〈전에 살던 사람The Previous Tenant〉에서는 중심인물 두 명의 이름이 없으며, 1970년대 중반에 집필한 몇몇 작품에서는 주인공을 2인칭으로 지칭했다. (과거 공포 만화에 쓰이던 대립 화법의 잔상이다.)

비교적 최근작인 〈선택받은 거리A Street Was Chosen〉는 아래 제안한 연습법을 적용한 작품이다. 과학 논문처럼 수동태 문장으로 쓴 이 작품은 어떤 불특정 실험을 다루면서 인간 피험자를 이름과 숫자로만 이루어진 존재로 끌어내린다. 이 작품을 공포 소설이라 할 수 있을까? 내가 이 작품을 낭독할 때 관객들의 반응으로 판단하자면 그렇다. 관객들은 냉소적인 농담에 웃음을 터트렸지만 인물들의 운명에는 눈에 띌 정도로 신경을 쓰는 듯했다. 사실 전통적인 방식에서 이 작품에는 인물이라고 할 만한 존재가 하나도 없었지만 말이다. 여기에서 또 다른 핵심 사항이 증명된다. '특정 요소를 배제한 글쓰기' 기법은 적절한 소재에 따라, 글의 효과를 더하는 방향을 적용해야 한다.

실전연습

작품을 쓸 때 이야기 속에서 배제해도 좋을 요소가 무엇인지 검토한다. 다른 작가의 영향을 받은 요소인가? 다른 사람에게 영향을 받지 않고 자기 자신만의 강렬한 목소리를 만들어냈다면 다른 목소리가 더 어울릴 법한 곳에서 또 다른 목소리를 만들어볼 생각이 있는가? 특정 문체가 없다는 게 당신 글의 특징이라면 그 특징을 버리는 실험을 해볼 생각이 있는가?

작품을 쓸 때 이런저런 모험을 해 보는 건 전혀 잘못된 일이 아니다. 모험은 우리를 한층 더 작가답게 만든다. 행운을 빈다! 다만 글쓰기만은 배제하지 않기를 바란다!

결말부터 쓰면 유리한 점

· 마이클 딜런 스콧

　수십 년 동안 나는 수없이 많은 작가를 만났다. 나는 작가를 크게 두 가지 부류로 나눌 수 있다고 생각한다. 작품을 계획하는 작가와 계획하지 않는 작가다. 나는 후자의 작가들에게 경외심을 품고 있다. 그들이 어떻게 계획 없이 글을 쓸 수 있는지 나로서는 도무지 짐작이 가지 않는다. 컴퓨터 앞이나 빈 종이 앞에 앉으면 이야기가 저절로 흘러나오는 모양이다.

　그러나 나의 경험에 따르면 이야기의 계획을 세우지 않는 작가들도 마음속 어딘가에 이야기의 결말을 정해두고 그 특정 결말을 향해 글을 쓴다. (물론 이에 반박하며 자신은 이야기가 어떻게 끝날지 전혀 알지 못한다며, 예상치 못한 결말에 자신도 독자와 마찬가지로 깜짝 놀란다고 주장하는 작가가 있을 것이다. 이는 작가의 수만큼 글을 쓰는 방법도 다양하다는 뜻이다. 글을 쓰는 옳은 방법이란 존재하지 않는다.)

SF · 판타지 · 공포 장르 중에는 다른 장르보다 시리즈로 이어지는 작품이 많다. 이러한 경향은 19세기에 저가 잡지가 나오면서 시작되었다.

《흡혈귀 바니Varney the Vampire》는 이러한 저가 잡지에 2년 동안 100여 차례에 걸쳐 연재한 작품이다. 1847년에 나온 이 단행본은 그간의 연재분을 모아 출간한 것이다. 찰스 디킨스의 위대한 작품 또한 대부분 양장본으로 출간되기 전에 매달 잡지에 연재되었다. 독자들은 자신이 좋아하는 인물의 이야기를 정기적으로 찾아 읽는 일에 금세 길들여졌다. 《타잔》도 1912년 《세상의 모든 이야기All-Story Magazine》에 단편을 연재하면서 탄생한 작품이다. 《타잔》이 소설로 출간된 것은 그로부터 2년 후의 일이다. SF 문학잡지인 《어메이징Amazing》과 《어사운딩Astounding》은 지금도 동일 인물들이 계속 출현하는 에피소드 시리즈의 전통을 이어가고 있다. 이 전통은 오늘날 영화, TV 드라마, 소설 분야에서도 계속 전해오고 있다.

독자는 시리즈물을 좋아한다. 출판사도 시리즈물에 열광한다. 그리고 작가는 대부분 시리즈물 쓰기를 선호한다. 하지만 작가는 몇 권에 달하는 시리즈물 집필을 시작하기 전에 앞으로 몇 년간은 그 작품에만 매진해야 한다는 사실을 염두에 둬야 한다. 내가 글을 쓰기 시작한 1980년대에만 해도 3부작이 흔했지만 지금은 4부작, 5부작, 6부작, 그보다 더 긴 시리즈물도 흔하다. 또한 책의 두께도 두툼하다. SF 소설이나 판타지 소설 중 얄팍한 책은 좀처럼 찾아보기 어렵다. 얼마 전 나는 청소년 판타지 시리즈의 여섯 번째 책을 탈고했다. 이 시리즈물을 집필하기 시작한 것은 2005년이다. 첫 권은 2007년에 출간했고 마지막 책은 2012년에 출간했다. 출간한 책으로만 따져도 시리즈물 전체의 분량은 영어 단어로 무려 50만 개가 넘는다. (편집본과 수정본, 최종본에서 삭제된 부분까지 모두 합치면 적어도 이 분량의 세 배는 될 것이다.)

《불멸하는 니콜라스 플라멜의 비밀The Secrets of the Immortal Nicholas Flamel》은 처음부터 여섯 권짜리 시리즈로 기획하고 줄거리를 짠 책이다. 각 권에 들어갈 내용을 자세히 파악하지 못했다면, 각 권의 절정에 달하는 장면을 떠올리지 못했다면, 특히 시리즈 전체의 결말을 떠올리지 못했다면 나는 감히 이 여정을 시작할 엄두도 내지 못했을 것이다. 가야 할 곳이 어디인지 알지도 못한 채 먼 길을 떠날 수는 없는 노릇이다.

이 시리즈의 첫 권을 집필하기에 앞서 나는 시리즈의 최종 결말, 그 마지막 문단을 미리 써두었다. 이 결말에 도달하기까지 7년에 가까운 세월이 흘렀지만 마침내 그 순간이 도래했을 때 미리 써둔 마지막 문단은 전혀 손볼 필요 없이 그대로 자기 자리에 완벽하게 안착했다. 그러므로 여기에서 제안을 하나 하려 한다. 여러 권으로 된 방대한 분량의 시리즈물을 기획하고 있는 작가라면 귀를 기울이길 바란다. '결말부터 쓰기 시작하라.'

모든 글쓰기는 목적지, 즉 이야기의 결말에 도달하기 위한 여정이다. 그러므로 다른 여행과 마찬가지로 목적지를 염두에 두고 길을 떠나는 것이 이치에 맞다. 일단 결말을 쓰고 나면 이야기 전체를 창작하는 일이 한층 쉬워진다. 결말을 생각해두었다는 것은 곧 이야기 전체를 생각해둔 것이나 다름없기 때문이다. 이야기를 거꾸로 되짚어가면서 창작을 이끄는 위대한 의문을 던지기만 하면 된다. ('어쩌다 이런 일이 벌어졌지?', '그전에는 무슨 일이 있었지?') 그러다 보면 어느덧 이야기의 도입부까지 되짚어 올라온 자신을 발견하게 될 것이다. 스스로 이야기에 대해 질문을 던지는 과정에서 이야기의 약점과 강점은 저절로 모습을 드러낼 것이다.

이와 같은 방법은 인물에게도 적용할 수 있다. 이야기의 절정에 나타나는 인물의 모습으로부터 이야기를 되짚으며 쓴다. 결말 속 인물의 모습을 미리 설정하면 처음에 인물이 어떤 사람이어야 하는지 결정할 수 있다. 결말부와 도입부에서 인물이 전혀 달라지지 않았다면 무언가가 잘못된 것이다. 모든 이야기에서 인물은 변해야만 하기 때문이다.

결말부터 쓰기 시작하는 방법에는 또 다른 심리적 이점이 있다. 그것은 바로, 다음 장면에서 무슨 일이 일어날지 생각나지 않는 상황에 처할 일이 없다는 것이다. 이미 그다음 이야기를 알고 있기 때문이다.

1. 이미 탈고한 작품 중 하나를 고른다. 마지막 장 혹은 마지막 부를 몇 문장으로 요약해 적는다. 그다음 마지막 장의 바로 이전 장으로 돌아가 같은 작업을 반복한다. 계속해서 글을 거꾸로 읽어나가며 1장에 이르기까지 같은 작업을 되풀이한다. 지금껏 쓴 문장들을 들여다보자. 결말이 자연스럽게 들어맞는가? 결말이 그 이전에 일어난 모든 사건의 자연스러운 귀결처럼 보이는가?

2. 신문의 표제를 이야기의 마지막 문장이라고 생각한다. 그다음 스스로에게 질문을 던진다. '그 사건 바로 전에는 무슨 일이 일어났던 걸까?' 이야기의 도입부까지 이야기를 거꾸로 되짚으며 글을 써라.

3. 같은 인물을 두 가지 다른 방식으로 창조한다. 우선 기본적인 일대기부터 시작해 좋아하는 것, 싫어하는 것, 배경, 가족 등의 목록을 하나하나 작성해 인물을 만든다. 그다음 동일한 인물을 이야기를 거꾸로 되짚어가며 만든다. 어떤 이야기 요소가 인물 구성에 도움이 되는가?

전형적인 결말을 피하는 법

· 로이스 그레시

판타지 소설을 거의 반쯤 읽었을 때 앞으로 무슨 일이 일어나게 될지 빤히 짐작되는 경우가 있다. 이런 경우가 어떠한지는 당신도 알고 있을 것이다. 물론 주인공도 괜찮고, 이야기가 펼쳐지는 세계도 마음에 들고, 세심하게 표현된 문장도 좋다. 하지만 이야기가 어떻게 끝날지 짐작할 수 있다면 그 어떤 것도 아무런 소용이 없다. 독자의 관심을 붙잡아 놓기 위해서는 끊임없이 추측을 하게 만들어야 한다. 이야기가 완전히 끝날 때까지 독자가 이야기를 벗어나지 못하도록 단단히 잡아두는 무언가가 있어야 한다.

지금부터 전형적인 괴물 이야기에 대한 나의 생각을 이야기하겠다. 나는 2013년에 《어두운 융합: 괴물이 숨어 있는 곳Dark Fusions: Where Monsters Lurk》이라는 제목의 선집을 펴냈다. 선집을 엮기 위해 모은 이야기 중 3분의 2는 전형적인 괴물 이야기였다. 마음씨 착한 주인공(흔히 편부모 밑에서 자라는 어린이다)이 보이지 않는 괴물, 정체를 알 수 없는 괴물과 만난다. 그런데 무언가 이상하다. 연못의 물은 대낮의 밝은 햇살 아래에서도 탁한 기운을 띠고, 풀밭은 보이지 않는 그늘이 진 듯 어둑어둑하며, 바람은 평온한 날씨와 어울리지 않게 아무 이유 없이 갑작스레 몰아친다. 이야기가 중반부를 향하면서 주인공의 친구가 실종되거나 주인공이 사랑하는 가족 중 한 명이 연못가에서(또는 어둑어둑한 풀밭에서, 혹은 설명할 수 없는 바람에 휘말려) 죽은 채 발견된다. 또한 괴물이 인간의 모습을 빌려 등장하는 이야기도 아주 흔하다. 예를 들어 스릴러, 스페이스 오페라(우주를 무대로 한 모험담을 다룬 SF), 밀리터리 SF를 비롯해 수많은 장르에서 살인마가 등장한다.

사람들이 작품을 계속 읽는 이유는 주인공에게 관심이 있기 때문이며, 주인공이 어떻게 곤경에서 벗어나 결말까지 살아남게 될지 궁금해하기 때문이다. 사람들은 작가가 결말에서 강력한 한 방을 준비해 자신을 깜짝 놀라게 해주길 기대한다. 결말을 뻔히 짐작할 수 있다면 도대체 글을 읽는 목적이 어디 있단 말인가?

좋은 이야기를 쓰기 위해 작가는 독자가 주인공을 처음 만나는 순간부터 마침내 괴물과 조우하는 순간까지, 주인공이 의미 있게 변화하도록 만들어야 한다. 결말에서 주인공의 행동은 그가 그동안 변화해온 모습을 반드시 반영해야 하며, 주인공 자신과 그의 신념을 희생하는 일이어야 한다. 주인공이 마지막으로 하는 행동이 그 자신에게 커다란 감정을 느끼게 한다면 독자 또한 마음이 움직일 것이다.

　전형적인 괴물 이야기는 다음 세 가지 중 한 가지 방식으로 끝맺기 마련이다.

- 주인공이 마침내 괴물과 만나 맞서 싸운다. 그 결과 주인공이 이기고 괴물이 죽거나, 주인공이 지고 죽을 뻔한 위기를 넘기거나, 혹은 주인공이 죽고 만다.
- 주인공이 괴물과 합세해 악의 세력이 된다.
- 주인공이 괴물은 존재하지 않는다는 사실을 깨닫는다.

　이 세 가지 결말 중 어떤 것을 선택한다 해도 독자들은 실망할 것이다. 그렇다면 이 문제를 어떻게 해결해야 할까? 한 가지 방법은 괴물을 의미 있는 방식으로 변화시키는 것이다. 괴물이 진화해 더 이상 위협적인 존재가 아니게 된다면 어떨까? 이 경우 주인공이 괴물보다 더 사악한 존재가 되는가? 혹은 마지막에 주인공과 마주한 생물 혹은 존재가 진짜 괴물이 아니라면 어떨까? 그리고 주인공이 이제 곤경을 면했다며 안심하는 순간 진짜 괴물이 공격 태세를 갖춘 채 어디에선가 숨어서 기다리는 것이다. 혹은 주인공이 괴물을 단칼에 죽이지 않고 끝없이 고통에 시달리게 만든다면 어떨까? 혹은 사실 우리 모두가 괴물이며, 악의 세력이라 여긴 괴물이 실은 대수롭지 않은 존재라는 사실을 깨닫는다면 어떨까? 여기에는 무수히 많은 결말이 있을 수 있으며, 앞의 세 가지 전형적인 결말 중 하나를 선택할 필요가 전혀 없다.

《숫자의 공포: 월스트리트 스릴러Terror By Numbers: A Wall Street Thriller》의 주인공은 괴물의 모습을 한 진정한 악에 맞서 싸우지만 이야기가 어느 정도 전개될 때까지도 괴물의 실체를 알지 못한다. 대부분의 스릴러와 공포 소설에서는 인간이 죽으며 이를 위해 반드시 괴물이 필요하다. 여기서 이 괴물은 종종 인간의 모습을 하고 있다는 점을 명심하라.

실전연습

1. 아직 읽지 않은 단편이나 장편 소설을 한 편 고른다. 중반까지 읽은 다음 결말이 어떻게 마무리될지 예상해 적는다. 다양한 결말을 생각해 전부 목록으로 만든다. 그다음 이야기를 끝까지 읽는다. 짐작한 결말이 들어맞았는가? 짐작이 맞아서 실망스러운가? 그렇지 않다면 만족스러운 이유를 생각해 보라. 이야기의 해결이 놀라우며 개연성이 있는가? 주인공이 시간의 흐름에 따라 변화하는가? 결말을 읽으며 어떤 식으로든 감정적으로 영향을 받았는가?

2. SF나 판타지, 공포 장르에 속하는 초단편을 새로 쓴다. 이야기에서 사람이든 다른 존재든 괴물을 하나 등장시키고, 이 괴물이 주인공과 그 가족의 인생을 위협하도록 만든다. 이야기가 전개되면서 주인공이 자신에 대해 무언가를 깨달

고 성장하도록 만든다. 그다음 가능성 있는 결말을 생각해내 모두 목록으로 작

성한다. 세 가지 전형적 결말에 해당하는 것은 줄을 그어 지워라. 목록에 남은

결말 중 하나를 선택해 이야기의 후반부를 완성한다.

성공한 작가들의 노하우
넷플릭스에 팔리는 작품의 비밀 5

글이 막힐 때는 작업 환경에 변화를 주자

· 데이나 프레즈티

나는 글을 써서 생계를 꾸릴 수 있는 작가들, 어딘가에서 보조금을 받으며 글을 쓰는 작가들이 부럽다. 시샘하는 건 아니고 그저 부러울 뿐이다. 현실에서 대부분의 작가는 글을 써서 얻는 수입만으로 살아갈 수가 없다. 대부분은 글을 쓰는 한편 돈을 벌 수 있는 다른 일을 해야만 한다. 이를테면 나는 사무 관리자이자 비서로 일한다. 이런 상황에서도 나는 지난 7년 동안 책을 일곱 권 출간하고 수많은 단편을 발표했으며 선집 한 권을 공동 편집하기도 했다. 올해에는 두 달 동안 꼬박 신간인 《재앙의 마을Plague Town》의 홍보 활동에 참여해 입이 떡 벌어질 만큼 많은 곳에 자료를 돌리고 인터뷰를 해야만 했다. 홍보 자체는 훌륭했지만 그에 따르는 업무는 힘에 겨웠다.

나는 글쓰기를 직업으로 여기고 매일 '사무실에 출근하듯' 글을 쓰는 일을 신봉한다. 《재앙의 마을》을 홍보하던 중에도 나는 신경질적으로 달력을 흘낏거렸다. 속편 초고의 마감 일자가 살금살금 다가오고 있었다. 나는 본업과 신간 홍보 활동, 속편 작업을 모두 해낼 수 있으리라 생각했었지만 그러기 위해서는 잠을 자지 않고 상당히 오랫동안 버텨야 할 판이었다. 사회의 구성원으로서 제역할을 하기 위해서는 (그리고 살인을 저지르지 않기 위해서는) 어느 정도 잠을 자야 하므로, 나는 어떻게 시간을 배분해 사용할지 고심해서 결정을 내려야 했다. 자녀를 키우면서 글을 쓰는 동료 작가들이 어떻게 제정신을 유지하며 곡예를 부리듯 그 많은 일을 해내는지 나는 겨우 짐작만 할 수 있을 뿐이다.

내게 피곤하고 심술이 나서 컴퓨터 앞에 앉아 있는 일에 진력날 때가 있는지 궁금한가? 그렇다. 마감 시간에 맞추고 각종 고지서를 납부하기 위해 쉴 틈 없이 일만 해야 하는 상황에 대해 씁쓸함과 분노를 느끼는 시기가 있다. 또한 기운이 다 빠져나가고 뇌에 쥐가 난 듯이 집중이 되지 않으면 더 이상 글을 쓸 수 없는 백지 공포에 부딪히는 시기가 온다.

"백지 공포 같은 건 존재하지 않아"라고 말하는 사람들의 고함 소리가 들린다. 백지 공포에 부딪힌다는 것은 나와 글쓰기 능력 사이에 벽이 생긴다는 뜻이 아니다. 백지 공포는 영원히 지속되는 증상이 아니다. 이해하기 쉽도록 이를 '문학적 변비'라고 생각해 보자. 이는 일시적으로 흐름이 막히는 증상일 뿐, 이 흐름을 회복하기 위해 할 수 있는 방법은 여러 가지가 있다. 작가의 소모감을 치료하기 위해 내가 직접 시험해본 효과적인 가정 요법을 소개한다.

실전연습

1. 작업 환경을 바꾼다. 일반적으로 글을 쓸 때 선호하는 장소가 있을 테지만 일이 도무지 제대로 풀리지 않을 때에는 늘 하던 방식에 변화를 주는 것도 좋다.

2. 글쓰기 도구를 바꾼다. 항상 같은 컴퓨터를 이용해 글을 쓰는가? 그렇다면 공책과 펜을 들고, 혹은 노트북을 들고 야외에 앉아 글을 쓴다.

3. 일과를 바꾼다. 항상 똑같은 시간에 글을 쓰는가? 규칙적으로 글을 쓰는 습관이 좋을 때도 있다. 항상 같은 시간에 글을 쓰다 보면 그 시간이 되었을 때 뇌가 습관적으로 창조적 업무에 맞춰 전환되기 때문이다. 하지만 판에 박힌 생활을 하게 되면 문제가 될 수도 있다. 다른 직장에서 일을 하느라 기진맥진할 때라면 특히 그렇다.

4. 주위 환경에 분위기를 더한다. 특정 장르의 소설을 쓰고 있다면 영감을 줄 법한 영화를 틀어놓는 등 그 분위기 속으로 젖어드는 데 도움이 될 법한 환경을 조성한다. 이 방법은 쉽게 주의가 산만해질 수 있기 때문에 누구에게나 맞는 방법은 아니다. (내게도 항상 효과가 있는 것은 아니다.) 소설을 쓰는 일에 몰입되기보다 계

속해서 영화에 눈길이 쏠린다면 영화를 끄고 그 대신 음악을 찾는다.

5. 자료 조사를 한다. 살짝 뻔한 이야기처럼 들릴 수도 있다. 그러나 나는 좀비 소설을 쓰는 동안 좀비와는 상관없는 이상한 정보가 얼마나 많이 필요하게 될지 전혀 알지 못했다. 또한 이러한 정보들을 찾고 조사하는 과정에서 이야기에 덧붙일 만한 흥미로운 내용과 착상을 얼마나 많이 찾을 수 있는지에 대해서도 전혀 알지 못했다.

6. 어떤 방법도 효과가 없다면 휴식을 취하는 수밖에 없다. 마감까지 시간이 얼마 남지 않았다 해도 우리의 몸과 정신은 일에서 한 발짝 물러나 휴식할 시간이 필요하다. 가장 좋아하는 여가 활동을 한다. 운동을 해도 좋고, 영화를 보러 가도 좋고, 친구들과 어울려 놀아도 좋다. 자신에게 휴식을 허락하는 일이야말로 가장 좋은 방법일지도 모른다!

글이 막힐 때는 차례를 먼저 만들자

· 디에고 발렌수엘라

작가는 거짓말쟁이다. 작가가 거짓말을 잘하는 사람이라는 말은 여러 사람의 입을 통해 수차례 되풀이되어 왔고, 여기에는 그에 합당한 이유가 있다. 그러나 그 어떤 작가라도, 아무리 큰 성공을 거두고 아무리 뛰어난 재능을 지닌 작가라도 결코 거짓말을 하지 못하는 주제가 딱 하나 있다. 바로 백지 공포다. 백지 공포는 모든 작가에게 괴물 같은 존재다. 하지만 다른 모든 괴물과 마찬가지로 우리는 이 괴물을 물리칠 수 있다. 그것도 손쉽게 물리칠 수 있다. 제대로 준비를 갖추고 있기만 하다면 말이다.

단언하건대, 복잡다단하며 아름답고 강렬한 문장이 이어지는 문단들을 땀 한 방울 흘리지 않고 쓸 수 있는 뛰어난 문장가라도 한번쯤은 백지를 응시하며 아무런 단어도 쓰지 못하는 자신을 발견한 적이 있을 것이다. 왜 그럴까? 쓰고 싶은 무언가, 예술적으로 표현하고 싶은 무언가가 있을 뿐 착상이 부족하기 때문이다.

유감스럽게도 소설 쓰기에서 독창적이며 뛰어난 착상은 절대적으로 필요하다. SF나 판타지 같은 장르에서는 특히 더 그렇다. SF 혹은 판타지 작품이라면 마땅히 이 푸른 지구에서 쉽게 찾아보기 어려운 생물과 유물, 이야기를 의무적으로 담고 있어야 한다. 달성하기 힘겨운 과업처럼 들릴 수 있지만 실상 뛰어난 착상을 떠올리는 일은 그리 어렵지 않다. 어려운 건 그 착상을 능숙한 솜씨로 글로 옮기는 일이다.

여기에서 나는 그 '어렵지 않은 부분'을 달성하는 데 도움이 되기를 바라며 연습법 하나를 소개한다. 나에게 이 연습법은 독창적인 착상이 부족할 때마다 큰 도움이 되었다. 이 방법을 활용한다면 글을 쓰지 못하는 이유(애완견을 산책시켜야 한다거나 운동기구에 먼지가 쌓여가고 있다는 등)가 100만 개를 넘는다 해도 착상이 부족해서 글을 못 쓰는 일은 절대 벌어지지 않을 것이다. 주위를 살피면 영감을 얻을 수 있는 무한한 자원이 항상 우리를 기다리고 있다. 이제 그 자원을 활용하는 요령을 배워보자.

실전연습

작가라면 아마도 수많은 음악 파일을 소장하고 있을 것이다. 분야가 다양하다면 더 좋다. 잘 정리되어 컴퓨터에 저장되어 있다면 더할 나위가 없다. 이 음악들을 가지고 다음과 같은 작업을 해 보자.

1. 사용하기 편한 문서 작성 프로그램을 켜고 새 창을 연다.

2. 새로 집필할 판타지 혹은 SF 작품의 목차를 짠다고 상상한다. 1부터 30까지 세로로 숫자를 적는다. 이제부터 여기에 장 제목을 지어 넣을 것이다.

3. 음악 파일 전체를 '무작위 재생'으로 틀어놓은 다음 첫 번째로 흘러나오는 음악의 제목을 1에 입력한다. 이 음악 제목이 바로 1장의 제목이 되는 것이다. 고전 록 음악을 즐겨 듣는 사람이라면 1장 제목이 〈하늘에서의 위대한 공연The Great Gig in the Sky〉(핑크 플로이드Pink Floyd가 1973년에 발표한 곡)이 될 수도 있다. 좋은 시작이다!

4. '건너뛰기' 버튼을 누른 다음 두 번째로 어떤 음악이 흘러나올지 기다린다. 이 음악의 제목을 2장의 제목으로 삼는다. 프로그레시브 메탈 음악을 즐겨 듣는다면 2장 제목은 〈밤과 고요한 물The Night and the Silent Water〉(오페스Opeth가 1996년에 발표한 곡)이 될 것이다. 이제 이야기가 어디론가 향하려 하고 있다.

5. 가상 소설의 장 제목을 모두 채워 넣을 때까지 앞의 단계를 반복한다. 단지 몇 분 동안 음악을 들었을 뿐인데 우리는 이미 이야기를 지어냈다!

성공한 작가들의 노하우

물론 이 시점에서 목차는 서로 전혀 상관없는 제목들이 줄지어 늘어선, 무슨 이야기인지 도통 감을 잡을 수 없는 구절의 나열에 불과해 보일지도 모른다. 바로 지금이 상상력을 발휘해야 할 때다. 오로지 음악 제목만을 토대로 착상을 떠올리며 제목 사이의 연결고리를 만들어나가라. 〈하늘에서의 위대한 공연〉은 어쩌면 구름 속에서 두 신이 전투를 벌이는 첫 장면을 묘사하는 제목일지도 모른다. 전투 끝에 한 신이 다른 한 신을 죽이게 되고, 죽은 신은 2장 〈밤과 고요한 물〉에서 마법의 힘이 깃든 물로 가득한 거대한 호수에 녹아든다. 이런 식으로 연결고리를 만들다 보면 어느덧 플롯이 완성되어 있을 것이다.

재기를 발휘하고 너무 엄격하게 굴지 마라. 창조적으로 사고하면서 착상들이 자연스럽게 흘러나오도록 내버려 둬라. 당연한 말이지만 지금 만드는 목차가 소설의 최종 목차가 될 필요는 없다. 노래 제목은 착상을 떠올리기 위한 시작점으로 활용하라. 제목을 이리저리 옮기거나, 쓸모없는 제목을 빼고(〈9번 교향곡〉으로는 할 수 있는 이야기가 그리 많지 않으므로) 마음에 드는 것들만 남겨도 좋다. 누군가처럼 장 제목을 아예 넣지 않고 싶다 해도 상관없다. 이야기의 개요를 완성한 후 장 제목을 전부 지워버리면 되는 일이다.

이 방법의 가장 좋은 점은 이야기의 가능성이 무궁무진하다는 것이다. 음악이 바닥날 리 없기 때문이다. (혹시 그럴 경우에는 영화 제목과 TV 드라마의 에피소드 제목을 쓰면 된다.) 이 방법으로 창작력을 훈련할 수 있을 뿐만 아니라 몇 분 만에 이야기 전체의 플롯을 지어낼 수도 있다. 필요하다면 이 방법을 100만 번 연습해도 좋다. 내 말을 믿어도 좋다. 절대 지루해지지 않을 것이다. 이제 이렇다 할 핑곗거리도 없으니 당장 가서 글을 쓰자!

작가라면 누구나 어느 시점에 이러한 질문을 받는다. "이야기의 착상은 어디에서 떠올리나요?" 이 질문에 대해 SF · 판타지 · 공포 소설 작가로서 나는 이렇게 대답한다. "그냥 상상력을 발휘할 뿐이에요." 그러나 우리는 상상력 뒤에 그보다 훨씬 더 많은 것이 존재한다는 사실을 알고 있다. 문제는 그러한 마법을 제대로 설명하기가 어렵다는 것이다.

작가들, 특히 SF · 판타지 · 공포 소설 작가들은 어디에서 영감을 떠올릴까? 특정 이미지? 좋아하는 노래? 글을 통해 영원히 포착해 두고 싶은 어느 순간? 기억? 결코 인정하고 싶지 않지만, 가끔은 그 마법이 속도가 더딘 진화처럼 느껴질 때가 있다. 진화가 침체기에 들어서면 '백지 공포'가 앞을 가로막고, 작가는 마지막으로 한

번 더 독자를 감탄시킬 능력이 자신에게 남아 있는지 근심에 빠진다.

초보 작가에게나 경험이 많은 작가에게나 영감을 떠올리는 일은 아주 중요하다. 이 말은 곧 영감에 불을 지피는 자신만의 방법을 서로 공유하는 게 중요하다는 뜻이다.

지금 내 나름대로 개발한 방법 몇 가지를 특별한 순서 없이 소개하려 한다. 다음의 방법이 나의 창작력에 시동을 걸어주었듯 당신의 창작력에도 불을 붙이길 바란다.

실전연습

---

1. 미술 또는 사진 관련 서적을 뒤적거린다.

훌륭한 그림을 보고 있는데 철컥하며 사고의 흐름이 바뀌더니 그 그림을 바탕으로 한 이야기가 저절로 떠오르는 경험을 한 적이 있는가? 그렇다면 당신은 나와 비슷한 부류의 시각적 작가다. 그간 수없이 경험한 바에 따르면, 쇠약해진 창작력에 기운을 북돋는 가장 훌륭한 방법은 미술 서적이나 사진 서적을 집어 들고 뒤적거리는 것이다.

구체적으로 이를 실행에 옮기는 가장 좋은 방법은 자신의 관심 주제를 선택한 다음, 그에 대해 아름답게 표현한, 작가의 창작력에 무언가 호소하는 바가 있는 그림 서적이나 사진 서적을 골라 읽는 것이다. 그런 책이 꼭 반 고흐의 소묘집이나 앤설 애덤스Ansel Adams의 풍경사진집일 필요는 없다. 다양한 분야를 다루는 가지각색의 책이어도 된다. 좋아하는 건축물 사진집도 좋고, 〈보그

Vogue〉도 좋고, 심지어 요리책이어도 상관없다. 이러한 종류의 책에도 그림이나 사진이 들어 있다. 이야기를 집필할 원동력을 얼마나 다양한 책을 통해 얻을 수 있는지 알게 되면 아마 깜짝 놀랄 것이다.

2. 좋아하는 영화의 삽입곡을 듣는다.

음악은 영감을 떠오르게 한다. 특히 영화의 삽입곡은 특정 장면을 연상시키며 그 장면 특유의 정서와 분위기, 속도감을 떠오르게 한다. 가령 액션 장면을 쓰고 싶은데 움직임이 제대로 포착되지 않고 어쩐지 무언가 부족한 기분이 든다고 치자. 그럴 때 나는 좋아하는 TV 드라마나 영화에서 내가 글로 쓰고 싶은 장면, 전달하고자 하는 분위기와 들어맞는 장면의 삽입곡을 찾아 몇 분 동안 듣는다. 그러고 나면 대개의 경우 쓰려 했던 장면을 쓰기가 한결 쉬워진다. 이야기를 쓴다는 건 글을 통해 영화를 찍는 것과 다름없기 때문이다.

그러므로 글을 쓸 때 귀에 쏙 들어오는 배경음악을 틀어놓는 것도 방법이다. 심지어 원래 자신이 좋아하는 음악을 틀어놓아도 된다.

3. 자연스럽게 떠오르는 이미지와 착상을 함께 엮는다.

앞의 1번과 비슷하게 들릴 테지만 똑같지 않다. 이미지 자체에서 영감을 떠올리는 게 아니라 이미지와 착상을 한데 엮어놓은 데에서 영감을 떠올리는 것이다. 이를테면 이미지가 화폐로 쓰이는, 보석을 박은 곤충이라면 착상은 금빛 모래로 뒤덮인 세계 위에 남은 마지막 호수를 두고 두 종족 간에 벌어지는 전쟁이다. 이 두 가지는 우연히 떠올랐을 뿐 서로 전혀 관련이 없다. 그리고 여기에는 아직 이렇다 할 실질적인 이야기가 존재하지 않는다. 하지만 이 두 가지를 함께 늘어놓자마자 머릿속에서 영감이 떠올라 어떤 이야기가 만들어질 수 있다. 여기서 핵심은 평소 서로 연관될 일이 전혀 없는 것들을 억지로 연결한다는 데에 있다. 이 작업은 작가의 창의력에 물꼬를 트게 하는 방법일 수 있다. 자신이 좋아하는 이미지와 착상 중 임의적으로 세 가지를 골라 시험해 보라. 머릿속에서 떠오르는 이야기에 아마 깜짝 놀랄 것이다.

4. 무작위로 뽑은 대화에서 어떤 이야기를 만들 수 있는지 살펴보자.

"싫어요." 그녀는 잔을 자신의 가슴으로 꼭 끌어당기며 말했다.
"당신한테는 절대 주지 않을 거예요."

어떤 이야기가 떠오르는가? 방금 여기에서 당신이 만들어낸 인물은 그 누구도 건드릴 수 없는 성배를 가지고 있는가? 혹은 그저 잔을 쥐고 있을 뿐 전혀 다른 것에 대해 이야기하고 있는가? 그녀의 말투는 겁에 질린 듯한가, 화가 난 듯한가, 결심을 단단히 굳힌 듯한가? 그녀의 의도는 선한가, 악한가? 무언가를 숨기고 있다면 그것은 과연 무엇인가?
여기에서 나올 수 있는 이야기의 가능성은 무궁무진하다. 우리가 상상의 나래를 펼칠 수 있는 영역이 무궁무진하기 때문이다. 어쩌면 문제는 마법이 무엇인지 설명하는 데 있지 않고, 꿈의 나라에서 마법을 숨겨둔 장소를 찾아내는 데 있을지 모른다.

글이 막힐 때는 대화 장면부터 쓰자

· 킬런 패트릭 버크

작가가 글을 쓰지 못하는 이른바 '백지 공포'가 실재하느냐, 안 하느냐를 두고 남들이 뭐라고 하든 상관하지 마라. 사람들은 왈가왈부하기 마련이니까. 어쨌든 변하지 않는 건, 머릿속에 온갖 착상이 가득하면서도 컴퓨터 앞에 앉아 한 문장조차 쓰지 못하는 작가만큼 비참한 존재가 없다는 사실이다.

작가는 모두 한두 번쯤 이런 경험을 한다. 눈앞에 닥친 마감 때문에 '생각을 제대로 정리할 시간'이라는 사치를 누리지 못하기 때문일 수 있다. 압박감에 시달린 나머지 뮤즈가 찾아오지 못하는 것일 수도 있다. 혹은 손가락을 움직이기에는 머릿속이 온갖 잡생각으로 뒤엉켜 있기 때문인지도 모른다. 돈을 내야 하는 청구서이며, 수리해야 할 물건이며, 지금 TV에서 방영 중인 프로그램이며…….

사정이 어찌 되었든 참으로 스트레스가 쌓이는 일이다. 나는 셀 수 없을 만큼 자주 이러한 상황에 처했다. 그리고 우연에 가까운 행운을 통해 이 상황에서 빠져나갈 수 있는 방법을 발견했다.

나의 문제는 지레 겁을 먹는 것이었다. 머릿속에는 무엇을 쓰고 싶은지 분명하게 가닥이 잡혀 있었지만 정작 글을 쓰지 못하거나 혹은 글을 쓰고 싶지 않다는 생각에 잠긴 채 컴퓨터 앞에 앉아 있는 나날이 며칠이나 이어졌다. 소설을 쓰는 일이 나의 능력으로 감당하기에는 너무나도 거대한 과업처럼 느껴졌다. 필요한 도구의 절반도 갖추지 못한 내가 어떻게 지금 여기 앉아 무無에서 하나의 세계를 창조해낼 수 있단 말인가? 문학의 신들은 서툴게 만들어진 세계를 인정하지 않는다. 내가 쓴 이야기는 상황은 복잡하고, 액션 장면은 부자연스러우며, 인물은 억지스러워 보였다.

그러던 중 무심코 창밖을 내다보다가 개와 산책하는 한 남자를 발견했다. 그리고 그 광경은 문제의 해결책이 되었다. "한 남자가 개를 데리고 산책을 했다."는 문장으로 시작하는 이야기를 썼을 것 같은가? 아니다. 이 남자와 개가 등장하는 세계를 만들어냈을 것 같은가? 처음에는 아니었다. 나는 완전히 대화로만 이야기를 한정하고, 이 남자와 개가 나눌 법한 대화를 상상했다. 물론 어디에서나 들을 법한 평범한 대화는 아니었다. 이 인상적인 장면에서 개를 주요 인물로 삼으려면 개를 흥미로운 존재로 만들어야 한다.

"매일매일 똑같네." 패치가 말했다.

노인은 눈썹을 치켜세웠다. "무슨 소리야?"

"매일 똑같은 산책이라고."

"그래서 마음에 안 든다는 거야?"

"꼭 마음에 안 든다는 건 아니지만. 가끔씩 다른 길로 산책을 한다고 죽진 않는다고."

"뭐, 나쁘진 않겠지."

"학교 쪽을 들르는 건 어때? 아이들은 나를 좋아하는데."

"맞아. 애들은 '널' 좋아라 하지. 좀 큰 애들은 잔인한 짓을 할 수도 있지만."

"그 말을 들으니 걱정이 되는데."

"내 말을 듣고 걱정을 하다니 우리 둘 다 큰일 났군."

"그럼 해변은 어때?"

"모래가 더럽잖아."

"더러워서 좋은 거라고."

"해변에는 그 노숙자가 있잖아."

"난 그 노숙자 좋던데."

"난 싫어."

"왜? 우리한테 뭐라고 한 적도 없잖아."

"그럴지도 모르지만. 그냥 그 사람의 뭔가가 싫어."

"그 사람이 네 패션 감각을 훔쳐서 그런 게 아닐까?"

"웃기시네."

"그럼 웃는 척이라도 해 보던가."

대부분의 경우 나는 이러한 대화가 어느 방향으로 흘러가게 될지 전혀 알지 못한다. 하지만 대화를 다 쓸 무렵이면 어떤 이야기가 흘러나온다. 대화를 '토대로' 이야기가 저절로 만들어지는 것이다.

대화 장면을 쓰면 인물이 어떻게 생각하는지, 어떤 개성을 지니고 있는지, 어떤 문제가 있는지, 이야기의 핵심을 이루는 갈등이 무엇인지 파악할 수 있다. 종이 위에서 인물들끼리 알아서 문제를 해결하는 것이다. 설사 마지막에 쓸거리가 다 떨어져 대화 장면을 완성하지 못한다 해도 어쨌든 아무것도 쓸 수 없는 백지 공포에서는 일단 벗어날 수 있다. 평소처럼 안정적으로 문장이 흘러나오지 않을 때 나는 항상 이 방법을 이용한다. 대화로 이야기의 문을 여는 것이다.

실전연습

주위를 둘러본다. 쇼핑센터나 공원에서 귀에 들려오는, 사람들 사이에 오가는 대화의 단편만으로도 상상력에 불을 지피기에 충분하다. 전화기를 붙들고 통화를 하던 여자가 이렇게 말한다. "맞아요. 하지만 파란색이었다면 아무도 화를 내지 않았겠죠." 상상력이 피어오른다. 무엇의 파란색일까? 화를 낸 이는 누구이고, 왜 화를 낸 것일까? 이 방법은 뮤즈를 초대하기 위한 창조적 엿듣기라 할 수 있다. 집 안에 앉아 창밖을 내다볼 수 있다면 창작력에 발동을 걸기 위해 굳이 소리를 들을 필요도 없다. 자동차 안에 한 여자가 앉아 노래를 따라 부르는 모습이 보인다. 그녀는 항상 이렇게 아무 근심이나 걱정 없이 행복할까? 집으로 돌아가 다시

금 무언가와 마주해야 한다는 사실을 깨닫는 순간 이 행복감은 덧없이 사라지는 게 아닐까? 그녀가 마주해야 하는 무언가는 무엇일까? 어쩌면 그녀는 예전에 몸담았던 밴드가 대성공을 거둔 곡을 듣고 있는 건지도 모른다. 그 즐거움 안에 혹여 그 시절에 대한 그리움과 함께 스타의 반열에 오르려던 순간 밴드를 떠난 것에 대한 후회가 뒤섞여 있지는 않을까? 어쩌면 그녀는 일이 다르게 풀렸다면 지금쯤 자신이 어디에 있을지 상상하고 있는지도 모른다.

바로 이 부분에서 우리가 끼어들어야 한다. 우리는 작가이기 때문이다. 우리는 시간여행을 할 수도 있고, 순간이동을 할 수도 있고, 사람의 마음을 읽을 수도 있다. 작가란 그런 일을 하는 사람이다. 그러므로 글이 도무지 나오려 하지 않을 때는 낭패감에 휩싸여 텅 빈 화면만 멍하니 쳐다보지 말고 글을 '찾아내라.' 글은 때로 숨은그림찾기와 비슷하다. 글은 평범하고 일상적인 풍경 속 어딘가에 숨어서 창작력의 도화선에 불을 붙일 성냥처럼 우리를 기다리고 있다. 우리는 단지 어디를 어떻게 봐야 하는지 기억만 하면 된다.

글이 막힐 때는 주인공의 외모를 바꾸자

· 브래드 슈라이버

《변신》을 쓴 위대한 작가 프란츠 카프카는 프라하에서 자신의 음울하고 위험하고 환상적인 작품을 낭독하곤 했다. 전해지는 이야기에 따르면 카프카는 자신의 산문에 등장하는 불편한 이미지와 상황을 낭독하던 중 사람들 앞에서 자신도 모르게 그만 웃음을 터트렸다고 한다. 카프카를 별종이라고 해도 상관없지만 카프카가 위대한 작가라는 사실만은 변치 않는다. 카프카가 위대한 작가인 것은 벌레로 변한 남자의 기묘한 이야기를 생각해냈기 때문이 아니라, 벌레로 변한 남자의 내면을 깊게 탐구했기 때문이다. 그리고 끔찍한 모습으로 변한 그레고리를 상대해야 하는 다른 인물의 모습을 통해 인간 사회에 대한 중대한 견해를 제시했기 때문이다.

SF와 판타지에서는 강력하고 상상력 넘치는 전제가 가장 중요하다. 그러나 작가가 작품 속에서 표현해야 하는 것은 이 전제가 전부가 아니다. SF와 판타지라는 두 장르의 기묘함과 섬뜩함은 앞서 특이한 전제에 대해 인물들이 인간다운 방식으로 반응할 때 한층 증폭된다. 그 반응이 머릿속으로 생각만 하는 것이든, 실제 행동으로 나타나는 것이든 그 인간다운 반응 덕분에 작품의 허구적 전제는 독자에게 더더욱 현실적으로 다가간다.

가엾은 그레고리가 자신의 새로운 모습이라는 현실과 마주하는 과정을 이야기하면서 카프카는 그레고리를 불쌍하게 그렸다가, 익살스럽게 그렸다가, 겁에 질리게 만들었다가, 철학적으로 생각하게 만든다. 작가가 특정 인물을 위해 만든 비정상적이고 엉뚱한 상황에 대해 인물이 충분히 생각하고 행동하게 하는 것은 아주 중요하다. 이것이 바로 아래 연습의 취지다.

실전연습

어떤 인물의 외모가 극단적으로 변한 후의 장면을 쓴다. 다른 누군가의 외모와 닮게 되거나, 몸의 일부가 기계화되거나 다른 동물이나 식물, 무생물처럼 변한 것일 수도 있다. 이 변신은 부분적일 수도 있고 전체적일 수도 있다.

우선 이 변신한 인물이 큰 위험에 처한 상황에 대해서 쓴다. 그다음 인물이 철학적인 장면, 익살스러운 장면, 불쌍한 장면, 우울한 장면, 초월적 장면, 사색적 장면, 자멸적 장면에 처한 모습을 차례차례 탐구한다.

글이 막힐 때는 일상에서 일어날 법한 사건을 상상하자

· 얀 코즐로브스키

나는 스티븐 킹 소설의 열렬한 애독자다. 내가 공포 소설의 세계로 들어서게 된 건 1970년대 중반에 읽은 그의 두 번째 작품《살렘스 롯》때문이었다. 그런데 왜 킹이었을까? 왜 하워드 P. 러브크래프트나 에드거 앨런 포가 아니었을까? 왜 동네 잡화점에서 흔히 보던, 책꽂이에 가득 꽂힌 문고본과 싸구려 잡지에 실린 공포 소설의 작가들이 아니었을까?

왜 다른 작가들은 킹처럼 나를 사로잡지 못한 걸까? 적어도 나에게는 그 답이 분명하다. 킹은 그 뛰어난 이야기 솜씨로 나를 죽을 만큼 겁에 질리게 만들었을 뿐만 아니라, 그 무시무시한 사건들이 단지 트란실바니아의 으스스한 성이나 머나먼 우주에서만 벌어지는 게 아니라는 점을 보여주었다. 킹의 이야기 속에서 일어나는 무서운 일들은 바로 나 같은 보통 사람에게 일어난다. 평범한 일상을 살아가던 사람이 느닷없이 끔찍한 상황에 휘말리는 것이다.

나는 이러한 종류의 이야기가 모든 이의 취향에 맞는 건 아니라는 사실을 알게 되었다. 악랄한 정부 기관이 미친 듯이 폭주하는 이야기라든가, 연쇄 살인마가 동에 번쩍 서에 번쩍 날뛰는 이야기라든가, 화려한 모습의 뱀파이어가 활약하는 이야기를 더 좋아하는 사람들이 있다. 하지만 내게는 '교외 지역의 공포'를 다룬 킹의 작품이야말로 기꺼이 돈을 내고 사고 싶은 책일 뿐만 아니라, 내가 쓰고 싶은 부류의 이야기다.

여기 내가 플롯과 인물에 관한 착상을 떠올릴 때 자주 사용하는 방법을 소개한다.

실전연습

1. 두 가지 목록을 작성한다. 첫 번째 목록은 매일 일상적으로 가는 장소나 일상적으로 하는 일에 대한 것이다. 세탁소에 맡긴 옷을 찾으러 가는 일, 애견 미용사에게 개를 맡기러 가는 일, 교통 체증으로 도로 위에 갇혀 있는 일 같은 평범한 사건을 목록으로 만들어라.

두 번째 목록은 자신이 무서워하고 두려워하는 일들에 대한 것이다. 나는 자연에 있는 호수나 물웅덩이가 생각만으로도 몸이 움츠러들 만큼 무섭다. 그래서 《죽어, 이 나쁜 놈아, 죽어!Die, You Bastard! Die!》를 집필할 때 늪이 나오는 장면에서 완전히 감정을 이입할 수 있었다. 이 목록에 대한 착상이나 영감을 떠올리고 싶다면 다양한 공포증의 종류를 확인해 보는 것도 좋다.

두 가지 목록을 완성했다면 이제 각각의 목록에서 항목을 하나씩 골라 짝을 짓는다. 5분 동안 이 두 항목에 대해 머릿속에서 떠오르는 모든 것을 적는다. 동떨어지거나 엉뚱한 내용이라도 상관없다. 5분이 다 되면 쓴 글을 읽어 본다. 이야기가 될 만한 씨앗이 있는가? 딱 맞아떨어지는 인물이나 배경, 줄거리가 있는가? 있다면 그것을 한층 깊게 파고들어라. 결과가 만족스럽지 않다면 다른 항목들을 짝지어 다시 시도한다.

2. 어떤 문장에 막혀 글이 더 이상 나아가지 않을 때는 열을 내며 앉아 있는 대신 '지금 당장' 나에게 생길 수 있는 가장 최악의 사건이 무엇일지 상상한다. 힌두 신화의 악마 락샤사가 갑자기 내가 앉아 있는 동네 커피숍에 나타나 난장판을 만드는 건가? 차를 타고 고속도로 요금소 앞에서 꼼짝없이 줄을 서고 있는데 불타는 대형 견인차가 내 차를 향해 돌진하는 건가? 영화관 화장실 안에 연쇄살인마가 몰래 숨어 있는 건가? 자신 안의 두려움과 공포심을 모조리 끄집어내어 기록하라. 특히 불쑥 튀어나오는 감정에 주의를 기울여라.

글이 막힐 때는 최신 과학기사를 읽자

· 더글러스 맥고완

나는 인간의 상상력이 펼칠 수 있는 기상천외한 환상과 할리우드에서 제작하는, 상대적으로 평범한 판타지 영화 사이의 괴리에 깜짝 놀랄 때가 많다. 실제로 현실은 종종 환상을 따라잡는 듯하다. 적어도 과학과 기술 분야의 최신 기사 제목을 주의 깊게 보는 사람의 눈에는 그렇게 여겨진다.

우리가 '그 순간'에 도달하기까지 고작 10년에서 20년밖에 남지 않았다고 생각해 보자. 바로 인공지능이 인류를 능가하게 되는 시점 말이다. 이는 새 시대를 여는 중대한 순간으로, 현대의 뛰어난 판타지 작가들의 상상력을 사로잡아야만 한다. 미래의 역사가들은 (이들은 어쩌면 로봇일지도 모른다.) 21세기 초반 집단지성이 이 문제를 너무도 가볍게 생각했다며 경악을 금치 못할지도 모른다. 혹은 온갖 정보를 가리지 않고 습득하는 성향 덕분에 진정으로 놀라운 일은 극히 드물다는 사실을 깨달아서 눈썹 하나 까딱하지 않을지도 모른다.

그렇지만 우리에게는 위대한 예외가 있다. 〈가타카〉, 〈매트릭스〉, 〈에이 아이〉, 〈이터널 선샤인〉, 〈더 문Moon〉 같은 걸작들이다. 이 영화들은 단순히 상상을 펼치는 데서 그치지 않고 논리적으로 미래를 추론한다. 하지만 전반적으로 봤을 때 오늘날의 창작자들이 과거의 창작자들만큼 미래에 대해 독창적으로 사고하지 않는다고 해도 과히 터무니없는 비난은 아닐 것이다.

이러한 현상은 대개 비관주의로 설명할 수 있다. 지금까지 새로운 세기는 힘겨운 시간이었을 뿐이다. 그리고 미래를 진지하게 생각하는 순간 공포가 엄습할 수도 있다. 작가는 먼저 머릿속에 미래의 모습을 상상한 다음 미래를 창작한다. 약간의 비관주의는 현실적이다. 그러나 비관주의에 지나치게 빠지면 미래는 그저 나쁜 소식일 뿐이며 아예 존재하지 못할 세계가 될 수도 있다.

독창성 결핍 또한 큰 요인으로 작용한다. 현재 영화계에서 유행하는 SF 이야기는 대부분 현실의 세계에서 착상을 떠올리지 않고, 대신 다른 영화나 만화책의 착상을 빌려 쓰는 경우가 많다. 깜짝 놀랄 만큼 인상적인 작품을 창작하고 싶다면 그 어디에서든 장르적이고 SF다운 착상을 찾아도 되지만 영화와 대중문화만은 반드시 피해야 한다. 특정 영화에서 착상을 얻을 수밖에 없다면 자신이 하려고 하는 일이 무엇인지 확실하게 알고 있어야 한다. 다른 사람의 상상을 마치 고정된 현실처럼 다루지 않도록 조심하라. 그리고 기존 작품에서 그저 착상을 훔치는 데서 그치지 않도록 주의하라. 과학에 조금만 더 관심을 기울인다면 소설은 저절로 쓰이기 시작할지도 모른다.

실전연습

이 연습을 하기 위해서는 현재 최첨단 과학 분야에서 어떤 일이 벌어지고 있는지를 관심 있게 살펴봐야 한다. 과학 잡지, 과학 전문 웹사이트를 구독하라. 영감을 주는 이야기, 미래에 대해 비약적으로 상상을 펼치게 하는 이야기를 찾아 그 주제를 한층 자세히 조사하라.

어떤 변화가 일어난다고 예측된다면 그 변화로 인한 영향을 유추한다. 이를테면 인공지능이 발달한 세계에서 성장한다는 것은 어떤 의미인가? 모르는 것이 없어 보이는 스마트폰이나 뇌 이식을 통해, 혹은 곰돌이 인형을 통해 전해지는 '권위적 목소리'가 존재하는 세계에서 어린이는 어떤 식으로 가족, 교사, 친구와 교류할 것인가? 이 같은 세계에서 창조적인 인간은 어떻게 살아남게 될 것인가? 가정교사가 될 것인가, 사기꾼이 될 것인가?

착상을 할 때는 지금 우리가 발을 딛고 있는 현실에서 단지 한 걸음만 나아가는 데서 그치지 않도록 주의를 기울여라. 작가는 판타지 이야기 속에 등장하는 사물, 관습, 속담 같은 것이 왜 그런 식으로 존재하게 되었는지 설명하기 위해 그 배경까지 전부 창작해야 할 수도 있다. 고된 작업이 될 수 있지만 이런 식으로 치밀하게 짠 디테일은 뛰어난 SF 걸작을 완성하는 보편적인 특징이다.

기존의 이야기를 가져다가 삶의 방식이 크게 변할 정도로 발전한 미래 사회를 그 배경으로 삼는다. 이 신세계를 배경으로 자신의 어린 시절을 회상해도 좋고 동화를 옮겨놓아도 좋다.

마지막으로 착상을 지금의 현실과 대조한다. 자기 자신, 그리고 비평할 사람들에게 착상에 존재하는 진정한 미래적인 요소가 무엇인지 설명하라. 현재와 상상 속 미래 사이에 선을 그은 다음, 미래가 왜 지금 여기 존재하는 현실보다 더 발전되고 매력적인 세계인지 그 이유를 설명하라. 이 작업을 제대로 할 수 있다면 무언가 좋은 결과가 나올지도 모른다.

글이 막힐 때는 초단편으로 점검하자

· 제이 레이크

초단편(원고지 8매 혹은 그 이하의 아주 짧은 단편)은 여러 가지 방식에서 아주 경이로운 매체다. 초단편 소설을 쓸 때 좋은 점 중 하나는 심사숙고해서 천천히 작품을 쓰는 작가라 할지라도 대개 자리를 뜨지 않고 단편 하나를 탈고할 수 있다는 것이다. 작품 끝자락에 '끝'이라고 적는 일은 기분을 좋게 한다. 성취감과 완성의 기쁨을 누릴 수 있다. 쓰기는 쉽지만 팔기는 어려운 초단편. 하지만 뛰어난 초단편을 위한 시장은 분명 존재한다. 하지만 여기에서는 글쓰기 연습으로서 초단편 창작에 초점을 맞춰 이야기하려 한다.

초단편 문학의 산뜻한 점 중 하나는 일반적으로 한 가지 일만 하면 된다는 것이다. 이 짧은 글 안에서 복잡성은 거의 누리기 어려운 사치다. 초단편 소설을 쓸 때는 배경 묘사나 인물 묘사 일부, 혹은 서로 경쟁하는 두 인물이 나누는 빠르고 재치 있는 대화 등 한 가지에만 초점을 맞춘다. 또한 치밀하고 뛰어난 단편을 구성하기 위해 필요한 10여 개의 요소들을 고려해서 애써 그 사이의 균형을 맞추지 않아도 된다.

초단편 창작은 근본적으로 집중 연습이다. 이 점을 명심하라. 지금부터 초단편 형식을 어떻게 이용하는지 그 방법을 설명하겠다.

글을 쓰다 창작 기법의 어느 요소에서 글이 막힐 때마다 나는 그 요소에 초점을 맞춘 초단편을 쓰며 이를 분석한다. 우선 일반적인 서두, 즉 '어떤 상황에서 한 인물이 곤경에 처한다.'는 고전적인 형태의 첫 문장을 만든다. 이를테면 "사엔스 형사는 문간에서 시체에 발이 걸려 넘어졌다."이다.

그다음 이 서두에서 시작해 글을 가로막았던 작법 요소에만 초점을 맞춰 글을 써나간다. 일례로 딱딱한 느낌의 대화가 문제였다면 사엔스 형사가 복도를 순찰하는 경관과 대화를 나눌 것이다. 묘사 단락을 손보고 싶다면 사엔스가 형사다운 눈초리로 방 안을 둘러보며 범죄 현장

에서 발견한 것들을 아주 상세한 목록으로 작성할 것이다. 감각 표현의 디테일과 씨름을 하고 있다면 죽음의 지독한 악취, 이상하게 따뜻한 아파트, 사엔스의 팔과 뒷목의 피부가 따끔거리는 느낌에 대해 쓸 것이다.

그다음 살짝 다른 관점에서 이 작업을 다시 한번 반복한다. 사엔

스 형사의 등 뒤에 있는, 복도를 순찰하는 경관의 시점에서 초단편을 쓰는 것이다. 혹은 시체의 시점에서 다시 쓴다. 혹은 낡아빠진 데다 피로 얼룩진 소파의 시점에서 다시 쓴다. (SF와 판타지를 쓰는 작가라면 이렇게 해도 괜찮다.)

각각의 초단편을 쓰는 데에는 몇 분에서 길어봐야 한 시간밖에 걸리지 않을 것이다. 작가마다 글을 쓰는 속도에 따라 완성하는 데 걸리는 시간은 다를 수 있다. 글쓰기 일정이 허락할 때 아무 때나, 다만 사나흘 동안 연달아 하루도 거르지 않고 초단편 쓰기 연습을 해 보자. 길이에 제한을 두고 초점을 맞출 작법 요소에도 제한을 둬라. 이 연습을 통해 놀라울 정도로 자유로움을 만끽하며 글을 쓸 수 있으며, 비교적 짧은 시간 안에 자신의 글을 제대로 평가해볼 수 있다. 이 연습은 절필감에서 벗어나고 글에 대한 자신감을 키우는 데도 유용하다.

그리고 짧기는 하지만 초단편 또한 이야기인 것만은 틀림없다. 잘하면 몇 편을 발표할 수 있을지도 모른다.

실전연습

- 권장 시간: 한 시간(선택 사항: 서너 차례에 걸쳐)
- 준비물: 평소에 사용하는, 가장 몸에 익은 글쓰기 도구
- 시작하기에 앞서:

- 가장 취약한 작법 요소 혹은 현재 문제가 되고 있는 작법 요소를 고른다.

- 인물을 선택하라.(제안: 마지막으로 신문이나 잡지에서 읽었던 인물의 직업은 무엇인

  가, 어떻게 살아가는 사람인가?)

- 배경을 선택하라.(제안: 마지막으로 읽었던 책의 배경은 어디인가?)

- 문제를 선택하라.(제안: 일부러 어렵게 고민할 필요는 없다. 인물이나 배경과 타당하

  게 연관될 법한 문제를 선택하라.)

- 위의 세 가지 요소를 단순한 서술문으로 요약해 서두를 여는 첫 문장을 쓴다.

- 그 첫 문장에서 이야기가 어디로 향하는지 지켜본다. 자신이 선택한 작법 요

  소에 집중한다.

- 시점을 여러 가지로 바꾸면서, 혹은 연습의 목적에 들어맞는 구조적 변화를

  시도하면서 두세 차례 연습을 반복한다.

글이 막힐 때는 규칙적으로
목표량을 정해 쓰자

· 제러미 와그너

다작하는 작가 중 가장 먼저 떠오르는 인물은 스티븐 킹이다. 1980년대에 그는 계절마다 책을 다섯 권씩 발표하는 것처럼 보였다. 물론 과장된 표현이지만 나의 기억에 따르면 당시에는 그의 인상적인 새 작품이 나오기까지 그리 오래 기다릴 필요가 없었다. 그가 얼마나 많은 작품을 발표했는지 살펴보자면, (리처드 바크먼Richard Bachman이라는 필명으로 쓴 일곱 편을 포함해) 지금까지 장편 소설을 50여 편 집필하고 출간했으며 논픽션 다섯 권, 단편집 아홉 권을 발표했다.

그 어느 작가에게든 그야말로 엄청난 양이다. 나는 《해리 포터》 시리즈를 쓴 조앤 K. 롤링처럼 책을 단 몇 권만 출간하는 것도 가볍게 여기면 안 될, 상당한 성취라고 생각한다. 다작으로 스티븐 킹을 우습게 이길 수 있는 작가가 있을까? 스페인 작가인 코린 텔라도Corín Tellado가 있다. 그는 낭만 소설을 쓰는 다작 작가였다. 생전에 4,000권이 넘는 소설을 출간했으며, 그의 작품은 4억 부 넘게 판매되었다.

그렇다면 다작하지 않는 작가에는 누가 있는가? 유명한 작가 중에는 평생 단 한 작품만을 발표한 작가가 많다. 마거릿 미첼(《바람과 함께 사라지다》), 에밀리 브론테(《폭풍의 언덕》). 내가 좋아하는 공포 장르 작가 중에는 토머스 해리스가 있다. 해리스는 정의에 따르자면 절대 다작하는 작가라고 '할 수 없다.' 해리스는 지난 36년 동안 고작 다섯 권의 책을 발표했다. 《검은 일요일Black Sunday》(1975년), 《레드 드래곤Red Dragon》(1981년), 《양들의 침묵Silence of the Lambs》(1988년), 《한니발Hannibal》(1999년), 《한니발 라이징Hannibal Rising》(2006년)이다. 나는 해리스의 작품을 정말로 좋아하지만 애독자로서 작가의 다음 작품이 나올 때까지 6년에서 10년을 기다려야 하는 게 불만스럽기 짝이 없다. 그래서 나는 해리스가 소설을 쓰지 않는 때에 무엇을 하는지 궁금하다. 해변가에서 한가롭게 시간을 보내며 새로운 한니발 렉터 이야기를 구상하고 있을까? 세계 곳곳을 여행하고 있을까? 다른 필명으로 글을 쓰고 있을까? 탐구하는 정신을 알고 싶다!

부디 다작을 하도록 하자. 알겠는가? '매일매일' 창작에 대한 열정을 유지하고 글을 써라. 나는 출판계의 사람들과 공포 소설 베스트셀러 작가들, 공포 소설 편집자들에게 물어보았다. 이들은 친절하게도 다작에 대한 자신의 의견을 밝히면서 "성공한 작가라면 1년에 몇 권의 책을 발표해야 하는가?"라는 질문에 답해주었다. 여기에 그 대답을 적는다.

- 로리 퍼킨스(공포 문학 에이전트, 로맨스 출판사 편집장): "전자책 작가는 더욱 자주 책을 출간합니다. 가장 잘 쓰는 작가는 1년에 열 권씩 책을 내면서 그 수익으로 편안하게 생계를 꾸리죠."

- 조너선 머베리(베스트셀러인 《썩고 황폐해져Rot & Ruin》와 《환자 0호 Patient Zero》의 저자): "저는 매년 소설을 세 편씩 씁니다. 케빈 J. 앤더슨은 여섯 편을 씁니다. 셰릴린 케넌도 그렇습니다. 그리고 제 생각에 로맨스 소설 작가인 샌드라 브라운과 헤더 그레이엄은 일곱 편을 쓰는 것 같아요."

- 야스민 갈레논(〈뉴욕타임스〉와 〈US 투데이US Today〉에서 선정한 베스트셀러 '저세상The Otherworld' 시리즈의 작가): "저는 1년에 책을 세 권 씁니다. 무리하지 않아요. 중간에 몇 달씩 간격을 둡니다. 순문학에 비해 장르 문학에서는 훨씬 흔한 일이죠."

- 잭 케첨(공포 문학계의 전설이자 베스트셀러인 《그 여자》의 작가): "저는 책을 내고 적어도 아홉 달에서 1년 정도 시간을 가집니다. 책 쓰는 일을 특별한 사건으로 만드는 거죠. 독자들이 군침을 흘리며 다음

책을 기다리게 만듭니다. 스티븐 킹조차 다음 소설을 발표하기까지 그만큼은 오래 기다립니다. 물론 단편집에 대해서도 고려를 해야겠지요."

여기에서 명심해야 할 중요한 점은 무조건 양이 문제는 아니라는 것이다. 가장 중요한 건 작품의 질이다. 하지만 출판사에서는 유명 작가의 이름을 좋아하므로 작가들이 정기적으로 꾸준히 책을 내는 것을 선호한다. 그러한 상황에서 작가가 충분히 시간을 들여 작업 중인 작품에 모든 전력을 다하지 못하고 이 작품, 저 작품에 손을 대고 다닌다면 작품의 질이 떨어질 수 있다.

독창적인 착상을 생각해내고 이를 종이 혹은 컴퓨터에 옮겨 쓰는 것은 엄청나게 많은 시간과 수고를 잡아먹는 일이다. 1년에 세 권의 책을 출간하는 일만으로도 신인 작가에게는 어마어마한 과업처럼 보일지도 모른다. 가정과 본업이 있는 경우라면 더더욱 그럴 것이다. 하지만 이는 결코 불가능한 일이 아니며 이를 통해 우리는 더욱 좋은 작가가 될 수 있다. 이 기술을 습득하기 위해서는 매일매일 글을 쓰는 것(읽는 것)이 가장 중요하다. 작가로서 경력을 쌓고 자신의 이름을 상품으로 만드는 게 목표라면 10년에 한 권씩 책을 써서 발표하는 것은 현실적이지 않다.

여기에서는 매일 더욱 많은 글을 쓰기 위한 연습법을 소개한다.

1. 글을 쓰는 시간을 정해두고 매일 그에 따라 규칙적으로 글을 써라.

다작을 하기 위해서는 '반드시' 매일매일 글을 써야 하며 '반드시' 매일 글을 쓸 시간을 마련해야 한다. 일과로 늘 체육관이나 필라테스를 하러 다니는 사람과 마찬가지다. 작가는 글을 쓰는 일을 일과로 삼아야 한다. 아침에 일찍 일어나거나, 점심 식사 시간을 이용하거나, 어떤 식으로든 그날의 목표치를 달성할 시간을 마련하라. 긴 시간 동안 방해 없이 오직 글쓰기에 전념하면서 창작 에너지를 쏟아붓는 편이 훨씬 좋겠지만, 일상 속에서 30분 정도 짬을 내어 글을 쓴다면 하루에 글을 쓸 수 있는 시간이 확 늘어나게 될 것이다.

2. 글을 쓸 장소를 찾아라.

주방의 식탁이나 사무실의 칸막이 안, 좁은 방, 자동차 안 외에 글을 쓸 장소가 없다면 그곳에서 글을 써라. 그러나 방해를 받지 않는 자신만의 공간이 있다면 내면에 들어가 허구의 환상을 작품 속으로 흘려보내는 데 훨씬 도움이 될 것이다.

3. 하루에 쓸 단어 수를 목표로 정하라.

전업 작가라면 하루에 원고지 30매에서 60매를 집필하는 일이 그리 드문 경우가 아니다. 하지만 시간을 내어 글을 쓴다면 우선 목표치를 낮게 잡고 시작하도록 하자. 목표치를 채우는 것을 전기세나 수도세 납부, 병원 예약만큼 중요하게 생각하라. 어떤 일이 있다 해도 그날의 목표치를 달성하려고 노력하라. 하루에 원고지 8매로 시작하라. 작업 중인 작품을 글쓰는 장소로 가져가서 계속 단어를 늘려나가라. 이는 글에 진척이 있으며 단편이나 장편이 곧 완성된다는 것을 의미한다.

확실하게 해두자면 이 연습은 우리를 '책 공장'으로 만들기 위한 연습이 아니다. 그보다 매일 쓰는 습관을 들이기 위한 연습이다. 매일 글을 쓰는 습관을 통해 우리는 한층 나은 작가가 될 수 있다.

다작을 하는 일은 작가로서의 기량을 끌어올리고 저서의 수를 늘리는 데 도움이 될 뿐만 아니라, 출판 계약을 맺을 때도 필요하다. 출판사에서는 작가에게 마감 일자를 정해준다. 그리고 바로 여기에서 매일의 목표치는 가장 중요한 역할을 한다. 성공을 거두고 다작을 하는 현대 작가에게는 모두 마감이 있다.

글이 막힐 때는 동시에 여러 작품을 쓰자

· 조 R. 랜스데일

나는 글쓰기 연습이라는 주제가 썩 마음에 들지 않는다. 글쓰기 연습이라는 개념 자체를 좋아하지 않기 때문이다. 연습을 위한 연습 말이다. 시간과 수고의 낭비가 아닌가.

어쩌면 글쓰기 연습이란 이를 어떻게 정의하는가에 따라 달라질 것이다. 어느 글쓰기 수업에서 작가라면 마땅히 공책을 들고 다니면서 특이하게 생긴 나무를 보면 발길을 멈추고 그 자리에서 나무의 모습을 묘사하는 글을 공책에 써야 한다는 말을 들은 적이 있다. 나는 그런 짓은 절대 하고 싶지 않다. 아마도 그러한 점들이 일부 작용해 대학을 졸업하지 않고 고된 육체 노동판에 뛰어든 게 아닐까 싶다. 나는 그다음에 작가가 되었고 그와 함께 학위도 받았다.

다시 강조하겠다. 연습을 위한 연습은 시간과 수고의 낭비일 뿐만 아니라 잘못되고 억지스러운 일이다. 왜 그 순간 아무런 관심도 없는 것에 대해 글을 써야 하는가? 누군가에게는 그러한 방법이 효과가 있을지도 모르지만 내게는 전혀 효과가 없다. 나 역시 공책을 들고 다니며 착상을 적기는 하지만, 연습을 위한 연습을 하며 시간을 낭비하지는 않는다. 나는 이야기를 써야만 한다. 내가 연습을 한다면(그것을 꼭 연습이라고 불러야 한다면) 그 연습은 내가 현실적으로 여길 수 있는 것이어야만 한다. 연습이라 생각하고 하는 연습이 아닌, 유용하고 실용적인 근육을 키우는 것이어야 한다. 글쓰기 분야에서 어떤 식으로든 성공을 거두려면 분명 수많은 연습 과정을 거쳐야 하겠지만, 비록 연습이라고 해도 그저 가지고 놀다 버리는 일이 아니라 자신의 착상 창고를 활짝 열고 무언가 가치 있는 것을 창조하는 일이어야 한다.

나는 1970년대부터 글을 쓰고 작품을 발표했고, 1980년대 초반 무렵 전업 작가의 길로 들어섰다. 당시 작업 중인 작품을 멈추지 않고 계속 써나가기 위해 나는 가끔 이런 일을 했다. 방 안에 있는 물건을 둘러보기 시작한다. 그러면서 한두 문장을 쓰게 해줄, 그 결과 이야기의 시동을 걸어줄 무언가가 있는지 살피는 것이다. 착상이 머릿속에 떠오르면 이를 토대로 새로운 이야기를 쌓아 올리기 시작한다. 나에게 이 방법은 글쓰기에 시동을 걸기 위한 준비 단계에 속했다. 다만 이러한 방식으로 글을 쓸 때에도 그저 글쓰기 연습으로만 해 보는 게 아니라 실제 작품으로 탄생시킬 마음으로 글을 썼다.

그렇게 해서 가끔 아침나절 동안 단편을 하나 완성하기도 했다. 괜찮은 작품도 있었지만 그렇지 않은 작품도 있었다. 가장 훌륭한 작품들은 출간으로까지 이어졌다. 나는 그 당시 집중하고 있던 본 작품의 작업에 뛰어들기 전 준비운동 격으로 이렇게 단편을 썼다. 본 작품은 단편 소설이기도 했고 장편 소설이기도 했고 영화 시나리오이기도 했다.

준비운동 격으로 쓴 게 본 작품보다 더 좋은 작품으로 완성되는 경우도 자주 있었다. 하루 아침나절 동안 완성하지 못한 경우에는 며칠 동안 이어서 아침나절에만 글을 쓰며 단편을 완성했다. 하지만 그날의 할당된 시간이 다 되면 손을 놓고 본 작품의 작업에 착수했다.

한동안 나는 타이프라이터를 두 대 가지고 있었다. (아주 오래전 일이다.) 책상 위에는 전동 타이프라이터를 두고, 잡아 뺄 수 있는 간이 선반 위에는 수동 타이프라이터를 두었다. 아침나절에 준비운동으로 연습 작품을 쓸 때는 대부분 수동 타이프라이터로 작업했다. 그러다 본 작업을 할 때는 전동 타이프라이터로 자리를 옮겼다. 글쓰기가 중단되거나 방 안을 둘러보고 싶어지면 다시 수동 타이프라이터로 옮겨 앉아 또다시 연습 작품을 쓰기 시작했다. 두 작품 모두 진전이 없을 때에는 계속 방 안을 둘러보았다.

이러한 방식으로 작업하면서 나는 계속해서 두 대의 타이프라이터에 그야말로 수많은 단어를 두드려 넣었다. 가끔은 하루가 끝난 후 연습 작품을 다시 읽어보고는 남겨둘 가치가 없다고 생각돼 바로 종이를 뭉쳐 쓰레기통에 던져버리기도 했다. 하지만 연습 작품 안에 무언가 있다는 것을 깨달을 때가 더 많았다. 그리고 연습 작품이 본 작품으로 뒤바뀌기도 했고, 혹은 작업 중인 본 작품 작업이 마무리된 후 연습 작품이 본 작품의 자리로 격상되기도 했다.

아직도 이 습관이 조금 남아 있다. 본 작품과 연습 작품을 병행해 작업하는 습관 말이다. 하지만 요즘에는 대개 한 작품에만 집중해 작업을 끝낸 후 다음 작품에 착수한다. 하지만 가끔씩 도무지 어쩔 수 없을 때는 하루에 하나 이상의 작품을 작업하기도 한다. 요즘에는 순서가 거꾸로 바뀌었다. 본 작품을 먼저 시작하고 짧은 작업 시간이 끝날 무렵 기분전환용 작품으로 옮겨가는 것이다. 나는 하루에 오직 세 시간만 글을 쓰며 세 쪽에서 다섯 쪽을 쓴다. 이 야기가 계속 떠오르면 굳이 멈추지 않지만 우선은 이 정도가 하루 목표다. 그래서 나는 매일 영웅이 된 것 같은 기분을 느낀다. 세 쪽에서 다섯 쪽 정도를 쓰지 못하는 경우는 좀처럼 없으며 그러한 시기가 온다 해도 언제든지 마음 내키는 대로 나만의 놀이터로 가서 잠시 동안 다른 착상을 가지고 놀 수 있다.

처음 글을 쓰기 시작했을 무렵 나는 과연 이 방법을 통해 무엇을 얻었을까?

나는 타이프라이터에 수많은 단어를 두드려 넣었다. 그로 인해 글을 한층 수월하게 쓸 수 있게 되었고, 쓴 글 중 많은 부분을 쓰레기통에 던져버렸는데도 나의 작품에 대해 자신감을 갖게 되었다.

하지만 처음부터 버릴 생각으로 글을 쓴 적은 단 한 번도 없었다. 언제나 나는 내가 창작할 수 있는 최고의 작품을 내기 위해, 출간할 수 있는 작품이 되기를 바라며 글을 썼다.

그러므로 이 연습은 내게 시간 낭비가 아니었다. 엄격하게 말해 그것은 연습이 아니었기 때문이다. 제대로 완성하지 못하고 쓰레기통으로 던진 작품들을 연습 작품이라고 부를 수 있을지 모르겠지만 적어도 나에게 그 글들은 연습을 위해 쓴 글이 아니었다. 내가 쓴 글들은 하나하나 모두 전력을 다해 쓴 작품들이었다.

우리 가족끼리 하는 이야기 중에 키 작은 한 남자에 관한 것이 있다. 우린 그 사내를 꼬마라고 불렀다. 꼬마가 싸움에 휘말렸는데 덩치 큰 상대가 꼬마의 머리를 잡고 들어 올렸다. 꼬마는 허공에 대고 팔을 마구 휘두르고 있었지만 누구도 때리지 못했다. 누군가 물었다. "꼬마야, 지금 뭐하고 있는 거야?" 꼬마가 대답했다. "미친 듯이 싸우고 있잖아."

나는 글을 쓸 때 그 꼬마 같은 심정이었다. 나는 미친 듯이 싸우고 있었다. 그 글이 나중에 얼마나 쓸데없는 글로 판명 나는지와는 상관없이 나는 매일 백지와 마주해 싸움에 나섰고 승리를 거두었다. 연습 작품들은 그런 내게 도움이 되었다. 단지 본 작품을 시작하기에 앞서 시동을 거는 준비 단계에 불과했을지언정 나는 그 글들을 쓸 때 정말 진지한 자세로 썼다. 브루스 리가 무술 연마에 대해 말한 금언은 글쓰기에도 참으로 잘 맞아떨어진다. 브루스 리는 "진지한 자세로 놀아라."라고 말했다.

나는 항상 그런다.

실전연습

이 책에 소개된 연습법 중에서 상상력에 불을 붙이기 위해 고안된 연습을 한다.
다만 진지한 자세로 임한다. 그 연습 글을 본 작품으로 삼거나 시동을 걸기 위한
준비운동용 작품으로 삼는다. 무엇을 쓰든 연습이 아닌 실전처럼 쓴다.

작가로서의 성공 가능성을 높이는 법

· 데이비드 브린

글쓰기의 절반은 우리가 습득할 수 있는 기법으로 완성된다. 나머지 절반은 다른 모든 예술 분야와 마찬가지로 재능이라 불리는, 말로는 표현할 수 없는 무언가에서 나온다. 작가가 인간의 대화를 포착하는 귀를 지닌 것은 바로 그 무언가, 재능의 일부다. 사람들의 개성 속에 존재하는 다양성을 알아보는 능력, 희생자이든 악당이든 가리지 않고 자신과 다른 부류의 사람에게 공감하는 능력(그들의 생각과 행동의 동기를 표현할 수 있을 만큼) 또한 그러하다. 물론 다른 분야와 마찬가지로 성실하게 노력하고 연습하면 부족한 재능을 어느 정도 채울 수 있지만, 여기에는 분명 한계가 있을 수밖에 없다.

다시 말해 우리가 얼마나 글쓰기에 헌신하는지와 상관없이 작가로서의 성공이 이루어지지 않을 수도 있다. 재능이란 조작하거나 인위적으로 잡아 늘일 수 없는, 말 그대로 타고나는 천성이다. 그러니 재능이 결핍되었다 해서 자책할 필요는 없다. 계속 찾다 보면 어딘가에서 자신의 재능을 발견할 수 있을 것이다.

그럼 좋다. 우리에게 최소한의 재능과 야망, 의지가 있다고 가정해 보자. 이 가정하에 몇 가지 조언을 하겠다. SF · 판타지 · 공포 장르는 물론 다른 창작 분야에서도 성공할 수 있는 가능성을 높여 줄 실용적인 조언들이다.

첫째, 어떤 소설이라도 처음 열 쪽이 아주 중요하다. 슬픈 일이지만 만일 첫 쪽이 훌륭하지 않다면 편집자는 처음 열 쪽도 채 읽지 않을 것이다. 이 말은 곧 첫 쪽 중에서도 첫 단락이 가장 뛰어나야 한다는 뜻이다. 그리고 첫 문장은 그 첫 단락 중에서도 가장 훌륭해야 한다.

둘째, 원고 앞에 줄거리 요약을 넣지 마라. 첫머리부터 바로 이야기 안으로 돌입하라. 인물을 통해 독자를 낚아 올려라. 그리고 1장 뒤에 잘 요약한 개요를 덧붙여라.

셋째, 뛰어난 소설이라면 반드시 갖춰야 할 요소들이 적어도 열두어 가지는 된다. 인물 설정, 플롯, 착상, 공감대, 짧고 선명한 대화, 속도감 있는 장면 설정, 흥미진진한 액션 장면에 이르는 과정 등. 그 밖에도 여러 가지가 있을 것이다. 나는 이 요소들 중 절반에서는 뛰어난 솜씨를 보이면서도 나머지에서는 형편없는 실력을 드러내는 작가들을 봐왔다.

편집자들은 이러한 작가를 '비극'이라 부른다. 또한 가끔은 한두 가지 심각한 결점 탓에 아깝게 기준에 미달하는 작가들을 조각조각 이어 붙여 프랑켄슈타인 작가를 만들고 싶다며 중얼거리기도한다. 이러한 결핍이나 결점을 일부러 지적해주는 편집자는 극히드물다. 결점을 찾는 것은 작가 자신의 몫이다. 그러기 위해서는워크숍에 부지런히 참여하는 것밖에 다른 방도가 없다.

넷째, SF · 판타지 · 공포 문학이 다른 장르의 문학과 실질적으로다른 차이는 바로 이것이다. 좋은 소설이 갖춰야 할 모든 특징에더해 이들 장르에서는 두 가지 요소가 더 갖춰져야 한다. 첫 번째는 미스터리 문학에도 필요한 요소로, 바로 플롯의 일관성과 대단원의 결말 구성이다. 두 번째는 세계가 다른 방식으로도 존재할 수있다는 가능성에 호기심을 불러일으켜야 한다는 것이다. 소설 속세계는 현실 세계와 여러 가지 면에서 다를 수 있다. 그러므로 SF장르의 스토리텔링은 다른 장르보다 근본적으로 어려울 수밖에 없다. 정말로 잘해 내기가 다른 어떤 장르보다 어렵다.

다섯째, 창작 능력을 키우기 위한 워크숍에 참여한 적이 있는가? 자신과 성취도가 비슷한 재능 있는 신인 작가의 모임을 만든다음 그 안에서 엄격하게 의견을 교환하며 배워라. 지역에서 워크숍을 찾기 어렵다면 그 근처에 사는 작가들이 찾을 법한 서점을 찾아가 물어봐도 좋다. 서점에서 인근에 사는 작가 명단을 작성하고있는지도 모른다. 지역 대학의 평생교육원을 찾아 창작 강좌를 수강하라. 이러한 강좌를 가르치는 교사는 실제로 글쓰기에 대해 잘 알지 못하는 경우가 많지만 적어도 강의를 통해 그 지역의 작가들을 만날 수 있다. 마음이 맞는 친구들이 있다면 연락처를 교환한 다음 강의가 끝난 후 워크숍 모임을 만들 수도 있을 것이다.

창작 강좌를 수강할 때의 또 다른 이점은 매주 과제가 나온다는 것이다. 과제의 양이 열 쪽이라고 해 보자. 매주 할당량이 부과되기 때문에 일정한 틀 안에서 압박을 받으며 계속 글을 쓸 수 있다. 일주일에 열 쪽씩 10주 동안 글을 쓴다고 해 보자. 그러면 100쪽이 된다. 그리고 요즘 시대에는 온라인상의 워크숍에도 참가할 수 있다!

창작 강의를 많이 듣는 건 좋지만 대학에서 창작을 전공하라고 권하고 싶지는 않다. 대학에서의 전공은 작가로서 성공하거나 책을 내는 것과 전혀 상관이 없다. 창작을 부전공으로 삼는 것까지는 괜찮지만 대학에서는 문명과 세계에 대해 배울 수 있는 분야를 공부하는 편이 훨씬 좋다. 게다가 다른 직업군에서 경험을 쌓는다면 무언가 글로 쓸 가치가 있는 소재를 얻을 수도 있다.

여섯째, 미사여구로 가득한 화려한 표현을 과용하는 일을 삼가라. 특히 형용사에 주의하라! 단어가 많을수록 더 좋다거나 모호함이 지성의 상징이라 생각하며 자신을 속이는 건 젊은 작가의 발목을 잡는 가장 흔한 함정이다.

나는 학생들에게 작품 속 모든 형용사의 존재를 정당화해야 한다고 거듭 강조한다. 묘사를 줄이고 지나치다 싶을 정도로 간결하고 명료하게 써라. 특히 초고를 쓸 때는 그렇게 하라. 작가의 목표는 사람들이 책을 도저히 내려놓을 수 없게 만드는 이야기를 쓰는 것이다. 그 힘을 획득하고 난 다음이라면 케이크 위에 슈거파우더를 뿌리듯 몇 가지 형용사적 표현을 덧붙일 수 있다. 형용사는 습관적으로 쉽사리 의지하는 목발이 아니라, 하나하나 전문가의 의도적인 선택이 되어야 한다.

일곱째, 이번 것은 조금 어렵다. 시점을 통제하는 법을 습득하라. 시점은 글쓰기에서 가르치거나 이해하기 가장 어려운 면 중 하나다. 결코 시점 개념을 이해하지 못하는 학생들도 있다. 독자는 어떤 인물의 눈을 통해 이야기를 보는가? 전지적 작가 시점인가?(독자는 중심인물이 알지 못하는 것까지 모든 것을 다 알고 있는가?) 1인칭 시점인가?(독자는 인물이 보는 것을 보지만 그의 내면적인 생각까지 읽지는 못하는가?) 아니면 그 중간 어디쯤에 있는 시점인가? 대부분 현대 소설에서 작가는 인물의 머릿속에 앉아 이야기를 하는 경우가 많다. 이 경우 독자는 인물이 알고 있는 사실과 표면적인 생각을 공유하면서도 그 마음 깊은 곳의 생각은 알지 못하며 주인공이 모르는 것에 대해서도 알지 못한다.

어떤 시점으로 이야기를 풀어갈지 결정하라. 그다음 그 결정을 끝까지 고수하라. 그리고 일반적으로 한 부분에서는 한 인물로 시점을 제한하는 게 좋다. 각 장마다 인물을 한 명 골라 화자로 설정하라. 이야기 전체에 걸쳐 화자가 한 명이어도 좋다. 시점을 명료하게 설정한 다음 일일이 말하거나 설명하는 대신 시점을 이용해 그 인물이 당연하게 여기는 일들을 당연하게 보이도록 만들어라.

여덟째, '사람'에 대해 생각하라! 영국 소설가 킹슬리 에이미스 Kingsley Amis는 이렇게 말했다. "그 판자로 만든 우주인은 충분치 않아. 대강 그런 외계 괴물도 마찬가지야. 인물이야말로 필수 요소지."

아홉째, 마지막 충고다. 자아의 위험을 경계하라. 어떤 이들에게 자아의 위험은 자신이 위대하다고 생각하고 싶어 하는 미친 욕망의 형태로 나타난다. 자신을 믿는 것은 상관없다. 자신이 끄적거린 글을 다른 사람이 돈을 지불하고 읽어야 한다고 주장하기 위해서는 어느 정도 뻔뻔한 구석이 있어야 한다. 어떤 식으로든 스스로 그럴 가치가 있다고 믿을 수 있을 만큼 자신을 칭찬하라.

하지만 '뛰어나야 한다, 절대로 뛰어나야 한다!'는 목소리에 지나치게 귀를 기울이는 건 자신에게 방해만 될 뿐이다. 더 나쁘게는 자신에 대한 기대치만 높아질 수 있다. 기대치가 너무 높아지면 적당한 성공조차 쓰디쓴 비통이 된다. 나는 이러한 일들을 질리도록 봐왔다. 참으로 애석한 일이다. 성공이라면 아무리 작은 것일지언정 기쁨을 줘야 하는 것이 아닌가.

정반대의 문제를 갖고 있는 작가들도 있다. 콧방귀로 불을 뿜는 동료 작가들이 쿵쿵거리며 자신을 짓밟도록 그대로 방치하는 이들이다. 이들은 (이해할 수 있는 일이지만) 자신의 창작 능력을 개인적으로 간직하는 성향이 있다. 그 결과 이들은 자기 향상의 원천인 비평을 구하기 어려워한다. 어느 쪽이든 극단으로 치달은 자아는 축복이라기보다는 저주에 가깝다. 자아를 통제할 수 있다면 이렇게 말할 수 있을 것이다.

"나한테는 발전시킬 수 있는 어느 정도의 재능이 있다. 열심히 노력한다면 다른 사람이 읽고 싶어 할 이야기를 쓸 수 있을 것이다! 그러므로 지금 나에게 작은 방을 허락하자. 문을 닫고 자리에 앉아 소설을 쓰자. 나는 이 시간을 누릴 자격이 있다. 어느 누구라도 이 한 시간 동안은 나를 방해하지 못하게 하자."

어떤 짓을 해도 좋다. 계속해서 글을 써라. 글에 열정을 쏟아부어라.

세계를 창조하라.

실전연습

대화문을 쓸 때 무엇을 어떻게 해야 할지 갈피를 잡을 수가 없다면 존경하는 작가가 쓴 좋아하는 대화 장면을 '필사하라.' 표현 양식의 문제, 배경이나 인물 묘사, 그 성가시기 짝이 없는 시점 문제에도 마찬가지 방식을 적용할 수 있다. 진정 훌륭한 본보기를 찾아 글자 하나하나 베껴 써라.

지름길로 간답시고 그 장면을 단순히 다시 읽는 데서 그치지 마라. 글을 베껴 쓰는 과정을 거치면 글을 단지 읽을 때보다 훨씬 더 많은 것을 알아차릴 수 있다. 그 이유는 솜씨 좋은 작가는 글에 '마법의 주문'을 걸기 때문이다. 단어를 이용해 독자의 마음속에 어떤 느낌, 감각, 인상을 불러일으키는 것이다. 문단을 그저 읽기만 한다면, 특히 거장이 쓴 글의 경우 그 주문이 효력을 발휘하게 될 것이다! 그러면 우리는 느끼고 이해하고 공감하고 눈물을 흘리게 될 것이다. 그 결과 그 작가가 도대체 어떻게 그 일을 해냈는지에 대해서는 자세히 살펴볼 여유가 없게 된다. 그러므로 지름길은 없다. 그 장면을 글자 하나하나 빼놓지 말고 베껴 써라. 단어는 우리 뇌의 다른 부분을 통과하게 될 것이다. "와, 여기에 쉼표를 찍은 것은 이런 이유 때문이었구나"라는 깨달음을 얻게 될 것이다. 정말 이 방법을 한번 시도해 보길 바란다. 쉽게 넘길 생각은 마라. 실망하지 않을 것이다.

| 부록 |

지은이 소개

○

개브리엘 모스 Gabrielle Moss

유능한 편집자이자 작가로 《GQ》, 〈뉴욕포스트New York Post〉를 비롯해 헤어핀The Hairpin, 제저벨Jezebel, 너브Nerve 등의 문학 사이트에 작품을 기고하고 있다.

글렌 M. 베네스트 Glenn M. Benest

영화 시나리오 작가이자 영화 제작자다. 시나리오 작법 워크숍에서 기성 작가들을 가르치는 일도 한다. 이 워크숍에서 〈스크림Scream〉과 〈이벤트 호라이즌Event Horizon〉을 비롯한 영화 5편이 탄생했다.

낸시 크레스 Nancy Kress

장편 소설 24편, 단편집 4권, 작법서 3권 등 총 30여 권의 책을 출

간했다. 네뷸러상을 4번, 휴고상을 2번, 시어도어 스터전 기념
상, 존 W. 캠벨상을 각각 1번 수상했다. 수차례 글쓰기 강의를
했으며, 16년간 《작가다이제스트Writer's Digest》에 소설 칼럼을 연재
했다.

다이애나 피터프로인드Diana Peterfreund

'비밀결사 소녀Secret Society Girl' 시리즈와 살인 유니콘이 등장하는
두 편의 소설 《램펀트Rampant》와 《어센던트Ascendant》, 종말 이후를
다룬 《어둠은 별을 드러낸다For Darkness Shows the Stars》를 비롯해 소
설 9편을 발표했다.

대니카 딘스모어Danika Dinsmore

입말 예술가이자 영화 시나리오 작가다. 청소년을 위한 판타지
모험 시리즈를 집필하고 있다. 지은 책으로 《하얀 숲의 브리지타
Brigitta of the White Forest》, 《노의 폐허The Ruins of Noe》, 《그로스의 온
델Ondelle of Grioth》 등이 있다.

더글러스 맥고완Douglas McGowan

《야수의 본성: 그래픽노블Nature of the Beast: A Graphic Novel》을 공동
집필했다. 요가 레코드사와 에테르시퀀스 레코드사를 운영하고
있다.

데릭 D. 피트 Derrick D. Pete

시나리오 작가로 모험 · SF · 판타지 영화의 시나리오를 썼다. 캘리포니아 대학 로스앤젤레스캠퍼스에서 영화시나리오창작 석사를 취득했다. 대학에서는 화학공학을 전공했다.

데릭 테일러 켄트 Derek Tayler Kent

소설가이자 시나리오 작가, 배우다. '유령 데릭'이라는 필명으로 쓴 '무서운 학교Scary School' 시리즈는 어린이문학네트워크Children's Literature Network가 선정하는 2011년 가장 재미있는 아동도서상을 수상했다. 로스앤젤레스의 라이팅패드Writing Pad에서 어린이 소설과 청소년 소설 작법을 가르치고 있다.

데보라 커틀러루벤스타인 Devorah Cutler-Rubenstein

서던캘리포니아 대학에서 조교수로 영화예술을 가르친다. 20세기폭스의 〈지옥의 길Damnation Alley〉 작업에 참여하면서 영화계에 입문했고, 그 후 공포스릴러 영화인 〈좀비 죽음의 집Zombie Death House〉의 시나리오를 공동 집필했다.

데이나 프레즈티 Dana Fredsti

여배우로서 다수의 좀비 영화와 공포 영화에 출연했고, 〈이블 데드 3: 암흑의 군단Army of Darkness〉에서 데다이트를 연기했다. 타이탄 북스Titan Books에서 출간하는 좀비 시리즈 《재앙의 마을

Plague Town》, 《재앙의 국가Plague Nation》, 《재앙의 세계Plague World》
를 썼다.

데이비드 앤서니 더럼 David Anthony Durham

'아카시아Acacia' 판타지 시리즈의 첫 번째 책으로 존 W. 캠벨상의
최우수신인SF 작가상을 수상했다. 〈뉴욕타임스〉의 주목할 만한 도
서에 선정되었으며, 미국도서관협회American Library Association에서
수여하는 상을 수상했다.

데이비드 브린 David Brin

〈뉴욕타임스〉의 베스트셀러 작가이자 과학자, 발명가다. 25개 국
어로 작품이 번역되었으며, 휴고상과 네뷸러상을 비롯한 각종 상
을 여러 차례 수상했다. 《포스트맨The Postman》은 케빈 코스트너가
감독을 맡아 영화로도 제작되었다.

디에고 발렌수엘라 Diego Valenzuela

멕시코시티에서 나고 자란 젊은 작가다. 베스트셀러 작가인 피어
스 앤서니의 지도를 받았고, 마리아 암파로 에스칸도María Amparo
Escandó와 함께 SF 영화 시나리오를 공동 집필했다. 《신의 환상
Reverie of Gods》을 썼다.

랜스 머즈매니언 Lance Mazmanian

할리우드에서 최고의 감독들, 제작자들과 오랜 시간 활동하며 영화 제작에 참여했다. 수십 년간 다양한 글을 쓰며 시나리오도 발표했다. 영화, TV 드라마 배급과 관련된 일도 오랫동안 했다.

램지 캠벨 Ramsey Campbell

《영국 문학에 대한 옥스포드 안내서Oxford Companion to English Literature》에 '영국에 서 가장 존경받는 현존 작가'로 기재되어 있다. 자신의 분야에서 그 어떤 작가보다 많은 상을 수상했다. 그중에는 1999년 세계공포학회World Horror Convention가 수여한 그랜드 마스터 칭호도 있다. 작품으로는《죽어야 하는 얼굴The Face That Must Die》,《한밤중의 태양Midnight Sun》,《숲의 가장 어두운 곳The Darkest Part of the Woods》,《비밀 이야기Secret Story》,《어둠의 미소The Grin of the Dark》,《카인의 7일The Seven Days of Cain》,《유령은 알고 있다 Ghosts Know》 등이 있다. 단편집으로는《악몽에서 깨어 나기Waking Nightmares》,《공포와 함께 홀로 남겨져Alone with Horrors》,《바로 당신 뒤에Just Behind You》가 있다.

레이먼드 옵스트펠드 Raymond Obstfeld

40편이 넘는 소설과 논픽션, 시를 발표했으며, 시나리오 10여 편을 집필했다. 지은 책으로는〈뉴욕타임스〉 베스트셀러인 어린이 책《내 세상은 어떤 색일 까?What Color Is My World?》와 청소년 소설인

《농구장의 원시인Sasquatch in the Paint》등이 있다.

로이스 그레시Lois Gresh

책을 27권 출간했고 단편 소설을 45편 발표했다. 6차례 〈뉴욕타임스〉 베스트셀러에 올랐고, 《퍼블리셔스 위클리Publishers Weekly》 문고본 베스트셀러 등에도 선정되었다. 20여 개 언어로 작품이 번역, 출간되었다. 브램 스토커상Bram Stoker Award, 네뷸러상, 시어도어 스터전 기념상을 수상했다.

리사 러네이 존스Lisa Renée Jones

다양한 장르에 걸쳐 30편이 넘는 장편 소설과 중편 소설을 발표했다. 대표작으로 '할리퀸 블레이즈Harlequin Blaze' 3부작, '조디우스Zodius' SF 시리즈 등이 있다.

리사 모턴Lisa Morton

시나리오 작가이자, 여러 책과 잡지에 수십 편의 공포 단편 소설을 발표한 소설가다. 《어둠의 감성Dark Delicacies》, 《묘지의 춤Cemetery Dance》, 《좀비 대재앙!Zombie Apocalypse!》 등의 선집과 잡지에 단편을 실었고, 《로스앤젤레스의 성The Castle of LosAngeles》으로 브램 스토커상의 최우수 신인작품상을 수상했다.

릴리언 스튜어트 칼 Lillian Stewart Carl

다양한 장르의 장편, 단편 소설을 발표한 작가다. SF 소설의 개요를 정리한 책인《보르코시건 안내서The Vorkosigan Companion》의 공동 편집자로서 휴고상 후보에 오르기도 했다.

마리오 아세베도 Mario Acevedo

'펠릭스 고메즈Felix Gomez' 뱀파이어 형사 시리즈를 썼다. 아르테 푸블리코 프레스Arte Público Press 선집,《모던 드렁커드 매거진Modern Drunkard Magazine》등 수많은 선집과 잡지에 단편을 수록했다.

마이클 딜런 스콧 Michael Dillon Scott

아일랜드의 저명 작가로, 다작으로도 유명하다. 판타지 소설, SF 소설, 민속 문학에 걸쳐 100여 편의 작품을 발표했다. 이야기 모음집인《아일랜드 민화와 동화Irish Folk & Fairy Tales》와《아일랜드 신화와 전설Irish Myths & Legends》,《아일랜드의 유령과 귀신Irish Ghosts & Hauntings》은 초판 발행 후 20여 년이 지난 지금도 여전히 출간되고 있으며, 켈트 민속 문학 중 가장 신뢰할 만하고 가장 많이 인용되는 책으로 손꼽힌다.

마크 세비 Mark Sevi

〈테로닥틸Pterodactyl〉과 〈딥 레인지Arachnid〉, 〈데빌스 노트Devil's Knot〉를 비롯해 19여 편의 장편 영화 시나리오를 집필했다. 영화시나리오작가협회Orange County Screenwriter's Association의 창립자이다.

마크 시반크 Mark Sebanc
제임스 G. 앤더슨과 함께 판타지 시리즈인 '돌 하프의 유산Legacy of the Stone Harp'을 공동 집필했다.

멀리사 스콧 Melissa Scott
20편이 넘는 SF 소설과 판타지 소설을 발표한 작가로 람다문학상 Lambda Literary Awards, 스펙트럼상Spectrum Awards, 존 W. 캠벨상의 최우수신인작가상을 수상했다. 지은 책으로《상실된 것Lost Things》(공저),《강철 블루스Steel Blues》(공저) 등이 있다.

버네사 본 Vanessa Vaughn
유명한 늑대인간 소설인《거짓말 무리Pack of Lies》의 저자로 스팀펑크steampunk, 뱀파이어, 좀비 소설을 다수 출간했다. '여성을 위한 에로티카Best Women's Erotica' 시리즈와 '레즈비언을 위한 최고의 에로티카Best Lesbian Erotica' 시리즈 등 수많은 선집에 에로틱 소설을 수록했다.

벤 톰슨 Ben Thompson
《거친 놈Badass》,《거친 놈: 전설의 탄생Badass: The Birth of a Legend》, 《거친 놈: 최후의 전투Badass: Ultimate Deathmatch》의 저자다.《크랙

트Cracked》,《판고리아Fangoria》,《펜 트하우스Penthouse》 등의 잡지에 글을 기고하고 있다.

본다 N. 매킨타이어Vonda N. McIntyre

SF 소설 작가이며 출판협동조합인 북뷰카페Book View Café의 창립 일원이다. 1994년에 출간한 《드림스네이크Dreamsnake》는 네뷸러상 과 휴고상, 로커스상Locus Award 등을 수상했다.

브라이언 제임스 프리먼Brian James Freeman

수많은 소설 및 수필을 썼다. 《세머테리 댄스Cemetery Dance》의 편 집장이자 론리로드북스Lonely Road Books의 발행인으로 스티븐 킹 Stephen King을 비롯한 유명 작가와 함께 작업을 해왔다.

브래드 슈라이버Brad Schreiber

책을 6권 집필했으며, 레이 브래드버리Ray Bradbury의 〈기다리는 사 람The One Who Waits〉을 각색해 전국오디오극장축제National Audio Theatre Festival에서 수상했다. 미국영화연구소American Film Institute, 미국감독조합Directors Guild of America, 서던캘리포니아 대학 등에서 강의를 해왔다.

브루스 매컬리스터Bruce McAllister

열여섯 살 무렵 처음으로 SF 소설을 발표한 이후 《인류의 전성기

Humanity Prime》와 장르 고전이 된 《꿈의 아기Dream Baby》를 발표했다. 휴고상, 네뷸러상, 로커스상의 후보로 올랐으며, 국가예술기금상National Endowment for the Arts Award을 수상했다.

빈센트 M. 웨일스Vincent M. Wales

《네가 여기에 있다면Wish You Were Here》과《신 아래 하나의 나라One Nation Under God》 등으로 평단의 인정을 받은 작가다. 글을 쓰지 않을 때는 봉사활동을 하며 바쁜 시간을 보낸다. 자유사상과 대안적 생활양식, 정신건강 문제에 관해 오랫동안 천착한 사회운동가이기도 하다.

사브리나 베눌리스Sabrina Benulis

시튼힐 대학에서 대중문학창작 석사 학위를 받았다. SF · 판타지 전문 출판사에서 첫 작품인 《아르콘Archon》을 출간했다. 이 책은 '라지엘Raziel' 3부작 시리즈의 첫 번째 작품이기도 하다.

사이먼 클락Simon Clark

1995년에 첫 번째 소설인 《심장에 못이 박혀Nailed by the Heart》를 발표한 후, 수많은 악몽에 시달린 끝에 컬트공포스릴러인 《미친 피Blood Crazy》를 썼다. 그 밖에도 《낯선 이Stranger》, 《복수 아이Vengeance Child》, 《탑The Tower》 등 다수의 소설을 출간했다.

샤론 스콧 Sharon Scott

지난 15년 동안 만화책 시리즈를 창작하고 집필해왔다. 작품으로는 《필멸 이상의 존재More Than Mortal》, 《가장놀이Makebelieve》, 《마녀사냥꾼The Witchfinder》 등이 있다. 웹툰 작가, 영화 시나리오 작가, 게임 스토리 작가로도 활동하고 있다.

세라 B. 쿠퍼 Sara B. Cooper

침술사로 일하던 중 한 고객이 그가 쓴 시나리오를 〈스타트렉: 넥스트 제너레이션Star Trek: The Next Generation〉의 제작진에게 보여준 일을 계기로 TV 드라마 작가가 되었다. 〈X파일The X-Files〉, 〈시카고 메디컬Chicago Hope〉, 〈호미사이드Homicide〉, 〈하우스House〉, 〈생츄어리Sanctuary〉 등의 드라마 시리즈 집필에 참여했다.

스콧 루벤스타인 Scott Rubenstein

〈스타트렉: 넥스트 제너레이션〉, 〈캐그니와 레이시Cagney & Lacey〉, 〈형사 헌트Hunter〉, 〈맥가이버MacGyver〉, 〈야간 법정Night Court〉, 〈나인 투 파이브Nine to Five〉, 〈신나는 개구쟁이Diff'rent Strokes〉를 비롯한 다양한 TV 드라마의 에피소드를 집필했다. 스토리 작가, 다큐멘터리 제작 책임자로도 활동했다.

스티븐 반스 Steven Barnes

〈뉴욕타임스〉가 선정한 베스트셀러 작가로 SF와 미스터리, 서스펜스 장르에 걸쳐 작품 25편을 집필했다. 〈환상특급The Twilight Zone〉, 〈제3의 눈The Outer Limits〉, 〈스타게이트SG-1Stargate SG-1〉을 비롯해 다수의 TV 드라마 작가로도 활동했다.

스티븐 사우스Steven Saus

《기묘한 서부 이야기Westward Weird》, 《푸른 왕국: 마법사와 마법Blue Kingdoms : Mages & Magic》, 《공용 주택Timeshares》 등의 선집과 《요행수On Spec》, 《안드로메다로 향하는 우주여행Andromeda Spaceways Inflight Magazine》 등을 비롯한 잡지에 단편을 실었다. 또한 알리터레이션 잉크Alliteration Ink라는 1인 출판사를 세워 다크판타지 선집인 '진홍빛 협약Crimson Pact' 시리즈를 비롯해 다수의 책을 출간하고 있다.

얀 코즐로브스키Jan Kozlowski

《당신의 사랑이 고파요: 좀비 로맨스 단편집Hungry for Your Love : An Anthology of Zombie Romance》과 《팽 뱅어: 송곳니와 발톱, 섹스와 사랑에 대한 에로틱 단편집Fang Bangers : An Erotic Anthology of Fangs, Claws, Sex and Love》에 단편을 수록했다. 장편 소설로 《죽어, 이 나쁜 놈아, 죽어!Die, You Bastard ! Die!》가 있다.

에드워드 드조지Edward DeGeorge

인터넷 드라마인 〈솜브레로Sombras〉를 쓰고 연출했다. 《하트랜드의 지옥Hell in the Heartland》,《죽은 자들의 날Día de los Muertos》,《유령이다!Spooks!》등의 선집에 공포 소설을 수록했다.

에릭 에드슨Eric Edson

대학에서 시나리오 창작을 가르쳤으며,《이야기 해법: 모든 위대한 주인공이 반드시 해야 하는 23가지 행동The Story Solution: 23 Actions All Great Heroes Must Take》을 썼다. 장편 영화 시나리오를 17편 집필했다. 현재 캘리포니아 주립대학 노스리지캠퍼스 시나리오창작대학원 과정의 학장이다.

에이미 벤더Aimee Bender

《그랜타Granta》,《파리 리뷰The Paris Review》,《하퍼스Harper's》,《맥스위니스McSweeney's》를 비롯한 여러 문학지에 단편을 게재했다.《불타기 쉬운 치마를 입은 소녀The Girl in the Flammable Skirt》와《레몬케이크의 특별한 슬픔The Particular Sadness of Lemon Cake》등을 출간했다. 현재 서던캘리포니아 대학에서 소설 작법을 가르치고 있다.

엘리엇 로런스Elliot Laurence

건축가이자 디자이너, 발명가, 음악가, 작가, 배우, 감독, 교사로서 다양한 분야에서 자신의 재능을 발휘하고 있다. 1991년 샌프란시스코의 미술아카데미 대학Academy of Art University에서 올해의 교수상Educator of the Year Award을 수상했다.《왜 무엇인가Why Anything

Anyway》와 《창조 지수The Creative Quotient》 등을 썼다.

윌리엄 F. 놀런William F. Nolan

약 100권에 달하는 작품을 발표한 베스트셀러 작가다. SF, 미스터리, 공포 각각의 장르에서 최고의 상들을 수상했으며, 350여 개의 선집과 책에 작품이 실렸다. 지은 책으로 《로건의 탈출Logan's Run》과 《창작하기: 팔리는 소설 쓰기Let's Get Creative: Writing Fiction That Sells》 등이 있다.

재니스 하디Janice Hardy

판타지 시리즈 3부작인 '치유의 전쟁Healing Wars'을 통해 내면의 어둠과 치유의 위험성, 최선의 선의에서 최악의 선택이 발생하기 일쑤인 세계를 창조했다. 다른 작품으로는 《중개인The Shifter》과 《푸른 불Blue Fire》, 《다크폴Darkfall》 등이 있다.

잭 케첨Jack Ketchum

소설을 13편 발표했으며 그중 5편이 영화화되었다. 또한 수십 편의 영화 시나리오와 중편 소설, 단편 소설을 집필했다. 브램 스토커상을 4번이나 수상했으며, 2011년 세계공포학회에서 그랜드 마스터로 선정되기도 했다. 지은 책으로 《상자TheBox》, 《사라지다Gone》, 《이웃집 소녀Girl Next Door》 등이 있다.

제러미 와그너 Jeremy Wagner

작가이자 음악가이자 작곡가다. 전 세계적으로 베스트셀러가 된 첫 작품인 《아마겟돈 화음The Armageddon Chord》으로 히람상Hiram Award을 수상했으며 그해 신인작가상Emerging Novelists Novel of the Year의 최종 후보에 올랐으며, 브램 스토커상 후보에 올랐다.

제시카 페이지 모렐 Jessica Page Morrell

작가를 위한 작법서를 5권 집필했다. 편집자로 일하면서 글을 쓰는 삶에 대한 칼럼과 기사를 쓰며 선집에 글을 기고하기도 한다.

제이 레이크 Jay Lake

《칼림푸라Kalimpura》, 《철과 살 시대의 사랑Love in the Time of Metal and Flesh》 등을 썼다. 존 W. 캠벨상의 최우수신인작가상을 수상했으며, 여러 차례 휴고상과 세계환상문학상World Fantasy Awards 후보에 올랐다.

제임스 G. 앤더슨 James G. Anderson

교사이자 포크 음악가이자 시인이다. '돌 하프의 유산' 시리즈를 마크 시반크와 공동 집필했다.

제크 그루버 Xaque Gruber

TV 드라마 작가이자 영화 시나리오 작가이며, 인터넷 신문인

〈허핑턴 포스트The Huffington Post〉의 기자로도 활약하고 있다. 드라마〈돌아온 왕조: 고양이 싸움과 캐비어Dynasty Reunion: Catfights & Caviar〉의 극본과 영화〈브로큰 로드Broken Roads〉의 시나리오를 썼다.

제프리 A. 카버 Jeffrey A. Carver

'혼돈의 연대기Chaos Chronicles' 시리즈, 네뷸러상 후보에 오른《영원의 끝Eternity's End》을 비롯해 수많은 SF 장편 · 단편 소설을 발표했다.

조 R. 랜스데일 Joe R. Lansdale

30권이 넘는 장편 소설과 수많은 단편 소설을 발표했다. 에드거상 Edgar Award과 영국환상문학상British Fantasy Award을 비롯해 여러 상과 표창을 받았다. 또한 공로상을 포함해 브램 스토커상을 9번이나 수상했으며, 공포 장르에서 그랜드 마스터 칭호를 받았다. 몇몇 작품은 영화화되기도 했다.

존 스킵 John Skipp

〈뉴욕타임스〉가 선정한 베스트셀러 소설가이자 편집자다. 좀비의 대부, 스플래터 펑크splatterpunk의 상징이자, 비자로Bizarro의 원로이기도 하며, 유쾌한 문화운동가에서 영화 제작자로 변신한 인물이다.

줄 셀보 Jule Selbo

장편 영화, 지상파·케이블 TV 프로그램, 만화 영화 시리즈, 드라마 등 여러 분야의 작품에 참여해왔다. 연극 극본과 그래픽노블을 집필하는 한편, 시나리오의 구조에 대한 단행본들을 펴냈고, 다양한 영화 장르를 다루는 글들을 발표했다. 《시나리오저널Journal of Screenwriting》의 공동 편집자이며, 캘리포니아 주립대학의 시나리오창작학부의 학부장을 맡고 있다.

캐런 매코이Karen McCoy

사서로 일하다가 2008년부터 전업 작가가 되었다. 《어린이문학Children's Literature》과 《도서관저널Library Journal》에 비평을 기고했으며 《학교도서관저널School Library Journal》에 청소년을 위한 특집 기사를 연재했다.

크리스 하워드Chris Howard

《바다에서 태어난Seaborn》을 비롯해 다수의 책을 출간했다. 《판타지 매거진Fantasy Magazine》, 《해로The Harrow》, 《또 다른 왕국Another Realm》 등 여러 잡지에 단편 소설을 수록했다. 〈망치와 달팽이Hammers and Snails〉로 '로버트 A. 하인라인 100주년 단편공모전'에서 최우수상을 차지했다.

크리스틴 콘래트 Christine Conradt

공포, 스릴러, 범죄 장르에 걸쳐 40여 편의 독립 영화와 TV 영화 시나리오를 집필했다. 서던캘리포니아 대학에서 미술 학사를 취득하고 보스턴 대학에서 범죄학 석사를 취득했다. 대표작으로 〈여름의 달Summer's Moon〉, 〈크리스티의 복수Christie's Revenge〉, 〈물질적 강박Material Obsession〉, 〈호텔 캘리포니아Hotel California〉 등이 있다.

키즈 존슨 Kij Johnson

장편 소설 3권, 단편집 1권을 출간했다. 네뷸러상을 3번 수상했으며 세계환상문학상, 시어도어 스터전 기념상, 크로퍼드상Crawford Award을 수상했다. 해마다 캔자스 대학의 SF 소설 워크숍에 참여하며 여기서 소설 창작과 판타지 문학을 가르친다.

킬런 패트릭 버크 Kealan Patrick Burke

'티미 퀸Timmy Quinn' 시리즈와 《영혼의 화폐Currency of Souls》, 《황야의 지배자Master of the Moors》, 《혈족Kin》을 썼으며, 브램 스토커상을 수상했다.

킴 다우어 Kim Dower

《화성에서의 공기 입맞춤Air Kissing on Mars》, 《달의 조각Slice of Moon》 등의 시집을 출간했으며, 다양한 잡지에 시를 수록했다. 에머슨 대학에서 작법을 가르쳐왔으며, 안티오크 대학에서 시 창작을 가르치고 있다.

토드 클릭Todd Klick

베스트셀러 《놀랄 만한 일이 벌어지다: 작가라면 알아야 할 120 가지 이야기 호흡Something Startling Happens: The 120 Story Beats Every Writer Need to Know》과 《시나리오 작가의 동화: 모든 영화를 관통하는 보편적 이야기The Screenwriter's Fairy Tale: The Universal Story Within All Movie Stories》의 저자다. 다수의 영화 시나리오 및 연극 대본을 집필했다.

피어스 앤서니Piers Anthony

대학에서 문학을 전공했으며, 오랫동안 장르소설을 집필했다. 8년 간의 노력 끝에 1962년 처음 단편을 출간했고, 이후 150권이 넘는 책을 발표했다. 그중 21종이 〈뉴욕타임스〉가 선정한 문고본 베스트셀러 목록에 이름을 올렸다.

할란 엘리슨Harlan Ellison

단편·중편 소설, 수필을 포함해 총 1,700여 편의 작품을 발표했다. 편집자로서 SF 선집인 《위험한 몽상Dangerous Visions》과 《다시, 위험한 몽상Again, Dangerous Visions》을 펴냈다. 〈전함 바빌론Babylon 5〉, 〈제3의 눈〉, 〈환상특급〉 같은 TV 드라마에서 작가 및 기획자문위원으로 활약했다. 휴고상과 네뷸러상, 에드거상을 여러 차례 수

싱했고, 그 밖에도 수많은 상을 받았다.

L. E. 모데싯 주니어L. E. Modesitt, Jr.

60여 편의 장편 소설을 출간했고, 다수의 단편을 집필했으며, 환경
과 경제 분야의 기술 논문을 발표했다. 판타지 시리즈인 '은둔자의
모험Saga of Recluce'과 '조각가의 화집Imager Portfolio'으로 가장 널리
이름을 알렸으며, SF 소설 또한 꾸준히 쓰고 있다.

넷플릭스처럼 쓴다

SF·판타지·공포·서스펜스

초판 1쇄   2020년 10월 10일

지은이 낸시 크레스 외
엮은이 로리 램슨
옮긴이 지여울

펴낸이 김한청
기획편집 원경은 이한경 박윤아 이건진 차언조
마케팅 최지애 설채린 권희
디자인 이성아
경영전략 최원준

펴낸곳 도서출판 다른
출판등록 2004년 9월 2일 제2013-000194호
주소 서울시 마포구 동교로27길 3-12 N빌딩 2층
전화 02-3143-6478 **팩스** 02-3143-6479 **이메일** khc15968@hanmail.net
블로그 blog.naver.com/darun_pub **페이스북** /darunpublishers

ISBN 979-11-5633-301-2 03800